KB23223ρ

실크로드의 나그네

2

유인순 교수의 여행일기

실크로드의 나그네 2 – 동남아시아편

초판인쇄	2016년 5월 5일
초판발행	2016년 5월 10일
지은이	유인순
펴낸이	공홍
펴낸곳	케포이북스
출판등록	제22-3210호
주소	서울시 서초구 반포대로14길 71, 302호
	(서초동, LG에클라트)
전화	02-521-7840
팩스	02-6442-7840
전자우편	kephoibooks@naver.com

ISBN 978-89-94519-43-2 04800
     978-89-94519-41-8 (세트)

값 24,000원
ⓒ 유인순, 2016

유인순 교수의
여행일기

실크로드의 나그네

2

동남아시아 편

먼 길 떠날 무렵

유인순

먼 길 떠날 무렵
설레는 가슴

미지로 나서는 문고리에
손 대는 순간
아득한 어지러움에
비틀거리는 이 마음

문을 열어젖히는 찰나
펼쳐질
구백생멸의 세상을
생각하여
이리도 설레는가

두 다리에 힘을 주고
잊지 말아야 할 것들
이 몸은 누구이고
어디에 있었던가
지금 어디에 있으며
어디를 향하고 있는 것인가

여행이란 어휘와 함께, 그리고 여행의 일정과 장소가 결정되는 순간부터 나는 여행 멀미를 앓는다. 그것은 기분 좋은 멀미다. 여행이란 어휘는 내 핏줄 속에 잠자고 있던 역마살의 유전자들을 일시에 뒤흔들어 놓는다.

그러나 정작 출발의 시간이 가까워지면 떠나고 싶지 않다는, 피할 수 있다면 피하고 싶다는 묘한 두려움에 사로잡히고는 한다. 여행은 즐거운 것이지만 동시에 지금까지 내가 알고 있었던 것들, 내게 익숙했었던 것들을 내려놓고 처음부터 다시 시작해야 한다는 것을 알고 있기 때문이다. 낯선 것과의 만남, 그것을 내 속에 받아들이기까지 겪어야 하는 충격과 갈등, 회의와 방황, 탐색과 확인으로 이어지는 일련의 과정들은 결코 쉽지 않았다.

자주 멀리 다니지는 못했어도 일 년에 한두 번씩은 여로에 올랐다. 가능한 뚜렷한 주제를 가지고 거기에 부응한 여행을 하려고 했다. 2007년 페르시아 여행 이후, 실크로드 답사팀과 동행하며, 동서 문명의 교류가 어디에서 어떻게 이루어지고 있는지에 주목했다. 주지하는바 실크로드란 어휘는 비단을 대표로 하는 문물 교류를 상징한다. 실크로드란 용어는 독일 출신의 동양학자 헤르만이 중국 서안으로부터 중앙아시아와 인도 서북부 고대 유적지에서 실크가 발견되자 실크가 발견된 지점들을 연결하여 '실크로드'라 명명하면서부터 쓰이기 시작했다. 이때 헤르만은 실크로드를 통한 동서 문물 교류에 주목했다. 이후 실크로드에는 오아시스 육로, 초원로, 해양로 등이 포함되면서 문명 교류의 흔적은 동서와 남북으로, 선線에서 망상網狀구조로 확장되었다.

지금 우리는 디지털 공간을 통해 실크로드가 지구촌을 에워싸고 있음을 보게 된다. 우리는 마치 망사주머니 속의 양파처럼 조밀한 실크로드의 그물에 둘러싸인 지구촌의 고금古今 문물과 동시에 교류하고 있는 것이다. 실크로드는 과거 문물의 교류 흔적을 추적하는 것만이 아니라 미래 세계에 그려질 새로운 문명과 문화를 예상하게 해준다.

처음 실크로드 답사 팀과 동행하면서 그리스 로마의 문명이 어떻게 동양으로 들어오게 되었고, 반대로 동양의 문명이 서양에 끼친 영향, 기독교와 이슬람, 불교가 어떻게 상호 교류하고 있는지를 눈으로 확인하는 것은 신나는 일이었다.

그러나 실크로드 답사가 계속되면서 눈으로 볼 수 없지만 마음으로 헤아려 볼 수 있는 어떤 것들을 추적해 본다는 것은 더욱 고맙고 신나는 일이었다. 혜초 스님의 발자취를 따라가며 혜초 스님과 나를 동일시해 1,200년 전의 하늘과 땅, 산과 강물, 그때 혜초 스님이 헤아렸을 세상과 지금 내가 보고 있는 세상을 대비시켜 본다는 것, 혹은 책 속에서 혹은 옛이야기 속에서 만났던 사람들의 고향을 찾아가 지금까지 전해오고 있는 그들의 이야기를 듣고, 전해오는 신화와 전설을 채록하고, 그것이 우리 생활과 문학에 어떻게 스며들었는가를 찾아보는 것 등등은 늘 경이롭고 고마웠다.

나는 때로 책 속에서 만났던 사람들이 살았던 장소를 찾아가서 그 사람들에 관련된 이야기를 들으면서 시간을 초월해 그들을 직접 만나고 있는 듯한 감동을 받고는 했다. 돌아보면 나는 학문적 지식이나 실질적 이익을 위해서가 아니라 새로운 것을 보고 듣고 만나고, 옛사람들의 흔적과 거기에 관련된 이야기를 듣는 것이 좋아서 여로에 오르고는 했다.

이런 이유들로, 나는 나의 여행일기에 '실크로드의 나그네'라는 제목을 주었다. 이것은 실크로드로 찾아 나선 나그네라는 의미도 있지만, 내가 보고 들은 이야기를 한 필의 조촐한 비단으로 짜보고 싶다는 욕망, 내가 짠 이야기의 비단을 조심스레 풀어내 보여주고 들려주고 싶다는 희망도 곁들여 있는 것이다.

제1권 동양편은 한국과 중국편으로 구성되어 있다. 한국편에서는 강원대 교수 문화유적답사 팀, 강원대 사대교수 세미나 팀, 강원대 국어교육과 문화답사 팀, 문화기획 '금토' 팀과 함께 했다. 중국편에서는 한중인문학회의 해외 학술연구 발표대회에 참석, 학술대회 이후 회원들과 함께 여행했었던 여정들을 기록하였다.

제2권 동남아시아편에서 카라코룸 하이웨이와 해양 실크로드 여행은 한국문명교류연구소 팀과, 캄보디아 여행은 강원대 과학교육과 교수세미나 팀과 동행했다. 한국문명교류연구소 팀과의 탐방 때에는 정수일 교수께서 인솔해주셨다. 정수일 교수께서는 문명 교류의 현장에서, 또는 달리는 버스 안에서 우리가 찾아간 지점의 문명 교류 배경과 과정, 특징들에 대해 강의해주셨다.

제3권 유럽 및 중동편에서 러시아 여행은 강원대 사대 교수 세미나 팀과, 북아프리카 여행은 한국문명교류연구소 팀과, 레반트 지역 여행은 인터넷신문『프레시안』의 인문학습원 답사 팀과 동행했다. 모스크바의 톨스토이 집 박물관에서 톨스토이가 직접 만든 가구와 옷들을 보았고, 무엇보다도 톨스토이 생전의 음성을 녹음한, 톨스토이의 육성을 들을 수 있었던 것은 경이로움 그 자체였다.

2011년 1월, 레반트 지역 여행지인 레바논, 시리아, 요르단, 이집트를 여행할 당시, 레바논에서 시리아로 국경을 넘어서자 레바논에서 장기집권 독재정치에 항거하는 시위가 일어났다. 시리아에서 요르단으로 들어서자 역시 시리아에서도 같은 이유로 격렬한 시위가 일어났다는 소식을, 요르단에서 이집트로 들어가던 때에 이집트의 카이로 거리에는 무장한 군인과 탱크가 요소요소를 지키고 검문검색이 일고 있었다. 카이로의 한 호텔에서 발이 묶였다가, 아수라가 되어버린 카이로공항을 빠져나오던 때의 긴박한 순간을 잊을 수 없다. 이집트 탈출(탈애굽) 이후 이제 5년이 지났는데 아직도 레반트 지역의 정국은 혼미 상태에 있다. 특히 시리아에서는 정부군과 반정부군 사이의 격렬한 갈등이 지속되고 있고 이집트에서의 일도 심각하다. 레바논, 시리아, 요르단, 이집트, 그곳 순박한 사람들에게 불어 닥친 시련의 날들이 빨리 끝나기를 기도할 뿐이다.

여행지에서 대부분의 사진은 가급적 저자가 찍은 것을, 그러나 여의치 않을 경우 동행한 회원의 사진을 사진 주인들에게 허락도 받지 않고 그대로 실었다. 이점 그분들께 양해의 말씀을 구한다. 한국 홍도 여행에서는 강원대 김재구 교수, 러시아 여행에서는 저자의 카메라 고장으로 신관석, 황향희, 이경희 교수의 사진에 전적으로 의지했다. 레반트 여행에서는 한국외대의 유재원 교수, 이화여대의 김홍남 교수, 소설가 성낙주 선생의 사진을 게재했다. 사진 주인들께 깊은 감사의 말씀을 올린다. (사진을 이용할 경우 사진 주인의 성함을 함께 밝히도록 했다.)

아직도 내전이 지속되고 있는 레반트 지역, 일부 과격 단체와 시리아 난민 문제, 전쟁과 정쟁政爭 속에서 세상은 각박해지고, 위기 속으로 떠밀려 가는 듯한 느낌이다.

고향을 잃고 떠도는 난민들에게 편안한 거처가 마련되기를, 전쟁과 전쟁의 위기가 있는 곳에 평화가 이루어지기를 기도한다.

2016. 2. 20 솔바람마루에서

유인순

차례

캄보디아

폐허에서
신화와 전설을
길어 올리다

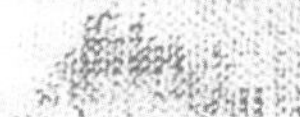

해양 실크로드

옛 바닷길을 따라가다

카라코룸
하이웨이

파미르
고원과
곤륜산을
만나다

01 인천공항-홍콩-방콕-라호르

참 멀리도 떠나와 있다. 파키스탄 라호르 펄 컨티넨탈 호텔 622호실. 룸메이트는 30대 초반의 연세대 대학원생 이은정 씨. 아주 귀엽고 다감한 젊은 부인이다.

새벽, 억수같이 퍼붓는 빗속을 오빠 내외가 동서울터미널 인천공항행 플랫폼까지 배웅해주었다. 오래 전 오빠의 막내아들 유가람과 백두산 여행을 떠날 때 오빠 내외가 배웅해 준 적이 있기는 하다. 오빠도 외손녀를 보면서 성격이 많이 무던해졌다. 가족에 대한 마음씀이 아주 많이 자상해졌다.

6시 20분 동서울터미널을 출발했다. 그런데 공항행 버스 안에서 자리에 앉으려고 하는 순간, 삐끗하면서 허리에 통증이 왔다. 그리고 그 통증은 극심하고도 집요하게 따라왔다. 이번 여행에는 허리 통증 없이 여행을 하게 되나 보다 하고 내심 기뻐하고 있었는데 역시 또 문제가 생겼다. 여행을 포기해야 할지 여부를 생각하지 않을 수 없었다.

인천공항에 도착했다(07:30). 공항 내 약국으로 가서 진통제 '펜잘'을 샀다. 집에 전화하면 당장 돌아오라고 할 것이니 가능한 조심하면서 이미 약속된 여행, 밀고 나가기로 했다.

통고받은 장소를 중심으로 한 바퀴 돌았으나 아는 얼굴이 없었다. 다시 한 바퀴를 더 돌다 보니 페르시아 여행 시절에 동행했었던 소년 장해수와 눈이 부딪혔다. 눈빛만 예전의 모습이었다. 키도 크고, 머리칼도 무스를 발라 곧추세우고 표정도 의젓한 소년이었다. 그래도 미심적어서 "너, 장해수?" 했더니 고개를 끄덕였다. 장해수는 아버지(장석 씨)를 동행하고 있었다. 해수 옆에 서 있는데 온화한 인상의 중년 신사가 와서 "유교수님?" 하며 해수 아버지라고 자신을 소개했다. 해수의 어머니도 고운 부인이었는데 해수 아버지도 상당한 미남이었다.

잠시 뒤에 해수 부자가 움직이기에 함께 따라서 움직이다 보니 강상훈 투어블릭 대표가 나타났다. 작년 2월 페르시아 여행 이후 처음 만나는 자리였다. 곧이어 낯익은 얼굴들이 나타나기 시작했다. 강만길 교수, 정수일 교수, 허경옥 씨, 그리고 평택대의 이덕화 교수 부부, 박서분 선생, 배명희 선생, 뒤늦게 천하 부부가 나타났다. 1년 반 만에 만나는 얼굴들이 반가웠다.

10시에 TG629호에 탑승하기 위해 신청사로 이동했다. 신청사가 개장된 것은 최근의 일이라 한다. 마침 신청사에 화장품 면세품점이 입점해 있기에 들렀더니 고객이 원하는 상품이 어디에 진열되어 있는지를 몰라 허둥대는 신참 점원, 여기 저기 전화하며 상품이 어디에 있는지를 묻는데, 비행기 탑승 시간이 되어서 면세점을 그냥 나와야 했다. 깨어 있으라, 준비하고 있으라, 그래야만 신랑이 왔을 때 그와 함께 잔치에 나아갈 수 있으리라는 성경 한 구절이 떠올랐다.

TG629에 탑승, 좌석번호 61G. 비행기 안에서 들으니 이번 동행자는 32명이라고 했다. 비행기 이륙 시간이 늦어져서 이어폰을 꽂고 태국의 전통 음악을 들었다. 환한 세상, 평화로운 분위기를 느끼게 하는 선율이었다. 영화 〈왕과 나〉에서 듣던 음악이 생각났다.

10시 57분 마침내 이륙, 그리고 3시간 20분 만인 13시 54분 홍콩 공항에 도착했다. 일단 비행기에서 내려 통과 여객이 머무르는 곳으로 갔다. 방콕행으로 바꾸어 타기 위해서는 기다려야 한다고 했다. 홍콩비행장은 바다 한가운데 떠있는 꽃송이 같았다. 공항 청사 바깥으로는 나지막한 산들이 펼쳐져 있었다. 20년 전 홍콩의 어느 호텔에서 머물렀던 기억, 홍콩의 밤거리들이 떠올랐다. 많이 바뀌었을 것이다.

15시 27분(홍콩 표준시간 14:00) 홍콩을 출발했다. 허리 통증을 간신히 참고 있다. 옆 좌석의 박서분 선생은 마침 그녀가 젊은 시절을 보냈었던 프랑크푸르트에서 살다 온 이와 이야기를 나누고 있다. 살다 보면, 젊은 시절의 추억이 서린 공간이며 그 시절의 이야기에 빠져들어 행복해지는 때가 있다. 그분들의 이야기를 재미있게 듣고 있는데 허경옥 선생이 허리에 붙이라며 파스를 한 봉지 갖다 주었다.

방콕 표준시간 17시 45분에 방콕 국제공항에 도착했다. 방콕 국제공항 신축 건물은 넓고 쾌적했다. 방콕 표준시간에 맞추어 시계를 두 시간 뒤로 돌렸다. 우리의 여행은 앞으로 나아가고 있지만 시간은 과거 시간대로 돌아간다. 이런 식으로 여행을 하면 우리의 삶도 지난 날의 젊음을 되찾을 수 있을까. 공항 화장실로 가서 통증이 심한 허리에 파스를 붙였다.

파키스탄의 라호르로 가는 비행기를 타기 위해서는 두어 시간을 기다려야 했다. 마침 공항청사 4층에 마사지 가게가 있다기에 허 선생과 함께 가서 어깨와 발 마사지를 받았다. 50분에 20달러였다. 마사지는 가볍게 장난하는 듯 시적시적하다가 끝났다. 그래도 팁 2달러를 주었다. 기다리는 시간이 길어져서 면세점들을 구경했다. 겹연꽃 모양의 향꽂이가 눈을 끌었다. 갖고 싶지만 여행의 초창기에 깨지기 쉬운 도기류를 살 수가 없었다. 눈으로만 보고 즐기고, 쌀과자를 한 박스 샀다. 카라코룸 하이웨이의 고지대에서 식사를 제대로 하기 힘들다는 기사를 읽었었다. 그때 가서 쓸 비상식량이었다.

방콕 국제공항을 출발(20:10), 다시 긴 비행 여행이 시작되었다. 기내식을 오늘 하루 세 끼나 먹었다. 좁은 의자에 앉아 물어다 주는 요리를 먹는 것도 쉽지는 않았다. 와인, 맥주, 주스를 먹어가며 가급적 소화가 잘 되도록 유도, 그러나 허리가 너무 아팠다.

파키스탄의 라호르에 도착(24:10, 표준시간으로 22:10)했다. 방콕에서 라호르까지 4시간의 여행이었다. 여승무원이 진분홍의 서양란 꽃 세 개를 묶은 코사지를 승객들에게 선물했다. 파키스탄 입국 환영 꽃다발이었다. 오늘 하루 한국, 홍콩, 태국, 파키스탄 — 네 나라를 들락거렸다. 긴 비행시간 동안 괴로웠지만 다시금 신이 난다.

흰옷차림의 파키스탄 현지 가이드가 기다리고 있었다. 가이드는 키가 크고 인상이 좋은 건강한 사내였다. 우리 일행 중 한 사람의 짐이 도착하지 않아서 짐 처리 문제로 여행사 강 대표는 공항으로 들어갔다가 나왔다. 모두 공항 바깥으로 나왔다(23:55). 세 대의 미니버스가 기다리고 있었다. 두 대의 미니버스에는 사람이, 한 대의 미니버스는 트렁크 운반 전용 차량이었다.

0시 24분 라호르의 펄 컨티넨털 622호에 짐을 풀었다. 룸메이트는 이은정 선생. 내일 일정은 7:30 / 8:30 / 9:30.

2008. 7. 24, 목요일.

02 라호르

4시 30분에 일어났다. 누워있는 것이 허리 통증에 좋다고는 하지만, 그냥 일어나 세수, 화장까지 다 마쳤다.

잠결에 어딘가로부터 들려오는 사원의 기도 소리를, 그 간절한 염원이 담긴 소리를 들은 듯하다. 이곳은 무슬림들의 나라, 건국 배경부터가 이슬람을 지키기 위해 인도로부터 분리 독립되어 나온 나라가 파키스탄이다. 수니파가 77%, 시아파가 20%, 국민의 97%가 이슬람 교도이다 보니 술, 돼지고기, 도박이 엄격하게 금지된 곳이다. 국토는 한반도의 크기의 세 배, 인구는 2008년 기준 1억 6천 776만 명으로 역시 한반도 인구의 세 배가 넘는다.

파키스탄 하면 한국처럼 오랫동안 군부가 장악하고 있었던 나라로 기억한다. 작년 12월, 망명지에서 귀국, 반정부 활동을 하던 부토 여사가 피살되었던 사건을 기억한다. 지난 2월 총선을 통해 집권당이었던 무샤라프 측이 참패, 문민정부가 들어섰다고는 해도 아직까지는 혼미 상태로 보인다(우리가 여행에서 돌아오고 십여 일이 지난 2008년 8월 18일 무샤라프 대통령은 하야했고 파키스탄의 총선은 9월 6일에 실시된다고 한다).

라호르lahore — 인더스 강의 다섯 지류 가운데 하나인 라비 강이 흐르는 인더스 평원 지대에 위치했다. 라호르의 본래 이름은 '로하와르', BC 4000년경에 고대인도 대서사시 속의 영웅 '라마 찬드라'의 아들 로Loh가 세운 도시다. 역사 속에서 라호르가 최전성기를 보낸 것은 인도 무굴제국의 초기 수도로 군림했었던 때라 한다. 1566년에 무굴제국의 황제 악바르가 델리로부터 라호르로 천도한 이후 후계자인 황제 자한기르와 황제 샤자한이 라호르 성, 샬리마르 정원, 바드샤히 사원, 자한기르의 묘지 등 무굴제국의 특색을 나타내는 건축문화유산들을 남겼다. 라호르는 1849년 영국령이 된 후에 펀잡주의 주도州都가 되었고 1947년 영국으로부터 독립, 오늘 날은 파키스탄의 교통과 경제의 중심지로 인구는 500만 이상에 달한다고 한다.

오늘은 이곳에 있는 이슬람 사원들을 돌아보는 날이라고 했다. 여자들은 머리에 스카프를 써야 하고 남녀 모두 반바지 차림은 삼가해 달라고 강상훈 대표가 당부했다.

7시 30분에 식사하러 1층 레스토랑으로 갔다. 뷔페식이었다. 음식은 다양하고 맛도 깔끔했다. 빵과 삶은 달걀, 소시지, 과일들을 갖다 먹고 다시 난누룩 없이 구운 밀가루 빵과 삶은 콩 요리를 가져다가 먹었다. 커피도 두 잔씩이나 마셨다. 이 지역에 많은 열대 과일 망고가 맛있었다. 우리 식탁에 앉은 이들 가운데 가장 상냥하고 예쁜 이은정 선생을 주방으로 파견했다. 주방에서는 잘 익은 망고를 먹기 좋게 껍질을 까고 잘라서 한 접시나 보내주었다. 입에서 망고 냄새가 날 정도로 망고를 즐겼다.

9시 40분에 호텔을 출발, 라호르 중심가를 지났다. 옛 건물과 현대식 건물이 공존하고 있었다. 라호르의 건축물들은 인도 양식과 이슬람 양식이 혼합된 것으로 아치가 단아하고 붉은 사암을 주재료로 쓴 것이 특징이라 한다. 이 도시의 옛 건물들은 무굴제국 시대의 것으로 주로 샤자한 황제 때 건축된 것들이었다.

인도의 어느 한 지방을 여행하고 있다는 인상을 받았다. 건축문화 유산들은 대개 라호르의 구시가지Old City에 몰려 있었다.

거리에서 보는 남성들은 대개 바지 위에 무릎 위까지 늘어뜨린 와이셔츠 모양의 상의를 걸치고 있고 여자들은 모두 머리에 히잡을 쓰고 있었다. 오전 중의 상가 건물 앞에는 노숙자들이 누워 있고 거리에는 말이나 나귀가 끄는 수레, 자전거, 오토바이, 삼륜차, 자동차들이 서로 엉켜 들어서 길을 재촉하고 있었다.

라호르 성채

라호르 성으로 가는 길에 시크교도들의 사원인 황금 사원의 돔이 보였고 한 쪽으로는 파키스탄 독립기념탑이 보였다.

라호르 성으로 들어섰다. 라호르 성은 무굴제국의 악바르 대제가 1566년에 세웠다. 성으로 들어가는 정문 '알람기리 게이트'는 1673년 아우랑제브 황제가 세운 것으로 코끼리가 통과할 수 있을 정도로 크고 높은 문설주를 갖고 있었다. 입구는 한창 보수 공사 중이었다. 강상훈 대표가 무굴제국의 왕조에 대한 간략한 설명을 했다.

무굴제국의 시조는 1398년 인도를 침입한 티무르이다. 티무르의 5대손 바부르가 1526년 4월 로디의 마지막 술탄 이브라힘과 델리 근교에서 접전, 이브라힘 군대를 격파하고 무굴 제국의 발판을 마련했다. 무굴 왕조를 대제국으로 끌어올린 이는 악바르1542~1605 대제였다. 그는 나폴레옹에 버금갈 정도의 군사책략가였다. 그는 죽을 때까지 북인도 전 지역을 지배하게 됨으로써 데칸, 벵골,

아라비아해에 이르는 대제국을 건설했고 힌두문화와 이슬람 문화의 융합에 공헌한 인물이었다.

라호르 성채의 양식은 델리의 붉은 성과 같은 구조로 일반 접견실과 축제나 행사 때 왕을 알현할 수 있는 접견실, 그리고 할렘 등으로 되어 있다고 한다. 라호르 성은 11세기 초까지는 힌두교도가, 13세기 중반에는 몽골족이 살았고, 14세기 후반에 티무르의 공격 때에 파괴된 요새를 16세기 후반에 악바르 대제가 재건한 것이다.

알람기리 게이트에서 나와 작고 붉은 벽돌을 쌓아올린 성벽을 따라 들어가자 넓은 잔디와 커다란 나무들이 그늘을 만들고 있었다. 그 안쪽으로 대접견실인 '디와니암'이 그 위용을 자랑하고 있었다.

붓다 트리를 닮은 커다란 나무(현지 가이드는 나무 이름을 베니안 목이라고 했다) 그늘 아래에서 잠시 정수일 교수의 라호르 지역 문화 변천에 관한 설명을 들었다. 초기 불교 문화가 지배하던 이곳에 8세기 초[710] 남쪽으로부터 아랍 문화가, 10세기에는 북쪽으로부터 이슬람 문화가 들어오고 이후 200여 년간 전쟁 시대를 거치게 된다. 13세기에 아프가니스탄에는 노예 왕국이 성립되고, 이 지역의 무굴제국은 제5대 330년에 걸쳐 통치, 이와 같은 과정 가운데 샤자한이 무굴 건축양식을 확립시키게 되었다는 것이다.

'디와니암'으로 들어섰다. 40개의 붉은 사암기둥과 흰 대리석 덮개로 이루어진 건물 안으로 들어서자 중앙에 왕이 나와서 상소문을 받던 발코니와, 그 옆에는 왕에게 상소문을 바치러 올라가던 계단이 있었다. 왕이 나와 손님들을 맞던 내

<table>
<tr><td>1</td><td>1 라호르 성채 들어가는 길</td></tr>
<tr><td>2</td><td>2 디와니암</td></tr>
</table>

부 발코니의 지붕은 우리의 왕조 시대, 왕이 타고 다니던 보련가마과 비슷하게 생겼다. 한때는 왕과 수많은 손님들로 북적였을 그때 그 사람들은 모두 망각 속으로 사라져 갔다. 디와니암은 영국 통치 시대에는 영국군의 야전병원으로, 지금은 간혹 찾아오는 관광객을 지켜보는 야생 비둘기가 주인이 되어 있었다.

'자한기르의 정원'은 디와니암의 뒤편에 있었다. 태양이 한창 달아오르고 있었다. 반소매 옷을 입었기로 스카프를 등에 둘러서 맨살을 가리도록 했다. 자한기르의 정원에는 분수도, 인공 연못도 있었을 터였다. 그러나 지금은 그 흔적만 남았을 뿐 잔디밭으로 조성되어 있었다. 건물 주변에 한 섬들이는 될 돌화분에 가죽 물주머니를 어깨에 둘러멘 인부가 나와서 주머니의 주둥이를 열어 물을 주고 있었다. 아무리 인력이 남아도는 곳이

라고 해도, 아주 낯선 광경이었다. 세계문화유산에 오를 정도의 관광지에서…… 일일이 한 말 정도의 물을 가죽주머니에 담아 어깨에 메고 와서 화분에 쏟아 넣어주다니. 이상해서 물주머니를 만져보자 그는 "레자!"라고 했다. 짐승 가죽으로 만들었다는 말이었다.

'디와니커스'는 1645년 샤 쟈한 황제가 지은 건물로 개인 접견실과 침실이 있었다. 디와니커스의 외관은 장방형의 백색 대리석 건물에 모자챙처럼 자연스럽게 추녀를 만들고 그 아래 같은 모양의 큼직한 다섯 개의 아치 모양의 문을 내었다. 그런데 이 아취가 단정하고 매끈한 반원형이 아니라 섬세하게 꼬불꼬불한 반원형이라는 것에서 이슬람문화권과 힌두문화권의 특징이 잘 조합된 것이라 한다.

디와니커스의 내부 대리석 벽면에는 보석을 상감했다. 북쪽의 창은 성의 바깥쪽을 향했는데 필름처럼 얇게 저민 대리석에 투각을 해서 마치 유리창을 통해 바깥 세상을 보는 것과 같은 효과를 주고 있었다. 내부를 떠받친 백색의 대리석 기둥들은 섬세한 그러나 절제된 아름다움을 갖추고 있었다.

다시 디와니커스의 바깥으로 나왔다. 건물을 정면으로 바라보면서 오른쪽

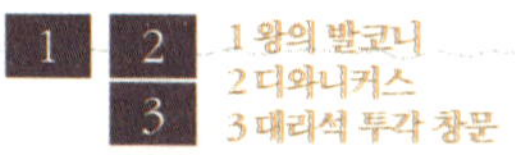

5~6m 되는 대리석 바닥에 지름 50~60cm 정도 되는 원형의 돌턱이 돌출되어 있었다. 우물인가 싶어서 가서 보니 철망으로 덮여 있었다. 가이드에게 들어보니 성채에 위기 사항이 돌발했을 때 바깥으로 빠져나갈 수 있는 지하통로라고 했다.

'킬 와트 카안'은 할렘이 있던 곳이다. 건물은 붕괴되고 그 초석들만 남아 있었다. 여인들이 이용했을 목욕탕 시설은 넓은 강의실 크기의 빈 웅덩이로 남아서 예전의 그 흔적만 보여주고 있었다.

'시슈 마할'로 옮겨 갔다. 역시 샤자한 황제가 1631~1632년에 왕비와 궁녀들을 위해 지은 거울 궁전이었다. 시슈 마할의 내벽은 채색 유리를 상감

한 환상적인 공간이었다. 통대리석을 투각으로 조각한 창문을 통해서 성 바깥쪽의 세상을 조망할 수 있었다. 창가에 앉아서 성 바깥 세상을 내다보는데 시원한 바람이 투각한 대리석 창문을 통해서 쏟아져 들어왔다. 시슈 마할의 내외부를 받치고 있는 대리석 기둥은 비교적 단순한 코린트식의 조각이기는 하지만 기둥에는 상감한 채색 보석 내지는 거울 조각이 들어가 호사스러웠다. 이 시슈 마할은 무굴제국 멸망 이후 시크왕국의 '마하라자 란지트 싱'이 지배하게 되면서 그의 아내 '마이 진단'의 거처가 되었다고 한다. 무굴제국 시대에 지어졌고 시크왕국시대와 영국통치시대에는 모두 그들 지배자들이 사용, 지금은 관광지로 개방되고 있었다.

시슈 마할의 어디에서나 '바드샤히 모스크'는 잘 보였다. 특히 황금빛 돔의 아름다움이 잘 잡혔다. 뿐만 아니라 파키스탄 독립기념탑도 잘 보였다. 시휴 마할에서 바라보는 세상은 모두가 아름다웠다. 그 옛날 이곳에 살던 여성들의 눈에도 바깥 세상은 그렇게 아름답게 보였을까. 사진들을 찍다 보니 그 유명하다는 '나울나카 파빌리온'을 그냥 지나치고 말았다.

바드샤히 모스크

이 사원은 1674년 샤자한의 아들 아우랑제브 시절에 지어진 건물이라고 한다. 건축예술의 대가였던 아버지 못지않게 그 아들도 예술적 감각이 있었던 듯. 그러나 왕위에 오르기 위해 아버지 샤자한을 유폐시켰던 아들이 아니던가.

정확하게 정오에 바드샤히 모스크로 들어갔다. 그에 앞서 여자들은 스카프로

1 시슈 마할의 대리석 기둥
2 대리석 투각 창문

머리를 감쌌다. 20개의 붉은 사암 계단을 오르자 나타나는 붉은 아치의 커다란 사원 출입구, 신발을 벗어야 했다. 미리 준비한 비닐 주머니에 신을 넣어서 들었다.

눈앞에 나타난 바드샤히 모스크는 붉은 사암의 건물 위에 세 개의 거대한 백색 대리석 돔이 얹혀진 모습, 네 귀퉁이에 네 개의 미나렛^{탑모양}이 대칭을 이루며 서있었다. 백색 대리석 돔의 높이와 하단부 붉은 사암의 건물 높이는 1:1의 균형을 맞추고 있었다. 5만 5천 명을 동시에 수용할 수 있는 대형 모스크였다.

사원의 붉은광장 바닥 돌은 설설 끓고 있었다. 36~37℃를 오르내리는 날씨에 체감온도는 45~46℃, 작열하는 태양에 달구어진 바닥 돌을 맨발로 밟는 것은 현지민들도 어려워하고 있었다. 달군 프라이팬 위에서 툭툭 튀는 메뚜기 형상이라고 할까……. 바닥에 짙은 초록색의 푹신한 카펫을 사원 건물까지 깔아놓고 그 위

에 연신 물을 퍼부어 식혀주고 있었다. 그러나 물은 금방 뜨끈뜨끈한 물이 되어버렸다. 사원 안으로 들어가니 사통팔달의 실내는 삼면이 바람이 통해서 시원했다. 벽과 궁륭형의 천장에는 다양한 팔방연속의 조촐한 무늬가 장식되어 있었다.

12시 40분에 모스크에서 나와 13시 30분에 중국식당 신광반점으로 갔다. 점심은 닭튀김, 마파두부, 토마토를 넣은 마파두부들이 나왔다. 그러나 닭튀김의 옷이 너무 달았다. 누군가 북어무침과 마늘장아찌를 내놓아서 맛있게 먹었다.

샬리마르 정원

오후 4시경에 샬리마르 정원을 찾았다. 410개의 분수대가 있는, 이 또한 샤자한 황제가 1641~2년에 만든 직사각형의 정원이다. 샬리마르란 고대어 '쇼라마'에서 온 것으로 '달빛'을 의미한단다. 이 정원은 북에서 남으로 4~5m씩 낮아지는

<table>
<tr><td>1</td><td>2</td></tr>
<tr><td></td><td>3</td></tr>
</table>

1 바드샤히 모스크
2 샬리마르 분수대
3 샬리마르 정원 통행로의 분수대

3단 계단식, 상단 테라스는 기쁨을, 중단 테라스는 덕을, 하단 테라스는 삶을 준다는 의미의 이름을 갖고 있고, 기쁨을 주는 테라스에는 황제의 의자와 황제를 위한 공연장이 설치되어 있었다. 정원 내 건물과 분수는 대리석으로 만들었고, 분수는 분수대의 높이와 수압에 의해 자연스럽게 물이 솟구치도록 만들어졌다고 한다. 요즘은 관광객을 위해서 정해진 시간에 전기를 이용해서 분수를 작동시키고 있는데 우리가 보고 있는 앞에서 뿜어져 나오는 분수는 전력의 부족 때문인지 힘없이 가느다랗게 뿜어져 나오고 있었다. 분수

대의 바닥은 육각형의 별 모양으로 조각된 수만 개의 블록으로 채워져 있다는데,

언뜻 스쳐보아서였는지 기억에 없다.

살리마르 정원의 나무 그늘 아래 카라코룸 하이웨이 루트 답사 참가자 32명이 모두 빙 둘러 앉았다. 인천공항에서 같은 비행기를 타고는 왔지만 현지에서 두 대의 미니버스에 나뉘어 다니다 보니 서로의 얼굴과 이름을 익힐 기회가 없었다. 내가 아는 얼굴은 제한되어 있었다. 부부 팀이 네 팀(천종욱·하태무, 김병일·이덕화, 진병무·이혜경, 유병하·강윤봉), 부자 팀(장석·장해수), 부녀 팀(전병래·전민수), 선후배 팀(민영애·이병희, 김승신·김지연), 동료 팀(김월순·김버들) 나머지는 나처럼 연줄연줄 어떻게 알아서 참가한 사람들이었다.

잔디 위에 앉은 자리순으로 돌아가면서 자기소개를 하는데 귀가 번쩍 띄는 소식, 현직 의사 선생이 그것도 정형외과 전문의 선생이 계셨다. 제대로 이름을 듣지 못했기로 내 차례가 되었을 때, 내가 이번에 허리를 다쳤다는 것을 공개하고 정형외과 의사 선생님의 함자를 물었다. 고석주 선생, 마침 구급약을 가져왔으니 호텔로 돌아가면 들르라고 했다. 이젠 살았다 하는 생각이 들었다. 지난밤에는 돌아눕지도 못하고 통증으로 잠을 설쳤었다.

이번 여행 팀 참가자는 다음과 같다.

정수일, 강만길 교수, 천하 부부와 박서분, 배명희, 한동헌, 허경옥 선생은 이미 낯익은 사이고, 이덕화 교수의 남편 김병일 선생은 경제기획원 예산처 장관 출신, 강윤봉 선생 남편 유병하 선생은 한국은행원으로 키가 훌쩍하게 컸다. 이 부부는 결혼 25주년을 기념하여 여행에 참가했다고 한다. 강윤봉 선생은 중키에 얼굴이 희고 아기자기한 아름다움을 지닌 분이었다. 이혜경 교수의 남편 진병무 씨 관련 정보는 잘 듣지 못했지만, 소년 같은 투명한 시선을 지닌 분, 이혜경 교수는 키가 크고 넓은 쌍꺼풀 눈을 가진 분. 이상호 선생은 변호사로 수줍음이 많은 듯 눈이 마주치면 시선을 돌리고는 했다. 강병철, 황평우 선생에 대해서는 잘 듣지 못했다. 어제 공항에서 짐이 들어오지 않아서 끝까지 기다려야 했던 이가 황 선생이라고 한다. 그의 짐 안에 비장의 식품들이 많이 들어있다고 했다. 황인석 선생은 퇴직 공무원, 김승신, 김지연 씨는 방송 구성작가, 김월순, 김버들 선생은 같은 여자고교에 근무하는 역사교사 등등이었다.

참으로 무더운 날씨였다. 땀이 줄줄 흘러내렸다. 버스를 타고 장소를 이동하면서 보니 시장에는 리어카 위에 망고가 차곡차곡 잘 정돈된 조각품처럼 예쁘게 진열되어 있었다. 라호르의 기차역은 붉은 벽돌 건물로 절제된 선과 대칭구조로 단순미의 극치를 이루고 있었다.

델리 게이트

델리 게이트는 무굴국의 세 번째 대제인 악바르가 세운 것으로 라호르에 있는 13개 게이트 가운데 하나, 무굴왕조 시대 수도였던 델리로 가려면 이 문을 통과해서 가야 했다. 1634년 샤자한 황제는 샤히 함만Shahi Hammam을 시켜서 델리 게이트의 내부를 리모델링하게 했다. 그것이 오늘 우리가 보게 된 모습이었다. 델리 게이트는 문화유적이면서 동시에 현재 바자르전통시장로 들어서는 입구이기도 했다. 수많은 델리 게이트의 바자르 사람들이 우리 일행을 구경했다. 우리들은 또 그들을 구경했다.

바자르 내의 주마 모스크

바자르시장 안에 주마 모스크실제 이름은 마지르칸 마스지드가 있었다. 모스크는 붉은 사암을 주재료로, 채색 타일을 사용한 규모도 크고 화려한 사원이었다. 현재도 바자르 주민들이 계속 사용하고 있는, 삶과 종교가 일치된 그런 사원이었다. 한창 때는 참으로 화려했을 사원도 세월의 더께가 끼어 화려하던 색상은 우중충해 보였다. 그러나 전체적으로 생기가 넘쳐나는 모습이었다.

모스크의 지하로 내려갔다. 백색의 대리석 벽과 천장이 궁륭형을 이룬 지하에는 이름 모르는 이슬람 지도자의 상징적인 관이 모셔지고 있었다. 관리인인 듯한 사람이 관 바로 앞에 쭈그리고 앉아서 관을 지키고 있고, 때로 신심 깊은 이

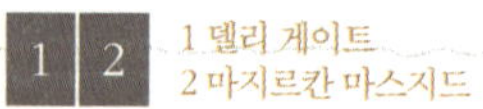
1 델리 게이트
2 마지르칸 마스지드

들이 들어와서 관을 만지며 기도를 하고는 갔다. 관 위에는 장미 꽃바구니가 놓여 있었다. 정수일 교수는 정통 이슬람에서는 사람이 죽으면 묻지, 그렇게 상징적인 관을 만들고 예배하는 일은 없다고 하셨다. 정 교수는 이슬람의 종파, 시아파분리주의파와 수니파순수파의 발생과 특징에 대한 설명을 하셨다.

저녁 식사는 라호르 성 가까운 레스토랑의 옥상에서 먹었다. 라호르 성과 바드샤히 모스크의 첨탑으로부터 은은한 불빛이 라호르 시내를 지켜주고 있었다. 밤의 라호르 야경이 좋았다.

호텔로 돌아와 고석주 선생에게 갔더니 타이레놀과 진통제 각각 세 알씩, 관절에 붙이는 케토톱 세 장을 나누어 주시었다. 오랜만에 타이레놀을 먹었다. 부작용이 두려워서 위장보호제와 함께 복용했다.

2008. 7. 25, 금요일, 맑음.

03 라호르-라왈핀디

5시 30분에 기상했다. 통증은 완화되었다. 그러나 진통제의 후유증으로 어지러운 증세가 심했다. 호텔의 바닥이 오르내리는 듯한 현기증을 느꼈다. 조반을 먹으면서 음식 맛을 알 수 없었다.

라호르 박물관

9시에 호텔을 출발해서 20분 만에 라호르 박물관에 도착했다. 라호르 박물관은 붉은벽돌의 3층 건물, 현관은 백색 대리석의 건물이었다. 박물관은 1864년에 무굴 양식으로 지어졌고, 1890년 2월 3일, 빅토리아 여왕의 탄생 50주년을 기념하기 위해 고딕 양식이 가미된 현재의 모습으로 개축되었다. 그러니까 현관의 백색 대리석 건물은 1890년 개축 당시에 세워진 것인 듯. 박물관 개관 시간은 10시부터라기에 그동안 그늘에 모여 서서 정수일 교수님께 '간다라 예술'에 대한 강의를 들었다.

10시 10분, 박물관으로 들어가 전시물들을 만나 보기 시작했다. 먼저 간다라 유물 전시관으로 가서 '고행하는 붓다상' 앞에서 증명사진부터 찍었다. '탁실라'에서 출토된 것을 박물관으로 옮겨 온 불상이었다. 육신의 모든 살과 피가 정신의 정화 과정을 거치는 동안 생존에 필요한 최소의 것만

1 라호르 박물관
2 고행하는 붓다상 옆에서

남기고, 갈비뼈와 팔다리의 뼈가 앙상하게 돌출된, 살아 있는 해골의 모습, 그러나 사람 마음을 편안하게 해주는 시선을 갖고 있다는 붓다상이었다.

천천히 전시실을 돌아다녔다. 시크시대의 마하라쟈가 입었던 꽃무늬의 옷, 란지트 싱의 법전은 한 페이지의 크기가 적어도 100×80cm는 될 성싶었다. 또 그의 초상화와 보석으로 장식된 두건이 눈을 끌었다. 중국으로부터 보내온 청자접시며 중국 시인의 시화가 들어간 족자가 있었고 팔뚝만한 커다란 상아에 새겨진 다섯 분 부처의 상도 이채로웠다. 사진보다도 더 사실적인 엽서 크기의 채색 세밀화, 오른손에 칼자루를 잡고 선 달립 싱Dalip Sing의 초상화에서 본 슬픈 눈빛, 달걀 크기의 타원형 안에 그려진 인물들의 초상화들이 눈을 끌었다.

간다라 전시실에서 주목하게 되는 것은 부처의 머리 모양새佛頭였다. 한국의 부처들이 모두 소라 모양의 나발螺髮을 갖고 있는 데 비해서 초기 부처들의 머리 모양새는 자연스런 웨이브의 업up 스타일, 정수리로 끌어올린 머리 다발을 묶어 앞머리 쪽에 얹어놓은 것이 마치 족두리를 쓴 듯한 모양새였다.

정수일 교수 말씀으로는 부처가 다녀간 후 적어도 500여 년 동안 불상이라는 것이 없었다고 한다. 초보적인 스투파塔를 세우거나 법륜을 그려 표시할 정도, 그러다가 그리스로부터 조각문화가 들어오면서부터 그들의 영향을 받아 불상이 생기기 시작했다는 것이다.

호텔로 돌아가다 보니 거리에 작년 12월에 피살된 부토 여사의 채색 초상화가 입간판에 들어가 있었다. 요즘 총선에서 승리한 야당 측이 무샤라프 대통령의 하야를 요구하고 있다더니 그와 같은 맥락에서 피살된 정치 지도자의 초상

화가 거리에 등장했구나 싶었다.

　12시 35분에 호텔에서 출발하여 이 지역 전통음식점인 'Salt in Pepper'로 갔다. 식탁에는 케밥, 볶은 밥, 감자, 쇠고기 튀김, 닭다리 튀김, 과일로는 망고, 배, 사과, 대추야자가 나왔다. 영국의 다이애나 황태자비가 이 집을 찾았을 때 찍어 놓은 사진을 벽에 걸어놓았다. 음식 맛은 최상급, 진통제와 타이레놀을 복용한 내게는 모두가 그렇고 그런 맛이기는 했지만 말이다.

　'라호르'에서 '라왈핀디'를 향해 출발했다(14:20). 고속도로는 한산했다. 드물게 대우자동차에서 제조한 버스가 지나가면 반가웠다. 고속도로를 달리는 특별히 예쁘게 치장한 화물트럭은 물론 대형 덤프트럭들이 눈을 끌었다. 어떤 차량들은 반짝이와 커튼 같은 것까지 부착하고 있었고, 트럭의 운전석 윗부분으로는 사찰의 처마처럼 화려한 단청차림까지 되어 있었다. 이곳 사람들이 이들 차량에 화려한 채색과 무늬를 그려 넣는 것은 도로 사정이 좋지 못한 위험한 곳을 장거리 운행하게 되면서 재앙을 물리치고 복을 부르며 또한 그들 스스로 치장하는 것을 좋아하

치장한 대형 트럭

는 데서 나온 것이라 한다. 역시 샤쟈한의 미적 감각을 물려받은 백성들이었다.

라호르에서 라왈핀디로 향하는 도로변은 평야지대였다. 그런데 잠결에 보니 거대한 산맥이 평야지대를 가로지르고 있었다. 천연의 요새라고 불러야 할까, 산맥의 능선은 짐승의 등뼈를 닮고 있었다. 현지 가이드가 '솔트산맥'이라고 했다. 천지개벽을 하던 무렵, 바다가 솟구쳐 올라 산이 된 곳이라는 의미일 것이다. 지금도 이곳에서 채굴해낸 소금 생산량이 대단하다고 했다.

휴게소에서 두 번 쉬었다. 고속도로 휴게소 건물마다 'Daewoo Parkistan — Moterway save limited —'란 간판이 있었다. 우리가 달리고 있는 '라호르-라울핀디'까지의 고속도로는 한국의 대우건설에서 건설한 것이었다. 고속도로의 휴게소 주유소에는 일반 승용차들이 두 줄로 길게 늘어서서 주유 순서를 기다리고 있었다. 기름값이 오르면서 나타난 현상이라 한다. 타이레놀과 진통제 복용의 부작용으로 내 얼굴과 손발은 퉁퉁 부어올랐다. 대신 통증은 훨씬 완화되었다.

'대우 – 파키스탄로'에서

가도 가도

먼 — 지평선

세상은 까마득하다.

치장하고 채색한 트럭은

영원으로 향하는 꽃가마.

석양은 아직 뜨겁고

라울핀디로 가는

'대우-파키스탄 협력의 길'은

한 줄기의 화살

지평선으로 날아간다.

'세상은 넓고 할 일은 많다'지만

정권이 바뀌면 역할이 바뀐다.

황혼에 젖은 가로수들

언제 꺾일지 알 수 없다.

대우-파키스탄로를 달리는

요란한 치장의 트럭들

죽음을 명상하며 살라고 한다.

(2008. 7. 26, 19 : 20)

라왈핀디와 파이샬 모스크

라호르에서 라왈핀디까지 6시간의 버스 여행, 19시 25분경부터 멀리 라왈핀디의 시가지가 보이기 시작했다. 30분쯤 뒤에 일단 '펄 컨티넨탈 호텔'에 도착, 그러나 먼저 사원 구경을 해야 하므로 체크인도 하지 못한 채 다시 버스에 올랐다.

라왈핀디는 현재의 파키스탄 수도인 이슬라마바드로부터 남서쪽으로 14킬로 떨어진 포트와르 고원지대에 있는 도시다. 이곳은 교통과 전략상 요충지로 아프가니스탄과 카슈미르로 가는 길의 교차 지역. 페샤와르행 북서쪽 철도 라인의 분기점이기도 하다. 영국 통치시절에는 대규모의 군사기지가 있었고 현재는 파키스탄의 육군사령부와 공군기지가 있다고 한다. 마르갈라 언덕을 배경으로 라왈핀디와 이슬라마바드가 있는데 이들은 각각 구시가지와 신시가지로 알려져 있다.

라왈핀디는 3천 년의 역사를 갖고 있고 불교 사원의 흔적과 베딕 문명의 흔적도 보이는 곳이다. 또한 세계 최고最古의 대학인 탁사실라Takshahilla 대학이 세워졌던 곳이라 한다. 그러나 이곳에서 1951년에 이 지역에서 초대 대통령 알리칸이 우익분자에게, 2007년 12월에는 이슬람국 민주화운동 최초의 여성 정치가였던 부토 여사가 정적에게 암살당했다.

파이샬 모스크

21시에 '파이샬 모스크'가 보이는 거리로 들어섰다. 어둠이 내리기 시작한 세상, 검푸른 하늘 위로 네 개의 첨탑이 환하게 불을 켜며 기도하는 모습으로 나타났다.

파이샬 모스크

저녁 하늘 위로

파이샬 모스크 위로

네 개의 빛나는 첨탑

소박한 소망의 손길

반딧불 같은 투명함으로 빚어

알라신에게 기도하고 있네.

파이샬 모스크

신생 파키스탄 공화국을 위하여

사우디의 왕이 보내준 성금

환상적인 모스크

마르갈라 언덕 위에 세웠네.

사우디 왕의 이름으로 봉헌된

파이살 모스크,

망자가 된 왕도 만족해하리.

현대양식 속에 담은 이슬람 전통양식

터키인 건축가 베닷 달로카도 기억해야 하네

모스크 안팎으로 모여든 수십만의 무슬림들

알라신의 이름으로 기도하면

신의 축복

마르갈라 언덕 위에 쏟아지리라.

네 개의 높다란 미나렛높이 88m과 여덟 조각의 콘크리트 지붕실내 천장 높이 40m으
로 이루어진 기도실에는 10만 명이, 외부의 광장까지 합하면 30만 명이 한꺼번

에 모여서 기도를 드릴 수 있다고 한다. 그 규모도 대단하지만 백색 대리석으로 조형화한 유목민들의 텐트를 연상케 하는 지붕이며 하늘을 찌를 듯한 첨탑의 대비가 참으로 아름다웠다.

신발을 벗어 비닐봉지에 담아 들고 사원 안으로 들어갔다. 어둠이 짙어오는 사원 안에는 전등이 켜있었다. 갑자기 어둠이 사원을 채웠다. 전력 부족으로 이렇게 가끔씩 정전 사고가 일어난다고 했다. 사원 바깥으로 나왔다. 마르갈라 언덕 높은 곳으로부터 바람이 불어와 시원했다. 어둠 속에 보는 백색 대리석 건물의 파이샬 모스크, 대단했다.

"전력이 국력이야."

일행 중 누군가가 큰 소리로 말씀하셨다. 우리 모두 인정했다.

피곤에 지쳐서 호텔로 들어왔다. 식당에서 늦은 저녁식사를 마치고 보니 22시 30분, 펄 컨티넨탈 호텔 239호로 배치 받았다.

내일 일정은 6:30 / 7:30 / 8:30.

2008. 7. 26. 토요일, 맑음.

04 라왈핀디-이슬라마바드-탁실라-페샤와르

지난밤 늦게 자리에 들었고 잘 잤다. 까마귀 소리가 들린다. 조금 서늘하다. 어젯밤에 정전 사고로 파이샬 모스크를 제대로 보지 못했기에 오전 중에 다시 가

보기로 했다.

　8시 45분 호텔을 출발했다. 조반 자리에서 또 현관에서 출발 시간을 기다리는 동안 전주에서 오신 퇴직 공무원 출신의 황인석 선생은 계속해서 파이샬 모스크에 대한 말씀을 하셨다. 모스크의 건축물 설계도를 심사할 때 현재의 모스크 건축물 설계도를 선택한 심사위원들을 도저히 이해할 수 없다는 것이었다. 2000년 전통의 이슬람 사원 건물 건축에 어떻게 그런 혁신적 설계안을 고를 수 있었느냐는 것이었다. 황선생의 '도무지 이해할 수 없다'는 말은 '심사위원들의 혜안에 두 손 두 발 다 들었다'는 또 다른 표현이 아닌가. 말이란 참 해석하기에 따라서 이렇게도 받아들일 수 있겠구나 싶었다.

　파이샬 모스크에 도착했다(09:05). 낮에 보아도 모스크 건물은 웅장하고 아름다웠다. 도로변에 차를 세워놓고 원경으로 모스크 건물 전체를 담고 또 건물 가까이 가서도 건물을 배경으로 사진을 찍었다.

　마르갈라 언덕 위에 세워진 이 건물은 파키스탄 건국 30주년을 축하하기 위해 당시 이슬람교의 종주국임을 자처하던 사우디아라비아의 파이샬 왕이 건설비를 지원해서 이루어졌다. 그러나 파이샬 왕은 곧 암살1975되고, 10년에 걸친 1976~1986 공정 끝에 지어진 모스크. 모스크에 파이샬 왕의 이름이 전면에 나타나게 되었다는 것이 그 배경 이야기다.

　파이샬 모스크를 배경으로 한 사진 찍기 10분 만에 다시 차에 올랐다. 작은 수기手旗로 태극기가 꽂힌 1호차로 들어서려는데 여행사 강 대표가 하태무 선생에게 우회적인 충고를 하고 있었다. 우리가 가야 할 지역은 아프가니스탄과 인접해 있고, 그 지역의 탈레반들은 작년, 한국인 인질로 크게 재미를 보았다고. 그 이후 한국인이 그들 표적의 대상이 될 수 있는 만큼 가급적 눈에 띄는 일은 하지 않았으면 좋겠다고 했다. 하태무 선생의 태극기는 곧 안전하게 그녀의 가방 속으로 들어갔다.

이슬라마바드의 시티투어

버스에 탄 채로 이슬라마바드의 시티 투어에 나섰다. 대통령 관저, 국회의사당, 법원 건물, 정부종합청사, 국회의원 회관들이 모두 큼직한 하나의 단지 안에 모여 있었다. 외교관저가 있는 거리는 숲이 무성하고 잘 정돈된 거리였다. 프랑스 대사관 건물이 규모가 크고 보기 좋았다. 한국대사관은 상대적으로 거리 안쪽에 있어서 볼 수 없었다. 이은정 선생은 저렇게 모든 기관들이 한 군데에 있게 되면 어떻게 삼권분립이 이루어질 수 있겠느냐고 흥분했다. 그녀가 그렇게 염려하기 이전에 이미 파키스탄은 거듭된 군사 쿠데타와 군부의 장기 집권으로 민주주의의 나무는 고사 직전의 위기에 와 있지 아니한가.

탁실라로 가기 위해 라왈핀디를 출발했다(09:40). 1,200km에 달하는 카라코룸 하이웨이의 시발점이 되는 라왈핀디. 해발 2,000m가 넘는 마를다 고개를 넘고, 영국군이 세운 전몰자 기념탑 앞을 지났다. 예전에는 산적들이 출몰하던 높은 고개라 했다.

탁실라 지역

10시 15분 마침내 탁실라 지역으로 들어섰다. 포장되지 않아 먼지가 뽀얗게 일어나는 길이었다. 이 지역에는 군수공장 그 가운데도 무기조립공장이 많다는 이야기를 들었다. 그리고 탁실라 지역에서는 뱀과 똥을 주의하라고 강 대표가 웃으며 말했다.

탁실라는 산스크리트어 '탁사실라'에서 유래, '돌을 쪼개다'라는 의미라 한다. 그만큼 좋은 석재가 풍부한 지방이다. 탁실라는 다양한 문명과 종교를 수용한 고대 도시. BC 6~4세기경에는 페르시아의 아케메네스 왕조가 페르시아 문명을, BC 4세기에는 알렉산드로스 대왕이 헬레니즘을, BC 3세기에는 인도의 아쇼카 왕이 불교문명을 전파했다. BC 2세기에는 그리스계의 박트리아(그리스인으로 페르시아 전쟁포로가 되어 중앙아시아에 뿌리내린 사람들)가 이 지역에 살면서 불교를 수용했다. AD 1세기에는 인도 북부를 지배했던 쿠샨 왕조가 이 지역까지 세력을 넓혔고 이 무렵 불상이 나타나기 시작했다. 불상의 출현은 헬레니즘과 불교와 박트리안의 그리스적인 감각과 쿠샨 왕조의 불교 중흥이 함께 어우러진 결과라 한다.

탁실라 지역에는 여러 유적지가 있지만 우리가 먼저 찾아간 곳은 한때 혜초 스님의 수행처가 되었던 곳이었다.

줄리안 승원터

10시 50분, 줄리안 지역에 도착했다. 이 승원터는 AD 2~5세기경에 세워졌고 이곳에서 아쇼카 왕의 아들, 그리고 신라의 혜초 스님이 한때 머물렀다. 스투파,

수행 승려가 머물던 선방, 승려들을 위해 식사 준비를 하던 부엌터 등의 흔적이 남아 있었다.

먼저 스투파를 모셔놓은 작은 창고 모양의 곳으로 들어갔다. 진흙과 석회를 섞어서 제작한 듯, 우리네의 상여를 닮은 스투파가 여러 기 놓여 있었다. 물론 더 나지막한 것도 있기는 했지만 스투파의 가로 세로 높이가 꼭 우리네 상여만 했다.

각각의 스투파는 사면으로 돌아가며 너댓 층의 구분이 되어 있고 층마다 손가락 한 마디만하게 작은 것에서부터 주먹만한 크기에 이르기까지 다양한 모양의 불상, 보살, 나한들, 짐승들을 조각한 것이 빼곡하게 들어차 있었다. 그런데 이들에서 공통으로 보이는 것은 무너져 내리는 천장을 떠받치는 듯한, 공포와 고통으로 가득 찬 무리들의 층이 있고, 그 위층에는 부처들, 보살들, 나한들의 편안한 층위가, 다시 그 위에 공포와 고통으로 위층을 떠받치는 층위, 또 그 위에 부처들의 평화로운 세계가 펼쳐지고 있었다. 그러고 보면 한 기의 스투파 안에는 천당과 지옥이 함께 구현되어 있었던 것이다. 평화로운 자나 고통과 분노로 일그러진 자나 그들의 표정이 너무도 생생해서 섬쩍지근하기조차 했다. 때

1 2 3 4 1, 2 승원의 건물 유적
3, 4 스투파

로는 스투파와 스투파들이 서로 엇갈려 놓인 구석진 자리에 한 자 또는 한 자 반 정도 되는 큼직한, 그리고 잘생긴 불상들이 숨어 있었다. 대개는 코가 문드러지고 손가락 몇 개 정도는 부서져 있었지만 그래도 온전한 모습을 갖고 있는 잘생긴 부처도 있었다. 구석으로 기어들어가서 그들을 디카에 담았다. 그러나 진흙과 석회를 섞어 만든 대부분의 불상들은 세월의 두께를 견디어내지 못해 마모되거나 파손되어 가고 있었다.

스투파 보관 지역을 나서자 예전 승려들이 공부를 하거나 선을 하던 거처가 나왔다. 승방은 한두 명의 장정이 드러누우면 꽉 찰 듯한 크기였다. 승방 벽은 두툼했다. 납작한 편무암들을 한 켜 깔고, 그 위에 큼직한 직사각형 또는 정사각형에 가까운 돌들을 가지런히 놓고 그 사이 사이에 역시 작고 납작한 편무암들을 물렸다. 다시 편무암의 켜를 깔고 그 위에 큰 돌들을 괴어가는 공정이었다. 시루떡의 단면과 같은 모습이었다.

관리인인 듯한 사람이 특별한 조각상들을 소개한다며 몇 군데로 데리고 다니더니 한국 돈이나 볼펜을 달라고 끈질기게 졸랐다. 나중에 듣고 보니 우리 동행자의 한 분은, 그 관리인이 자신의 취미가 각국의 화폐 수집이라며 한국 돈을 갖고 싶다 하더란다. 그래서 민간외교 차원에서 한국 돈을 종류별로 나누어 주었다고 했다. 그러나 외국인에게 돈을 요구한 그들은 이른바 전문 사업가였다. A라는 한국인에게 얻은 한국 돈을 그는 B 또는 C라는 또 다른 한국인을 고객 삼아 자기에게 있는 한국 돈을 미국 달러와 바꾸자고 해서 수입을 올리는 사람이었다. 메모를 하고 있는 중인 나의 볼펜을 잡고 자기에게 달라고 억지를 쓰는 사람들에게 내가 할 수 있는 것은 냉정한 표정을 지어보이는 것뿐이었다.

돌벽만 남은 승원 위로 올라가 산 아래를 조망했다. 하늘과 산을 바라보면서 1200년 전 이곳을 찾아와 하늘과 산과 들을 바라보았을 혜초 스님을 생각했다. 부모형제 남겨두고 이역만리 떠나와 불모의 땅을 떠돌며 구하던 불법의 세계, 혜초 스님은 소망하던 바를 이루었을까.

탁실라 박물관

줄리안 유적지를 출발, 탁실라 박물관으로 달렸다. 박물관 가는 길에 보니 이 지역에는 양질의 석재가 많은 듯, 석수장이들의 작업장이 도처에 있었고 작업장마다 넘치도록 많은 석수장이들이 돌을 깨거나 다듬고 있었다.

박물관에는 12시경에 도착했다. 곧 점심시간이라 문을 닫는다기에 30분 동안 서둘러 박물관을 돌아보아야 했다.

탁실라 박물관에서는 간다라 예술의 진면목을, 특히 불두佛頭와 불상의 변화를 한 번에 둘러볼 수 있었다. 옛날 불상들은 운반하기 쉽게 아주 작은 상으로부

시르캅의 잘 정비된 거주지 구역들

터 오늘날 대형의 불상으
로 변화해가고 있었다. 초
기 불상은 그리스 조각의
영향으로 자연스럽고도
풍만한 몸매, 웨이브가 자
연스런 머리칼을 갖고 있
었다. 사진을 찍을 수 없
는 곳이라 대충 바라보기
만 했다.

시르캅

12시 50분, 시르캅Sircap에 도착했다. BC 2~AD 2세기 사이의 그리스 왕조와 투산 왕
조의 도시 흔적이 남아 있다는 곳이다. 인육을 먹고 살았던 괴물 시르캅의 전설
은 지명 시르캅으로 남았다. AD 180년에 데미트리우스가 이 도시를 만들었고
멘데레우스 왕 때에 재건되었다고 한다. 무엇보다도 시르캅이 유명한 것은 이 지
역에 문화의 층을 비교할 수 있는 석조 벽이 있는 까닭이다.

더위와 식곤증에 시달리는 일행들은 그냥 잘 구획된 구역 안으로 들어가려고
했다. 그러나 나는 석조 벽을 확인하고 싶었다. 앞장서신 정수일 교수를 따라서
중앙의 큰길에서 벗어나 석조 벽이 있는 곳으로 향했다.

평지로부터 깊이 6~7m 정도, 20개 안팎의 계단을 타고 내려가자 사각형으로 파

놓은 구덩이 전면에 석조 벽이 우뚝 서있었다. 육안으로 뚜렷하게 구분되는 석조 벽의 서로 다른 문화층 — 아래先代로 갈수록 정교하게 쌓은 석성石城의 흔적, 모두 6층위의 문화층을 보여주고 있었다. 맨 아랫단은 네모난 돌을 다듬어 꼭 맞물려 놓은 것이 말 그대로 석성이었다.

아귀가 꼭꼭 맞았다. 그러나 2단부터 6단까지는 머리통만한 짱돌들을 모아서 진흙이나 시멘트 반죽으로 주물러 쌓아놓은 모양 같았다. 시대의 흔적을 한 공간 안에서 일별할 수 있는 특이한 장소였다. 바로 그 앞에 수종樹種이 다른 두 그루의 나무가 서로에 의지해 자라고 있었다. 시대와 시대가, 그 시대가 만들어 놓은 문화와 문화가 서로 공존하는 장소에서 수종이 다른 두 그루의 나무가 연리지連理枝처럼 서로를 얼싸안고 존재한다는 그 묘한 우연을 어떻게 설명해야 할 것인가.

다시 지상으로 올라갔다. 시르캅은 조그마한 도시. 메인 게이트를 통해 들어가면 전후좌우로 잘 정비된 건물들의 석축 기단들이 바둑판처럼 정리되어 있었다. 자인교와 힌두교의 사원들, 일반 살림집과 사원, 에스키모인들의 이글루처럼 생긴 원시 형태의 스투파도 있었다. 구획이 잘 된 상점가의 석축 기단에는 예외 없이 하단에 팔뚝 두어 개가 드나들 만한 구멍이 있었다. 하수구라고 했다.

1 문화의 층위를 보여주는 석벽
2 태양의 사원에 있는 제단

너무 반듯반듯하게 구획이 잘 되어 있어서 혹시 근래에 복원시켜 놓은 것이 아닐까 하는 의혹이 일기도 했다. 그럴 수도 있었겠지만…….

힌두교 유적인 '태양의 사원'은 석재가 응회석이었다. 여섯 개의 계단을 타고 올라갈 수 있도록 설계되어 있고 그 기단부에는 두 마리의 독수리를 돋을새김 한 쌍두취탑, 기단을 장식하는 소형의 기둥들은 그리스 건축의 코린트 양식과 힌두식의 아치 양식을 차용하고 있었다. 설명을 듣고 보니 과연 그랬다. 계단을 밟고 올라간 제단 위에서 사방을 둘러보았다.

중앙지대로부터 되돌아 나오다 보니 벌통 위에 시루를 엎어놓은 것 같이 생긴 응회석의 스투파들이 곧잘 눈에 들어왔다. 높이는 사람 가슴에 달할 정도. 기온은 40℃를 웃돌아 체감온도는 50℃를 육박하는데, 옛날에는 이 지역에 5천 호 정도가 살았으리라고 한다. 2000년 전 이 도시에 살던 사람들은 다 어디로

갔을까……. 이 지역에 낯을 익히다 보니 눈에 띄게 복원한 기단들이 보였다. 복원도 기술이고 예술이다. 자연스럽게 이루어졌다면 좋았으련만. 지금 우리는 그때 그 사람들을 보지 못하지만, 갑자기 이 거리 저 거리에서 그들이 우리를 지켜보고 있다는 느낌에 온몸의 털들이 꼿꼿하게 일어섰다.

비어 있는 벌

보이는 건

비어 있는 벌

바둑판처럼 늘어선 건물의 기단들

상가와 주거지와 거리와 사원으로 짐작되는……

눈을 감으면

길을 걷다가

나무 그늘에서 쉬다가

집안에서 일을 하다가

당신들의 영역에 들어와 두리번거리는

낯선 이방인에게

말없이 인내의 시선으로 지켜보는

먼 옛날 시르캅의 주민들

우리들의 무례를 용서하시라

본래부터 이곳에 속해 있는 그대들

그대들이 주인임을 인정하고 있으니.

다르마라지카 Dharmakajika

13시 45분, BC 3세기경에 아쇼카 왕이 세운 것으로 추정되는 탁실라 지역 최대의 스투파가 있는 곳을 찾아갔다. 중앙에 대형의 이층 원형 기단을 가진 스투파가 있었다. 안내판이 일본어로 작성되어 있는 것을 보니 일본이 발굴비를 대고 밝혀낸 곳인 듯했다. 스투파에 접근, 2중의 원형 기단을 보니 맨아래 기단은 사방 $1m^2$ 정도의 잘 다듬은 커다란 돌을 상하로 괴고, 좌우로 돌과 돌 사이에는 기둥을 세웠는데 그 기둥들이 그리스 기둥 양식의 하나인 도리아식이었다. 제2기단은 역시

사방 1m^{2}에 가까운 다듬은 돌을 가운데 두고 위 아래로 작은 돌을 괸 모양, 그 위로 높다랗게 석총을 쌓아 놓았다. 석총 위로 잔디가 자라고 있었다. 이들 대형 스투파가 이슬람권의 탄압에도 불구하고 오늘날까지 전해질 수 있는 것은 이슬람이 가진 포용 정신이 아닐는지. 이슬람들은 이 커다란 불교 유물 스투파를 파괴하지 않고 그냥 통째 흙으로 덮어버렸다고 한다. 터키 이스탄불의 성소피아 성당의 벽화가 생각난다. 이슬람들은 성당의 벽화 위에 새로운 회벽을 바르고 그 위에 자신들의 신앙을 나타내는 그림을 그리지 않았던가.

대형 스투파 옆에는 지붕 아래에서 보호받고 있는 소형 스투파들이 있었다. 그러나 줄리안의 스투파보다는 대형이었다. 진흙으로 만든 스투파에는 역시 몇 개의 층을 이루어서 부처와 나한과 보살들, 짐승들의 모습이 앙증스럽게 조각되어 있었다.

14시 8분 다르마라지카를 출발, 호텔에서 점심으로 카레와 닭볶음탕을 먹었다. 15시 10분에 호텔 출발, 15시 40분에 아시안 하이웨이와 카라코룸 하이웨이가 만나는 삼거리에서 잠시 차를 멈추고 사진 촬영, 그리고 18시에 페샤와르에 도착했다. 호텔로 들어가자 입구에서 호텔 직원들이 나와 우리 일행들에게 생

 다르마라지카 스투파

화로 엮은 꽃목걸이를 걸어주었다. 빨간 꽃과 노란 꽃으로 엮인 꽃목걸이에서는 달콤한 향기가 진동했다. 펄 컨티넨탈 호텔 237호실에 배정받았다.

2008. 7. 27. 일요일. 쾌청.

05 페샤와르-아보타바드-베샴

페샤와르는 파키스탄의 북서변경北西邊境에 위치했고 북으로는 중국, 동으로는 인도, 서로는 아프가니스탄으로 길이 뻗은 동서 교통과 교역의 중심지다. 중국의 비단이 이곳을 거쳐 서방과 인도로, 인도의 불교가 이곳을 거쳐 중국으로 전해졌다고 한다. 본래 이름은 꽃의 도시라는 의미의 '푸르샤프라'였으나 무굴제국의 악바르 대제가 국경의 도시라는 의미의 '페샤와르'로 개명하였다고 한다. 어제 호텔에 도착했을 때 호텔 직원들이 나와서 꽃목걸이를 목에 걸어준 이유를 뒤늦게야 알 수 있었다. 꽃의 도시를 찾아온 손님에 대한 환대의 표시였다.

6시에 일어나서 세수를 했다. 지난밤에는 많이 피곤했다. 어제 종일 뙤약볕 아래 돌아다녔고, 미니버스에 오르면 차 안은 냉방. 냉온의 차이가 극심한 하루를 보냈던 것이다. 룸메이트가 욕실로 들어가 있는 동안 두 번이나 정전이 되었다. 이곳의 전력 사정이 좋지 않았다. 국경 지역으로 갈수록 더 심각했다.

조반을 먹으러 레스토랑으로 내려갔더니 이덕화 교수가 겨자파스 두 봉지를 가져다주었다. 허리 아프다는 소문이 나면서 만나는 이들마다 첫 인사가 "허리

는 어때요?” 지극히 미안한 일이다. 호텔에는 총검을 장착한 경비원들이 입구를 지키고 있다.

9시 21분 버스에 올랐다. 방송 구성작가 김승신 선생이 더위 먹은 듯 조반도 굶었다고 한다. 얼굴이 창백했다.

페샤와르 박물관

페샤와르 박물관의 본래 이름은 ‘빅토리아 기념홀’, 빅토리아 여왕을 기념하기 위해 지은 건물이지만 지금은 간다라 3대 박물관으로 손꼽힌다. 박물관 건물은 붉은 벽돌을 주재료로, 영국식과 무굴식여러 개의 작은 돔을 장식의 건축 양식이 혼합되어 있는 것이 특징이다.

박물관은 현관에서 중앙 홀까지 다양한 불상들이 즐비하게 늘어서 있었다. AD2~3세기경에 만들어진 등신입상의 불상 앞에서 발을 멈추었다. 어디선가 만나본 적이 있는 듯하다…… 기시감既視感 같은 것이 아니었을까. 옷의 주름이 섬세하고 머리 모양은 자연스러운 웨이브 그대로였다. 불상 중에는 석가의 일생을 연속적으로 보여주는 불상Life Story of the Buddha 조각도 있었다. 출생에서 입적에 이르는 과정을 일별할 수 있는 조각품이었다. 와불臥佛의 모습도, 크기도

다양했다. 고대의 문자를 돌에 새긴 판들도 많았다. 중앙 홀의 전면에는 상호만 1m 이상이 되는 불두佛頭가 있었다. AD3~4세기의 것이라고 하는데 무아의 경지에 이른 미소가 우리를 함께 미소짓게 했다.

수많은 불상 가운데 중앙 홀 좌편에 자리한 전시번호 2857 부처 앞에서 이상하게도 가슴을 파고드는 싸르르한 슬픔 같은 것, 아픔 같은 것이 물결쳐 왔다.

싸르르한 슬픔이

분명 눈 뜨고 계시온데

이도 저도 아닌

깊고 또 먼 곳

그대 시선 따르려 해도

끝내 따를 수 없는

그대는 영원을

응시하시다.

한 손은 위로(施無畏印)

한 손은 아래로(與願印)

오로지 중생구원 지향하시오니

그대 이곳에 계시어도

실은 이곳에 계시지 않다.

그대 앞에

이 몸은

세상에 팽만한 먼지

그 가운데도

가장 작은 한 알의 먼지

그대 속엔 법륜의 찬란함이

이 맘속엔 그리움이

속세의 인연 끊어내신 그대

그대 바라보는 이 맘속에

싸르르한 슬픔이 —

그대 속에 우주 있고

이 맘속에 그대 있어

싸르르한 슬픔이 스며든다.

청동 입상불상 전시번호 2857(2.5x1m)

이 세상 것에 무심한, 그래서 바라보는 이를 더욱 외롭고 슬프게 하는 불상 앞에서 바라보고 또 바라보고 맴돌다가 마침 다가온 허경옥 선생에게 불상과 함께 선 나를 사진으로 찍어달라고 부탁했다. 허선생이 불상의 좌편 또 우편에 나를 세우고 여러 장의 사진을 찍었다. 싸르르한 슬픔이 일게 하는 불상이라니 자세히 찍어야 한다고 했다.

보살들의 행복한 가정을 보여주고 싶었던 것일까. '풍요의 신god of fertility'은 젖먹이를 안은 지어미와 지아비, 그리고 다섯 명의 자식들이 모여 있는 조각이었다. 명랑한 웃음이 금시라도 전시장 안을 채울 듯한 박력감이 넘치는 작품이었다. 불상들의 불두는 머리칼을 단정하게 정수리 위로 끌어올려 맨 것도 있지만, 정수리 위에서 가볍게 매어놓아 머리카락이 흘러내리는 듯한 모양새의 것도 있었다.

불상들의 모습을 차근차근 살펴보며 있는데 강만길 교수께서 내게 재미있는 부처가 있으니 한번 보라고 하셨다. 현관 우측에서 첫 번째, 전시번호 2856의 부처. 분명 부처이기는 한데 더부룩한 머리칼, 카이제르 수염, 놀리듯이 두 눈을 크게 뜨고 시침 떼는 모습이었다.

놀랬지?

문득 두 눈 크게 벌리고

사팔뜨기 두 눈동자 좌우로 벌려놓고

웃음기는 가슴 속에 감추고

페샤와르가 옛날부터 지금까지 교통과 교역의 중심지대라 하였으니 카이제르 수염의 사팔뜨기 부처, 부처라기보다는 낙타 타고 먼 길 오가던 대상隊商 중의 한 분이었는지도 모른다. 어느 날 부처의 말씀에 귀가 열리고 눈이 열리면서 부처가 되신 분이었을까. 부처 가운데 사팔뜨기에 카이젤 수염 부처는 처음 본다.

박물관 2층에는 이슬람 수집품이 전시되어 이었다. 타일 위에 기록된 코란의 이슬람 문자는 비상하는 새의 날개 같았다. AD 19세기에 입었던 두툼한 솜옷, 금속 장식이 잔뜩 달린 상의, 허리둘레가 3m는 될 듯한 누비 통바지가 있었다. 생활용품을 진열한 곳에서 본 광주리, 나무 주걱, 국자, 버들고리로 만든 그릇들은 한국의 것과 비슷했다.

10시 40분 박물관에서 출발했다. 우리가 탄 미니버스 앞으로 달려가고 있는 개조한 작은 버스에는 안팎으로 사람들이 매달려 있었다. 미니버스의 꽁무니 발판 위에도, 또 지붕 위에도 사람열매들이 주렁주렁 맺히어 있었다. 혹시 떨어져 사고라도 날까봐 걱정스러웠다.

11시 15분에 '카블 강' 다리를 건너 검문 지역을 통과했다. 카블 강은 넓었고 멀리까지 뻗어나가고 있었다. 가옥들은 목재로 된 것이 많았고 큰 산들이 연달아 나타났다. 비포장길을 운전사는 조심스럽게 달렸다. 솜틀집, 정미소 같은 작은 점방 건물들이 지나갔다. 도시를 벗어나자 농촌 지역, 농가는 흙벽돌집이 많았고 버섯 모양을 한 담배 건조장들이 나타났다. 사탕수수밭, 담배밭, 밭의 경계는 포플러가 맡고 있었다. 가로수는 포플러, 때로 자작나무도 나타났다.

탁티바히 승원

12시 무렵에 탁티바히 지역으로 들어섰다. 장날인 듯 거리는 사람들로 웅성거리고 있었다. 차를 향해서 뛰어오는 사람들, 히치하이킹을 하려는 사람들인 듯. 그런데 거리는 온통 남성들뿐이었다. 드물게 눈에 띄는 여성들은 눈만 내놓고 온몸을 히잡으로 가린 노파나 아주 어린 여아들뿐이었다.

멀리 승원터가 올려다 보이는 주차장에 차를 댔다(12:40). 탁티바히 승원은 AD 1세기경에 건설된 대가람이었다. 높다란 산 중턱에 편무암을 차곡차곡 맞물려 쌓아서 담을 만들고 건물의 벽을 만들었다. 강당과 승원, 크고 작은 탑원, 그리고 수많은 스투파들이 있었다.

탁티바히 스투파의 특징은 돌을 다듬어 만들었다는 것, 쥬리안 승원에서 보았던 진흙으로 빚은 스투파와 분명한 차이를 보여주고 있었다. 젊은 수도자들이 수행하던 승방들은 한 사람이 앉고 눕기에 적당할 정도로 작았다. 그들이 면벽좌선을 하던 곳이라는 지하 승방으로 가보았다. 20여 개의 계단을 타고 내려가자 한 사람이 몸을 깊숙이 꾸부리고 들어가야 간신히 통과할 수 있는 방안은 어둠이 가득했다. 방안은 제법 넓은 듯했다. 그 어둠 속에 몸을 묻고 화두에 매달려 자신과의 끝없는 대결 속에 뛰어들었던 수도승들. 승원에서는 아마도 수백

1, 2 탁티바히 승원
3 탁티바히 승원의 스투파. 중앙 전면에 있는 것이 스투파
4 지하 승방으로 가는 입구
5 탁틱바히에서 경비병과 함께
6 난 굽는 사내

명이 기거했을 것이다. 유한한 자신을 던져 무한한 법을 구하려던 그들은 다 어디로 갔을까.

승원터 아래로는 멀리까지 평야지대가 펼쳐져 있었다. 장총을 착검한 젊은 경비병이 우리들의 기념사진 모델이 되어 주었다. 구레나룻이 무성한, 깊숙하고도 선량한 시선을 가진 젊은이였다.

한 시간쯤 뒤, 탁티바히 승원터를 떠났다. 버스 안에서 우리에게 배분된 참고자료에 과장이 있는 것이 아니냐는 질문이 나왔다. 이 지역에서 흰옷을 빨면 회색 옷이 된다니 말이 되냐는 것이었다. 이 질문에 대한 정확한 답은 인더스 강물을 본 이후에 해결되었다.

점심은 바자르 한가운데 있는 현지 식당에서 먹었다. 40명 정도를 수용할 수 있는 단층의 자그마한 식당(공사판의 식당과 같은 인상이었다)인데 식당 간판이 'DAEWOO HOTEL', 영문으로 표기되어 있었다. 그들은 영문자의 내용을 알고 썼을까. 점심 식사는 케밥에 갓 구운 난이 나왔다. '뚝배기보다는 장맛'이라고, 보기보다 아주 맛이 좋았다. 식당 건물의 바깥으로 나가자 맞붙은 작은 건물 앞에서 중년 사내가 돗자리에 앉아 난을 굽고 있었

다. 화덕은 돗자리 아래로 큼직한 구멍을 파고 그 안에 불이 들어가 있었다(가스관을 지하 화덕 안으로 집어넣은 듯). 밀가루 반죽을 굴대로 밀어 앉은 자리에서 허리를 굽혀 땅굴 안의 화덕 벽에 붙였다가 익으면 집개로 끌어올리는 식이었다.

자라 보고 놀란 가슴

15시, 식당을 출발, 베샴을 향했다. 10분쯤 지나서였다. 도로가 막히고 웅성웅성, 앞서 가던 차들이 정거하거나 돌아서고 있었다. 한동안 도로 가운데 우리가 탄 차는 정지해 있었다. 누군가 자동차의 커튼을 내리라고 했다. 일군의 젊은이들이 복면을 하고 나타났다. 그들은 우리 버스의 진행을 막고 야구 방망이만한 몽둥이들을 치켜들고 차의 유리창을 가격하려는 시늉을 하고 있었다. 운전자와 현지 가이드가 시위자 20여 명을 앞에 두고 무언가 이야기를 하고 있었다. 험악한 인상의 젊은이들은 완강했다. 우리가 가야 하는 길이 국경지대이고, 그곳에 탈레반들이 살고 있다는 정보는 알고 있었다. 작년에 아프가니스탄에서 있었던 한국인 선교사 인질 문제를 우리는 기억하고 있었다. 우리의 진행을 막고 있는 저들도 탈레반과 연계된 사람들일까. 현지 가이드는 침착하게 그들을 설득하고 있었고 우리 팀원들은 모두 가이드와 젊은이들과의 협상을 조용히 지켜보고 있었다. 마침내 버스는 천천히 그들을 밀어내고 앞으로 나가기 시작했고 다음에는 속도를 높였다.

　무슨 일인지는 자세히 모르겠다. 파키스탄의 전력 부족으로 댐을 만들어야 한다는 정부당국에 항의하는 시위대라고도 하고, 또 지방도로를 달리다 보면 교통

사고가 나고 분노한 마을 사람들이 사고가 난 도로에 나와서 통행을 방해한다고도 하고……. 현지 가이드는 자세한 설명을 해주지는 않고 실실대며 웃기만 했다.

"9시 뉴스에 우리 얼굴이 나가는 일은 하지 않도록 합시다."

일단 위험 지대를 벗어나자 모두 한 마디씩 했다.

우리는 우리의 여행이 편안한 여행일 수만은 없다는 사실을 알고도 선택했다. 즐기기 위한 여행이 아니라 세상을 배우기 위해 떠나온 여행이었다. 정형외과 병원을 30년째 경영해온 고석주 선생은 그 친구들이 모두 위험지로의 여행을 만류했다고 한다. 친구들의 만류에 대한 고 선생의 대답은 파키스탄 난민촌에 의료봉사차 떠난다고 했다고. 그 말을 듣는 순간 나는 눈물이 나오도록 깔깔대며 웃어댔다. 고 선생의 파키스탄 의료봉사 활동에서 졸지에 내가 제1호 환자로, 난민촌의 환자로 둔갑해 버렸기 때문이다.

베샴으로 가는 길은 멀고도 험했다. 시골길의 작은 마을, 상점이나 벽에는 자본주의의 상징 펩시콜라가 침범하여 곳곳마다 그들의 상표를 시퍼렇게 도배해놓고 있었다. 자동차가 지나가는 이름 모를 마을에도 주황빛 능소화가 가냘픈 웃음을 흘리고 있었다.

18시 10분부터는 산길로 들어섰다. 깎아지른 듯한 절벽 위에 마을이 이루어지고 있었다. 우리가 가는 길은 아보타바드를 거쳐 가고 있다고 했다. 애초에 샹그릴라 패스로 지나려던 것이 그쪽 도로 사정과 또 그쪽 지역의 정황이 안전치 못해 돌아서 가고 있다는 것이었다. 18시 40분에 산중 마을의 작은 카페 방큐에트 홀에서 잠시 휴식을 취했다. 진통제를 먹은 나는 차 안에서 계속 비몽사몽간이었다.

마침내 베샴에 도착했다(23:10). 탁티바히로부터 여덟 시간이 넘게 버스로 달려온 여로였다. 뒤늦은 식사를 하고 배정받은 PTDC 모텔의 방은 식당에서 계단을 타고 내려간 정원에 있었다. 객실들이 여기 저기 뚝뚝 떨어져 있는 콘도식 건물의 15호실에 짐을 풀었다.

2008. 7. 28, 월요일, 맑음.

 ## 06 베샴-다스-칠라스

6시에 기상했다. 잠결에 물소리를 들었다. 일어나 방 바깥으로 나가 보니 짙은 잿빛의 강물이 객실 앞 30m 아래까지 들어와서 흐르고 있었다. 짙은 회색빛 강물이……. 그 색깔을 어떻게 표현해야 할까. 검정에 초록에 흰색에……. 어제 우리가 버스 안에서 보낸 시간은 모두 10시간, 머릿속이 멍할 지경이지만 아름다운 강과 산을 보고 감탄한다.

모텔은 허술하지만, 협곡은 거의 수직에 가깝고 협곡 사이로 흐르는 강물에 면해 있었다. 모텔의 정원에는 다양한 나무들, 꽃들이 강과 어우러져 곱게 피어 있다. 장미와 부켄베리아도 한창 철이었다. 잿빛의 강물과 산, 강물이 여울목에서 만드는 소리와 여울목에서 만들어진 물결무늬가 가히 환상적이었다. 일찍 일어난 팀들이 호텔 정원에서 강물을 배경으로 기념사진을 찍고 있다.

조반으로는 토스트 두 쪽, 계란 프라이, 우유, 사과주스, 커피 한 잔을 마셨다.

식사 끝내고 여행사 강 대표에게 강의 이름을 물었더니 그것도 모르냐는 표정
으로 "인더스 강이요!" 했다.

베샴에서 만난 인더스 강

심야에 도착한 숙소
꿈 없는 잠의 늪에 침몰했다.
잠결에 들려오던 물결소리
빗소리인가, 바람소리인가

새벽녘 방문 열자 다가온
아아, 강물이
조화옹이 둘렀던 짙은 잿빛 머플러
잠시 지상에 던져져

인더스 강이 되어
노래하고 있었다.

존재하는 모두의 소망
품은 인더스 강의 잿빛 물결

9시 7분에 모텔을 출발했다. 장총을 걸친 경비병들이 곳곳에서 근무 중이었다. 경사가 강파른 산 중턱에는 돌을 쌓아 지은 일반 주택이 마치 요새의 경비초소처럼 보였다. 협곡의 마을은 강원도의 도계 어디쯤을 연상시키었다. 베샴의 다운타운이라는 곳, 남자들만의 거리였다. 거리에도 상점에도 어디나 남자들만이 활동하고 여자들을 가택연금시키는 독특한 문화 지대였다.

베샴에서 칠라스까지는 대개 200km, 여섯 시간의 거리라고 한다. 카라코룸 하이웨이를 달리며 총 1,200km를 공사 하는 데 걸린 시간은 자그마치 10년, 평균 공사 구간 1km마다 노동자 1명씩이 죽어나간 난공사 구간이라는 설명을 듣는다. 공사 중 사고사가 일어난 지점마다 시멘트 기둥을 박아 표시해 놓았다고 했다. 카라코룸 하이웨이 공사는 세계 5대 불가사의 중의 하나라고도 했다.

달리는 버스 안에서 춘천이 고향이라는 이병희 선생이 커피 병을 내밀며 마시라고 했다. 컵이 없으니 '나이아가라식'으로 해결하라고 비법을 전수하셨다. 병 아가리가 입술에 닿지 않게 높이 치켜들고 마시는 것이 나이아가라식 음용법이다. 나이아가라 폭포처럼 입안으로 커피를 요령껏 쏟아 붓고 나서 그 어휘 채용이 절묘해서 감탄. 이병희 선생은 나이아가라식에 대해서 또 다른 설명도 해주셨다. '나의 아가리에'가 조금 속되기는 하지만 같은 의미라고 했다. 나는 소리

왼쪽에 지그재그로 가늘게 보이는 것이 카라코룸 하이웨이 지방도로

가 새어나가지 않도록 조심하며 깔깔거렸다.

카라코룸 하이웨이 위로 자동차 두 대가 간신히 비껴 지나간다. 한동안 가다
보면 목동이 염소 이삼십여 마리를 몰며 지나고 있다. 구절양장의, 지그재그의
하이웨이, 하이웨이에서 조금 삐끗하여 도로에서 협곡으로 추락한다면 살기는
고사하고 뼈도 추리기 힘든 곳이다. 그래도 운전기사는 여유 있게 즐기며 운전
을 하고 있었다.

흰 닭을 안은 소녀

우리들이 지나는 카라코룸 하이웨이 아래로는 짙은 잿빛 강물이 흐르고 있었
고, 길은 말 그대로 갈지之 자를 상하로 이어놓은 형상이다. 이름은 하이웨이지
만 이것은 고지대에 만들어진 길이라는 의미, 자동차 두 대가 간신히 서로를 비
켜 지날 수 있다. 대협곡 속으로, 협곡 속으로 들어가는 길가에 큼직한 마을이

있었고 마을의 산곡에서는 제법 맑은 하늘빛 물이 흘러나오고 있었다

잠시 차를 세워 두고 사진을 찍고 있는데 마을 소녀들 서너 명이 관광객을 구경하러 나왔다. 그 가운데 한 소녀 — 대여섯 살이나 되었을까. 갈색 머리에 검은 눈동자, 진달랫빛 전통의상 차림이었다. 그녀는 한 손에는 비닐봉지를, 또 한 손에는 볏이 빨간 흰 닭을 한 마리 안고 있었다. 샤갈의 그림 속에서 마악 세상 구경 나온 듯한 모습이었다. 닭을 안은 소녀는 우리가 그녀를 경외감에 가득 차서 바라보는 줄도 모르고 우리를 열심히 구경하고 있었다.

인적이 끊긴 하이웨이를 한동안 달리다가 건너편 협곡의 허리를 가로질러 실낱같이 이어졌던 길이 끊어지고 정상으로부터 흙무더기가 쏟아져 내린 지점을 지났다. 장석 선생이 영문판 파키스탄 여행 안내서를 읽고 있다가 그곳은 1974년 지진으로 1만 7천 명이 사망한 곳이라고 했다.

깎아지른 듯한 절벽 위에 바위를 깨뜨려 길을 내고, 조그만 흙덩이가 있으면 계단식 밭을 일구어 뿌리내리고 살아가는 사람들……. 그들의 고단한 삶을 안쓰러워하고 있는데 바자르가 나타나고, 사람들이 붐비고 있었다. 예전부터 이곳

흰 닭을 안고 있는 소녀

은 파키스탄과 중국을 연결하는 곳이기에 도로 연변에 심심찮게 바자르들이 들어서 영업을 하고 있다고 한다.

12시 14분에 다스에 도착했다. 베샴과 칠라스를 잇는 도로 가운데 있는 가장 큰 군소재지라고 했다. 점심은 다스의 어느 작은 식당에 들어가서 해결했다.

다시 칠라스를 향해서 출발, 하이웨이 위로 주인은 보이지 않고 검은 소와 누런 황소 두 마리가 뜨거운 아스팔트 위를 터벅터벅 걸어가고 있었다. 하이웨이를 내려다보는 암반 위에는 누군가가 페인트로 'mind kill roof'라고 써놓았다. 다스에서 다음 마을로 가는 코스는 가장 위험한 구간, 하이웨이 공사를 할 때 수많은 인명 피해를 낸 곳이라 한다. 당시에 강변으로 길을 내려고 했으나 농민들의 반대로 현재의 위치, 협곡의 허리에 암반을 뚫어 가면서 길을 냈다고 한다.

다스의 암각화

다스 지역 암각화의 현장에 도착했다(15:35). 인더스 강변 모래사장에 한 무더기의 표면이 검고 매끄러운 바윗돌들이 있었다. 천여 년 전 이 지역을 통과하여 구법의 길에 나섰던 승려들이 바위 위에 스투파를 그리고, 부처의 상을 그리고, 또 고대 문자를 새겨 놓았다. 세련된 그림도 있었지만 어떤 것은 마음만 앞선 서툰 그림도 있었다. 바위에 불상과 스투파를 그리는 동안 불법을 구하려는 마음은 더욱 굳세게 다져졌을 것이다.

다스 이후의 협곡은 황무지였다. 풀 한 포기 살지 않는 협곡, 그럼에도 협곡의 허리 부분을 관통하는 가느다란 길의 흔적이 있었다. 사람이 길을 내고 사람이 다

녀간 공간이었다.

짙은 잿빛의 인더스 강물로 비취색의 맑은 계곡물이 흘러 들어오는 합수 지점을 보았다. 합수 지점에서 비취색과 잿빛은 한동안 선명하게 대비되는 색깔을 보여주고 있었다. 그러나 계곡의 물보다 훨씬 많고 짙은 잿빛 앞에서 비취색은 곧 잿빛 속에 동화되고 있었다. 선악의 문제도 그럴 것이다. 소수의 선량한 사람들도 다수의 불량한 사람들 앞에서는 그 목소리를 잃게 되거나 희생될 것이다. 악화가 양화를 구축한다는 말은 경제학에서만 인정된 논리가 아니다. 어쩌다 만나게 되는 비취색 계곡의 물을 보면서 좀 더 많은 비취색 물이 흘러들기를 기대했다.

칠라스의 샹그릴라 호텔에 도착했다(17:02). 111호실에 배정받았다. 객실의 문에는 큼직한 철제의 두꺼비 자

물통이 달려 있었다. 방안에는 풀잎으로 엮어 만든 자리가 카펫을 대신하고 천장

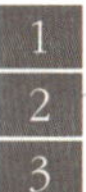

1. 2 암각화와 글씨
3 청류와 탁류가 만나는 지점

76

은 발을 엮어서 만들었다. 커튼도 수공예품이었다. 침대 머리맡에는 알록달록한 도자기도 있었다. 이 지역의 전통가옥이 지닌 특성을 많이 부여한 객실이었다. 그러나 정전으로 실내는 어둑했다. 객실 앞으로는 인더스 강이 흐르고 있고 협곡 건너편 높다란 암벽 위에는 이슬람 문자 아래 55P라는 글씨가 큼직하게 표시되어 있었다. 지리적인 지점을 알리고 있는 듯했다.

2008. 7. 29. 화요일. 갬.

07 칠라스-길기트

샹그릴라 호텔 111호실, 덧잠을 자다가 모닝콜 대신 문 두드리는 소리에 소스라쳐 깨어났다. 6시였다. 어둑한 호텔방, 커튼을 둥글게 말아 올려 끈으로 고정시켜 놓고 내다본 정원에는 부켄빌리아를 닮은 진분홍의 꽃잎이 새벽빛 아래 선명했다. 인더스 강물이 호텔 정원 앞 절벽 앞으로 흐르고 있었다. 인더스 강의 거대한 흐름은 이렇게 폭 40~50m 정도의 강물들이 흐르며 모여들어 만들어졌을 것이다.

큼지막한 나무들의 가지 어디에선가 새들이 노래하고 있었다. 날은 밝았지만 호텔 정원 건너편에 있는 높은 산에 가려져 아침 햇살은 후광처럼 보였다.

우리 일행들은 대개 정원에 나와서 아침의 인더스 강을 감상하고 있었다. 아침에 인더스 강가로 나가보고 싶었지만 강 쪽으로 나가는 호텔측의 문이 걸려

있어서 포기했다. 어제 저녁 이은정 선생은 강변으로 나가 인근 마을의 어린이
와 손잡고 모래사장을 걸어도 보았다는데……. 그녀는 인더스 강물에 발을 담
가 보니 시리기가 뼛속까지 저리더라고 했다. 그런데 강물은 멀리서 보던 것과
달리 물속의 모래가 보일 정도로 맑더라고 전했다.

문득 다가선 암산(岩山)

떠오르던 태양도 주춤

산봉-우리 바위에 기댔다가

고개 내밀자

쏟아지는

뜨거운 열기

8시 20분에 호텔을 출발했다. 운전
기사가 어제 하태무 선생에게 배운
한국말 '감사합니다'를 연발했다. 그
나름의 아침인사였다. 감사합니다. 감
사합니다. 우리말 가운데 참 아름다운
말이다.

칠라스 암각화 1

8시 25분, 길기트로 향하는 길의 왼쪽에 인더스 강물이 도도히 흐르고 있었다. 길 오른쪽 협곡의 산기슭 쪽으로 암벽에 불상들이 새겨져 있었다.

　제법 높직한 암벽에 뚜렷한 윤곽의 불상들이 여러 기나 되었다. 바위산으로 올라갔다. 탱화를 보고 있는 느낌이었다. 화강암의 바위 위에 새겨진 부처 상호와 입고 있는 옷, 장식품에 이르기까지 윤곽은 치밀하고도 세밀했다. 등신불에 가까운 크기에서 아주 작은 부처의 그림도 있었다. 그중에는 삼각 모자를 쓴 불상도 있었다. 티베트 승려가 그린 그림이라고 했다. 티베트의 부처들은 삼각 모자를 쓰고 있다고 한다. 같은 불교라 해도 지역에 따라서 부처의 의상과 장신구에 약간의 차이가 있는 듯. 스투파도 균형미를 갖춘 것들이었다. 일천여 년 전에 중국 스님들과 티베트 스님들이 다니던 길목이라 했다. 아침인데도 땡볕은 뜨거웠다. 어제 이 지역의 기온은 45℃, 체감 온도는 55℃. 오늘도 그 정도는 될 것 같았다. 모자를 썼지만 쏟아져 꽂히는 햇살이 따가워서 피부껍질이 벗겨지는 듯, 양산까지 펼쳐서 땡볕을 차단해 보려고 했다.

칠라스 암각화 2

인더스 강물 위로 목제 현수교가 놓여 있었다. 자동차 한 대가 간신히 통과할 수 있는 좁은 다리였다. 걸어서 다리를 건너다가 강 한가운데쯤에서 다리 아래를 내려다보았다. 짙은 잿빛의 강물이 요동치고 있었다. 어지러웠다. 그 옛날 스님들은 이곳을 어떻게 건넜을까.

다리를 건너자 자갈이 섞인 모래사장이 나왔다. 샌들 안으로 뜨거운 모래가 스며들었다. 피부에 바늘이 꽂히는 듯했다. 가이드를 따라서 모래사장으로 150m 정도를 지나자 바위 무더기들이 나타났다. 오래 전 스님들이 이쯤에서 강 건너 산을 바라보며 유숙처로 삼았을 것이다. 혹은 강 건너편에서 배가 오기를 기다렸거나.

바위 위에 새겨진 그림들은 거의가 스투파와 법륜들이었다. 그림은 단순하고 소박했다. 초등학생이 그린 그림 같은 것들도 있었다. 작은 것은 손가락 하나 길이에서 큰 것이라고 해보아야 50cm를 넘지 않을 듯했다. 어떤 스투파는 성냥갑

1 법륜을 그린 암각화
2 사슴 사냥하는 모습을 그린 암각화
3 스투파(탑)을 그린 암각화

서너 개를 차례로 쌓아올린 듯 간결했다. 뿔이 긴 짐승 그림은 사슴을 그린 것일까. 말 잔등에 올라타고 채찍을 휘두르며 뿔이 긴 짐승을 좇아가는 그림도 있었다.

사람들이 한참 암각화를 배경으로 사진을 찍고 있을 때 그곳에서 20m쯤 떨어져 있는 뒤편으로 돌아갔다. 그리고 모래사장에 비스듬하게 박힌 널찍한 바위 위에서 윤곽이 마모되긴 했지만, 그리고 그 크기도 20cm 정도 밖에 되지 않지만, 한쪽 어깨에 가사를 걸친 부처 한 분을 보았다. 그리고 그 부처 그림 옆에 새겨진 또 하나의 희미한 윤곽, 관능적인 여체의 나상이 있었다. 유방과 둔부가 과장될 정도로 큼직한……. 어떤 후대의 중생이 부처 옆에 그런 그림을 새긴 것일까……. 여체는 춤추고 있었다. 정수일 교수와 강 대표에게 가서 내가 본 이상한 그림에 대해서 말씀을 드렸다. 강 대표가 여체가 그려진 바위로 갔다. 한참 뒤 돌아온 강 대표는, 후대인의 장난은 아닌 것 같고 부처 앞에서 춤추는 천녀天女의 그림이라고 했다. 불교미술사에 한동안 젖가슴을 드러낸 천녀들의 그림이 많이 발견되고 있다고 했다. 그랬던가……. 부처를 유혹하는 요귀인 줄 알았다.

시간이 지나면서 모래밭과 바위 덩어리는 펄펄 끓어오르고 있었다. 아주 서툴고 단순하게 그린 스투파 앞에 가서 그것을 바라보는 순간, '이건 내가 그린 스투파다!' 하는 생각이 들었다. 이 또한 기시감에서 온 것일 게다. 나는 불자佛者는 아니지만 내 속에 불교적인 색채가 좀 더 진하다는 느낌을 갖고는 한다.

칠라스의 인더스 강가에서

— 혜초 스님에게

인더스 강가에서

천년도 훨씬 전에 만났었던,

그러나 지금은

그 얼굴 그 목소리

가뭇없이 잊어버린 그대

내 이곳을 찾아옴은

깊은 곳에서 부르는 이 있어

그 소리 따라 찾아온 것이니

인연 아니었으면

깊고 험한 협곡의 끊어질 듯 이어진 길

작열하는 암석의 산이며

서툰 솜씨의 스투파

거친 물결 어떻게 건너 왔으리.

인더스 강가 암반 위에 새겨진

서툰 솜씨의

불상이며 법륜이며 스투파는

그대와 더불어

짱돌 들고, 혹은 정으로 쪼아 새긴

우리 믿음의 표시

부처님께 귀의하나이다.

옛 맹세는 잊혀지고

내 시선 끄는 낯익은 그림

작고 서툰 솜씨의 스투파……

그대와 동행하던 길

천 년 세월 돌고 돌아

칠라스의 인더스 강가에서

강물 흐르는 소리 속에서

시원을 알 수 없는

먼 곳에서 들려오는

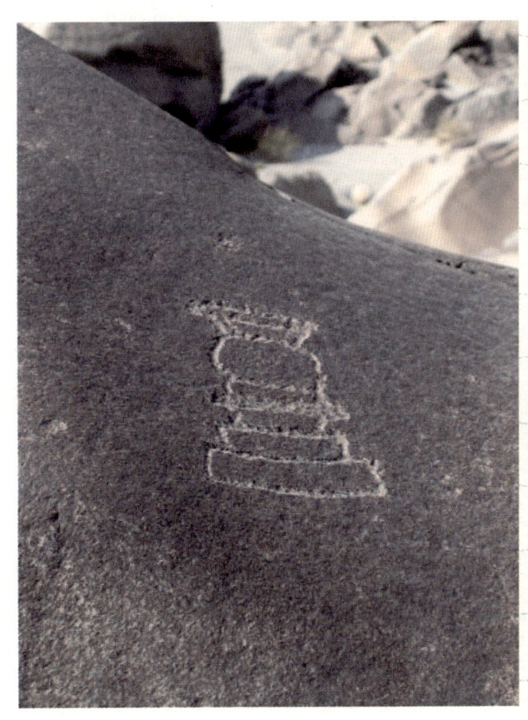

그대의 소리

그대와의 맹세
다시 떠올리노니
부처님께 귀의하나이다.

열기 속에서 모래자갈 길을 걸어 현수교로 나와 다시 차에 올랐다(09:40). 길기트로 가는 카라코룸 하이웨이는 우기雨期에 쓸려나가고 무너져 나간 길바닥이 위태롭고, 금시라도 쏟아져 내릴 듯한 모래 산도 공포스러웠다. 차 한 대가 간신히 지날 것 같은 길을 용케도 운전자들을 서로 비비대며 잘도 지난다.

노천 온천이 있다기에 기대했다. 백두산 노천 온천에서 삶은 달걀 사먹던 기억까지 떠올렸다. 산 언덕으로부터 도로로 흘러 떨어져 내리는 물줄기. 현지 가이드가 "Cold!, so cold!" 하며 산언덕에서 흘러 떨어지는 물에 손을 씻기에 냉큼 손을 들이미는 순간, "앗 뜨거!" 소리가 저절로 터져 나왔다. 온천물이 산언덕에서 줄줄 그렇게 흘러내리고 있었다.

인더스 강 건너편 흙 사태가 난 듯한 지점을 지날 때(11:25), 장석 선생이 1842년 지진으로 인해 수천 명이 사망하고 사람들이 살던 흔적이 깡그리 사라진 지점이라고 설명했다. 그런 무서운 자연 현상은 단순한 자연 현상인가 조물주의 분노인가.

낭가파르밧

11시 40분, 마침내, 거칠고 삼엄한 산봉우리들 사이에 흰 구름처럼, 곱게 그 모습을 드러낸 낭가파르밧_{Nanga Parbat, 8,125m}! 달리는 차 안에서 아무리 줌인으로 당겨도 제 모습을 제대로 옮기지 못했는데, 사진이 가장 잘 나오는 포토라인까지 가서야 버스가 멈추어 섰다. 낭가파르밧 봉우리를 디카에 담았다. 누군가 가까운 바위 위에 자연석으로 길쯤한 돌과 그 위에 동그란 돌을 올려놓아 새로운 부처상을 만들어 놓은 것이 있었다. 낭가파르밧을 향한 우리의 소망을 빌어주는 그 작은 부처상을 한 옆에 세우면서 만년설로 단장한 낭가파르밧을 또 디카에 담았다. 이은정 선생을 모델로 사진을 찍고 나도 사진 속에 담았다.

세 개의 거대 산맥의 교차지점

12시 20분, 카라코룸 · 히말라야 · 힌두쿠시 산맥이 교차되는 지점에서 다시 정차, 포토라인에 올라가 사진을 찍었다. 히말라야 산맥 위로 흰 구름이 흐르고 있었다.

파미르 고원지대에 자리한 8,000m 이상의 고봉高峰은 21개 봉우리, 그 가운데 파키스탄 쪽에 해당되는 봉우리는 3개처라고 한다. 세 산맥의 교차점을 배경으로 오른쪽에서 흐르는 인더스 강과, 왼쪽에서 흐르는 길기트 강이 합수되고 있었다. 세 산맥의 교차지점과 동시에 두 강의 합수지점을 볼 수 있는 곳에 약 3m 높이의 전망대가 세워져 있었다.

시원(始原)

모든 강에는

원천이 있고

모든 존재에게는

시원이 있다.

지금 나와 시원의 사이에는

열리지 않는 침묵만이

바윗덩이 되어 앞을 막고 있다.

열려라 참깨!

길기트로 가면서 황량한 산맥 뒤로 숨바꼭질하듯 설산雪山들이 나타나고 숨기를 거듭했다. 인더스 강 연변은 황무지였다. 때로 숲이 있는 곳에는 샘이 있고 사람들이 살고 있었다. 산도 들도 척박한 지역, 살을 발라낸 앙상한 뼈마디만의

절벽 중앙에 있는 마애불상

산에도 실낱같은 길이 구불거리고 있었다. 길은 희망의 또 다른 이름이다.

13시 25분, 길기트의 세레나 호텔에 도착했다. 114호에 여장을 풀었다. 호텔의 주인은 제네바에서 태어나 그곳에서 살고 있다는 파키스탄의 왕족 출신, 공주라고 한다.

세레나 호텔의 정면에 암벽의 거봉 사이로 뚜렷하게 그 자취를 드러내는 설산이 보인다. 호텔의 위치가 기가 막힌 곳이다 점심 식사도 깔끔했다. 샤워 후 휴식을 취하며 한낮의 열기가 식기를 기다렸다가 AD 7세기경에 만들어진 마애불을 보러 나섰다.

길기트의 마애불상

16시 30분의 태양이 여전히 뜨거웠다. 양산을 펼쳐 햇살을 차단했다. 호텔에서 마애불이 있는 계곡까지 자동차로 10분 거리, 다시 걸어서 5분. 마애불상은 입상이고 숲이 무성한 계곡의 암벽 중간지점쯤에 있었다. 전체적으로 불상의 선은 투박하게 처리되고 하체가 튼실한 모습으로 새겨져 있었다. 예전에는 불상이 새겨진 암벽 위쪽으로 사원이 있었다고 한다. 마애불상은 암벽의 위로부터 밧줄을 내려뜨려 그것에 의지해서 암벽의 중간에 새긴 것으로 추정하고 있다. 불상만의 높이 5m, 불상의 위

아래 장식까지 합하면 7~8m에 이른다. 강만길 교수님은 마애불상을 많이 보아왔지만 이곳의 마애불상은 너무 단순하다는 인상을 받았다고 말씀하셨다. 중국 또는 티베트로부터 인도로 가는 길에 이곳 숲이 무성한 계곡의 사찰에서 묵어 갔을 수행승들을 그려보았다.

마애불상이 보이는 근처 나무 그늘 아래에서 정수일 교수의 카라코룸 하이웨이가 건설되게 된 배경과 10년에 걸친 공사 과정에 대한 강의, 길기트 지역과 고구려 출신 고선지 장군의 역할, 인더스 문명에 관한 강의를 한 시간여 들었다.

고선지 장군

고선지는 고구려 출신의 장군이다. 그는 740년경 1차 원정에서 천산산맥 서부에 있던 부족 달해를 정벌했다. 747년 2차 원정에서는 해발 4,000~5,000m에 달하는 파미르 지역에 살던 토번을 정벌해 공로를 인정받았다. 그는 다시 소발률^{현재의 길기트}을 정벌하고, 연운보^{현재의 아프가니스탄 동부}를 정벌하며 해발 4,575m의 탄구령^{현재의 다르코트}을 넘어 소발률의 왕을 체포한다. 750년 3차 원정에서는 사마르칸드의 갈사국을 정벌하고 같은 해 12월 4차 원정에서는 파미르 고원의 서쪽에 있는 사마르칸드와 타슈켄트를 정벌, 국왕을 체포하여 장안으로 압송, 보석과 명마를 전리품으로 취한다. 그러나 타슈켄트의 국왕이 살해되면서 현지인들의 분노를 사게 되고 이것이 그의 패망의 원인이 된다. 751년 7월 제5차 원정인 탈라스^{현재의 잠불} 전쟁에서 고선지는 복수심에 불탄 타슈켄트 왕자 원은들이 중심이 된 연합군의 배신으로 참패하게 된다.

한국에서는 고선지에 대한 연구가 상대적으로 덜 된 반면, 중국과 일본 및 서방 세계에서 고선지의 전략과 공적, 전기적 사실에 대한 연구가 활발하다는 이야기를 들은 것이 3~4년 전의 일이다. 일련의 시리즈로 '한국소설에 나타난 중국 · 중국인' 관련 자료들을 찾다가 고선지의 이름을 접했고 한국소설에서 고선지를 다룬 중편소설 한 편을 찾아낸 일이 있었다. 그때 고선지의 출신과 성장 배경, 장군으로서의 업적을 훑어보았다. 1970년대 말에 나온 소설이었고, 고선지나 중국에 대한 자세한 자료가 없던 시절에 나온 작품이었다. 저자는 아마도 일본 서적을 참고하지 않았을까 하는 생각을 했었다. 『삼국지』에서 제갈공명 선생이 남만을 정벌하던 공간 배경과 비슷하게 파미르 고원지대를 그리고 있었다는 기억이 난다.

고선지에 대한 서방세계의 주목은 그가 해발 4,000~5,000m가 넘는 고원지대에서 부하들을 데리고 신출귀몰한 전술을 펼쳤다는 데에 있다. 아무런 특수 장비도, 의료품도 없이 공기가 희박한 고원지대를, 설산과 빙하지대를 한겨울에 휘젓고 다녔다는 것에 서양인들은 경악한다.

그러나 그보다도 더 서양인들이 고선지의 이름을 기억하는 이유는 탈라스 전투에서 고선지의 참패가 가져온 결과에 있었다. 당시 전투에서 포로로 잡혀간 고선지의 군대 가운데에 제지 기술자들이 포함되어 있었던 것이다. 이들 제지 기술자들은 서양에 종이 기술을 전파했다. 종이의 출현은 인쇄기의 출현을 불러왔다. 책을 통해 인간 평등에 눈뜨기 시작한 민중은 마침내 민주주의라는 거대한 나무를 그들 가슴에 뿌리내리게 한다. 이것이야 말로 '너의 불행은 나의 행복'이라는 사실을 우리에게 역설적으로 보여주는 것이다. 탈라스 전투에서 고선지의 패배는 서양인에게 민주주의를 선물했다.

16시 30분에 계곡을 출발해서 길기트의 바자르로 갔다. 주어진 시간은 한 시간, 모두들 흩어져서 구경을 하는데 나는 허경옥 선생과 짝을 이루어 길기트 강물 위에 놓인 현수교 구경을 갔다. 현수교의 바닥은 두툼한 목재였고 중형차가 지나다닐 정도로 견고했다. 바자르에서 김승신, 김지연 선생이 현지인들이 많이 쓰는 모자를 사서 썼다. 그녀들에게는 썩 잘 어울리는 모자였다. 그러나 우리 여성 회원들이 산 모자가 이 지역에서는 남성용의 모자였다. 젊고 어여쁜 동양 여성이 남성의 모자를 사서 쓰고 희희낙낙 걸어가니 현지 사람들이 희한하다는 시선으로 바라볼 수밖에 없었다.

17시 40분에 바자르를 출발해서 호텔로 들어왔고 20시 30분에야 저녁 식사를 했다. 가급적 채소와 과일을 많이 먹었다. 식사 자리에서 이덕화 교수가 패시미어 머플러를 단체로 구입하면 싸게 살 수 있으니 내게도 주문을 하라고 했다. 나는 처음에 두 장만 신청했다가 호텔 매점에 나온 것을 보니 상품이 좋았다. 욕심내서 세 장을 신청했다. 장당 11달러였다. 귀국하면 아파트와 연구실의 화초들을 보살펴준 효순이와 지현에게 줄 선물이었다.

별똥별을 보다

식사 후 여성회원들만 호텔 로비로 모이라기에 나갔다. 특별한 안건은 없었고 서로 얼굴이나 익히자는 것이었다. 그리고 '별 볼일 없는 사람들의 별 보기' 모임이 즉석에서 구성되었다. 호텔 정원으로 나갔다. 고원지대 길기트의 밤하늘은 별들로 그득했다. 밤하늘은 칠흑이었고 별들은 반짝반짝 빛을 발하고 있었다.

의자들을 끌어 모아 둥그렇게 모여 앉아서 마악 하늘을 바라보는 순간이었다. 커다란 불덩어리 하나가 하늘로부터 사선으로 쏜살같이 지상을 향해 내려 꽂혔다. 별똥별이라고 느끼기도 전에, 소원을 빌기도 전에 별똥별은 떨어져 버렸다. 그러나 아쉽지 않았다. 별똥별이 인간의 소원을 들어주는 힘을 갖고 있다면 반드시 인간의 입으로 발하는 소원을 듣고서만 그것을 성취시켜 주는 그런 꽁생원만은 아닐 것이라는 생각. 처음엔 누군가 가까운 곳에서 불꽃놀이를 하고 있는 줄 알았다. 그만치 별똥별은 크고도 찬란했다.

세상에 나와서 가장 커다란 별똥별을 본 날, 길기트로 오기까지 해발 8,125m의 낭가파르밧을 위시해서 얼마나 많은 고봉과 설산들을 보았는지, 게다가 카라코룸 산맥, 히말라야 산맥, 힌두쿠시 산맥의 교차점도 보았고 인더스 강과 길기트 강의 합류 지점도 보았다. 세상에서 소수의 사람만이 볼 수 있는 특별한 곳을 보았고, 세레나 호텔의 정면에는 만년설을 덮어쓴 설산이 삐죽이 우리를 내려다보고 있었다. 이만하면 세상에서 축복받은 사람이 아닌가. 더 무엇을 소망하리.

2008. 7. 30, 수요일, 맑음.

08 길기트-훈자

5시 45분, 길기트 세레나 호텔 114호실에서 깨어났다. 객실 앞을 그득 채운 암벽 뒤로 설산이 고개를 삐죽이 내밀고 있었다. 햇빛도 산을 넘기에 힘들어 잠시

숨을 돌리고 있는 곳, 아래로부터 위로 치받드는 일광의 조명을 받은 거무스름한 암벽의 산은 햇빛에 그슬린 건강한 사내의 살빛 같았다.

파키스탄식 망고 먹는 법

8시 30분 호텔에서 출발, 훈자로 가는 길. 버스에 오르자 하태무 선생이 준비해 온 망고를 하나씩 나누어 주셨다. 여성 회원들은 망고를 받으면서 소리를 죽여 가며 웃었다. 파키스탄식 망고 먹는 방법에 대해서 지난밤에 하 선생의 강의를 들었기 때문이다. 여성 회원들이 소리를 죽여 가며 웃는 이유를 알지 못하는 정형외과 의사 고석주 선생이 버스 안의 탑승자들에게 강의를 하기 시작했다. 이른바 손에 망고 즙을 묻히지 않고도 맛있게 먹는 방법에 대한 강의였다.

"손으로 망고를 조몰락대면서, 마음으로는……, 다른 상상을 해 보세요!"

고석주 선생 눈가에 장난기가 보글보글하는데, 뒤편에서 누군가 망고를 주물럭대다가 배꼽은 뽑아내고 그 구멍에 입을 대고 젖 빨듯이 빨아 먹으라고 친절하게 알려주었다. 그 순간 여성 회원들의 웃음은 폭발해버렸다. 눈물이 줄줄 흘러나오도록 그렇게 웃어댔다. 지난 저녁, 망고를 애인의 젖가슴 주무르듯 주무

1 세레나 호텔에서 새벽을 맞이하는 이병희 선생
2 세레나 호텔의 건너편, 아래쪽으로 인더스 강

르는 것이 파키스탄식 망고 먹기의 핵심 요소임을 하 선생은 재삼 강조하셨다.

이론과 실습은 다른 것인가. 나도 열심히 망고를 주물럭대는데 배꼽 부분^{꼭지}부분이 터지면서 과즙이 흘러나오고 씨앗이 먼저 빠져나왔다. 길쭉한 망고 씨는 갈비 뜯듯이, 과육을 뜯어 먹고 조심스레 망고 즙을 빨았지만 손에 끈끈한 과액이 묻어 휴지로 닦아내야 했다. 다른 이들도 처음 해보는 파키스탄식 망고 먹기가 힘들다고 한 마디씩 하는데…….

"우리 천 선생은 아주 잘 하는데요."

하태무 선생의 천연덕스러운 보고에 차 안은 다시 웃음의 도가니가 되고 말았다. 대체로 남자들은 파키스탄식 망고 먹는 방법을 본능적으로, 또 성공적으로 잘 해내고 있었다.

인도·아시아판 대륙의 충돌 지점과 길트소 행성

버스가 길기트 강변에 멈추어 섰다(09:50). 강 건너 두 개의 산맥이 맞닿은 부분을 가리키면서 그곳이 바로 두 대륙의 충돌 지점이라고 했다. 지구 생성 초기 지층 가운데 아시아판과 인도판이 충돌을 일으키면서 불거져 올라간 곳이 히말라야 산맥 쪽. 가이드는 서로 다른 두 대륙판이 충돌한 흔적을 확실하게 볼 수 있다고 했다. 버스에서 내려서 사진을 찍느라고 야단들인데 뒤에서 따라오던 버스에서 강 대표가 내렸다. 현지 가이드의 의견과 달리 강 대표는 두 대륙판의 충돌 지점을 지척에서 육안으로 식별 가능한 더 좋은 장소가 있다고, 걸어서 5분 정도 되돌아가면 된다고 했다. 강 대표의 옆에서 부지런히 걸었다. 그러나 5분이 지나고 10분이 지나도 육안으로 식별 가능한 충돌 지점은 보이지 않았다.

길기트 강변의 양안兩岸은 까마득한 수직의 암벽, 이정표에는 '파키스탄의 나아아가라 로드'라고 되어 있었다. 걷는 것이 좋았다. 선발대가 장소를 찾는 동안 나는 사진을 찍었고, 좋은 돌을 찾아다니던 강만길 교수께서 갓난아기 머리통만한 돌에 흰 모자이슬람교도가 쓰는 하얀 호떡 같은 모자를 씌운 듯, 그리고 그 아래 흰줄이 빙 둘러쳐져 마치 행성처럼 보이는 돌덩이를 보여주셨다. 그분은 손에 든 돌을 이리저리 돌려 보면서 저울질하고 계셨다. 탐나지만 그 크기와 무게 때문에 한국까지 가지고 갈 수 있을지 무엇보다도 공항의 검색대를 통과할 수 있을 것인지를 염려하셨다. 한동안 고민하던 강 교수께서 돌을 자갈밭에 내려놓으셨다. 포기하신 것이다.

강 교수께서 포기하신 돌을 이번에는 내가 욕심내었다. 버리셨다는 확인을 받고 그 돌을 집어들었다. 제법 묵지룩했다(한국에 와서 무게를 달아보니 2kg이 조금 넘었다). 사람들에게 행성처럼 생긴 돌을 보여주었다. 모두들 어떻게 가져갈 것이냐고 염려를 했다. 더구나 나는 허리에 탈이 난 사람이 아닌가. 어떻든 갈 수 있는 곳까지 돌을 가지고 가기로 했다. 길기트 강가에서, 인도·아시안 대륙판이 충돌하던 그 옛날부터 지금까지 그들을 지켜보았던 '길트소 행성'(이후 그 돌에 길기트의 소행성이라는 의미를 줄여서 길트소 행성이라고 부를 것이다)에는 적어도 지구의 역사가 스며 있었다. 강만길 교수는 인간의 역사를 연구하는 대한민국의 원로 사학자, 강 교수의 눈에 발탁되었던 길트소 행성을 탐내는 나의 선택이 전혀 무모한 것만은 아닐 듯했다.

인도 아시아판의 충돌 지점

잠시 뒤, 강 대표가 연락을 하더니 우리가 처음 내렸던 곳에 있던 버스가 우리를 데리러 왔다. 길기트 쪽으로 좀 더 되돌아가자 그곳에 인도 아시아 대륙판이 충돌하던 지점, 육안으로 확실하게 비교하면서 볼 수 있는 지층이 있었다. 비록 아스팔트와 강물로 양 대륙판이 서로 거리를 두

고는 있었지만, 암반 위주의 지층은 인도판, 자갈과 진흙이 엉킨 지층은 아시아판이었다. 우리가 서있는 인도판의 암반 중간지대 틈새로 자갈과 진흙의 지층이 뚫고 들어가 있는 모습을 뚜렷하게 볼 수 있었다. 양 진영은 서로의 형질 속에 상대방의 지층을 수용하고 있었던 것이다.

다시 버스로 오르고, 훈자로 가는 길은 협곡의 암벽을 깨뜨려 내고 만든 길이었다. 그러나 오랜 세월 동안 우기에 강 쪽으로 떨어지고 무너져 내린 도로는 울퉁불퉁하고 노폭도 제멋대로였다. 그래도 운전사는 현지 가이드와 수다를 떨면서 잘도 달렸다.

파키스탄의 장거리 노선을 달리는 트럭이며 대형 화물차들이 왜 그렇게 요란스런 장식을 하는지 알 것도 같았다. 그들 자신의 안전을 위해서 알라신에게

매달리는 마음, 알라신에게 사랑받기 위해서 아름답게 보여야 한다. 자신들의 차량에는 채색화를 그려 넣고 부적을 달고, 요란스런 장식품을 주렁주렁 매달고……. 운전자들 자신은 겸손하고 소박한 모습으로 흑색이나 백색 또는 잿빛의 의상을, 자동차는 장식과 채색으로 한껏 치장시키는 파키스탄의 자동차 문화, 거기에는 다 그럴 만한 이유가 있었음을 짐작할 수 있었다.

강 건너편 암벽의 산 중턱에는 끊어질 듯 이어진 가느다란 선, 인간이 만든 길이었다. 길은 삶이고 살기 위해서 그들은 수직의 바위 암벽에 길을 만들어야 했다. 그러나 그 길들은 홍수와 지진으로 문득 끊기고 그 아래로 무너져 내리고는 했다.

라카포시

라카포시Rakaposhi — 해발 7,788m의 설산이 잿빛 산악 틈 사이로 고개를 내밀었다. 길기트의 강은 어느 틈엔가 사라지고 우리는 훈자 강을 거슬러 올라가고 있었다.

라카포시 뷰포인트Raka-poshi View Point로 들어갔다(11:40). 만년설을 머리에 모자처럼 쓴 라카포시. 계곡에는 기념품점과 찻집들이 들어서 있었다. 앞장서 계곡으로 들어가니 빙하가 녹아내리는 계곡물이 콸콸 흘러내리고 있었다. 계곡으로 내려가 손을 씻고, 발을 담가보았다. 빙하가 녹아내린 물은 말 그대로 얼음물이었다. 노천카페에 앉아 우유가 들어간 커피와 녹차를 마셨다. 커피 잔의 무늬가 독특했다. 민영애 선생이 기념품점으로 들어가더니 이 지방의 독특한 문양이 들어간 커피 잔 세트를 사오셨다.

다시 라카포시 뷰포인트를 출발했다(12:25). 훈자 강을 거슬러 올라가는 협곡

에는 황량한 잿빛의 바위산이 줄지어 있었다. 까마득한 절벽 아래로 강물이 흐르고 있었다. 짐승도 다니기 어려울 곳에 길을 내고 살아간 사람들의 의지가 존경스럽고 그들의 고된 삶 앞에 놀람과 슬픔이 일었다. 이렇게까지 하면서 살아야 하는 것에 대한 생각도 나고…….

협곡을 돌고 돌자 이번에는 숲이 무성한 마을이 나타났다. 도로 연변에는 사과, 복숭아, 살구 같은 과일들이 가지가 휘어지도록 달려 있었고, 이름 모를 꽃들이 만발해 있었다. 불과 몇 십km의 간격을 두고 지옥과 천당이 공존하는 지역이었다. 지옥지대를 지나서 만나는 마을이기에 더욱 아름답고 경이로웠다.

13시 10분, 마침내 은자隱者의 나라, 지상 천국의 땅 훈자 왕국의 수도인 카리마바드에 도착, 발트인 호텔에 도착, 103호에 여장을 풀었다. '훈자Hunja'란 지명은 화살을 의미하는 '훈스Huns'에서 유래했다고 한다. 이 지역 원주민들이 활을 잘 쏘아서 그렇게 불렀다고 하는데 협곡과 설산으로 둘러싸인 평화로운 이 지대도 전쟁에서 제외될 수는 없었을까. 활을 잘 쏘는 사람들이 사는 지역이라는 의미가 현재의 이미지와 어울리지 않는다는 느낌이 들었다.

객실에서 나와 보니 문득 눈앞으로 다가서는 암벽의 산 위에 흰 모자로 단장한 듯한 설산이 있었다. '울타르 피크' 1봉과 2봉이었다. 두 봉 사이에 숙녀의 손가락을 닮았다는 '레이디스 핑거'가 보였다. 숙녀의 손가락 가운데서도 새끼손가락을 닮았다고 한다. 레이디스 핑거라는 명명은 아마도 서구인이 한 것일 테고, 내 눈에는 아들딸 잘 낳게 해달라고 빌어보는 잘생긴 기자석祈子石이었다.

호텔이 있는 언덕 아래쪽 저지대의 과수원과 채소밭이 푸르렀다. 채소밭에서 일하는 사람들이 손가락 하나 크기로 보일 정도, 호텔은 고지대에 있고 채소밭은 상당히 깊은 협곡에 있었다. 협곡 사이에 기름진 땅이 있어 수백 년을 두고 한 왕조를 모시고 살아왔다는 훈자 왕국. 전설의 나라에 온 듯했다. 바로 앞에서 치올려 보이는 설산 울타르 피크를 올려다보며 "한 나절이면 올라갔다 올 수 있을 것 같은데요" 했더니 강 대표는 어이없어 하는 웃음을 흘렸다. 울타르 피크는 최소 해발 7,000m 이상 되는 고산이었던 것이다.

발티드 성

15시 15분, 점심 식사 후 휴식을 취하다가 버스에 올라 울타르 피크가 있는 쪽으로 올라가 산 중턱에 있는, 1945년까지 훈자국의 왕이 살던 궁성으로 갔다. 좁은 도로에 인접한 일반 주택의 마당에는 살구나무가 우거져 있었다. 살구가

1 울타르 피크 1 · 2봉. 그 사이에 레이디스 핑거
2 저지대에 있는 마을
3 호텔에서 줌인으로 당겨본 훈자 왕궁. 설산 아래 흰 건물

한창 익어가는 계절이었다. 잘 익은 살구를 따서 광주리나 큼직한 채반, 돗자리 같은 것에 널어 말리는 모습이 인상적이었다.

발티드 성Baltid Fort은 13세기에 지어진 이후 여러 차례에 걸쳐 개보수를 해온 건물. 석재와 목재로 지었는데 티베트 건축양식의 영향을 받은 건물이라고 한다. 이 건물에 티베트 양식이 들어간 이유는 16세기, 훈자 왕국의 왕자가 발티스탄의 공주와 결혼하면서 공주가 데리고 들어온 발티스탄 장인들이 이 건물의 증축 공사에 투입되면서부터이다. 발티드 성은 13세기에는 1층으로, 16세기에는 2층으로, 그리고 100여 년 전에 3층으로 증축되어 1945년까지 궁성으로 사용되었다. 1945년 이후 훈자 왕가는 언덕 아래에 있는 알티트 성으로 이주하면서 폐허 상태로 있다가 마지막 왕이 죽은 뒤 파키스탄에 흡수, 이후 개보수를 거쳐 지금은 관광객에게 공개되고 있다고 했다.

발티드 성으로 들어가는 오르막길을 걷는데 숨이 가쁘고 어지러워 왔다. 해발 2,438m에 있는 훈자 지역에서는 천천히 조심스럽게 걸어야 하는데 예전 생각을 하고 속도를 냈던 것이다. 달동네처럼 산 중턱에 가득 찬 주택의 담장 아래로 수로를 따라서 회색빛 물들이 콸콸 소리를 내며 흘러내리고 있었다. 눈이 녹아내리는 물이었다. 수로 옆을 지나면 시원한 냉기가 느껴졌다.

발티드 성의 입구에서 하얀 전통의상을 입은 해설사가 나와서 우리를 맞아주었다. 그는 성안의 여기저기로 우리를 안내하며 영어로 설명을 해주기 시작했다. 1층은 빛이 들지 않아 어두웠다. 죄수들을 유치하는 감옥이라고 했다. 2층에는 드레스 룸과 거실이 있었다. 드레스 룸에 전통 혼례복장이 전시되어 있는

발티드 성

데 신랑의 옷은 색동이고 신부의 옷은 검은 비단에 화려한 자수가 놓였다. 거실은 그 동서남북에 용도가 서로 다른 방들로 둘러싸인 겹집. 보통은 건물 내의 발코니 같은 곳에서 지내지만 겨울에는 가족들이 거실로 모여서 보낸다고 했다. 큼직한 대형 거실에서 2, 3세대가 함께 거처할 수 있도록 되어 있었다. 로열 키친의 목제 기둥은 그리스 건축양식을 연상시켰다. 3층에는 리셉션 룸이 있었고 천장은 말각조정 형식, 천장에 큼직한 구멍이 뚫려 있었다. 건물 내부는 아기자기하게 꾸몄지만, 3층 건물이라고는 해도 우리나라의 서너 학급을 가진 시골 초등학교 분교 정도의 규모였다.

발티드 성 안에서 사진을 찍는데 카메라는 60루피, 캠코더는 130루피, 단 옥상에서는 무료라고 했다. 강제적인 것은 아니었지만 그렇게 해서 들어온 수입은 성의 보수유지에 사용된다고 했다. 나는 카메라를 숄더백 속에 넣어두었다.

어차피 누군가 부지런히 실내를 찍을 것이고 어두운 곳에서 내 디카는 제 기능을 제대로 발휘하지 못한다.

발티드 성의 옥상으로 올라갔다. 산으로 둘러싸인 조그만 마을 카리마바드는

1 발티드 성 옥상에서 내려다본 훈자 마을 카리마바드
2 발티드 성 옥상에서 내려다본 살구 말리는 모습

아늑했고 가깝고도 먼 곳에서 설산들이 우리를 지켜주고 있었다. 성채에서 길 하나 건너 아랫집에서는 집안의 곳곳마다에 살구를 담은 그릇들을 펼쳐놓고 있어서 집 전체가 황금색으로 빛나고 있었다.

카리마바드의 바자르

기대했던 것과 달리 바자르는 호텔이 있는 거리로부터 발티드 성까지 200m 정도밖에 되지 않는 좁은 도로의 양편에 있는 점방들이었다. 한참 볕이 뜨거워서 거리는 텅 비어 있었고 손님 없는 가게를 지키고 있는 상인들도 나른한 표정들이었다. 여성 회원들이 이 지역 특산품인 보석들을 고르고 있는 것을 구경하다가 하태무 선생과 함께 다른 상점으로 가서 눈요기만 했다. 뚱뚱한 상인이 나를 보고 자파니스냐기에 코리안이라고 했더니 '자파니스는 물건을 많이 산다. 그들은 좋은 사람들이다'라고 했다. 나처럼 눈요기만 하는 사람들은 상대적으로 좋지 않은 사람으로 평가되고 있었다. 속으로 '웃기는 양반!' 하고는 나와 버렸다. 이제 곧 파키스탄 국경을 벗어날 터이고 그 전에 파키스탄 돈을 모두 쓰기로 작정, 세레나 호텔 가까운 어느 상점으로 들어가서 자연채색의 돌을 잘라 귀금속 대신 끼운 귀걸이로, 초록색, 보라색, 청색의 것을 골랐다. 한 세트당 400루피를 부르는 것을 세트당 100루피씩, 모두 300루피에 세 세트를 샀다. 만일 나 혼자였다면 그렇게 흥정하지 못했을 것이다. 하태무 선생이 설렁설렁 가격을 표시하니까 상인이 아무 말 않고 고개를 끄덕였다.

선셋 뷰포인트 — 듀이카르

18시 5분, 여행사 강 대표의 특별 서비스로 여행 일정에 없던 일몰 구경을 하게 되었다. 강 대표는 지프차 7~8대를 긴급 수배해서 대기시켰다. 나는 빨간 모자의 운전사가 끄는 빨간 지프차에 올랐다. 강만길 교수가 운전사 옆 좌석에, 나와 이은정 선생은 뒷좌석에 앉았다. 지프차는 발티드 성 쪽으로 가다가 그 직전 골목에서 우회전했다. 차 한 대가 간신히 빠져 나갈 수 있는 골목길과 벼랑길을 지프차는 달렸다. 골목마다 집집마다 살구나무가 지천, 살구가 익어가고 있었다. 살구를 널어 말리는 광경이 일상의 풍경이 되어 있었다. 지프차가 달리는 30분 동안 길은 사람의 간을 콩알만하게 했다. 마주 달려오는 차들은 일단 정지했다가 뒤로 역행해서 길을 비켜주고는 했다.

선셋 뷰포인트인 듀이카르는 마을이 내려다보이는 산의 중턱쯤에 있었다. 천천히, 가급적 천천히 올라가야 했다. 숨이 가빴다. 점심 식사 마치고 아스피린을 한 알 먹어두었는데도 가슴이 답답했다. 훈자 마을이 있는 곳이 해발 2,400m가 넘었고 이 지역에서는 별로 높지 않은 산 중턱임에도 최소한 해발 2,800m가 넘는 곳이었다. 백두산보다도 높은 지점이었다.

일몰까지는 한참을 기다려야 했다. 정면으로 라카포시, 오른쪽으로 울타르

뷰포인트에서 명상 중인 허경옥 선생

피크 1·2봉, 왼쪽으로 골든 피크, 쉬스타 피크가 만년설을 덮어쓴 채 웅크리고 있었다. 이런 이름을 갖고 있는 산들 말고도 마을 전체가 높직한 고산에 포옥 둘러싸여서 마치 큼직한 떡시루 속에서 보호받고 있는 듯 보였다. 강병철 선생이 뷰포인트 가운데서도 전망 좋은 바위 하나를 차지하고 지속적으로 동서남북을 향해 카메라의 초점을 맞추고 있었다. 그의 작업하는 모습이 보기 좋았다. 세상에서 가장 아름다운 모습은 무엇엔가에 몰두하는 모습이라나…….

훈자 마을의 일몰 광경

카리마바드의 선셋 뷰포인트는

듀이카르 언덕이다.

한 눈에 들어오는 훈자 왕국의 마을

살구꽃 피는 마을에서

살구 열매 익어가면

살구 과육 말리는 마을에서

욕심 없이 살아가는 사람들

서로의 눈부처 속에서

축복의 메시지를 읽는다.

일몰의 추억을

품어보려는 사람들

석양을 등지고 앉아있다.

거친 주름살로 접힌 능선 뒤로

석양이 지기 시작하는데

석양은 아랑곳 않고

엉뚱한 곳으로 시선을 던지고 있는 사람들.

석양은 마지막 빛살을

만년설 위로 투사하기 시작한다.

아하~

방금 전까지 창백하던 백설의 이마

한 송이 붉은 연꽃으로

피어나는

골든 피크, 쉬스타 피크

그리고 익명의 설산들.

(이곳에선 해발 7,000m 이하의 산에는 이름도 없다)

훈자 마을에서

일몰의 파수꾼이 노리는 과녁은

떨어지는 석양이 아니라

듀이카르에서 본, 붉은 꽃송이로 피어나는 설산들

석양을 품어 안고

창백한 이마 위에

붉은 꽃송이를 피어내는 설산들

석양과 만년설의 결혼

사람들은 즐겨

장엄한 결혼식의 하객이 된다.

대협곡 사이로 굽이치는
잿빛의 훈자 강
여울목 지나며 구겨진 종이처럼
물결주름 뚜렷한데
그 소리 멀어서 들리지 않지만
황무지의 바위 틈새로 흐른다.

훈자 마을 사람들은 알고 있다
잿빛의 훈자 강이
그들의 어머니며,
대지의 어머니라는 것을.

20시 6분, 땅거미 지기 시작하는 선셋 뷰포인트에서 철수하기 시작했다. 내려가는 길인데도 휘청이는 것은 해발 2,800m에 노출되어 아직 적응되지 못하는 생체기관 때문이다. 모두들 피곤에 지쳐 있었다.

지프차가 우리를 기다리고 있었다. 빨간 모자의 운전사가 빨간 지프차 앞에서 나를 보고 손짓했다. 강만길 교수께서 지프차 옆에 서계셨다. 뒷좌석 사람들이 올라타야만 조수석에 올라앉을 수 있도록 되어 있는 지프였다. 이은정 선생이 아직 도착하지 않은 상태였다. 그렇게 10분 이상을 강 교수는 차 밖에서 기다리셨다.

우리들이 일몰의 찬란한 변신을 기다리는 동안 이 선생은 정수일 교수와 무언가 진지한 토론을 계속하고 있었다. 토론에 몰두한 이 선생은 우리들 일몰의 파수꾼과는 거리가 멀었다. 이 선생은 본인 자신의 의사와 관계없이 젊고 날씬한 몸매에다 다감한 시선 때문에 사람들의 시선을 받고 있었다. 선셋 뷰포인트에서의 그녀가 바로 그랬다.

강 교수께서는 이 선생을 기다리다가 요즘 젊은이는 모두가 다 그렇게 추상적인가 하고 물으셨다. 대답을 바라고 하신 질문은 아니었다. 마침내 이 선생이 나타나자 강 교수께서는 작심하신 듯 이 선생에게 몇 가지 질문을 던지셨다. 이 선생이 마침 오리엔탈리즘에 관해서 이야기하는 것을 지켜보셨기 때문이었다. 강 교수의 질문은 왜 하필 이 시대에 오리엔탈리즘에 대해서 열광하고 있는가였다. 이 선생은 또 그에 대한 해명을 하고……. 이 선생은 강 교수께서 피곤하신 가운데 이 선생이 나타나기를 10분 이상이나 차 밖에서 기다리신 것을 모르고 있었다.

저녁 식사를 마친 뒤 객실에서 이 선생에게 이야기하지 않을 수 없었다. 정수일 교수와 강만길 교수, 두 어른 모두 연로하신 분인 만큼 우리 모두가 그분들이 피곤하지 않도록 눈치껏 도와야 한다는 것을, 이 선생은 너무 정열적이라 한 번 몰두하면 외부 상황에 대해서는 전혀 관심이 없는 듯하다고.

이야기를 하면서 나도 힘이 들었다. 아무리 그것이 옳은 말이라 해도 어떻든 충고의 말이란 사람을 피곤하고도 섭섭하게 하는 것임을 알고 있었다. 이 선생으로서는 그렇지 않아도 강 교수님께 걱정 어린 충고를 들은 판에 나까지 비슷한 어투로 나가니 상처에 고춧가루 뿌린 듯 당혹스러워 했다. 나도 여간 미안한 것이 아니었다. 밤에 보니 이 선생은 잠을 이루지 못하는 것 같았다. 조심하자. 내가 말해야 될 때를 잘못 파악하고 있었다. 내가 실수했다.

2008. 7. 31. 목요일, 맑음.

 ## 09 훈자-굴미트

6시 기상, 살구가 익어가고, 살구 과육을 말리는 마을, 행자촌杏子村. 새 지저귀는 소리에 깨어나 바깥으로 나갔다. 울타르 피크와 레이디스 핑거가 눈썹 위로 올라와 있었다. 한국의 가을 날씨와 같은 기분 좋은 선선함이 온몸을 감싸 주었다.

　호텔의 객실 앞과 그 아래 계단식으로 개간한 과수원에는 살구와 복숭아, 사과들이 주렁주렁 달려 있었다. 호텔에서는 손님들에게 마음 놓고 과일을 따먹어도 좋다고 했다. 어제 저녁에 사과나무로 가서 사과를 세 개나 따왔는데, 국광 종류라 맛이 덜 들어 떫었다. 아침에는 살구나무 아래로 갔더니 농익은 살구들이 떨어져 있기에 주워 먹었다. 살구는 농익은 것보다 조금 발그스레한 정도의 것이 더 맛있었다. 과육도 탄력이 있고 새큼한 맛이 있어서 좋았다. 그런데 과수원의 계단을 오르내릴 때 조심해야 했다. 조금만 속도를 내도 숨이 가쁘고 어지러워졌다. 이곳이 고산지대임을, 아직은 우리 몸이 고산지대에 익숙하지 않음을 생각해야 했다. 오늘부터는 아스파린을 매 끼니마다 한 알씩 먹어두기로 했다.

　　 동물 그림의 암각화

110

8시 호텔 발트 인을 출발, 30분쯤 달리다가 훈자 강 쪽에 있는 커다란 암석 앞에서 차가 멈추었다. 암각화가 있다고 했다. 오전 8시 30분인데도 태양은 뜨거웠다. 암석 위에는 주로 동물 그림들이 새겨져 있었다. 오랜 무슬림의 나라에서 동물 그림은 사냥의 풍요와 안전을 기

원하는 그림이었을까. 안내판에는 'SACRED ROCK AT HUNJA'라고 명명되어 있었다.

다시 차에 올랐고 민영애 선생께서 새벽에 일어나 호텔 과수원에서 직접 따 오신 사과와 살구를 나누어 주셨다. 나무에서 갓 따온 과일들은 싱싱하고 달고 향기로웠다. 청정한 공기, 설산에서 불어온 바람, 태양이 가까운 고원지대, 이곳 과일 맛은 자연의 맛에 가장 가까운 것, 하느님의 선물이었다.

훈자 강을 거슬러 오르며

사람들이 꿈을 품고 있듯이

도시들은 강을 하나씩 품고 있네.

사막이 샘물을 그리워하듯
진리와 사랑을 꿈꾸는 이들
여행의 추억이 영혼을 적시리.

하늘을 꿈꾸는 미루나무처럼
훈자 강은 바다를 꿈꾸며 흐르네.
암각화를 새기던 구도자처럼
마음밭에 진리와 사랑의 씨를 뿌리려 하네.

굴미트

10시 30분, 훈자 강을 가로지르는 다리를 건넜다. 굴미트 지역으로 들어섰다. 실은 어제 머문 곳이 하下훈자, 굴미트 지역은 상上훈자, 훈자국의 미르 왕은 계절에 따라서 상·하 훈자에 거처를 가지고 머물며 통치했다고 한다. 그러나 한 왕국이기는 하지만 상·하 훈자 주민이 사용하는 언어는 서로 다르다.

굴미트, 상 훈자로 들어서는 초엽에 암벽 높은 곳에서 쏟아져 내려오는 삼단 폭포, 눈 녹아 물기 머금은 바람이 스쳐 지날 때에 오싹했다. 굴미트로 들어서면서 정면으로 우뚝 솟아 있는 암산巖山은 마악 꽃봉오리를 펼치기 시작한 꽃송이 같이 생겼다. 현지 가이드 말로는 '골든 주얼리 마운틴', 또 다른 이름은 '가톨릭 처치 마운틴', 생긴 것이 보석 같아서 또는 성당의 첨탑 같아서 그렇게들 불린다고 한다. 그러나 내 눈에는 영락없이 연꽃 모양의 연적이다. 공중에 걸린 연등같

<table>
<tr><td>1</td><td>2</td></tr>
</table>

1 골든 주얼리 마운틴, 또는 파수콘
2 살구나무와 파수콘

이도 보인다. 여행사 강 대표 말로는 아이스크림 같이 생겼다고 해서 이 지역 사람들은 '파수Passu콘'이라 부른다고 소개했다. 아름다운, 신비한 분위기의 산이었다. 그 산의 힘으로 이 지역 사람들이 행복하게 잘살고 있을 것 같다는 생각을 했다.

굴미트의 마르코 폴로 호텔 110호실로 배정받았다(10:45). 시골 폐교를 리모델링한 듯한 단순한 구조. 침대 커버는 꽃분홍색. 화장실에는 왕파리가 따라 들어와 왕왕대고, 침대맡에는 초와 성냥이 있는 것으로 미루어 정전 사고가 잦은 지역인 듯했다.

방을 배정받자마자 땀에 절어 소금기가 하얗게 배어나온 기능성 바지를 빨아 철조망 울타리에 널었다. 훈자에서도 굴미트에서도 상수도원은 빙산이 녹은 물을 사용하기 때문에 수돗물 빛깔은 잿빛이었다. 빙산이 녹은 물로 빨래하고 샤워하고, 언제 이런 기회를 또 얻을 수 있겠는가 싶어 신이 났다. 내가 빨래를 하고 있는 동안, 바깥 복도에서는 열흘 가까이 금주(파키스탄은 이슬람 국가라 국법으로 철저하게 금주를 시킨다)를 하노라 기진했던 사람들이 캔맥주로 목을 축이며 자축

하고 있었다. 캔맥주 하나당 6달러씩 주었다고 한다.

약간의 휴식을 취하고 나자 강병철 선생이 인솔하는 빙하와 호수를 구경하는 트래킹 코스에 일부 회원이 따라가고, 연장자들은 대부분 호텔에서 휴식을 취하기로 했다. 나도 트래킹 코스에 참석하고 싶었으나, 내일 해발 5,000m에 가까운 쿤자랍 패스를 넘어야 하는 관계로 무리를 해서는 안 된다는 것이 강 대표의 부탁이었다. 지금까지 잘 따라온 것도 타이레놀 복용과 날마다 파스를 허리에 붙이고 때로 진통제를 먹어가며 고통을 참아온 덕택이었다. 정말 빙하를 보러 가고 싶었는데 나를 바라보는 강 대표 시선이, 안 갔으면 하는 쪽이었다. 땡볕 아래 너댓 시간 산을 타야 한다고 했다. 무리하지 않기. 허리만 다치지 않았어도……. 허경옥 선생도 트래킹을 포기했다. 웬만하면 따라가련만 포기하는 것을 보니 역시 고원지대에서의 여행은 연장자들에게 쉽지 않은 듯했다. 이곳 굴미트 지역만 해도 해발 2,408m, 고소 적응 기간을 갖기 위해 머문 마을이었다.

폴로 경기장, 여름 궁전

남아 있던 민영애, 이병희, 허경옥 선생들과 굴미트 사람들이 모여 사는 마을 구경을 가기로 했다(16:40). 눈 녹아 내리는 물들이 마을의 수로들을 그득 채우며 콸콸 쏟아지고 있었다. 살구나무가 있는 집은 부잣집, 살구를 따서 건조 살구를 상품화하는 과정이 가내수공업적 과정을 거치고 있었다. 관광객을 향해 노란 머리 푸른 눈동자의 꼬마들이 '할로!' 하며 웃었다. 주민들 가운데는 젖먹이를 둔 부인도 영어를 썩 잘하였다. 박물관과 폴로 경기장을 찾아간다는 것이 방향을 반대로 잡아 헤매다가, 가까스로 찾아갔을 때는 이미 문을 닫은 시간이었다.

폴로 경기장은 우리가 머문 호텔에서 200m 지점에 있었던 것을 파수콘을 바라보면서 엉뚱한 마을에서 헤맸다. 폴로 경기장은 그냥 넓은 운동장이었고 주변은 공사 중이었다. 이병희 선생께서 공사 중인 구덩이를 건너다가 미끄러져 넘어지면서 팔뚝에 찰과상을 입으셨다. 그렇지 않아도 한 쪽 팔이 골절되었다가 이제 막 회복기로 접어들었는데 또 넘어졌다고 민영애 선생이 안타까워하셨다.

여름에 훈자 왕이 와서 머물던 궁정은 2층 건물, 건평 100여 평이 될까 말까 한 소박한 건물, 우리가 늦게야 찾아갔기로 문은 이미 닫혀 있었다. 사진을 찍다 보니 동행했던 이병희, 민영애 선생이 자취 없이 사라져서 일순 당혹감에 사로잡혔다.

주민에게 물었더니 주택가의 건물 사이로 난 골목길을 손가락으로 가리켰다. 따라 들어가 보니 1.5m가 될까 말까 한 노폭, 돌담장이 높게, 그리고 길게 쌓여 있는 골목이었다. 한참을 들어가도 아무도 보이지 않았다. 홀로 미로 속에 갇힌 듯 당황해서 어쩔 줄을 몰라 하는데, 열 살 안팎의 소년이 지나다가 자기를 따라 오라고 했다. 그가 긴 돌담장 길을 따라 빙빙 돌아서 큰길까지 안내해주었다. 고마웠다. 그곳에서 잃었던 동행을 다시 만났다.

온몸이 땀으로 푹 젖어 있었다. 해 지기 전에 샤워를 해서 몸을 말려놓아야 했다. 이곳은 고산지대라 감기라도 걸리면 큰일이었다. 샤워를 하기도 전에 머리가 아파오기 시작했다. 전형적인 고산병 증세라 했다.

저녁 식사를 기대하라고 했다. 지금까지 서른 두 명이 여행을 하면서 같이 즐길 기회가 없었다. 각자 장기자랑을 하나씩 준비하라고 했다. 국경지대인 이곳에서는 금주로부터의 해방구였다. 이 지역 악사들을 초청해서 전통악기 연주도 하면서, 양도 한 마리 잡고, 술도 마시면서 즐기리라고 했다. 술은 이 지역에서 직접 만든 일종의 토속주인 '훈자 워터'라고 했다.

저녁 식사 자리에는 스웨터를 입고 나갔다. 날씨가 선선했다. 호텔 식당에서 일단 저녁을 먹고, 훈자 워터를 한 잔씩 나누어 마셨다. 우리 식으로 말하면 곡주穀酒, 막걸리 같은 것이었다. 알코올 도수 10도 안팎. 오늘의 훈자 워터는 이혜경 교수 남편 진병무 선생이, 맥주는 강윤봉 교수 남편 유병하 선생이 내는 것이라고 했다. 양고기 바비큐도 나왔다. 정형외과의 고석주 선생이 양 한 마리를 내셨다고 했다(고선생은 빙하 트래킹에 동행하셨다가 미끄러져 넘어지면서 팔죽지의 살이 10cm

정도 찢겨지는 부상을 입으셨다). 훈자 워터의 안주로 양고기 바비큐가 제격이었다. 훈자 지방에서 훈자 워터를 마시니 기분이 알딸딸했다.

　일단 조별로 나가서 그동안의 느낌들, 그리고 장기자랑을 하라고 했다. 사회는 장석 선생이 맡았다. 우승 팀에는 그 엄격한 금주禁酒 지역을 어렵사리 몰래 감추어 굴미트까지 들여온 '진로 소주'가 한 병씩, 상품으로 진로 소주 두 병이 걸렸다. 상품 제공자는 황평우 선생이었다. 우리 조에서는 이은정 선생이 뽕짝을 노래하고 나머지 팀원은 노래에 맞추어서 여성끼리 얼싸안고 '딴스댄스'를 추었다. 모두들 폭소, 소주는 우리 팀이 따놓은 것이라고 믿었다. 이병희 선생 팀도 만만치 않았다. 이병희 선생의 자칭 젊은 언니 오빠가 부르는 관광버스용 주제가를 노래했다. 가사는 다음과 같다.

육순에 저승사자 오거든 지금은 외출중이라고 여쭈어라

칠순에 저승사자 오거든 아직 때가 이르다고 여쭈어라

희수(77세)에 저승사자 오거든 지금부터 노락을 즐기겠다고 여쭈어라

팔순에 저승사자 오거든 이래 뵈도 할 일 많다고 여쭈어라

미수(88세)에 저승사자 오거든 쌀밥을 좀 더 먹고 가겠다고 여쭈어라

망백(90세)에 저승사자 오거든 알았으니 서두르지 말라고 여쭈어라

백수(99세)에 저승사자 오거든 곧 따라 가겠으니 먼저 가라 여쭈어라

만수(100세)에 저승사자 오거든 지금부터 새 인생을 시작한다고 여쭈어라

박수를 가장 많이 받았다. 우리 팀원들은 대부분이 소수의 젊은이를 제외하고 이순에 가깝거나 이순을 넘긴 사람들이었으니 모두 공감할 수밖에 없는 내용이었다. 앙탈이 심하다고 하면서도 사람들 마음은 모두 비슷하리라 생각했다. 장기자랑의 결과는……, 우리의 예상과 확신을 뒤엎는 팀에게로 넘어갔다. 아마 격려 차원에서였을 거라고 생각하며 박수를 쳐주었다.

제2부는 식당 바깥에서 모닥불을 지펴놓고 진행되었다. 황평우 선생이 사회를 맡았다. 특별히 초빙된 훈자 지방의 악사들이 전통악기를 연주했다. 뚱뚱한 몸매로 분위기를 띄우기 위해 전통음악에 맞추어 춤을 추는 호텔 주인의 춤도 재미있었다. 그러나 호응해주는 사람이 없었다. 현지 호텔 종업원들이 나가서 분위기를 띄우기 시작하는데도 역시 아무도 나가는 사람이 없었다. 오랜만에 술도 마셨고, 한창 기분이 좋아진 내가 덩실덩실 춤을 추며 앞으로 나갔다. 내가 나가자 다른 이들도 모닥불 앞으로 나와 춤을 추기 시작했다. 분위기는 그렇게 해서 한창 좋아졌다. 춤추다가 지친 이들이 잠시 휴식을 취하는 동안 이은정 선생이 호명되었고 그녀가 노래를 부르기 시작했다. 높고 맑은 음색이었다. 한때 뮤지컬 배우였던 그녀의 노래는 단박에 사람들 마음을 휘어잡았다. 카라코룸 하이웨이가 지나가는 국경지대의 고원지대에서 그녀가 재청으로 부른 심수봉의 〈사랑밖에 난 몰라〉는 심수봉적인 분위기와는 또 다른 분위기로 가슴을 어루만지는 듯 할퀴는 듯했다.

밤이 깊어가고, 허경옥 선생이 이번 여행을 위해서 특별히 배워 왔다는 노래를 자청해서 부르고, 끝으로 내가 나가서 아리랑을 선창하자 모두 따라 불렀다.

호텔 객실 앞의 살구나무

밤하늘의 별들이 유난히 밝은 밤이었고 은하수가 뚜렷하게 이마에 와 꽂히었다. 제대로 신명을 풀어내지 못한 이 선생은 좀 더 바깥에 있다가 들어가겠노라고 했다. 나 혼자서 먼저 방으로 들어갔다. 언제 이 선생이 들어왔는지 모르게 나는 곧 잠 속으로 빠져 들어갔다.

2008. 8. 1, 금요일, 맑음.

# 10 굴미트-파수-소스트-쿤자랍 고개-탁스쿠르간

이른 새벽, 굴미트 훈자 마르코폴로 호텔 110호실에서 깨어났다. 커튼을 젖히고 보니 밤새 문을 열어놓고 잤다. 그것은 실수였다. 그러나 상쾌한 공기, 머릿속은 조금 휑했다.

파수콘 위로 아침 햇살이 사선으로 비치고 있었다. 파수콘은 막 피어나는 연꽃송이였다. 어제 저녁 황혼에 비친 파수콘은 환상적이었다. 붉은 연꽃송이였다. 그런데 아침 햇살에 비친 파수콘은 약간 투명한, 창백한 연꽃을 연상시켰다.

지난 저녁 훈자 워터를 두 잔이나 마시고 모닥불 앞에서 춤을 추고 노래를 부르던 기억이……. 토속주인데 오래 술을 마시지 않다가 마셔서인가 금방 취했던 기억이 난다. 기분 좋게 취해서 춤추고 노래하고, 아마 피날레로 내가 아리랑을 선창했었던 것 같은데.

8시 30분에 훈자 마르코 폴로 호텔을 출발했다. 국경을 넘어 탁스쿠르칸까지는 11시간 이상이 걸리는 거리. 먼저 빙하를 구경하고 소스트에서 중국행 비자를 발급받을 것이며 국경지대를 지나는 만큼 사진 찍을 때 조심하라는 당부의 말을 들었다.

카라코룸 하이웨이는 카라코룸 산계와 파미르 산계가 만나는 곳을 통과하고 있었다. 그냥 수직의 잿빛 암벽에 둘러싸인 계곡을 지났다. 옛날에는 이곳을 피의 계곡, 또는 왕의 계곡이라 불렀다고 한다. 파수 지역 원주민들이 살던 곳을 훈자 왕이 몰아내고 왕실에서 소용되는 말을 사육하던 곳이라고 했다. '훈자' 지역의 이름이 화살을 뜻하는 '훈수'에서 왔다는 것, 활을 잘 쏘는 사람들이 사는 곳이라는 의미가 그제야 이해되었다. 미르라 불리던 훈자 왕가는 활을 이용해서 원주민을 진압하고 자신들의 왕국을 세웠던 것이다.

지그재그로 높다란 언덕을 위로, 또 위로 치올라 가는 구간이었다. 본래 이 지역에 살던 목동들이 이용하던 통행로를 기초로 하이웨이를 발전시켰다고 한다. 카라코룸 하이웨이 중에서 최고最高 지역 쿤자랍 패스Khunjerab Pass는 해발 4,693m. 쿤자랍 패스 지역에서 내린 비가 북쪽으로 흘러들어가면 중앙아시아 지역으로, 남쪽으로 흐르면 인더스 강으로 흘러들어가게 된다.

8시 50분에 파수 빙하가 보이는 포토라인해발 2,500m에서 잠시 단체 사진을 찍고, 또 그곳의 풍광을 카메라에 담았다. 짙은 잿빛 바위산 사이로 설산이 있고 설산에 이어서 계곡을 하얗게 덮은 거대한 얼음덩어리가 있었다. 빙하였다. 어제 우리 일행들이 찾아갔었던 그 빙하라고 했다. 빙하를 등지고 서자 파수콘의 뒷모습이 들어왔다. 훈자 강에 발을 담근 파수콘의 뒷모습도 신비했다.

곧이어 소스트의 PTDC 모텔에서 잠깐 휴식을 취했고, 10시에 인접해 있는 출입국관리소로 갔다. 시골 버스터미널 같이 생긴 곳에 관광객을 태우고 온 다양한 차량들, 국경 지역으로 들어갈 차량들이 정차해 있고 많은 사람들이 들끓고 있었다. 마침 전국 대학 연합 동아리 학생 50여 명이 먼저 와서 수속을 밟고 있었다. 강원도 출신을 찾았더니 고성 출신의 남학생이 나섰다. 한동대 학생이라고 했다. 전국 대학 연합 동아리라고는 해도 주로 남부 출신들인 듯 경상도 사투리가 심했다. 역시 학생들은 거침이 없고 명랑했다. 그들은 그룹별로 각각 파키스탄을 돌아보고 다시 중국으로 들어간다고 했다.

소스트에서 지난 열흘 가까이 타고 다니던 미니버스 운전사와 작별했다. 남아 있던 파키스탄 잔돈들을 모아 그에게 주며 감사를 표했다. 국경 지역 통과를 허가받은 차들만이 다닐 수 있는 지역이었다. 새로운 미니버스로 옮겨 탔다.

11시에 새로 옮겨 탄 미니버스는 중국측의 국경 통과 수속을 해주는 기관으로 이동했다. 신축 건물이었다. 건물 자체는 큼지막했으나 아직 공사가 끝나지 않아 횅댕그렁한 건물이었다. 환자가 발생했다. 고등학교 역사교사 김버들 선생에게 심한 고산병 증세가 나타난 것이다. 그녀는 조반부터 굶고 있었고 창백한 얼굴로 늘어져 있었다.

집행부에서는 호텔에서 싸준 도시락을 나누어 주었다. 빵과 튀긴 닭고기와 감자가 들어 있었다. 나는 감자만 꺼내 먹고 나머지는 버릴 수밖에 없었다. 입맛이 없었다. 이미 고산지대로 들어섰기로 머리가 횅했다. 한 사람씩 사무실로 들어가 입국 통과 스탬프를 찍었다. 버스에 올라 국경지대를 지나며 변해가는 경관들을 살펴보았다.

11시 25분, 건널목 앞에서 초소를 지키던 군인들이 버스로 올라와 일일이 여권에 찍힌 스탬프를 확인하고서야 통과를 시켰다.

쿤자랍 국립공원Khunjerab National Park에서 잠시 정지(13:10), 김버들 선생이 버스에서 달려 내려가 토하고 올라왔다. 국립공원 안으로 깊숙이 난 길을 따라 한동안 달리자 길 한가운데 파키스탄기와 중국기가 X자로 얽힌 차단기가 나타났다. 그로부터 한동안 두 나라 사이의 비무장지대가 펼쳐졌다. 사람 구경은 할 수 없고 어쩌다가 중국으로부터 파키스탄으로 가는 자동차와 엇갈릴 때면 미니버스 운전사는 창밖으로 손을 흔들었다. 그들은 국경지대 통과를 허가 받은 동업자들이었다.

파키스탄과 중국의 국경표지대

쿤자랍 패스

15시 20분, 마침내 실질적인 중국과 파키스탄의 국경선, 쿤자랍 패스_{Khunjerab Pass}
에 도착했다. 그러나 버스 밖으로 나가는 것은 금지되어 있었다. 사진 촬영도 금
지되어 있었다. 세상은 그저 휑하게 보였다. 해발 4,693m의 고원지대에 익숙하
지 않은 사람에게는 술에 취한 듯 잠에 취한 듯 보이는 곳이었다. 햇살이 따가워
서 눈이 부셨다. 선글라스를 꺼내 썼다. 양측의 경비병들만이 멀뚱한 시선으로
국경을 넘는 사람들을 쳐다보고 있었다. 대여섯 대의 차량들이 순서를 기다리
고 있었다. 잿빛과 밝은 갈색의 산봉우리들만이 여기저기에 널려 있었다. 현지
가이드들이 밖으로 나가 왔다갔다 하고 차량 안의 우리들은 멀뚱하게 바깥 풍
경들을 구경했다.

『왕오천축국전』에는 혜초 스님이 이 쿤자랍 패스에서 쓴 시가 전한다. 해발
4,693m의 이 고지에서 길은 험하고 눈은 산마루에 수북하고, 새들조차 깎아지른
듯한 봉우리 앞에서 움칫하는데 고산증세가 얼마나 심했던지 '평생에 눈물 흘
린 일이 없었는데. 오늘만은 눈물을 천 줄이나 뿌리도다'라고 한탄하고 있었다.

16시 10분, 버스가 출발했다. 좀 전까지는 물줄기를 거슬러 오르는 여정이었
는데 이제 다시 보니 흘러내리는 물줄기를 따라서 내려가고 있었다. 설산들이
코앞에 다가와 있고 툭 터진 공터에서는 말들이 풀을 뜯고 있었다. 이 지역부터
는 설산과 바위산들의 윤곽이 많이 부드러워지고 있었다. 산 아래로 좀 좁기는
하지만 초원지대도 나타나고 그런 곳에서는 으레 말들이 풀을 뜯고 있어서 카
메라 렌즈에 담긴 풍광만은 평화로워 보였다.

17시 55분, 중국 입국자 검문소Immigration Inspection에 도착했다. 우리보다 앞서 떠났던 대학생 그룹들이 와서 진을 치고 있었다. 처음에는 여기에서도 통과객들을 버스 안에 머물게 했다. 국경을 지키는 공안원 내지 중국군인들은 모두 어리고 순해 보이는 사람들이었다. 화장실에 가야 한다니까 차 밖으로 나가는 것을 허용했다. 김버들 선생은 차 바깥으로 나가 검문소 건물 벽에 등을 기대앉아 눈을 감고 있었다. 많이 괴로운 듯. 김월순 선생과 박서분 선생이 들고나며 김버들 선생을 지켜주고 있었다.

중국 국경 지역의 화장실은 문을 열고 들어가면 일을 보고 있던 사람과 눈이 마주치는, 바닥에 세 개의 직사각형 구멍을 가진 방. 세 개의 구멍마다에 앉은 키 높이만큼 칸막이를 세워주었다. 나는 이보다 더한 환경에도 익숙해 있긴 하지만 그렇지 못한 사람들은 당황해하고 있었다.

다시 버스에 올랐고, 흐르는 물을 따라 내려가는 카라코룸 하이웨이 연변의 산들은 파스텔조의 때로는 짙고 때로는 연한 잿빛과 갈색의 파노라마를 연출하고 있었다. 디카를 꺼내 그들을 부지런히 담아 보았지만, 내 작은 일반 디카로는 어림도 없었다. 오직 실경만이 신비하고 그윽한 장관을 보여주고 있었다. 이란 여행 때 동행했던 송학선 선생을 생각했다. 그분이 계셨더라면 신비한 색채들의 장관을 얼마나 잘 잡아낼 것인가 내심 아쉬웠다. 그분의 사진에서는 순간 공간의 포착이 아니라 공간 속에 스며든 시간의 이야기가 들려왔었다. 그분은 달리는 차 안에서 깊고 은은한 길의 이미지를 사진 속에 재현시키고는 했었다.

1 쿤자랍에서 중국 쪽으로 내려가는 길
2 파스텔조의 곤륜산맥과 강물

124

탁스쿠르간

탁스쿠르간 지역으로 들어섰다. 잿
빛 산맥들, 앙상한 골산骨山의 연속,
그 가운데 나무를 심고, 곡식을 심
으며 살아가는 탁스쿠르간의 사람
들, 그들의 삶 자체가 기적이라고
생각한다. 이 지역으로 들어서면서
마침내 얼굴을 드러낸 여성들을 보
기 시작했다. 같은 이슬람권이라고
해도 파키스탄에 비교해서 중국에
서는 여성의 사회적 지위가 달랐다.

18시에 인가가 있는 곳으로 들어
섰고 곧이어 중국세관으로 들어갔
다. 우리 32명의 짐 가운데 무작위
로 선택해서 짐을 조사했다. 그 와
중에, 몸이 좋지 않은 김버들 선생
의 커다란 트렁크가 선택되어 김버들 선생을 힘들게 했다. 18시 30분 버스에 올
라 바로 옆에 있는 이민국으로 들어갔다. 다시 무작위로 선택된 소화물 검사와
입국수속. 이민국에는 직원은 많으나 알아서 일을 처리하는 직원은 없었다. 서
로 몰려다니며 중구난방 의논을 하면서 일처리를 하는 듯했다. 고위층의 여성

담당자가 나타나 지시를 하면 그제야 남자 직원들은 엄마 앞에 선 철부지들처럼 말을 잘 들었다. 수속을 마치고 이민국을 떠난 것이 파키스탄 시간으로 19시 25분, 호텔은 그로부터 5분 뒤에 도착했다.

파미르 호텔 1214호실을 배정받았다. 호텔이 있는 지점은 해발 3,300m, 여행 안내서에서는 3,600m라고 나와 있었다. 시계를 중국 표준 시간^{베이징 시간}에 맞추어 두 시간 뒤로 돌려놓았다. 8시 30분에 굴미트를 출발해서 탁스쿠르간 파미르 호텔에 도착한 것이 21시 25분, 거의 11시간에 이르는 여정이었다.

내일 일정은 베이징 시간으로 8:00 / 9:00 / 10:00.

2008. 8. 2, 토요일, 맑음.

 11 탁스쿠르간-무스타크-카라쿨 호수-카슈가르

8시에 벨보이의 문 두드리는 소리에 깨어났다. 북경표준시간 8시가 실상 이 지역에서는 새벽 6시에 해당되는 시간이었다. 어제 11시간에 걸친 버스 여행은 사람을 녹초로 만들어 놓았다. 진통제를 먹는다고는 해도 허리에 통증이 계속 일었다. 아침마다 룸메이트 이은정 선생은 '선생님 파스 붙여야 해요' 하며 내게 파스를 꺼내라고 했다. 여행 초반에는 하루에 한 장씩 붙이던 것을 여행이 계속되면서 아침과 밤으로 각각 한 장씩 붙여왔다.

새벽녘 꿈에 춘천의 집으로 돌아간 꿈. 그러나 춘천의 어디인지는 모르겠다.

삽짝문이 있었고, 연탄아궁이에 연탄불이 지펴져 있었다. 광녀狂女가 들어서고……, 어머니가 돌보아주시던 여성이라고 하나 나는 전혀 모르는 이였다. 어수선한 꿈이었다. 많이 고단하다. 어제 강행군을 했기 때문에. 해발 5,000m에 가까운 고개를 무사히 넘을 수 있었던 것에 감사한다. 혜초 스님도 울었던 쿤자랍 고래가 아니었던가.

조반으로 흰죽과 빵, 찐빵, 청량채소와 새큼한 채소절임들이 나와서 입맛을 돋우어 주었다. 어제 고산증세가 심했던 김버들 선생은 조반 자리에 나타나지 않았다. 굶는 것이 최상의 방법이라고 호텔방에 홀로 남아있다고 한다.

조반 마치고 짐을 챙겨 나와야 하는데 이은정 선생이 당황해 하고 있었다. 방 열쇠를 습관적으로 식탁에 올려놓고 조반을 먹었는데 식탁 주변을 아무리 찾아보아도 열쇠가 보이지 않는다고 했다. 같이 찾아보아도 열쇠는 보이지 않았다. 로비로 가서 신고를 하려고 나서는데 하태무 선생이 겸연쩍은 웃음을 지으며 나타나 열쇠를 내미셨다. 무심결에 우리 방 열쇠를 가져가셨다가 되돌아오셨다는 것이었다. 한바탕의 웃음판이 벌어졌다.

짐을 가지고 내려와 일꾼에게 전해주고 있는데 한 떼의 한국인 관광객들, 지난밤 같은 호텔에 묵은 사람들이었다. 30대 후반의 여성이 인사를 해왔다. 그들도 문화유적답사 팀으로 22명이 34일간의 대장정 중이라고 했다. 인도를 거쳐 파키스탄을 둘러보고 다시 중국으로 와서 열흘 정도 유적지를 돌아보고 갈 것이라고 했다. 대단한 열정과 건강을 갖고 있는 그들이 부러웠다. 여행을 좋아하는 나도 이번에는 집 생각이 나기 시작하는데…….

　　탁스쿠르간은 돌성石城 또는 돌탑石塔을 의미한다고 한다. 10시 35분에 호텔을 출발, 버스로 5분도 채 안되는 곳에 고석장성이 있었다.

고석장성

고석장성古石長城은 1300여 년의 역사를 가진 성이다. 지금은 그 일부의 흔적만 남아 있는데, 크고 작은 수많은 짱돌들을 진흙과 버무려 쌓아 놓고 그 표면으로 진흙을 두텁게 치발라 놓아 겉으로 보기에는 석성이라는 이름과 달리 오히려 토성에 가까운 모습이었다. 순수한 토성이 진흙벽돌을 쌓아 세운 것돈황 지역의 고창고성과 같은 성이라면 이곳 석성은 내용물은 짱돌들이고 거죽은 진흙으로 마감했다는 의미에서 석성이라고 명명했을 것이다. 여기저기에 무너져 내린 석성의 잔해들이 쌓여 있었다.

　　우리가 발 딛고 선 곳이 '세계의 지붕'이라는 파미르 고원, 고선지 장군이 당 현종의 명령을 받고 이쪽 지역을 정벌했고 혜초 스님도 이곳을 방문했다는 기

1 고석장성
2 무너져 내린 고석장성
3 파스텔조의 산맥들

록이 『왕오천축국전』에 남아 있는 곳이었다.

석성의 아래로는 광활한 초원, 가까운 곳에 유목민들의 하얗고 둥근 게르가 평화롭게 보였다. 가끔 양과 소를 몰고 가는 목동들의 모습도 보였다. 카슈가르 쪽을 진행 방향으로 오른쪽으로 곤륜산맥이 왼쪽에 그보다 더 웅장하고 비장한 모습의 산맥이 마주하고 있었다. 그러나 그 산 이름은 모르겠다. 7,000m 이하의 산들은 워낙 흔해서 이름조차 갖고 있지 못하다고 하지 않았던가.

11시 버스에 올라 다시 출발했다. 카라코룸 하이웨이를 따라 오는 왼쪽의 익명의 산맥은 회색과 갈색으로, 때로 설산과 암산 그리고 모래 산들로 바뀌면서 파스텔조의 색조로 부드럽고도 깊숙한 조화, 가을의 색조를 보여주고 있었다. 벌판도 강물도 그리고 연줄연줄 이어지는 산맥들도 모두 중음中陰의 세계, 서러운 선율과 색채를 품고 있었다. 그들을 바라보며 눈물이 나올 듯했다. 색채만으로 울음 울게 할 수 있는 곳, 조물주의 위대한 조화였다.

눈으로 보는 파미르 고원지대의 산과 평원은 조용한 슬픔을 품어 안고 있는 깊숙함, 그러나 카메라로 순간 포착을 하기에는 턱없이 광활하고 광대했다. 그 광활함 앞에서 느끼는 존재의 미세함, 슬픔과 죽음 같은 어휘들이 가슴속에서 툭툭 튀어 나왔다. 아무리 몸부림쳐도 도달할 수 없는 광활함 앞에서 좌절은 고독을, 고독은 슬픔을, 슬픔은 절망을, 절망은 죽음으로의 도피를 생각하게 했다.

12시 10분, 검문소 앞, 모두 자동차에서 내렸다. 조그만 검문소 앞으로 가서 한 사람씩 경찰과 공안원이 지켜보는 앞에서 여권 검사가 있었다. 베이징으로부터 까마득하게 먼 이곳까지 올림픽의 여파는 퍼지고 있었다. 안전한 올림픽 개최를 위한 철저한 검문검색.

무스타크

탁스쿠르간에서 카슈가르로 가는 길에 줄곧 곤륜산맥과 동행했다. 그 곤륜산맥의 최고봉이 무스타크 봉^{해발 7,723m}이다. 우리가 넘는 고개는 해발 4,000m가 넘는 지점, 만년설을 뒤집어 쓴 무스타크의 우람한 자태를 배경으로 사진을 찍었다. 우리가 가는 길의 왼쪽 방향, 여전히 따라오고 있는 익명의 산, 그 이름을 알 수는 없어도 부드러운 산악의 모래가 보여주는 파스텔조의 은은하면서도 환상적인 색조, 마리 로랑생의 색조보다도 더 환상적이었다.

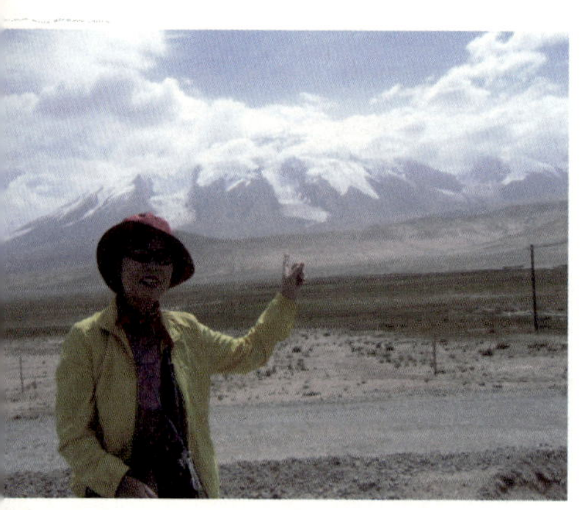

1 곤륜산의 최고봉 무스타크 봉을 배경으로
2 볼이 붉은 소년

천종욱 선생이 무스타크 봉을 더 환상적으로 잘 찍을 수 있는 지점이 있다고, 호수에 비친 무스타크 봉을 찍은 화보를 보여주면서 우리 일행을 선동했다. 우람하고 신비한 설산 무스타크 봉도 좋지만 호수에 비친 무스타크라는 설명에 모두 기대감에 넘친 시선을 교환했다.

카라쿨 호수

일단 카라쿨 호수Karakul Lake의 발원지쯤에서 사진을 찍고 좀 더 산길을 타고 달려 내려갔다. 카라쿨은 '검은 호수'를 의미한다. 해발 3,914m 지대에 지름 25km, 최대 깊이 236m의 호수. 이 호수는 5백만 년 전 운석이 떨어지면서 생긴 웅덩이에 생긴 것, 염수호라고 한다. 그러나 나를 흥분시킨 것은 삼장법사와 손오공이 이 카라쿨 호수에서 사오정을 만났다는 사실이다. 물론 『서유기』는 소설이지만, 삼장법사의 모델이 되는 현장법사가 실존 인물이고, 손오공, 사오정, 저팔계 모두 원숭이를, 또는 돼지를 닮은 현장법사의 제자들이었다는 사실에 주목한다면, 사오정은 볼이 붉은 원주민 타지크족의 조상일지도 모르겠다. 탁스쿠르간에서부터 만난 주민들은 볼이 통통하고 애 어른 할 것 없이 볼연지를 바른 듯 볼이 발그스름했다. 어린이의 볼은 말 그대로 능금처럼 붉었다.

　카라쿨 호수의 관광단지 안으로 들어갔다. 식당

으로 들어가는 계단 옆에는 '이곳은 고원으로 공기가 부족하니 천천히 걸으라高原缺氣 請誘漫行'는 표지석이 서 있었다. 일단 식사부터 하기로 했다.

여행도 막바지로 오르면서 지금까지 꿍쳐두었던 한국음식들이 쏟아져 나오기 시작했다. 함북 명천 출신인 정수일 교수는 고향 생각하시면서 황태포를, 옆 식탁의 고석주 선생은 어리굴젓을, 황평우 선생은 멸치와 깻잎장아찌 통조림을, 이덕화 교수는 총각김치를 보내왔다.

점심을 들면서 이은정 선생이 연변 출신의 화가 한낙연韓樂然에 관한 질문을 정수일 교수께 드렸고 정수일 교수는 마침 한낙연 선생의 일대기를 잘 알고 계셨다.

한낙연 선생은 뛰어난 재능과 시대적 사명을 잘 알고 있는 화가였고, 돈황의 석굴벽화에 깊은 영향을 받아 난주蘭州로 가서 본격적인 석굴벽화 모사와 유물 고찰 작업에 착수하고 동굴벽화를 체계적으로 분류하여 소개했다고 한다. 젊어서는 항일 독립운동에 관계했고 프랑스로 유학도 다녀왔으나 한때 투옥되기고 했고 1947년에 비행기 추락사고로 사망한 작가가 한낙연이었다. 강만길 교수는 한국에 잘 알려지지 않은 수많은 독립운동가들에 대한 말씀을 해 주셨다.

식사 후 카라쿨 호숫가를 산책했다. 호수는 연둣빛이 섞인 페르시안 블루, 우리식으로 표현하자면 옥색 내지 배추색깔이었다. 점심 식탁을 학구적인 토론의 장으로 만들었던 젊은 이 선생은 낙타잡이와 몇 마디 나누더니 낙타를 타고 호숫가 멀리로 사라져갔다.

카라쿨 호숫가에 앉아 호면에 비친 설산과 눈 녹아내린 물과 지하의 소금물이 함께 어우러져 만들어진 카라쿨 호수의 아름다움에 빠져들었다.

비취색 카라쿨 호수

곤륜산과 카라쿨 호수

곤륜산은 신선들이 사는 곳

무스타크 봉은 곤륜산의 최고봉

구름과 만년설에 둘러싸인

전설의 산,

신선들의 산봉우리를 우러르다

곤륜산의 뿌리를 적시고 있는 건

오백만 년 전 운석이 파헤친 웅덩이

그 안에 고인 광대한 염수호(鹽水湖)

해발 3,914m에 펼쳐진 카라쿨 호수

지금 여기엔 두 개의 무스타크

하늘로 치솟은 무스타크

카라쿨 호면 위로 떠오른 무스타크

오백만 년의 세월 한 자락과

미래시대 한 자락을,

주변의 설산들을 깊숙이 품어 안은

고원지대의 카라쿨 호수

긴 머리칼 날리며 낙타를 타고 떠난 여인은

돌아오지 않고

비취색의 카라쿨 호수 물결은

별을 향해 흐른다

처음 떠나왔던 은하수를 그리면서

　　황평우 선생은 혼자 낙타잡이를 데리고 떠난 이 선생이 돌아오지 않자 걱정을
했다. 젊은 여성이 그렇게 혼자 멀리 떠나서 혹시 좋지 않은 일이나 당하면 어떻
게 하느냐고. 이 선생은 사막에 내다 버려도 끄떡없이 살아올 사람이니 걱정하시

카라쿨 호수와 낙타를 탄 이은정 선생

지 말라고 해도 황 선생은 계속
이 선생을 걱정하더니 아예 이 선
생이 낙타를 타고 떠난 호수 저편
멀리까지 다녀왔다. 보이지 않더
라고 했다. 돌부처처럼 무뚝뚝하
게 생긴 황 선생에게 저런 잔정도
있구나 생각하니 신기했다. 출발
할 시간에 대어서 이 선생이 돌아
왔다. 당당한 모습이었다.

　15시에 카라쿨 호수를 떠났다. 관광객도, 호객꾼도 없는 때에 이 호수를 찾아
오면 이곳이 바로 천국임을 확인하게 되리라. 두어 시간 정도 버스는 더 달리다
가 산중에서 잠시 멈추었다. 몸매가 호리호리한 원주민 여성이 찻길로 걸어 나
오고 있었다. 볼이 붉었다. 젊은 여인이려니 했다. 가까이 온 여인은 관광객의
자동차가 지나는 소리를 듣고 달려온 수공예품 파는 여인, 쉰 살도 넘어 보이는
여인이었다. 뒤이어 역시 관광객 상대의 주민들이 달려 나왔다. 그들의 볼도 모
두 붉었다. 손에는 민속공예품, 목걸이, 팔찌, 반지, 브로치 같은 것들이 들려 있
었다. 나는 짙은 호박빛의 잔돌을 엮어 만든 목걸이 두 개를 5달러에 샀다. 자연
석제품이어서 어디에나 잘 어울릴 것 같은 목걸이였다.

　16시경에 산간 지역을 벗어나 평야지대로, 오아시스 지역으로 들어섰다. 지
평선이 까마득하게 멀었다. 함께 좌우에서 동행하던 산맥들은 갑자기 어디쯤에

서 스며들어버린 것일까. 회색과 갈색뿐인 중음의 세상에서 인간 세상으로 회항했다는 기쁨 같은 것이 스멀대며 터져 나왔다. 그러나 30분쯤 지나자 다시 나지막한 산맥들이 나타나기 시작했다.

갑자기 척추로부터 엉치뼈가 빠져나가고 있다는 느낌, 이렇게 되면 요통은 걷잡을 수 없게 된다. 신음을 참으며 펜잘 하나를 삼켰다. 한 시간쯤 지나자 통증은 거짓말처럼 사라졌다.

길 좌우로 오아시스가 펼쳐지는 곳에 흙벽돌로 지은 자그마한 집들. 침실은 진흙으로 지붕을 얹었으나 다른 곳은 마른 풀줄기를 엉기성기 엮어 덮은 건물들이 나타나기 시작했다. 강우량이 적은 곳에서 나타나는 주택 양식이었다. 집 마당에는 햇살 차단용인가 키 큰 나무들을 잔뜩 심어 놓았다. 대부분의 민가들이 비슷한 유형이었다. 가끔씩 진흙건물의 자그마한 모스크가 그리고 그 가까운 곳에, 또는 마을이 끝나는 언저리에 역시 진흙으로 지은 원두막 크기의 작은 집들이 나타났다. 아래는 직사각형이고 그 위에 원뿔형이 맞붙어 있는 독특한 양식의 건물이었다. 그 자그마한 흙벽의 집은 망자들의 유택이었다. 망자들의 유택은 마을과 가깝거나 모스크와 가까운 곳에 있었다.

한동안 포플러 가로수가 끝없이 이어지더니 18시 50분, 카슈가르란 이름의 제법 큰 도시가 나타났다. 현대식 건물들 — 빌딩, 아파트, 학교 건물들이 나타났다. 블루진의 반바지 차림 아가씨도 보였다. 고대 사회로부터 현대 사회로 돌아왔다.

곧이어 카슈가르로 들어섰고 커다란 번화가를 지났다. 19시 20분경에 카슈가르 키니와 호텔. 9011호실로 배정받았다. 현대식의 대형 호텔이었다.

저녁 식사는 호텔 식당에서 들었다. 우리 식탁에는 세 쌍의 부부 팀과 장석 부자, 두 명의 방송구성작가, 황평우 선생 그리고 이은정 선생과 나 이렇게 앉았다. 저녁 식사가 나오기 전에 이덕화 교수 남편 김병일 선생이 맥주와 중국 고량주를 샀다. 식사가 끝나면서 본격적인 술판이 벌어졌다. 술잔이 놓인 회전 식탁을 돌리다가 그 식탁이 멈추면 술잔이 놓인 쪽에 앉은 사람이 그 술잔을 집어 들고 마셔야 하는 것이다. 장난스런 어른들 덕택에 중학교 2학년생인 장해수에게도 술잔이 돌아갔다. 모름지기 주도란 어른들 있는 곳에서 배워야 된다고, 황평우 선생이 장해수에게 술잔을 돌렸다. 해수가 조심스럽게 술잔을 입으로 가져갔다. 장석 선생은 겉으로는 대범한 미소를 흘리고 있었지만 맘속으로는 조금 조심스러웠을 것이다.

술기운이 무르익어가면서 황 선생은 여중생인 전민수를 우리 식탁으로 불렀다. 다시 회전 식탁이 돌아가고 술잔은 민수 앞에 정지했다. 우리는 숨죽이고 사태의 진전을 살펴보았다. 민수는 술에는 전혀 생각이 없는 듯 흑기사로 아빠 전병래 씨를 불렀다. 불려온 전병래 씨는 기꺼이 딸의 흑기사가 되어주었다.

장난기가 발동한 황 선생은 중학교 2학년인 장해수와 여중 1학년인 전민수를 장난스레 번갈아 쳐다보았다. 그리고는 또 그들의 아버지를 바라보면서, 어떠냐고, 간단하게 언약식이라도 해주는 것이 하고 짓궂게 웃었다. 해수는 고개를 폭 수그리고 수줍어하고, 야무진 민수는 눈알이 반짝하더니 콧방귀를 끼고는 본래의 그녀의 식탁이 있던 자리로 돌아갔다.

이후에도 황 선생의 장난은 계속되었다. 고량주 잔을 해수에게 넘겼다. 해수는 고량주 잔을 잠깐 입술에 대어보이고는 흑기사 장석 선생에게로 넘겼다. 술에 자신이 없는 사람들은 각자 그를 도와줄 흑기사술상무를 불러서 술을 처분하게 했다. 그러나 나는 내 앞으로 오는 술잔을 양보하지 않았다. 두 잔의 맥주와 두 잔의 고량주를 마셨다. 술을 마시면 몸이 따뜻해지면서 세상이 아름답고 세상 사람들이 다 사랑스러워 보이기 때문이다.

옛날이야기 속에서 아버지들이, 또는 할아버지들이 술자리에서 그들의 어린 자손들의 혼인을 약속하고는 했었다는 얘기를 들었을 때, 당사자들의 의사를 무시한 터무니없는 망령이라고 생각했었다. 그런데 오늘 화기애애한 술자리에서 보니 그런 이야기가 결코 망령된 짓거리만은 아니라는 생각이 들었다. 어린 청춘들이 어른들 틈에 나란히 앉아 있는 것을 보니 진정으로 귀여웠다. 두 어린 청춘이 곧잘 어울린다는 느낌도 들었다.

저녁 우리 식탁이 가장 화기애애했다. 술잔이 놓인 중국식 회전 식탁이 돌다가 멈출 때면 주류파는 모두 술잔에게 자기에게 오라고 손짓을 하고, 비주류파는 어서 지나가라고 손사래를 치고는 했다. 그때마다 천장이 울리도록 웃음소리가 터져 나왔다. 옆 식탁에 있던 이들이 구경을 하러 올 정도였다. 즐거운 밤이었다.

2008. 8. 3. 일요일, 맑음.

12 카슈가르-우루무치

카슈가르의 수류탄 테러사건

7시에 일어났다. 모닝콜이 울리기 직전이었다. 화장을 하고 있는데 쿵, 그리고 쿵, 어디 가까운 곳에서 둔탁한 물체가 연이어 충돌하는 소리, 뒤이어 구급차들이 달려가는 소리, 가까운 어디에서 교통사고라도 난 것일까. 그러나 시간이 지나면서 객실 창밖으로 구급차들과 경찰차들이 더 많이 거리를 누비고 있었다. 올림픽 개막일2008.8.8을 앞두고 더 신경이 날카로워지고 있는 중국. 오늘 자정이 지나면 한국으로 돌아간다. 호텔 창밖으로 내다보이는 대로에 공안원의 백차가 한 대 서 있었다. 거리를 정리하고 있는 모양이었다.

배에 가스가 차고 약간의 통증이 일더니 설사, 구급약을 먹었다. 호텔 매점에서 초록색 비취 귀걸이를 중국 돈 100위안에 샀다.

짐을 싸들고 로비로 내려갔더니 오늘 밤에 귀국한다고 가벼운 평상복으로 바꿔 입은 이들이 많았다. 정장 차림의 남성들, 원피스 차림의 여성들, 그러나 나는 비행시간이 열 시간 이상이 될 것에 대비 가장 편한 옷차림을 하고 있었다. 그 가운데 여행사 강 대표의 인상이 눈에 띄게 달라 보였다.

"강 대표, 면도했네!"

남성 회원들이 먼저 알아보고 인사말을 했다. 그랬다. 여행을 시작하면 여행 마치는 날까지 수염을 기르고는 한다던 강 대표였다. 작년에 만난 그는 덥수룩한 인상이었는데 올해에 만나보니 깔끔한 신사로 바뀌어 있었다. 결혼이 강 대표를 멋진 신사로 진화(?)시켰다.

선데이 바자르

10시 30분에 호텔 출발, 5분 거리에 있는 신장성 최대 규모의 '선데이 바자르'로 갔다. 이름으로는 일요일에만 열리는 시장이지만 이제는 일주일 내내 열린다는 바자르, 예전에는 난전 형태의 시장이었으나 근래 커다란 규모의 건물을 짓고 상인들을 모두 상점에 입점시켰다. 바깥에서 본 시장은 모스크를 본딴 모습으로 돔까지 갖추고 있었고 거리 쪽에 세운 대형 입간판에는 이 시장을 찾지 않으면 평생의 유감이 되리라는 글귀不對中西亞市場, 是您 終生的遺憾가 써 있었다.

선데이 바자르 안에는 상인들이 점포를 열고 물건들을 정리하고 있었다. 마수거래를 하게 되면 좋은 물건을 싸게 구입할 수 있으리라는 것이 주최측의 생각이었다. 포목점, 기성복점, 생활 필수품점, 건과일점, 카페트점, 수공예품점, 시장 안의 상점들은 다양했다. 1970년대 우리 재래시장 상가를 구경하는 느낌이었다. 특히 밍크 이불을 보자 그런 생각이 더 들었다. 한국의 1970년대, 밍크 이불은 처녀들이 하는 혼수계婚需契의 상위 목록에 올라 있었다. 이제 한국에서는 보기 힘든 밍크 이불들이 화려한 색상을 자랑하며 진열되어 있었다. 그리고 산악지대 사람들을 위한 모피 모자며 목도리들이 상점을 가득 채운 곳도 있었다.

방앗간상점을 그대로 지나칠 수 없는 우리 일행들, 패시미어pashmere 스카프 상가에 들러 도매금에 다량의 스카프를 사서 함께 나누는 흥정을 했다. 고가의 상품은 한 매당 6달러로 낙찰되고, 모두들 서너 장씩을 몰아서 샀다. 나는 선물용으로 회색 바탕에 같은 색의 무늬가 있는 스카프를 한 장만 구입했다. 그리고 바로 앞 상점에서 인조 보석 장식을 한 벨트를 10달러에 구입했다. 상인들은 손님에게 원가의 서너 배를 불렀다. 그것을 여러 차례에 걸쳐 흥정을 하면 어느 정도 원가에 가깝게 살 수 있었다.

카슈가르 지역 사람들은 손재주가 좋아서 수공예품이 유명하다는데, 특히 칼 제품이 좋다고 했다. 그러나 요즘 공항에서 수하물 검색이 엄격해서 칼은 사지 말라고 했다. 칼은 칼날도 모양새가 좋았고 칼자루와 칼집도 아름답게 장식되어 있었다. 초록색 손잡이를 가진 주머니칼을 사고 싶었는데 50달러짜리를 20달러 정도까지 깎으려고 했으나 되지 않아서 포기했다. 그러나 결과적으로 보면 오히려 잘된 일이었다. 선데이 바자르에서 거액을 주고 칼을 산 사람들이 카슈가르 공항 검색대에서 걸려 모두 칼을 압수당해 버린 것이다.

선데이 바자르에서 장을 보고 차에 올랐을 때였다. 숄더백 속에 방금 쓰다가 남은 중국 돈이며 미국 돈을 대충 접어서 집어넣었다. 그것을 보고 있던 민영애 선생께서 내게 돈을 꿍쳐넣었던 가방을 열어보라고 하셨다. 하라는 대로 했다. 민 선생께서는 둘둘 말아 넣은 돈을 꺼내 중국 돈은 중국 돈대로 그 액면가와 크기에 따라 정리하고, 미국 돈은 또한 펼쳐서 액면가대로 정리하셨다. 미국 돈은 다른 곳 깊은 곳에 잘 보관하고 중국 돈은 언제라도 꺼내 쓰기 쉽게 얕은 곳에 넣어 두라며 주시었다. 마음속으로 와~ 하고 감탄했다. 그렇게 정리정돈이 몸에 배어있어야 하는데, 나는 얼마나 뒤죽박죽, 허술하게 살아왔던고……. 민 선생은 여행 기간 동안 날마다 새로운 멋진 패션을 보여주셨다. 모자에서 신발에 이르기까지. 민 선생은 대여섯 벌의 옷과 서너 개의 모자와 서너 개의 스카프를 이용해서 자신을 당대 최고의 멋쟁이로 연출하는 멋쟁이셨다.

위구르 원주민 집에서의 점심 식사

12시~13시 40분, 바자르에서 멀지 않은 곳에 있는 위구르 원주민 집에서 점심을 먹었다. 일반 가정집이라고 하기에는 호화판이었다. 집도 넓고 홀도 넓고, 지붕도 높았다. 최근에 지어진 건물인 듯, 집안의 벽과 기둥들에는 이슬람 사원에서 볼 수 있는 연속 꽃무늬가 그려져 있었다. 수박과 하밀_{호박모양으로 생긴 메론}, 사과배_{연변 지역에서 개발한 사과와 배를 교접한 과일}, 대형의 란_{호떡처럼 얇게 구어낸 빵}, 요쿠르트, 볶은 양고기를 고명으로 올린 비빔국수, 마지막으로 나온 것이 살구 과육과 당근, 건포도, 채소를 넣어 기름에 볶은 밥이 나왔다. 볶은 밥은 손으로 뭉쳐서 먹는 것이라고 했다. 한동헌 선생이 내 옆에 앉았다. 그는 이번 여행 내내 뻗정다리였다. 다리를 다친 듯했다. 그는 엄지손가락과 검지와 장지를 이용해 볶은 밥을 뭉쳐서 들었다. 뚱뚱한 안주인이 다섯 손가락을 이용해 밥을 뭉치는 방법을 시범으로 보여주었다. 몇 명의 남자분들만 손으로 밥을, 대부분의 동행들은 수저를 이용해서 먹었다. 아주 맛깔스런 볶음밥이었다.

식사를 마치고 나와 신발을 신으려는데, 화려한 채색 전통 모자, 채색 구슬로 수놓은 분홍 원피스 아래에 분홍 바지, 원피스 위에는 빨간 구슬 조끼를 입은 단아한 모습의 처녀가 나와서 음악에 맞추어 춤을 추기 시작했다. 동서 혼혈로 보이는 처녀의 춤은 품위가 있고 아름다웠다. 위구르 원주민 집에서 그들의 전통

1 위구르 원주민 집에서의 점심 식사 자리
2 위구르 처녀의 전통춤사위

음식을 먹고, 전통춤을 보고……. 좋은 체험이었다.

점심을 먹고 나오면서, 아침에 호텔에서 들었었던 둔탁한 충돌음과 구급차의 사이렌 소리의 정체가 밝혀졌다. 폭탄 테러였고 사망자가 14명이라고 했다. 카슈가르에서 벌어진 사건을, 한국에 전화를 해서 연합통신에 들어온 뉴스를 다시 받아 듣게 된 것이다. 중국의 통치로부터 독립을 하려는 신장 지역 사람들, 그들에 대한 중국의 탄압이 심해지면서, 해외에 본부를 둔 신장 지역 독립단체에서 오늘 카슈가르의 경찰학교에 수류탄을 투척하고 또 칼로 경찰들을 살해했다는 것이다.

테러 사건이 일어난 시간대에 우리는 인근의 호텔에 있었고 또 시장 구경을 하고 점심을 먹었다. 테러리스트의 대상은 외국인이 아니라 중국 정부였다. 우리 일정은 계획대로 진행되었다.

아바 호자 묘당 ― 향비묘

13시 50분, 1640년대 이슬람 지도자 아바 호자가 조상들을 위해 지은 묘당을 방문했다. 건물의 한가운데 커다란 돔과 사방 모서리에 네 기의 별로 높지 않은 미나렛을 가진 묘당의 겉면은 초록색 타일이 두드러진 건물이었다. 페르시아 지방에서 많이 보던 푸른색 타일이 아니라 초록색 타일이 많이 사용된 것은 이 지역 인근에서 타일용 초록색 염료가 나오기 때문이란다. 아바 호자의 묘당 앞 정원에는 장미꽃이 만발해 있었다. 붉은 장미 정원과 돔과 미나렛을 가진 초록색 타일의 묘당은 아주 잘 어울렸다. 장미는 정원에 피어 있다기보다 장미 덩굴이 묘원으로부터 뻗어 나와 피어난 듯 느껴졌다.

아바 호자의 묘당이 유명한 것은 그곳에 호자 가문의 72기 묘를 갖추고 있어서가 아니라 향비香妃의 몸이 모셔져 있기 때문이다. 향비는 건륭황제의 후궁이었다. 향비에 대한 전설은 다양하다.

첫째, 1729년 건륭황제의 총애를 받던 향비가 29세로 요절했다. 이를 애통해한 건륭황제는 그녀의 유해를 고향 카슈가르로 보내는데 120명의 호위병을 딸려 보냈다. 죽어서라도 그리운 고향의 부모형제와 함께 있으라는 남편의 배려에서였다. 아바 호자 묘당 입구 왼쪽에 자그만한 목제 상여(한국의 전통 상여보다도 조금 작은 듯)가 있는 데 이것이 북경에서 카슈가르까지 오는 데 사용된 향비의 상여로 귀향길에 걸린 시간은 자그마치 3년이었다.

둘째, 20세에 건륭황제에게 출가하여, 황제의 총애를 받던 향비는 53세에 죽었다. 향비는 당시 청나라 관례에 따라 그 무덤은 북경에 있었는데 1917년 북경에 있던 향비의 무덤에서 유해를 찾아 이곳 아바 호자 묘당으로 옮기는 데 3년이 걸렸다.

셋째, 향비는 건륭황제의 총애에도 불구하고 고향과 가족들이 그리워 병이 들었다. 건

아바 호자 묘당

륭황제는 향비를 위해 향비를 친정인 카슈가르로 보내게 되었는데 향비는 카슈가르로 오는 도중에 죽고 말았다.

넷째, 26세에 향비는 건륭황제비로 채택되어 강제로 북경으로 끌려갔다. 향비는 몸에 비수를 품고 건륭황제의 접근에 완강하게 반항했을 뿐만 아니라 단식으로 자살했다. 여기에는 자살설과 독살설이 포함된다.

다섯째, 향비의 몸에서는 향기가 났다. 향비는 어린 시절부터 대추야자를 좋아해서 대추야자를 많이 먹었을 뿐만 아니라 목욕물에 대추야자를 넣고 목욕을 했다. 향비가 태어나자 그 부모가 대추야자나무를 심었는데, 향비가 죽자 그 대추야자나무로 향비의 관을 짰다.

향비에 관련된 전설은 이야기의 주체가 누구냐에 따라서 달라진다고 한다. 정통 중국인을 자처하는 이들은 아름다운 향비에 대한 건륭황제의 지극한 사랑에

강조점을, 신장성 위구르인들은 강제로 끌려가서 자살한 향비의 애국심에 강조점을 둔다. 위구르인들이 중국정부에 대한 항의 시위를 하기 전에 향비묘 앞에서 그들의 다짐을 새롭게 하는데 이런 것으로 미루어 향비의 죽음은 단순한 자연사가 아니라 자신의 의지를 관찰시키려던 한 여자의 장렬한 죽음으로 보아야 할 것이다.

향비의 묘는 묘당 안 깊숙한 오른쪽 한구석에 있었다. 1인용 텐트만한 묘였고, 붉은 비단에 황금색 꽃무늬의 휘장이 자그만한 묘를 감싸고 있었다. 붉은 비단 위로 노란 비단으로 고를 큼직하게 만든 리본이 장식되어 있었다. 묘당 안의 묘들은 실은 상징적인 것으로 그들의 시신은 지하에 묻혀 있다고 했다.

전설의 진위를 따진다는 것은 실은 허망한 일이고 공통점은 향비가 아름다운 여성이었다는 것, 위구르 여인^{변방의 여인}으로서 전략적으로 중앙 권력자에게 보내진 희생자였다는 것만은 부인할 수 없을 것이다.

향비묘를 나오자 얇은 금속판으로 만든 나비 장수가 왔다. 바람에 금속판의 나비 날개가, 더듬이가 하르르 하고 흔들렸다. 향기를 따르는 나비, 향비의 묘가 있는 곳에 나타난 나비 장수…….

독경당

아바 호자 묘당 바로 옆에 있는 초록색 돔을 지닌 목조건물 — 독경당讀經堂, Jermon Hall은 이곳 경내에서 가장 먼저 지어진 건물로 아바 호자와 그의 부친이 코란을 가르치던 곳이다. 홀의 안쪽은 겨울에, 바깥쪽은 여름에 사용했다고 하며 홀 가

독경당

운데는 30cm 정도의 초록과 흰
색 반점이 들어가 있는 신성한 돌
이 있었다고 한다. 이 돌은 질병
과 재앙을 물리치는 신통력을 가
진 돌로, 사람들은 돌을 만지면
자기 스스로를 지킬 수 있다고 믿
었다고 한다. 그러나 우리가 홀
안을 들여다 보았을 때 신성한 돌
은 보이지 않았고, 목조건물이 기

울어지는 것을 막기 위한 버팀목이 서너 개 세워져 있었다.

　정수일 교수께서 역사의 현장을 지켜보라고 우리들을 부르셨다. 홀 안으로 들
어가자 왼편 구석에 반쯤 깨진 흙벽돌의 문이 있었다. 우리들에게 잘 알려진 영
국의 고고학자이며 지리학자인 오렐 스타인 박사1862~1943가 독경당의 흙벽돌
문을 깨뜨리고 들어가 그 안에 있던 유물들을 가져간 그 역사의 현장이라는 곳
이었다. 스타인 박사는 고대 동양과 서양의 대상로隊商路는 물론 알렉산더의 원
정로를 밝혀냈다. 불교문화 유적에 대한 연구를 한 그의 공로는 칭찬받아 마땅
하지만, 그러나 그는 또한 약소국의 문화유적에 손을 댄 문화유적의 도둑이기
도 했다.

주마 모스크 — 가만청진사加滿淸眞寺

독경당 바로 옆에 좀 큰 규모로 지어진 황톳빛 전돌과 목제로 지어진 건물, 주마 모스크가 있었다. 1873년에 지어진 건물로 1개의 홀과 100m에 달하는 긴 회랑, 회랑의 내부를 떠받치는 62개의 기둥은 저마다 그 조각이 다른 아기자기한 모습이었다. 기둥의 자료는 백양나무라고 했다.

고저예배사高低禮拜寺

주마 모스크를 나오자마자 연달아 있는 고저예배사upper and down mosque는 작고 얇은 직사각형의 전벽돌들을 촘촘히 쌓아서 정교한 무늬를 만들어 가면서 쌓아 올린 아름다운 사원이었다. 아바 호자 묘당향비의 묘당의 다른 이름의 정문 앞에 있었다. 묘당으로 들어가기 전에 이곳에 들러서 먼저 기도를 드리는 곳이라 한다. 고예배사高 禮拜寺는 여름철에, 저예배사低 禮拜寺는 겨울철에 사용한다는데, 바깥으로 일단 7~8개의 계단을 올라가 있는 홀에는 초록색 카펫이 깔려 있었다. 고저

1 2 3
1 스타인 박사가 깨뜨린 흙벽돌 문
2 주마 모스크
3 고저예배사

의 기준을 지상층과 지하층으로 나뉜 것인지의 여부는 알 수 없었다. 그러나 홀을 떠받치고 있는 목제 기둥들의 조각은 섬세했고 색채도 지극히 아름다웠다. 그리고 건물의 바깥을 지탱해주는 전벽돌로 쌓아올린 벽과 미나렛의 기하학적 무늬는 감탄에 감탄을 토해내게 했다.

이병희 선생이 향비묘 앞에서 나비_{얇은 금속판으로 만든} 장사에게 산 나비 한 마리를 나누어주셨다. 나비를 모자 옆에 달았다. 움직일 때마다 팔랑거리는 나비, 내가 향비가 된 듯한 기분이었다.

아바 호자 묘당에서 나와 버스를 타려는데 아침의 폭탄 테러는 수류탄이 사용되었고, 훈련 중이던 경찰관 16명이 사망했고, 테러범 2명이 체포되었다는 소식이 전해졌다.

이드카 모스크

아바호자 묘당에서 자동차로 15분 거리에 이드카 모스크Idkha Mosque가 있었다. 위구르어로 '이드카'는 축제의 광장을 의미하며 중국 최대의 모스크로, 멀리 이란이나 이라크의 마스지드로 성지순례를 갈 수 없는 사람들이 성지순례를 위해 이곳으로 찾아온다고 했다.

카슈가르 시내 중앙에 있는 이드카 모스크는 1442년 카슈가르의 권력자 사크시즈 미르자가 매장된 이후 그 후손들이 세운 작은 사원이었는데 이것이 1533년 이 지역 권력자들의 유해가 묻히면서부터 주마 모스크금요일에 정규적으로 기도회를 갖는로 확장되었다. 이드카 모스크가 결정적으로 큰 모스크로 발전하게 된 데에는 두 여성의 공로가 크다. 1798년, 대부호인 독신녀 '굴리나'가 파키스탄으로 가던 중에 이곳에서 사망하자 그의 유산 전부를, 그리고 잉지샤 출신의 바느질로 재산을 모은 익명의 여인이 성지순례를 떠났다가 페르시아 전쟁으로 인해 카슈가르로 되돌아와 머물게 되자 그녀의 전 재산을 모스크에 기탁, 오늘날의 거대한 모스크로 증축할 수 있게 되었다고 한다. 1873년에는 야꿉벡 정권이 민심을 얻기 위한 정치적 목적으로 모스크의 개보수와 증축을 했고, 20세기 초에 광장이 만들어졌으며, 1949년 중화인민공화국에서도 모스크의 증축공사를 시행했다.

이드카 모스크는 이슬람 절기에는 1만 명 이상이, 라마단 축제기간에도 5만 명 이상이 광장에 모여 기도를 드린다고 한다.

광장에서 본 이드카 모스크 정문 건물은 짙은 밀감빛 벽을 가진, 건물의 대칭

1 이드카 모스크
2 이드카 모스크 실내 모습

구조가 단순하고도 편안해보였다. 마침
기도 시간이라 입구에서 기다려야 했다.
석조 바닥을 깐 광장은 달아올라서 서
있을 수가 없었다. 무슬림들이 삼삼오오
들어서더니 그들의 기도처로 갔다. 넓게
깔아놓은 카펫에서 그들은 성지를 향해
절을 하고 있었다.

20여 분을 기다려서 모스크 본 건물을
보기 위해 정원을 지나 깊숙이 안으로 들
어갔다. 신발을 벗어놓고 건물 내부로 들
어갔다. 여름철이라 무슬림들은 건물 바
깥에서 성지 쪽을 향해 절을 하고, 관광
객들은 건물 안으로 들어가서 벽이며 천
장에 그려진 이슬람 건축양식의 그림이
며 조각품들을 보았다. 파키스탄과 달리
이곳에서는 신발은 벗어야 하지만 스카

프를 쓰지 않아도 좋았다. 그만큼 종교적으로 개방된 곳이라고 할까. 붉은 카펫과
초록색 목제 기둥들이 열을 지어 있었다.

이드카 모스크 광장에서는 돌바닥의 열기가 대단해서 견딜 수가 없었다. 위구
르인들이 둥그렇게 앉아 있는 곳에 가보니 우리네의 60년대식 빙수 가게가 있

었다. 얼음을 갈아 유리그릇에 담고, 그곳에 몇 가지 식용 색소와 설탕을 끼얹어 손님들에게 팔고 있었다.

16시 15분, 이드카 모스크에서 차에 올라 일단 다시 호텔로 돌아갔다. 비행기 출발 시간까지 자투리가 난 시간이었다. 호텔에서 저녁 시간까지 기다리는 동안 호텔 매점으로 가서 비취색 목걸이를 중국 돈 100위안에 샀다. 이번에도 이덕화 선생이 중간에서 흥정을 붙여주었다. 호텔 프론트 앞에 있는 소파에서 잠을 자면서 휴식했다.

17시 50분에 호텔을 출발해서 공항으로 가는 줄 알았더니 식당이라고 했다. 공항 손님만을 전문적으로 상대하는 식당이었다. 식당 입구에 책상을 놓고 그 앞에 경찰이 손님들의 여권을 검사하고 가방을 열어보며 검색을 했다. 아침에 일어난 수류탄 테러에 당국이 잔뜩 긴장, 외국인 관광객에게까지 무섭게 검문 검색을 하고 있는 것이다. 식당 안에서 다시 수류탄 테러에 대한 후속 소식들을 들었으나 새로운 것은 없었다. 범인으로 위구르인 두 명이 현장에서 체포되었고 그들은 미국에 거점을 둔 신장성 독립운동단체의 지시를 받고 있으며 이제 연고자들에 대한 대대적인 검거 열풍이 일게 되리라는 것 등등.

카슈가르 공항

20시 50분, 카슈가르 국내선 공항에서 탑승 시간을 기다리고 있다. 1시간 이상을 더 기다려야 한다고 한다. 소화물 검색이 아주 엄격했다. 몸수색도 철저했다. 여자 검색원이 몸 전체를 더듬고, 브래지어까지 손으로 만져 보며, 허리 벨트 안으로도 손을 넣어 휘저었다. 휴대가방을 열어보는 것은 물론이고. 내 가방 속의 콤팩트며 분 바르는 솔까지도 모두 열어보고, 여성들 휴대가방에 들어있던 화장품들은 일단 압수, 그들을 다시 꾸려서 다음 행선지까지 부쳐야 하는 군일을 시켰다. 카슈가르 중앙시장에서 사온 수공예품 칼들을 모두 압수당했다. 나는 길기트 강가에서 얻은 커다란 돌덩이 — '길트행성' 때문에 내심 걱정했으나 무사히 통과했다.

"유인순 교수 어디 있어요?"

바로 옆에서 강만길 교수께서 찾으셨다. 혹시 소화물 검사할 때 길트행성이 걸리지 않았는지 궁금해 하셨다. 무사통과. 어린애 머리통만한 돌, 머리에 흰 눈을, 이마에 다시 흰 줄을 둘러쓰고 있는 길트행성, 강 교수께서도 길기트 강가에서 포기하셨다가 내가 갖고 오는 것을 보고 약간의 아쉬움이 남아 있으신 듯. 아마 그분도 10년만 젊었어도 길트행성을 들고 오셨을 것이다.

오늘 밤은 비행기 안에서 자야 한다.

21시에 중국남방항공기 19E에 탑승했고 30분 뒤에 이륙했다. 카슈가르. 폭탄 테러로 세계의 이목이 몰린 곳에 우리들이 있었다. 수류탄 터지는 소리가 그렇게 둔탁하게 들리는 것인가. 신장성의 위구르 인들에게 자유와 독립의 날이 오기를 바란다. 카슈가르는 사실상 과거에 신장성의 성도와 같은 역할을 했었던 곳. 실크로드 대상들이 모여들었던 곳이다.

우루무치 공항

22시 55분, 우루무치 공항에 무사히 착륙했다. 짐을 찾아서, 이은정 선생이 밀차에 그녀와 나의 커다란 트렁크를 모두 실었다. 국내선 청사에서 나와 국제선 청사까지 걸어가는 데 3~4분 거리. 비가 내리고 있었다. 처음에는 약하게, 국제선 청사로 들어갈 때에는 제법 굵은 빗줄기가 쏟아졌다. 국제선 청사로 들어가는 입구에서부터 검색이 강화, 비 오는 속에 늘어서서 순서를 기다리고 있었다. 네댓 명의 중국인 여승무원들이 태연하게 새치기를 하려다가 순서대로 하라는 정수일 교수의 따끔한 호령에 꼼짝 못하고 순서를 기다리고 있었다. 나는 이은정 선생이 건물 내부로 들어오기까지 현관에서 기다리고 있는데 검열관이 내게 휴대 짐을 엑스레이 통과기에 넣고 그냥 통과하라고 한다. 통과한 뒤에도 한동안 이은정 선생을 기다려야 했다.

비행기 탑승 시간은 2시부터라고 한다. 글을 쓰기에도, 책을 읽기에도 적절한 장소가 없어서 멍하니 서 있다가 사람들이 매점으로 몰려간 뒤에 청사 건물 바닥에 두 다리 쭉 뻗고 앉았다. 시멘트 기둥에 등을 대이니 시원했다.

2008. 8. 4, 월요일, 맑음 · 비.

13 우루무치 공항-인천공항

지난밤 늦은 시간에 우루무치 공항에 도착했고, 국내선 청사에서 국제선 청사로 이동할 때에 비가 내리고 있었다. 작열하는 태양에 달구어진 모래와 바위의 땅에서 며칠을 보내다 보니 빗방울이 반갑고 좋았다.

우루무치 공항 대기실에서 수하물 검색 시간을 기다려 여기저기로 흩어졌다. 매점으로 가서 음료수를 마시는 사람들, 이덕화 교수 남편 김병일 씨가 동행들을 위해서 매점에서 캔맥주를 대접하는 동안, 나는 건물 기둥에 몸을 기대고 맨바닥에 앉아서 메모를 하고 있다. 웅기종기 모여서 담소를 나누는 사람들, 내가 그들에게 접근하지 않으면 그들도 나에게 다가오지 않는다는 사실을 알면서, 그냥 혼자 있고 싶었다. 소외감을 느끼지 않는 것은 아니나 그렇다고 사주는 술을 마신다거나 내가 술을 사 마시고 싶은 생각도 없었다. 테러가 일어난 위험한 도시에서 빠져나온 나의 느낌을 어떻게 문자로 옮겨놓을 수 있을 것인가를 생각한다.

공항의 바깥에서는 비가 계속 내리고 있고 언제 섭씨 45도의 모래밭과 바위산을 돌아다녔었는지, 그것이 실제로 내게 일어났던 일이었는지도 그저 아득하기만 하다.

우루무치 공항에서

자정이 지난 비 내리는 우루무치 공항

공항 청사 맨바닥에

건물 기둥에 등 기대이고 눈감고 앉아

시멘트 기둥이 주는 서늘함을 즐긴다.

서너 시간 전의 카슈가르 거리와 공항의 검색대

곳곳마다 공안요원들의 살벌한 시선과 거친 손길들

새벽의 카슈가르 호텔에서 들었던 둔탁한 두 번의 충돌음

연이어진 구급차와 군경 경비차량들의 사이렌 소리

아바 호자 묘당에서 들은 향비의 전설

향비는 아름다운 저항주의자

위구르족의 독립을 주장하는 향비의 후예들은

테러리스트의 절망과 고통을 선택했다.

사건 현장에서 사망자는 십여 명

중국당국에게는 테러리스트

위구르족에게는 열혈 애국자

향비는 위구르족의 자존심

체포된 두 명의 테러리스트를 생각한다.

젊은 그들은, 그들의 지인들은 어떻게 될 것인가.

약소민족의 슬픔이여

해발 5천 미터에 가까운 쿤자랍 고개

신성한 설산과 빙하를 지나면

잿빛과 갈색의 물과 황무지와 돌산들,

죽음의 세상을 지나왔다.

인더스 강물을 거슬러 오르던 길

눈 녹은 물과 석회석 토양이 연출한 색상

껄쭉한 잿빛의 인더스 강물은

인더스 문명을 꽃피운 젖줄

휘몰아치는 인더스 강물 따라 절룩이면서

암벽 위에 스투파와 법륜과 부처를 새기면서

눈 덮인 산봉우리를 지나면서

파미르 고원 지대를 넘나들던 구도자들

돌아보니

아주 오래 전에 들른 적이 있었다는 느낌.

혜초 스님과 함께 왔었던가.

중생구원을 다짐하던 그날의 도반들

테러리스트가 되어서 다시 찾아온 것일까.

생명은 아름답지만 냉혹하고

오늘의 동행자는 과거의 도반들,

선과 악, 삶과 죽음, 자유와 억압은

잔인하고도 질긴 운명의 수레바퀴인가 보다.

짐 검사를 받는데 내 짐에 제동이 걸렸다. 다른 동행들도 절반 이상이 그들의 짐을 풀어 보여야 했다. 검색관은 풀어헤쳐진 내 짐에서 문제를 찾지 못하자 다시 엑스레이를 투사시켰지만 역시 이상 물질을 찾지 못했다. 그는 손으로 일일이 옷 사이를 더듬다가 나중에야 내가 가져온 길트행성, 강변에서 주워 올린 돌을 발견, '스톤'임을 확인하고서야 통과시켰다. 나도 그제야 안심했다. 뺏겨도 문제없는 것이기는 하지만, 그래도 인도판과 아시아판의 지층이 서로 만나던 장소, 길기트 강변에서 강만길 교수가 찾아낸 돌, 그 무거운 돌덩어리 때문에 나는 짐을 나를 때마다 고심하지 않을 수 없었다. 길트행성을 무사히 춘천까지 가져가면, 얼마나 많은 이야기들이 돌덩이와 더불어 기억될 것인가.

1시 55분에 KE884호에 탑승했다. 한국인 승무원들의 인사를 받으며 마음이 푸근해졌다. 아침에 들은 둔탁한 충돌음이 카슈가르에서 일어난 폭탄 테러 사건임이 밝혀졌을 때 사실 속으로 떨떠름해 했다. 거리에 군경이 깔리고 검문검색이 강화되어서 혹시 카슈가르 공항과 우루무치 공항이 폐쇄되지나 않을지 걱정했었다. 이제는 무사히 내 나라로 돌아갈 수 있다는 안도감에 한숨이 나왔다.

항공기로 들어서면서 신문을 집어 읽다 보니 우리가 열사흘을 떠나 있는 동안 서울에서는 이명박 대통령 부인 김윤희 씨의 사촌언니인 김옥희[75세] 씨가 지난 대선 때에 한나라당 비례대표 희망자에게 거액을 수령하면서 공천 장사를 했다는 기사가 나와 있었다. 영부인의 사촌언니까지 나서서 공천 장사를 했다면, 그렇다면 다른 측근들의 영향력을 어떠했을까. 정치란 사람 살아가는 데 필요한 것이기는 하지만 정치꾼들을 조심하지 않으면 안 된다. 그들은 소수의 예외자를 제외하고, 입으로는 백성을 위한다지만 백성을 이용해서 돈과 권력과 명예를 긁어모으는 이상한 사람들이다.

2시 33분에 우루무치 공항을 이륙했다. 비행기 안에서 신문을 읽고, 미리 가져간 복사한 소설들을 읽었다. 그러나 온종일 새로운 사건과 새로운 문물 앞에 계속 눈을 뜨고 있어야 했기에 눈에 통증이 왔다. 쉬지 않으면 안 되었다. 잠시 눈을 붙이고 있는데 어느새 기내식이 공급되고 있었다. 녹차죽을 선택했다. 부드럽고 따뜻한 흰쌀죽에 녹차스프 건더기를 넣어 비비니까 그대로 녹차죽이 되었다. 맛이 좋았다. 다시 잠에 빠져들었고, 잠결에 10분 뒤에 인천공항에 착륙하리라는 기장의 방송이 들렸다.

8시. 인천공항에 착륙했다. 유리창 바깥으로 공항의 파란 잔디가 보였다. 마침내 돌아왔다. 45℃의 열기도, 해발 5,000m에 가까운 고원지대에서의 일들도 모두 꿈결 같았다. 파키스탄과 중국의 국경지대를 지나 카슈가르로 가던 그 잿빛의 공간은 내게 중음中陰의 세계를 지나온 인상을 남겼다. 이승과 저승의 사이에서 우리가 지나지 않으면 안 될 그런 탈바꿈의 공간…….

짐들을 찾고, 일단 입국대를 거쳐 나와서 해산식을 가졌다. 지난 열사흘 동안 우리 모두 고락을 같이 했었다. 서로 그간 고마웠다는 인사를, 다시 함께 할 수 있는 시간을 갖도록 하자고 약속했다.

2008. 8. 5, 화요일, 비 · 갬.

캄보디아

폐허에서
신화와
전설을
길어올리다

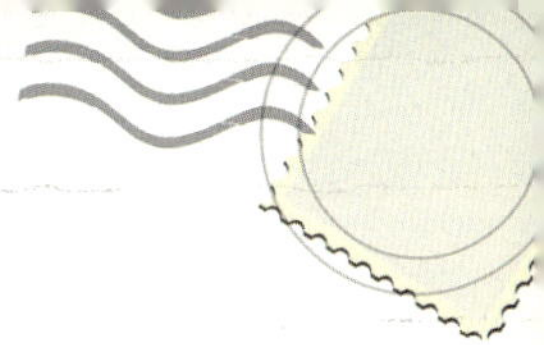

 01 춘천-인천공항-시엠립공항

사대 교육4호관 앞에서, 한인숙 교수와 함께 과학교육과 조영신 교수의 차에 탑승, 출발했다(13:05). 이번 여행은 과학교육과 교수들의 세미나를 위한 프로그램이었다. 그러나 젊은 교수들의 강의와 연구 활동으로 갑자기 자리가 비게 되자 내가 그 빈자리를 채우게 된 것이다.

인천공항으로 가는 구리 방향의 노선은 반듯하고 터널이 길었다. 경인 운하 공사장 부근을 지나면서 보니 눈이 쌓여 있었다. 고속도로 위에도 눈이 조금 쌓여 있었다. 춘천에서 인천공항까지 2시간 5분 만에 도착했다. 경춘고속도로가 뚫리면서 세상이 갑자기 가까이 다가오고 있다는 느낌이었다. 약속된 시간 16시에 공항 3층 C 카운터 앞에서 다른 차로 춘천에서 출발한 지찬수, 조희영, 이기영 교수, 서울에서 직접 오신 이문원, 남상욱 교수 등 모두 8명이 모여 비행기 티켓을 받고 통관 지역으로 들어갔다.

시엠립공항행 KE687호가 인천공항을 이륙했다(18:45). 나의 좌석은 44A, 날개 뒤편, 창가였다. 옆자리에 이기영 교수가 앉았다. 앞에서 두 번째 줄부터 내가 앉은 줄까지 초등학생 단체손님들이 자리잡고 있었다. 꼬마들은 끊임없이 재잘거렸다. 초등학생도 캄보디아로 여행을 간다……. 살기 좋아진 것일까. 세월을 잘 타고 태어난 꼬마 손님들 눈에 천년 유물들이 제대로 눈에 들어올까.

이륙 후 30분쯤 지나자 비행기가 많이 흔들렸다. 모두 안전벨트를 매고 앉아 있으라는 기내 방송이 나왔고 잠시 후에 기내식으로 닭고기와 검정참깨가 박힌 밥, CJ 모닝두부, 빵과 버터, 후식으로 파인애플이 나왔다. 모닝두부는 새콤짭잘한 드레싱을 뿌리고 먹었다. 채소가 없는 식단이었다. 갑자기 김치 생각이 났다. 맥주로 입가심을 했다.

멀고도 긴, 조금 지루한 여행이었다. 김연수의 장편소설 『밤은 노래한다』를 읽었다. 책을 읽다가 졸다가 또 한국영화 〈국가대표〉를 보았다. 말썽꾸러기들을 데려다가 대표선수를 만들기까지 선수와 코치의 눈물과 땀을 그린 작품이었다. 기상 상태에 따라서 비행기가 흔들리고 화면은 끊어지고 이어지기를 반복했다.

비행기 안에서 제법 덥다는 느낌이 들었다. 베트남을 지나온 듯, 시엠립까지는 51분이 남았다는 기내 방송이 나왔다. 조금씩 눈을 붙였다. 많이 자면 호텔에서 정작 밤을 새우게 될지도 모른다. 별들이 총총하다. 검은 비단 위에 금실로 수를 놓은 듯.

시엠립공항에 착륙했다(00:45). 비행기는 천천히 청사 건물 쪽으로 이동, 12월 21일로 접어들었다. 공항 건물로 들어서자 '매일관광'의 표지를 단 공항 직원이 여권과 비자발급 카드를 받아들고는 검사고 무어고 없이 자유 통과를 시켰다. 바깥에서 관광사 현지 안내팀장이 기다리고 있었다. 깡마르고 얼굴빛이 검어서 캄보디아인 같은 인상을 주었다. 가이드 홍성문 팀장이었다. 그를 따라 작은 버스에 올랐다.

호텔로 이동하는 동안 홍성문 팀장은 이 지역에 대한 간단한 소개를 했다. 가이드의 설명과 자료를 참고하면 캄보디아의 개요는 다음과 같다.

현재의 시엠립공항은 개항한 지 2~3년 되었고 프랑스측에서 공항 관리를 맡고 있으며 관리인은 캄보디아인들이다. 시엠립은 수도 프놈펜으로부터 자동차로 8시간이 걸리는 곳이고, 한국으로 치면 경주와 같은 곳으로 문화유적자원으로 이 도시가 운영된다.

캄보디아(Cambodia)는 크메르어로 캄프치아(Kampuchea), 공식 국명은 캄보디아 왕국(Kingdom of Cambodia)으로 불린다. 지리적으로 동남아시아의 인도차이나 반도 남서부에 위치하고 있다. 캄보디아는 타이, 라오스, 베트남들로 둘러싸여 있고 남서쪽은 타이만에 접했으며 인구는 2008년 기준 1,424만 명이다. 인종은 크메르인 90%, 그외 베트남인 5%, 중국인 1%로 추정된다.

캄보디아는 신석기 시대부터 시작되어 9~14세기에는 주변 18개국을 거느린 대 크메르제국으로 그 위세를 떨쳤다. 그러나 15세기부터 국력이 약화되면서 이후 300여 년간 베트남, 타이, 프랑스의 지배를 받아오다가 1953년에 독립, 노로돔 시아누크 공이 합법적인 정권으로 승인을 받았다. 그러나 시아누크 공은 베트남 전쟁에서 캄보디아 내의 베트남 공산주의자의 활동을 견제하지 않는다는 이유로 미국의 절대적 지지를 받고 있던 론 놀 장군과 그 지지파에 의해 축출당했다. 정권을 잡은 론 놀은 베트남인과 캄보디아 공산주의 단체인 크메르루주에 대한 탄압을 강화하자 이는 내전으로 확산되었다. 공산주의자 소탕이란 명목으로 미국은 캄보디아에 대한 무차별 폭격을 감행, 국민은 론 놀 정부에 등을 돌리게 되었고, 1975년 크메르루주는 론 놀 정부를 전복시켰다.

1976년 민주 캄프치아 공화국이 선포되면서 중공의 지지를 받던 폴 포트가 정권을 장악했다. 이후 폴 포트는 그가 생각하는 이상적인 공산주의 국가를 만든다는 명목으로 크메르족 이외의 인종이나 지식인들에 대한 무자비하고도 조직적인 소탕령을 내려 1976~1979년까지 최소 100만 명, 최대 300만 명에 이르는 백성들을 학살했다. 1979년 호전적인 폴 포트 정권을 밉보았던 베트남이 캄보디아를 공격, 크메르루주를 몰아내고 친 베트남 계열을 중심으로 새로운 정부를 세웠다.

1991년, UN의 중재로 캄보디아 내 파벌 당사자들이 참여한 평화협정의 체결, 1993년 해외로 망명했었던 시아누크 공이 복위했고 그의 아들 노로돔 라나리드가 제1총리가 되었다. 그러나 1997년 제2총리 훈 센이 쿠데타로 라나리드를 축출, 1998년 시아누크의 중재로 훈 센은 총리, 라나리드는 국회의장이 되었다. 2004년 시아누크는 왕좌를 라나리드의 이복동생인 시하모니에게 양위하여 오늘에 이른다.

30년에 걸친 내전, 당시 공포에 억눌린 생활에서 아직도 벗어나지 못한 상태, 국민들의 표정이 어둡다 한다. 이 나라에서 문화 생활을 하는 이는 전체 국민의 5%, 대체로 50년 전의 한국을 연상 시키는 곳이 캄보디아에서의 생활이다.

그랜드 패시픽 호텔 128호에 자리를 잡았다. 룸메이트는 한인숙 교수.

2010. 12. 20. 일요일, 갬.

02 롤로오스 유적지-반테스레이 사원-압살라 민속쇼

5시에 기상. 잠결에 옆 침대에서 뒤척이는 소리, 도로에 면한 방안으로 자동차의 소음이 파고들었다. 그래도 피곤이 약이었던가. 잘 자고 일어났다. 룸메이트는 수영장으로 가고, 나는 호텔 방의 한 쪽 구석에서 밝아오는 새벽을 지켜보고 있다.

지난밤, 자정이 넘은 시간에 호텔에 도착했고, 잠자리에 든 것이 새벽 2시경, 현지 시간과 한국 시간과의 시차는 2시간이었다. 시계를 뒤로 돌려놓았다.

마침내 찾아왔다는 느낌, 〈킬링 필드〉란 영화를 보지는 못했지만 가난한 동남아시아, 폴 포트의 악명 높음, 설익은 이데올로기가 무고한 백성을 학살한 곳, 등등……. 그러나 알고 보면 민주주의의 사수란 이름으로 미국의 군사력이 캄보디아에 쏟아 부었던 폭탄 세례, 그로 인해 죽은 사람들의 숫자가 크메르루주의 학살자 수효에 못지않았다고 한다. 자유라는 이름 아래 온갖 범죄가 허용되었듯이, 민주주의란 이름 아래 얼마나 많은 비극이 횡행했던가. 강대국의 횡포에, 고래싸움에 등이 터져버린 가련한 캄보디아인들. 약소국가 백성들이 겪는 고통이 캄보디아에서 유독 심했던 것은 이 나라 국토가 비옥하고 천연자원이 풍족하기 때문이 아닌가. 광대한 국토, 비옥한 땅, 풍부한 천연자원이 모두 강대국의 욕망을 자극하게 되었을 터이니까.

어제 내 나라를 떠나올 때 그곳은 한창 추운 겨울이었는데, 이곳에서는 에어컨을 켜놓고 있다. 올케에게 문자 이메일을 보냈으나 발송 장애로 실패했다. 이

나라가 그렇게도 먼 곳에 있는 것인가. 아니면 이 나라의 무선 통신 시설이 아직 초보 단계에 있기 때문인가. 호텔 창 밖으로 새들이 지저귄다. 수영을 마치고 돌아온 한인숙 교수, 지난밤에 소음 때문에 숙면을 할 수 없었다고 방을 바꾸어야 겠다고 했다. 나도 동의했다.

9시 5분에 호텔을 출발했다. 15분쯤 차를 달리는 동안 이 지역 사람들이 맞는 아침의 모습들, 가이드 홍 팀장이 이곳 사람들의 버스를 보라고 했다. 시선을 차창 밖으로 돌렸지만 버스는 보이지 않았다. 사람들이 웅기중기 모여 있다가 지붕이 없는 반 트럭 위로 오르고 있었다. 트럭으로 오르고 있는 사람들은 비록 옷차림은 허술했지만 그들은 모두 활기에 차 있었다. 뚜껑 없는 반 트럭이 그들에게는 버스였다. 우리들이 생각하는 버스와 택시는 이 지역에 없었다. 길은 비포장이었고 붉은 빛이 강한 황토였다. 자동차가 지나가면 먼지가 일었다. 관광객을 상대로 노변의 조그만 상점들이 변변찮은 상품들을 늘어놓고 있었다.

관광객에게 입장권을 발행하는 곳으로 갔다. 우리 팀처럼 3일간 머물면서 유적지를 방문하는 사람들은 사진이 부착된 입장권을 갖고 있어야 한다. 입장권의 대여를 방지하기 위한 방안이라고 한다. 먼저 사진을 찍었다. 사진이 부착된 입장권을 비닐 커버로 씌우고 거기에 줄을 꿰어서 팬던트처럼 목에 걸었다.

먼저 초기에 세워진 롤로오스Roluos 유적지부터 찾아가기로 했다. 롤로오스의 옛 이름은 하리하랄라Hariharalaya, 고대 크메르제국 시절의 수도였다. 이 유적지들은 9세기 초, 인드라바르만 1세 시기에 조성되었다. 먼저 찾아간 곳은 AD 820년대에 세워진 롤레이 사원이다.

롤레이 사원

롤레이 사원

롤레이Lolei 사원은 야소바르만 1세가 그의 부모를 위해서 헌정한 곳으로 호수의 중앙에 인공섬을 만들고 그 안에 조성된 신전이고 성소였다. 호수의 물은 다시 도시 주민들에게는 식수로, 농민들에게는 농업용수로 공급되었다.

우리가 롤레이 사원을 찾아갔을 때, 호수의 한가운데 조성된 사원이라는 사실을 인정하기 어려울 정도로 먼지가 풀풀 일었다. 그러나 네 개 탑의 중간부에는 돌을 깎아 만든 홈통이 길게 잇대어 있고, 또 제식 때 성수聖水로 쓰기 위해 만든 장식, 돌을 깎아 만든 링거남성의 성기 모양을 표상한 조각품도 있었다. 이들은 모두 그 옛날 물을 끌어들여 사용했었던 사실을 증명하는 것들이었다.

롤레이 사원은 4개의 붉은 전탑博塔으로 구성되어 있었다. 이 전탑들의 자료는 붉은 벽돌, 벽돌은 대략 22×6cm의 크기였다. 붉은 벽돌은 이 지역에서 나오는

라테라이트 성분이 많은 적갈색 토양을 반죽해 만들었다. 라테라이트 토양의 주성분은 철과 알루미늄이고, 여기에 물을 넣어 반죽하고 형틀로 찍어내서 건조하면 단단한 벽돌이 된다. 전탑의 전후좌우로 응회석을 깎아 만든 문설주가 있었고 그 위로 섬세한 조각들이 새겨져 있었다.

사원의 붉은 벽돌탑은 비바람에 풍화되어 기울고, 마모되고 있었다. 벽돌들 틈새로 작은 식물들이 뿌리를 내리고 있었다. 더 이상의 기울어짐을 막기 위해 지지대를 받쳐놓고는 있었지만, 라테라이트 토양으로 만든, 규소 성분이 많은 벽돌의 연성 軟性을 어떻게 할 것인가.

사원을 둘러싸고 키가 큰 과수들이 자라고 있었다. 망고, 파파야, 야자수, 바나나, 잭크로우 등. 사원 경내에는 현재 이곳에서 거처하는 승려들의

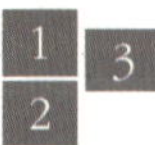

1 링거와 석재 수로의 흔적
2 사원 벽면에 새겨진 여신상
3 수행 중인 석가를 보호하는 '나가'

수행처와 침실도 있었다. 우리가 다음에 가보게 될 다른 사원과의 차이점은 이곳에는 승려들이 살고 있고, 또 과일 나무가 있다는 것이다.

사원 경내에는 근래에 지은 사찰이 하나 있었다. 부처의 상호는 여성성을 강조한 요염한 모습이었다. 붉은 색과 황금색, 짙은 청색을 많이 사용한 벽화와 천장화가 현란했다. 비가 쏟아지는 계곡에서 명상에 잠긴 석가모니를 밑으로부터 받쳐 모시고 있는 머리 일곱 달린 구렁이 벽화가 인상적이었다. 석가모니가 수행 중에 있어 아직 완전한 깨달음에 이르지 못했을 때 악신惡神이 석가모니를 시험에 빠지게 하려는 장면이었다. 갑자기 폭풍우를 내려서 수행 중의 석가모니를 방해하려고 하는데 석가모니는 수행에 몰입해 있고, 석가모니가 물에 잠기려는 위기의 순간, 하늘나라의 천사天蛇=龍인 '나가'가 나와서 석가를 급류로부터 보호하고 있는 장면을 그린 것이라고 한다.

10시 35분에 출발, 프레아코 사원으로 향했다.

프레아코 사원

프레아코는 '신성한 소', '성스러운 소'를 의미한다. 프레아코 — 신성한 소에 관련된 전설 하나. 옛날 이 지역에 흰 소가 태어났다. 상서로운 일이라며 사람들이 기뻐했다. 심신에 병이 든 사람들이 이 성스러운 흰 소에 손을 대는 순간, 병자들은 치유의 은사를 입었다. 이 신성한 소는 시바의 신이 타고 다니던 '난디'라는 이름의 소였던 것이다.

프레아코 사원은 평야지대에 있는 6개의 탑. AD 879년 인드라바르만 1세가 크메르제국의 건설에 위대한 업적을 남겼던 조상들을 기리기 위해서 조성한 사원이다. 6개의 전탑은 가슴 높이의 단 위에 횡대로 세워졌고, 각 탑 앞에는 평원지대를 향해 사자들이 앉아 있었다. 이 조상신들을 모신 사자들은 보글보글한 웨이브가 있는 갈퀴를 갖고 있어서 서양인들은 이들에게 푸들 라이언이란 애칭을 주었다고 한다.

　이 사자들과 탑을 마주 바라보는 프레아코 사원의 중간 지점에 목덜미에 커다란 혹이 있고 등판에는 연꽃 모양의 넓적한 안장을 얹고 있는 조각상 — 한 마리의 소가 앉아 있었다. 목에는 아름다운 목걸이 같은 모습이 조각되어 있었다. 과연 시바신이 타고 다닐 만큼 아름답고도 신비로운 소였다. 지금은 세월에 때가 타서 고동색에 가까운 모습이지만, 아마도 예전에는 순백색의 신비로운 소白牛였을 것이다. 크메르 유적지의 유물 가운데 성스러운 소의 조각상으로는 가장 오래된 것이 바로 이 프레아코 사원의 흰 소라고 했다.

　시바를 모시고 다니던 프레아코의 전설이 인도 힌두교의 정신을 육화시킨 것이라면 신성한 뱀 '나가 천사天蛇'는 불교 정신의 육화가 아닐까. '나가'는 석가모니불의 깨달음의 완성을 도와준 존재였으니 말이다. 이 지역에서 가장 오래된 원형인 '나가'를 보기 위해 바콩 사원으로 향했다.

바콩 사원

바콩Bakong 사원은 자야바르만 3세가 인드라바르만 1세를 위해 조성한 사원이다. 바콩 사원으로 들어가는 제법 넓은 통로 양편으로 일곱 개의 머리를 손가락처럼 활짝 펼친, 그 몸통과 꼬리가 긴 '나가'가 있었다. 왼쪽의 '나가'는 비교적 원형을 유지하고 있었고 오른쪽의 것은 많이 파손되어 있었다. 왼쪽의 '나가'는 머리 아래 부분부터 꼬리까지 30m 정도는 되는 듯했다. 인간 세상과 천국의 문을 이어주는 연결고리 역할을 위해서는 좀 더 몸통이 길어도 될 듯싶었다.

사원의 주변은 수량이 풍부한 해자가 있고 숲이 무성했다. 통로를 일단 지나 바콩 사원의 안쪽으로 들어서자 여기저기 붕괴된 석조 건축물의 흔적들이 보였다. 사원이 조성된 당시, 장서각으로 사용되던 건물의 잔해들이라고 했다. 이쪽 사원의 대부분의 건축 자재는 사암이었다. 큼직큼직한 직육면체의 사암을 5단, 피라미드 형태로 쌓아 올린 것이 바콩 사원이었다. 이것은 힌두교에서 시바신과 33인의 천신들이 거주하고 있다고 믿고 있는 거룩한 산인 메루산Mt. Meru, or Mt. Sumeru을 상징한 것. 여기서 5단은 각각 시바신을 모시는 나가Naga, 용, 가루다Garuta, 조두인신. 시바를 태우고 날아다니는 새, 락사사Rakshsa, 나찰, 아수라 같은 천신들을 상징하는 것이라 한다.

각각의 단계로 오르는 계단은 급경사였다. 인간을 위한 길이 아니라 신을 위한 계단이기 때문이다. 경사도는 60~70도 정도가 될 듯했다. 제3단에 올랐을 때 사방을 향해 서 있는 석조 코끼리가 있었다. 제5단에 올랐을 때, 엉덩이를 낮춘 돌사자가 중앙에 있는 거대한 불꽃 모양의 탑을 보호하고 있었다. 불꽃 모양

1 바콩 사원의 원경
2 7개 머리를 가진 '나가', 왼쪽에 보이는 물은 사원의 해자
3 바콩 사원 경내, 다섯 번째 단 위에 불꽃 형상의 탑이 있다.
4 제3단에 있는 코끼리
5 제5단에 있는 사자
6 복원한 불꽃 모양의 탑

의 탑은 복원된 것이었다. 언제 다시 무너져 내릴지 모를 위험의 불씨를 갖고 있
었다. 하나하나의 사암 직육면체는 섬세한 무늬가, 때로는 고대 문자가 기록되
고 조각되어 있었지만, 비바람에 마모되어 가고 있었다. 자세히 들여다보지 않
으면, 그리고 어느날 와르르 무너져 버리고 나면, 한때 존재했었던 이들이 하나
의 돌덩이에 새겨 넣은 문자와 무늬는 망각 속으로 사라져갈 것이다.

바콩 사원은 우주의 중심을 자처하던 공간, 그리고 앙코르와트의 기본 모형이
되어 주었던 사원이었다. 그런데 이 사원을 위협하는 것은 비바람뿐만이 아니
었다. 이름 모를 풀씨들, 나무의 씨앗들이 있었다. 비교적 무른 사암을 쌓아 올
린 바콩 사원, 사암의 틈바구니에 뿌리를 내린 식물들이 바콩 사원을 붕괴의 위
기로 내몰고 있었다.

11시 45분에 바콩 사원을 출발, 점심 식사를 위해서 한국식당으로 가는 길은
아스팔트로 포장되어 있었다. 시엠립-프놈펜 구간의 도로는 한국 건설업체에
서 맡아 공사를 완공시켰다. 대단한 일이었다. 식당으로 가는 길가의 건물들은
모두 나지막했다. 이 지역에서는 앙코르와트보다 높은 건물을 지을 수 없게 건
축법을 제정, 5층 이하의 건물만 건축하도록 한 까닭이다.

시엠립의 신공항지로 지정된 평원지대를 지났다. 지평선이 보이는 참으로 광
활한 지대였다. 이렇게 좋은 국토를 가진 나라에서 국민들은 고된 삶을 살아가
고 있다. 아이러니가 아닐 수 없다. 운명의 아이러니라고나 할까. 식당으로 가는
길에 한국과 캄보디아의 친목 도모를 기념하는 '우정의 거리'를 지났다. 점심은
한식당 '아리랑'에서 김치두부찌개, 김치, 양배추쌈을 먹었다. 점심 식사 후 반

테스레이로 이동했다.

　차안에서 캄보디아와 일본, 캄보디아와 한국 관련 이야기를 들었다. 일본은 이 나라에 와서 지뢰를 제거해주고, 학교를 지어주고 유적지를 복원하여 주었다. 반면 한국은 이 나라에 도로 건설과 도로 포장을 해주고, 한국의 연예인들은 이곳에 우물을 파주었다고 한다.

반테아이스라이 또는 반테스라이 사원

붉은 사암으로 건축되어 석양 무렵에 보면 더욱 신비롭고 아름다운 사원, 사진 작가들이 즐겨 찾는 사원이 이 반테아이스라이^{Banteay Srei} 사원이라고 했다.

　AD 967~968년에 라젠드라마바르만 2세 시절, 왕의 스승이며 법률가, 천문학자, 건축가였던 야즈나하바라하가 왕을 위해 지어 바친 사원이다. 사원으로 들어가는 길가 한 쪽에 무논이 있고 어린 볏잎들이 한 뺨쯤의 키를 키우고 있었다.

논가에는 모자처럼 초록 잎을 둘러쓴 나무 한 그루가 서 있었다. 무논에는 푸른 하늘과 구름과, 초록 모자를 쓴 키 큰 나무가 수면 위에 떠 있었다.

　사원의 경내로 들어가는 긴 회랑에는 무너진 석재들과 문들이 첩첩이 늘어서 있었다. 안으로 들어갈수록 출입문은 순차적으로 작아지고

1 선악신의 힘겨룸 문
2 선악신 근접 촬영

있었다. 천상으로 가는 길은 좁은 문이라는 것을, 또 인간은 신들 앞에서 한 없이 겸손해지지 않으면 안 된다는 것을 알려주기 위한 것이라 한다.

회랑의 바깥쪽 경내에는, 기울어진 문설주 위로 선신과 악신이 힘겨룸하는 장면들이 돋을새김으로 조각되어 있었다. 힌두 신화에서, 선신이 악신을 제압할 수 있는 공간은 반드시 문지방에서, 시간은 저물녘에만 가능하다고 했다. 안팎과 흑백의 이원대립구조가 해체되는 시공간에서만 악을 제거할 수 있다는 것이다. 문틀 위에 새겨진 조각, 상단부의 선신은 추하고도 무섭게 생기고, 하단부의 악신은 선량하고도 잘생긴 모습이었다.

악신은 동조자를 손쉽게 얻기 위해서 선량함을 가장한 모습으로 접근하고 있음을 경고하는 조각이라고 한다. 마음에 새겨 둘만한 말이었다.

반테아이스라이의 중앙 사원 안으로 들어가는 마지막 문설주는 높이가 대략 1.4m 정도로, 허리를 굽히고서야 들어갈 수 있었다. 신에게 나아가는 길은 참으로 좁은 문이었다. 사원 안으로 들어서자 촘촘하게 들어선 사암을 자르고 깎고 다듬고 짜맞춘 건물들, 큼직한 광주리 안에 세로로 세운 잣송이들이 옹기종기 모여서 있는 듯한 광경이었다. 그랬다. 시엠립 지역의 몇 개 사원을 보면서 그 탑의 형상이 무언가를 닮은 듯하다고 생각하면서 꼬집어 말하기가 힘들었는데, 촛불의 불꽃을 닮았다는 생각, 그런데 다시 보니 세로로 세워놓은 잣송이 모양이었다. 모여선 탑들의 안쪽으로 사람 크기 정도의 원숭이 조각상들 대여섯 기가 옹기종기 모여 있었다.

힌두설화에서 원숭이는 하누만Hanuman, 시바신의 아들이다. 인도의 대 서사시 『라마야나』에서 코살라국 왕자 라마비슈누신의 제7 화신의 왕자비 시타를 악귀인 라마나가 강탈한다. 이때 라마 왕자를 도와서 시타를 되찾게 해준 이가 바로 원왕猿王 하누만이다. 반테아이스라이 사원 안에 있는 원숭이들은 악귀의 위세에 눌려 어둠에 갇혀있던 8명의 천신들의 화신, 원왕 하누만의 충실한 동료들을 형상화한 것인가……. 이 지역 사원을 장식한 대부분의 조각은 라마 왕과 강탈당한 그의 아내, 이 부부를 도와서 악마를 퇴치하는 하누만의 신화를 담은 것이라 한다.

사원에서 빠져나오다 보니 경내에, 회랑 바깥 쪽에 좌우로 상단부가 그리스의

1 원숭이 신들
2 통로 바깥쪽에 서 있는 코린트식 기둥들의 회랑

코린트식 조각인 기둥들이 죽 늘어서 있었다. 10세기 초에 그리스 문화가 어떤 경로를 타고 이곳까지 전해졌을까…… 신기했다. 시엠립이 육지 쪽에 치우쳐 있으니 인도로부터 육로 실크로드를 타고 온 것일까. 반테스라이 사원으로부터 다음 답사지인 프놈바켕까지는 전용차로 40분이 걸린다고 했다.

프놈바켕

15시 30분에 프놈바켕Phnom Bakeng 사원이 있는 바켕 산자락에 도착했다. 자연 동산인 바켕 산은 해발 62m, 바켕 산 정상을 향하여 나선형의 산길을 따라서 걸어 올라갔다. 가까운 곳에서 금속성의 사이렌 소리가 울렸다. 그런데 실은 사이렌 소리가 아니라 이곳 숲속에 자리잡은 산새들의 소리라고 했다. 10분 이상을 오르자 프놈바켕 사원의 경내로 들어섰다.

프놈바켕은 프놈언덕 + 바켕중앙의 합성어. 과연 평원지대의 중앙에 있는 언덕이었다. 야소바르만 1세는 롤로오스 북쪽에 야소다라프라라는 신도시를 세우고 왕권 강화를 보이기 위해 바켕 산에 프놈바켕을 조성했다. 이 지역은 앙코르 지역에 속하므로, 프놈바켕 사원이야말로 앙코르 지역 최초의 사원, 그 원형이 되는 사원이라고 한다.

프놈바켕은 기단 위에 다섯 개의 층, 그 위에 다시 5개의 탑이 있는 전체적으로 사각형을 이룬 사원이었다. 기단에서 최상층에 이르기까지 계단은 60~70도의 경사를 보여주며 다섯 개의 층을 이어주는 계단 좌우에는 엉덩이 선이 매끈한 사자상들이 있었다. 최상단에는 다섯 개 탑이, 탑의 중앙에는 사람 몸체보다

도 굵직한 링가가 자리잡
고 있었다. 프놈바켕은 앙
코르 최초의 사원으로서
위엄을 갖추고 있었다. 이
사원이 조성될 당시 탑의
수효는 108개에 이르렀다
고 한다. 장엄하고도 호사
스러웠을 것이다.

전망이 툭 터져 있었다.
눈 아래 펼쳐진 평원지대,
천여 년 전 사람들의 흔적
은 세월 속으로 사라지고
숲으로 가려졌지만 멀리
라오스, 베트남, 태국과의
국경지대가 이 지역에 잇
대어 있다고 했다. 눈을 조
금 가까운 곳으로 돌리자
앙코르와트의 탑들이 들어
왔다.

사원의 정상에서 내려오

1 프놈바켕 사원의 탑 사이로 앙코와트 탑이 보인다
2 중앙에 사람 몸통만한 링가가 있다

는 길은 몸을 옆으로 틀어 손으로 계단을 잡으며 내려왔다. 급경사의 계단은 통돌로 되어 있었다. 우리가 바켕 산 아래로 내려가는 길은 일명 코끼리의 길 — 코끼리를 탄 관광객들의 통행로였다. 코끼리가 언덕을 걸어오는 동안 우리는 잠시 길 옆으로 비켜서 있다가 달리듯 내려왔다.

16시 20분, 처음 전용차에서 내렸던 지점까지 왔다. 일단 호텔로 돌아가 방을 157호로 바꾸었다. 창 밖으로 정원과 풀장이 내다보이는 방이었다. 땀을 많이 흘렸기로 가볍게 샤워를 하고 마사지 가게로 갔다. 제법 규모가 큰 집이었다. 20대 전후한 아가씨가 정성스럽게 발 마사지를 해주었다. 마사지 대금은 세미나 팀에서 공동경비로 충당했고 개인적으로 팁 2달러를 아가씨에게 주었다.

산뜻한 기분으로 압살라 민속 쇼를 즐기면서 저녁을 먹을 수 있는 곳으로 갔다. 해외 관광객을 상대하는 대규모 식당이었다. 주차장에는 관광버스 수십 대가 주차해 있었다. 공연 시간에 맞추어 몰려든 관광객들로 뷔페 음식은 한참을 서서 기다려야 먹을 수 있었다. 압살라란 천상녀天上女를 의미한다. 압살라춤은 천상녀가 추는 춤이니 고아할 수밖에 없다. 절제된 몸의 대화라고 할까, 정중동의 아름다움이 배어나오는 춤이었다. 그 옛날에 본 영화 〈왕과 나〉에서 태국의 무희들이 추던 춤이 연상되었다.

2009. 12. 21. 월요일. 갬.

4시. 모기가 있다고 투덜대는 한인숙 교수, 모기에게 세 방이나 쏘였다고 한다. 시간을 확인하고 나도 일어났다. 자면서 몸이 땅속으로 가라앉는 듯, 사위가 물러나는 듯한 느낌. 피곤하기는 했던가.

오빠의 생일

오빠의 64회째의 생일
가족들 왁자지껄 모여 앉아
미역국에 밥 말아 먹던 날

어머님은 아주 먼 길 떠나셨고
딸 둘은 시집갔고
아들 하나는 타지에서 직장생활
누이동생은 캄보디아에 와 있고……
환갑 넘은 부부와 막내딸이 함께 했을 생일상.

휴대폰이 터지지 않는 시엠립 —
호텔 룸 전화도 되지 않는다.

오늘 찾아가는 곳이야 말로 이곳 여행의 절정이라고 한다. 올라야 할 계단들이 많고, 화장실이 없으니 양산을 준비하라고 했다. 배가 고플 것이니 간식도 챙기라고 했다.

7시 40분, 호텔 현관 앞으로 나갔다. 이 나라 사람의 독특한 교통수단 — 오토바이에 연결된 4륜차 '툭툭이'에 올라탔다.

앙코르톰 유적군으로 달리는 도로 연변의 평야지대, 관광객을 상대로 작은 상점들이 일찍 문을 열고 있었다. 펼쳐진 녹색의 들판에서 불어오는 바람에게 색채가 있다면 그것은 초록색 바람일 것이다. 풀잎을 품은 초록색 바람이 몸을 휘감아 주다가 멀어져 갔다.

앙코르톰으로 들어가는 입구 근처 길가에서 툭툭이는 섰다(08:00). 이미 관광객들이 모여들고 있었다.

앙코르톰으로 들어가기 위해서는 긴 돌다리를 건너야 했다. 돌다리 건너편에 무성한 숲을 배경으로 사면에 사람 얼굴을 가진 탑문^{고푸라}이 우리를 기다리고 있었다.

돌다리 좌우로 난간을 대신하여 사람 키 두 배 이상이 되는 일곱 개의 머리를 가진 하늘나라의 뱀 '나가', 그 머리통에 이어진 긴 몸통에서 꼬리까지가 바로 돌다리의 길이와 일치했다. 나가의 몸통을 껴안고 있는 듯한 인물군들 — 왼쪽은 고깔을 쓴 무리들, 오른쪽은 투구를 쓴 무리들, 좌우 공히 각각 54인씩, 도합

108인은 인간의 108번뇌를 상징하는 것이다. 여기서 고깔족은 선신善神을 투구족은 악신惡神을 표상한다고 했다. 그런데 주목할 것은, 투구족들은 대개 사나운 눈매와 성이 난 듯한 표정이되 조성 당시의 모습을 그대로 유지하고 있었다. 그러나 선신들은 선비처럼 고요한 표정이되 머리통이나 팔이 없거나 근래에 교체된 듯 본래와 다른 석재로 된 머리통을 얹고 있는, 요컨대 파손된, 급하게 복원된 무리들이 더 많았다.

다리 입구에서 가이드로부터 앙코르톰에 관한 개략적인 설명을 들었다.

앙코르톰은 앙코르(王都) + 톰(大)의 합성어. 이 사원은 1200년경 자야바르만 7세 때 조성되어졌으며 당시에는 100만 명의 거주자가 있었다. 당시 힌두교 중심의 사회에서 왕권을 장악한 자야바르만 7세는 자신의 체제를 강화하기 위해 힌두교 중심에서 불교 중심으로 그 체제를 변화시키기 시작, 그 일환으로 불교 사원을 건축하기 시작했다. 그 결과 앙코르 건축물의 90%는 불교적 용도로 지어졌다. 앙코르톰은 가로 세로가 각

1 2 3
1 바이온 사원 입구
2 고깔족인 선신들
3 투구족인 악신들

각 3km인 성벽을 싸고 중앙에 바이욘 묘를 두었다. 바이욘 묘는 '세계의 중심'을 의미한다. 동서남북 각각의 성벽과 만나는 곳에 문을, 그리고 왕궁에서 동쪽을 향한 대로에 '승리의 문'을 두어 모두 5개의 문을 두었다.

이곳에서 우리들의 행로는 남문으로 들어가서 승리의 문을 통해 나가는 길이었다. 돌다리 양편으로 인공호수 ― 해저의 물이 출렁이고 있었다. 해저는 길이 10km, 깊이는 1~2m에 이른다고 했다. 다리를 건너자 탑문 좌우에는 머리 세 개가 달린 코끼리雨神, 인디라 석상이 있었다. 코끼리 석상 파손이 심했다. 탑문 안으로 들어가자 스펑나무, 이앵나무기름나무, 무화과나무가 무성하고 이들의 뿌리는 서로 엉켜 붙어 거대한 덩굴을 이루고 있었다.

바이온 성으로 들어가는 경내에는 붕괴된 석조 건물의 잔해들이, 신화 속의 주인들인 머리 7개 달린 '나가', 대개는 엉덩이를 땅에 부치고 앉아 있는 사자상들이 복원을 기다리고 있었다. 바이온 성으로 들어가기 직전, 직육면체의 사암을 쌓아 올린 탑 아래. 머리와 몸체, 하체 부분을 대충 이어붙인 석재 와불상臥佛像이 있었다. 오른쪽으로 누워 눈을 감고 있는 부처는 열반에 든 모습이었다.

바이온 성

앙코르톰이 조성되던 당시에는 54기의 탑상이 있었다고 한다. 바이온 성의 건축 자재는 얼른 보면 석재 일색, 그러나 석재와 목재가 함께 쓰였던 건물이라 했다. 오랜 세월이 지나면서 목재는 풍화 과정을 거쳐 사라져 버린 것이다.

먼저 바이온 성 안으로 들어가기 직전 왼쪽 회랑으로 들어섰다. 회랑의 벽면 그득히 크메르제국의 역사가 돋을새김의 그림으로 남아 있었다.

벽화에는 톤레샵 호수를 토대로 평화롭게 살아가는 주민들, 베트남의 침공으로 전쟁에 내몰린 사람들의 고통과 공포와 슬픔, 그러나 전쟁터에서 열심히 싸워서 승리에 이르기까지의 모습이 그대로 석벽 위에 새겨져 있었다.

벽화 속에는 서민들이 즐겨 찾는 고깃간의 고기들, 모계 사회 크메르인들의 삶, 서당에서 공부하는 학동들, 톤레샵 호수에 살고 있는 물고기들의 생태, 톤레샵 호수의 어부들의 삶, 마을 사람들이 벌이는 닭싸움, 어미소의 젖을 빨고 있는 송아지 등등, 그들이 그림 속에서 튀어 나와 우리도 한 때 이렇게 열심히 살았었다고 이야기를 걸어왔다.

회랑을 벗어나자 성안 깊숙이 들어가는 작은 방과 복도들이 나왔다. 연속된 작은 방안에는 베트남, 라오스, 태국의 침입을 받으면서 불상들이 수난 당한 흔적들이 여기저기에서 보였다. 초기 크메르제국 시대에는 힌두교가, 자야바르만

1 탑 아래 누워 있는 부처(臥佛像)
2 바이온 성의 벽화

7세가 왕권을 잡으면서 불교가, 수리야바르만 2세 때에는 다시 힌두교가 불교를 제압하면서, 불상을 치우고 시바상을 세운 흔적들이 보였다.

계단을 타고 위층으로 위층으로 올라갔다. 가까운 곳에서 탑상에 새겨진 웃음 띤 얼굴이 소리 없이 부르고 있었다. 이름 하여 바이온의 미소가 가까이에 있었다. 앙코르톰 유적군에서 사람들에게 가장 많은 인기를 끌고 있

는 곳, 사람들이 줄을 서서 사진 찍을 순서를 기다리고 있었다. 바이온의 미소 ― 약간 위로 올라간 듯한 눈꼬리, 역시 양끝이 위로 살풋 올라간 두둑한 입술, 이들이 어우러져 보여주는 조용하고도 따뜻한, 모든 것을 다 용납해주겠노라는 듯이, 조용히 다가서는 웃음이었다. 연꽃을 머리에 얹은 채로의 모습이었다.

바이온의 미소라 불리는 석상은 자야바르나만 7세의 얼굴을 모델로 한 관음

상이라 한다. 그러나 이와는 다른 이야기도 있다. 바이온의 탑상들에 새겨진 얼굴들은 부처의 상호가 아니라 한 사람의 왕자야바르만 7세과 그를 받드는 신하들의 얼굴을 부조로 새긴 것이라는 설이다. 어떻든 한 탑상의 4면에 새겨진 똑같은 모습의 네 개의 얼굴……. 성년 남자의 가슴통만한 직육면체 응회석들을 쌓아서 만든 탑상, 그 석재의 표면에 부조로 새겨진 얼굴들, 자세히 들여다 보면 직육면체의 석재들은 진동과 그로 인한 탈구 방지를 위해 서로 엇물림으로 쌓여 있었다. 쌓아놓고 나서 조각을 한 것이 아니라, 일단 각각의 석재에 조각을 하고 난 뒤에 그것들을 꿰맞춘 공정이라고 했다. 조각의 섬세함도 대단하지만 한 개의 탑문을 세우는 데 소용되는 돌덩이의 수효와 각각 그들의 위치에 따른 조각, 단 0.1mm의 오차도 허용할 수 없는 정확도를 얻기 위한 치밀한 계산, 이후 이들을 현재의 위치까지 이동하고 끌어올려 퍼즐을 맞추는 작업……. 조성 당시 54개나 되었다는 탑문. 대단했다. 엄청났다.

　바이온의 미소 중에서 가장 신기롭고도 아름다운 미소를 갖고 있는 탑상의 얼굴 앞에서 사진을 찍었다. 아침에 커피와 과일 주스들을 많이 마셨더니 소변이 급해 왔다. 가이드에게 말했더니 참으라고 했다. 이렇게 유명하고 커다란 유

바이온의 미소

적지 안에 화장실이 없다는 것은 두고 두고 이야깃거리가 될 것이다.

바이온 사원에서 북쪽으로 나오자 해자가 보였다. 해자 옆으로 다리가 있었다. 다리를 지나 돌난간이 있는 길을 따라 걸었다. 바푸온 사원이 다가왔다.

바푸온 사원

바푸온Baphuon 사원은 1060년, 우다야딧야 바르만 2세가 조성했다. 사원은 높은 기단에 하나의 탑산이 있는 모습이었다. 기단의 사원으로 오르는 계단은 역시 가파랐다.

사원은 현재 복원 공사중이었다. 벌써 수십 년째 프랑스인들이 공사를 하고 있는 중이라고 했다. 바깥에서 한번 휘돌아 보고 나오는 길에 입구에 세워놓은 공사 안내도를 보았다. 그리고 바푸온 사원이 원경으로 보면 '누워 있는 부처' 형상임을 사진 자료로 올려놓은 것이었다. 과연 그랬다. 그러나 다시 보면 부처의 발끝 쪽부터 한 마리의 코끼리 형상으로도 보였다.

일행들이 어느 정도 관람을 마친 뒤에 바이온 사원 경내로 빠져나갔다. 사원의 밖은 하늘을 가릴 정도로 키 큰 나무들이 빽빽이 들어서 있었다. 숲으로 향하는데 10살 안팎의 소녀 행상인들이 따라오며 수작을 걸어왔다.

"엄마, 예쁘다."

"언니, 예뻐."

"오빠, 미남이다."

"엄마, 미남이다."

생존을 위한 언어 습득, 그네들의 발음은 정확했다. 따라오는 그들에게 시선을 주지 않았다. 그들의 실망은 곧 반어법으로 표출되었다.

"오빠, 안 미남이다."

여자에게 오빠라고, 남자에게 엄마라고 부르는 꼬마 상인들—, 그들 앞에서 웃을 수가 없었다. 먹고살기 위해 어린 아이들을 상행위로 내놓고 어디에선가 이들을 지켜보고 있을 그들의 부모들을 생각했다.

숲으로 들어가 줄기가 굵은 나무 뒤로 갔다. 그곳에서 양산을 펼쳐놓고 생리적 현상을 해결했다. 조금 멋쩍은 표정을 지으며 숲길로 나아가니 남성 동행들이 기다리고 있었다. 두 여성의 기사가 되어서 지켜주고 있었노라고 으스대었다. 가까운 곳에 피메아나카스 사원이 있었다.

피메아나카스 사원

피메아나카스Pimeanakas는 천상의 침대 또는 천상의 왕국을 의미. 라젠드라마바르만 2세944~968 시기에 건축하기 시작하여 수리야바르만 1세1001~1050 시기에 완공되었다.

피메아나카스 사원에는 뱀을 조상으로 섬기는 크메르인들의 신화가 스며있다. 그 옛날, 인도의 캄차국 왕자가 이 지역에 들어와 왕국을 건설하려던 때의 이야기다. 이 지역의 왕인 뱀이 캄차국 왕자에게 자신의 딸인 소마 공주와 하늘 침대에서 하룻밤을 동침하도록 요구한다. 그래야만 왕자가 세운 나라가 오래토록 부강해질 것이라고 했다. 이에 왕자는 하늘 위의 왕국인 피메아나카스의 침실에서 소마 공주와 하룻밤 인연을 맺게 된다. 이후 뱀왕의 딸인 소마 공주에게서 자식이 태어나면서 이들이 크메르 왕국의 혈통을 잇게 된다는 것이 피메아나카스 신화의 줄기가 된다.

피메아나카스 사원은 큼직한 직육면체의 사암 덩어리를 피라미드 형식으로 쌓아 올렸다. 3단의 높다란 기단을 만들고 그 위에 탑이 있었던 모양이나 지금은 부서진 2층 탑상의 흔적만 남아 있었다. 가파른 돌계단을 타고 정상으로 올라갔다. 예전 왕자와 소마 공주가 동침하던 침대가 있다던 곳까지 올랐다. 사방에 문틀, 또는 문설주만 서 있었다. 문설주를 통과하자 두 개의 계단, 계단을 내려서자 돌로 된 바닥, 그 가운데 구멍이 있었다. 예전에 그곳에 링가를 모시던 곳이었을까. 문설주와 그 옆에 조금 남아 있는 석벽에는 고대 크메르 문자가 돋을새김으로 새겨져 있었다. 정상에서 내려다 보는 사방은 모두 키 큰 나무들로 덮여 있었다. 이 사원이 왕실을 위해 왕궁 내부에 설치한 것이라니 숲이 있는 곳은 모두 정원이었을 것이다.

가파른 계단을 조심스레 내려와 지나다 보니 한글로 된 안내판이 서 있었다. 안내판에서는 사원의 이름 피메아나카스Phimeanakas가 '피미언아까'로 표기되어 있었다. 그 내용을 요약하면 다음과 같다.

피미언아까는 10세기 중반에 건립된 3층 구조의 유적, 그 모양은 산형(山形, 또는 피라미드형) 신전의 범주에 속한다. 3단의 기단 위에 한 개의 탑이 서 있는 중앙 사원은 네 방향으로 가파른 계단이 나 있다. 이 사원은 왕궁의 중정에 위치해 있다.

피미언아까의 가로 581m, 세로 242m 건물의 동서 축선은 정면이 되는 동쪽으로부터 서 바라이 방향인 서쪽으로 향하고 있다. 13세기 말에 현지를 방문했던 원나라 사신 주달관(周達觀)은 그의 견문록에서 이 사원을 "황금의 탑"으로 기록하고 전설까지도 기록했다.

기록된 전설에 의하면 밤마다 왕이 피미언아까 신전으로 올라가서 왕국의 수호신으로 여겨지는 머리 아홉 달린 뱀의 정령이 화신한 여자와 동침한 후, 다시 왕궁의 왕비에게 돌아갔다. 만일 그렇게 하지 않으면 왕국이 위기를 맞게 되는 때문이었다.

피메아나카스의 석벽에도 작은 풀씨들이 날아들어 작은 풀잎을 키우고 있었다. 풀씨가 지닌 그 왕성한 생명력, 풀씨의 뿌리내림은 석벽의 붕괴를 초래할 터인데, 생명과 파괴가 공존하는 돌덩어리에 뿌리를 내린 풀잎을 보며 신기해 했다.

사원을 한 바퀴 돌아보고 숲속의 작은 상점들이 있는 곳으로 갔다. 그곳에서 홍 팀장이 두 사람당 한 덩어리씩 코코넛을 사주었다. 최대 지름 30cm, 높이 40cm는 될 만큼 큼직한 코코넛 열매, 윗부분을 도려내고 빨대를 꽂아 수액을 마셨다. 냉장된 코코넛 열매의 물은 시원하고도 들큰했다.

피메아나카스의 숲길을 조금 더 걸어가자 광장이 나타났다. 한 쪽은 긴 축대를 쌓아놓은 곳이었다. 광장 건너편으로 중앙에 대로가 있고 그 좌우로 숲이 무성하고 숲 사이로 탑들_{고프라＝입구탑}들이 서 있었다. 우리가 서 있는 곳이 바로 왕과 왕족들이 코끼리를 탄 군대의 사열을 받던 곳이라고 했다.

코끼리 테라스

코끼리 테라스는 로열 패밀리가 앉아서 코끼리 부대의 열병식을 받던 곳이다. 임금의 자리, 임금이 사열하던 통로를 따라 걸으며 광장 건너편 승리의 문 좌우에 있는 여섯 기의 탑을 바라보았다. 이 지역은 자야바르만 7세1181~1219 시절의 왕궁터였고, 전쟁에 참전하기 전 코끼리를 탄 대장들이 이곳에 와서 열병을 하던 곳이다. 당시에는 100만의 코끼리를 보유하고 있었다고 한다. 코끼리는 전쟁에서 가장 강력한 무기였던 것이다.

코끼리 테라스의 길이는 300m 이상의 대단한 규모였다. 테라스의 난간은 머리 일곱 개 달린 뱀 '나가'가, 계단으로 내려가는 층계에는 사자가, 테라스를 떠받치고 있는 것은 질서의 신을 상징하는 새 '가루다'와 코끼리들의 조각이 장식하고 있었다. 전설의 새 '가루다'는 한 걸음에 400km를 가고, 천상에서 받은 날개를 달고 있으며, 그들의 먹이는 용이었다. 테라스의 중앙 부분에는 코끼리를 끌고 가는 사람들, 호랑이와 싸우는 코끼리들의 조각이 있었다.

테라스의 남쪽으로 가자 거대한 연꽃봉오리를 지붕처럼 이고 있는 왕족의 화장장이 있었다. 화장장의 전면으로는 좌우에 머리 셋 달린 코끼리가 있었고 코끼리들은 코로 연꽃 줄기를 들어올리는 모습이었다. 화장장 앞에 있는 계단을 타고 아래로 내려가자 내부 담벽 앞에 머리 다섯 개 달린 말이 계단을 가운데 두고 좌우에 있고 말의 앞다리 사이에는 채찍을 든 보살이 앉아 있었다.

다시 테라스 위로 올라가자 한 쪽 무릎을 세우고 앉아 있는 문둥왕 — 자야바르만 7세의 등신상이 있었다. 실물은 박물관에 들어가 있고 이곳에 있는 것은

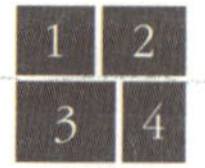

1 코끼리 테라스
2 코끼리 테라스의 일부 코끼리 조각
3 왕의 화장장
4 머리 다섯 달린 말과 보살

모사품이라고 했다.

문둥이가 된 자야바르만 7세, 자신에게 복종을 거부하는 신하를 죽이려고 하자 그 신하가 뱉은 침이 왕의 피부에 닿는 순간 피부에 발진이 일어나면서 문둥이가 되었다는 왕이다. 가이드의 말로는 그것은 다만 전설일 뿐, 한때 태국이 크메르 왕국을 정복하고 나서 자야바르만 왕의 업적을 내려깎기 위해 만든 풍설일 것이라고, 혹자는 우리가 본 조각상이 자야바르만이 아니라 염라대왕의 모습을 형상화한 것이라는 설도 있다고 했다.

문둥왕 테라스 벽에는 작지만 섬세한 조각들이 가득 부조로 새겨져 있었다. 문둥왕 테라스의 길이는 25m, 벽면 그득 들어가 있는 것은 지상과 천상의 삶을, 신화와 전설을 소재로 한 이야기를 오밀조밀 조각한 것들이었다.

테라스에서 내려와 잔디밭 위를 걸었다. 광장 건너편에 있는 여섯 기의 탑은 일명 '형벌의 탑' — 전쟁터에서 불미스러운 일을 한 혐의를 받은 병사들을 탑에 가두면, 죄진 자는 그곳에 벌이 내려지고, 무고한 사람은 살아서 나올 수 있다는 무시무시한 감옥이라고 했다.

천 년 전, 왕과 왕족이 된 기분으로, 눈앞에서 코끼리 부대의 사열을 받고 있다는 상상을 하며 코끼리 테라스 앞 잔디밭 위를 걸었다. 10시 55분, 테라스의 중앙 지점으로 왔을 때, 우리가 아침에 타고 온 툭툭이가 대기하고 있었다. 툭툭이에 올라탔다. 툭툭이는 중앙 대로 — 승리의 문을 향해서 달리기 시작했다. 곧바로 숲길이 나타났다. 시원한 바람 속을 달렸다. 10분쯤 달렸을까. 타프롬 사원에 도착했다.

타프롬 사원

타프롬Ta Prhom 사원은 앙코르 지역에서 더 이상 복원 계획이 없는 유적지이다. 자연과 사원이 완벽하게 결속된 곳, 자연과 인위적 요소가 어떻게 대결하고 어떻게 대처하며 살아야 하는가를 보여주는 곳이 타프롬 사원이다. 이 사원은 자야 바르만 7세가 어머니를 위해 조성한 곳이다. 사원 조성 당시에 8만에 가까운 사람들이 살던 곳으로 지금은 기름나무이앵나무와 수평나무spont tree, 무화과나무들이 엉켜서 살고 있다. 사원으로 들어가는 입구에서 까마득하게 높은 수평나무의 위로부터 1/3 지점에 있는 벌집을 보았다. 20리터짜리 쓰레기 봉투만한 크기의 백색 자루가 나뭇가지에 걸려 있었다. 백색 자루처럼 보인 것은 거대한 벌집이었다.

사원의 건물 지붕이며 벽이며 축대며 여기저기를 덮고, 헤집고 흘러내리고 있는 것은 수평나무의 줄기와 뿌리였다. 열대림 속에 동물을 잡아먹는 나무가 있다는 이야기를 듣기는 했지만, 이곳의 나무들은 사원을 서서히 해체시키고 목을 조이고 또 폭발시키고 있었다. 마침 한글 안내판이 있었다. 필요한 부분만 요약하면 다음과 같다.

‘타프롬’ 사원은 사방 1,000×700m의 석벽으로 둘러싸인 넓은 경내를 가진, 창건 초에는 ‘왕실의 승원(僧院)’으로 불렸다. 1186년에 자야바르만 7세는 이 사원 건립 때 몇 개의 불상을 봉헌하였는데 그중에서 가장 중요한 불상은 그의 어머니를 상징한 ‘지혜의 완성’ 곧 뿌라야냐바라미타(반야바라밀다)이다. 자야바라만 7세는 몇 년 후 자신의 종교적 이념을 한층 명확히 구현하기 위하여 그의 아버지를 상징한 로케르와라(관세음보살)을 모시는 또 하나의 사원인 쁘레아칸을 건립하였다.

생텍쥐페리의 『어린 왕자』에서 왕자는 바오밥나무에 대해서 말한다. 바오밥나무의 작은 씨앗 하나가 땅에 뿌리를 내리면 금방 거대한 나무로 자라기 때문에 미리 그 싹을 알아서 뽑아내지 않으면 작은 별나라는 폭발하고 만다고. 바오밥나무를 한 번도 본 적은 없다. 그러나 타프롬 사원에 뿌리를 내리고 상하좌우로 팽창해가는 수평나무를 보면, 수평나무도 바오밥나무보다 결코 못하지 않을 것이라는 생각을 했다.

사원의 축대에 의지해서 뿌리를 뻗어나가는 틈새에서 관광객들 대여섯 명이 들

나무뿌리가 죽처럼 쏟아져 내리고 있다

어가 사진을 찍고 있었다. 밀가루 반죽이 흘러내리듯 수펑나무의 뿌리가 흘러내리며 꿈틀거리는 듯했다. 사암으로 쌓아올린 축대 위에 선 나무의 뿌리는 살기 위해서 축대의 돌덩어리 사이를 비집고 들어가면서 축대를 밀어내고 있었다. 무서운 괴력이었다. 한 방울의 물이 바위를 뚫듯이 이곳의 나무들은 돌덩어리를 밀어내고 들어내며 뿌리를 뻗어가고 있었다. 수펑나무의 뿌리 옆에 서있으면 그 뿌리가 뱀처럼 몸을 칭칭 휘감을 것 같았다. 가이드의 말로는 이곳에서 안젤리나 졸리가 출연한 영화 〈툼 레이더〉의 일부가 촬영되었다고 했다.

가이드를 따라 무너진 건물 사이들을 비집고 다니기 시작했다. 자야푸르만 7세가 봉헌했던 부처들은 이후 부흥하기 시작한 힌두 세력에

의해 축출되기 시작한다. 그러나 단 한 군데 당시의 부처상이 있다고 했다. 회랑에서 건너다 보이는 벽 쪽, 거대한 나무뿌리 사이로 숨바꼭질하듯 숨어있는 부처의 상이 보였다. 불상을 파괴할 때 나무뿌리에 가려져 파괴를 면한 불상이었다.

자야바르만 7세는 보물들을 많이 갖고 있어서 재물왕으로 불렸다고 한다. 왕이 어머니를 기쁘게 하기 위해서 탑 가운데 '보석의 방'으로 꾸민 곳이 있었다. 사방의 벽면은 가로 세로 각각 30cm 간격으로 주먹이 들어갈 만한 구멍이 바닥으로부터 천장까지 벽면 가득 정교하게 뚫려 있었다. 왕이 어머니를 위해 구멍마다에 보석을 전시해 두었던 곳이라 한다. 천장에는 환기구가 있었다. 그곳에서 빛이 들어오면 벽면 구멍마다에 전시되어 있던 보석들이 제각기 빛을 받아 찬란하게 반짝였다고 한다.

사원의 천장을 다시 올려다보았다. 천장은 말각조정抹角藻井, 우리 식으로 부르면 귀접이식 천장이었다. 조명과 환기의 역할을 하는 천장이다.

그 다음 방으로 가는 길에 '악마의 입'이라 불리는 곳을 통과했다. 수종樹種이 다른 나무들이 서로 살고 위해 경쟁하는 곳, 패배자는 죽고 승자는 살아남는 곳, 살기 위한 식물들의 무서운 쟁투의 현장이었다. 침묵 속에 벌어지는 약육강식 현장, 식물들의 투쟁이 그대로 눈앞에서 진행되고 있었다. 삶이란 얼마나 잔인하고도 처절한 것인가.

1 뿌리 뒤에 숨어있는 부처
2 거대한 수평나무 뿌리가 흘러내리는 앞에서

다시 과거의 시간이 가득 찬 '통곡의 방'으로 들어갔다. 자그마한 탑 안이었다. 어머니가 돌아가신 뒤 슬픔을 견디지 못하여 그곳에 들어가 통곡을 했다는, 지극히 공명이 잘 되는 방이었다. 작은 소리 하나도 메아리가 되어 울려왔다.

타프럼 사원을 여기 저기 돌아보면서 자연의 무서운 괴력 앞에서 한없이 초라해지는 심정이었다. 마지막으로 〈툼 레이더〉의 촬영지였던 곳으로 가서 기념사진을 찍고 11시 50분에 사원을 출발, 점심은 한국식당에서 먹었다.

오늘의 하이라이트인 앙코르와트를 향해 가는 전용차 안에서 간단한 캄보디아어를 배웠다.

안녕하세요? : 쑤어 쓰다이 ↗ (먼저 인사를 거는 사람은 어미를 올린다)

쑤어 쓰다이 ↘ (인사 받는 이는 어미를 내린다)

건강과 행운을! : 쏙 써바이 테 → (먼저 인사하는 이는 반드시 '테'를 붙여야 한다.)

쏙 써바이 ↘ (인사 받은 이)

대단히 감사합니다 : 업쿤 찌란찌란

앙코르와트

앙코르와트Angker Wat의 참배의 길 앞, 전용차에서 내렸다(13 : 30). 멀찍이 앙코르와트 건물의 전면이 한눈에 잡히는 지점이었다. 건물로 들어가는 널따란 통로는 길이 200m, 통로를 가운데 두고 최대 깊이 5m에 이르는 해자가 앙코르와트를 감싸고 있었다.

'앙코르와트'는 앙코르王都 + 왓宮 또는 사원의 합성어다. 수리야바르만 2세1113~1150 시대에 조성된 이 사원은 앙코르 지역 최대 유적지이며, 그 건축 양식에서 완벽한 예술적 조화를 이룬 것으로 평가 받는다.

수리야바르만 2세는 1113년경 왕위에 오르면서 그 전까지 50년 이상 계속된 혼란상을 끝내고 절대 지배체제를 정비시킨 왕이었다. 그는 자신의 스승이며 동시에 강력한 권한을 가졌던 사제 디바카라판디타의 충고로 힌두교의 여러 종파를 결합시켜 잠시 국교였던 불교 대신 비슈누교로 교체했다. 자야바르만 7세가 앙코르톰을 불교 사원으로 만들었던 것과 달리 수리야바르만 2세는 앙코르와트를 비슈누교 곧 힌두교 사원으로 조성하기 시작한 것이다. 그러나 이 사원은 워낙 규모가 커서 수리야바르만 2세 때에 완공되지 못하고 그 이후까지도 건축 공정이 지속되었다고 한다.

이 사원의 특징은, 대부분의 사원이 동쪽으로 난 문을 갖고 있는 데 반해 서쪽으로 문을 만든 것. 이것은 해와 달의 움직임을 반영한 것이고, 우주의 변화를 표현한 것이라고 했다.

사원의 문이 서쪽으로 난 것에 대해서 서쪽이 지닌 죽음의 함의로 보았을 때,

앙코르와트 전면

204

수리야바르만은 자신의 사후를 위해 지은 것으로 보는 학자들도 있다고 한다.

통로는 공사 중이었다. 1950년대 홍수로 돌다리의 일부가 붕괴되었다. 이를 안타깝게 여긴 일본의 어느 회사가 앙코르와트의 통로 복원을 위해 후원금을 제공, 현재 통로 왼쪽 부분을 책임지고 복원공사가 이루어지고 있었다. 통로와 맞닿은 곳에 사원을 감싼 벽, 그 중앙에 안으로 들어가는 탑문고푸라이 있었다. 탑문 앞 좌우에는 머리 일곱 개 달린 천사天蛇인 나가가 있었다. 탑문으로 들어가자 잔디가 깔리고 조경이 잘 된 광장 건너편에 사원이 보였다. 반듯하게 다듬은 사암으로 이어붙인 순례의 길은 탑문과 사원 사이를 연결시켜 주고 있었다.

탑문과 연결된 성벽으로 가는 기둥 뒤편에서, 이 사원에서 가장 아름답고 원형이 잘 보존되어 있다는 천상무희압살라를 보았다. 장식이 화려한 모자와 삼단으로 된 목걸이 팔목에는 팔찌, 어깨에 가까운 팔뚝에는 역시 화려한 장식의 장

신구, 배꼽 아래로 쳐진 화려한 허리띠, 풍만한 맨젖가슴은 조금만 움직여도 출렁일 것 같았다. 페티코트를 받쳐 입었는지 엉덩이 위로 날개처럼 올라간 치마, 그 아래로 보이는 하늘거리는 속옷……. 이렇게 아름다운 천상무희가 이 사원 안에는 1,700여 개가 있는데, 놀라운 것은 이들이 다 제각각의 모습과 차림을 하고 있다는 것이었다.

순례의 길150m을 걸으며 정면에서 보는 앙코르와트의 탑은 세 개였다. 그러나 한 걸음 옆으로 비켜서자 그 뒤에 숨었던 두 개의 탑이 더 나타났다. 그러니까 이 사원에는 모두 다섯 개의 탑이 있다는 것이다. 그리고 이 다섯 개의 탑들은 우주의 중심인 메루산수미산의 5개 봉우리를 상징하고 성벽은 세상 끝을, 이 성들을 에워싼 해자는 우주의 바다를 상징한다고 했다. 연못은 순례자의 길 좌우에 있었다.

전체적으로 보았을 때 사원은 동서로 1,500m, 남북으로 1,300m, 중앙탑의 높

1 탑문 고푸라
2 압살라

이 65m를 포함하여 지면으로부터 전체 높이는 213m, 순례자의 길 양편으로 붕괴된 건물의 흔적들이 보였다. 모두 사원의 부속 건물로 장서각 역할을 하던 곳이라고 했다. 순례자의 길 좌우에 수련이 피어 있는 연못이 있었다. 순례의 길에서 왼쪽으로 벗어나 기념품 가게와 연못이 있는 쪽으로 들어섰다.

연못 앞에서 가이드가 우리에게 수수께끼를 냈다. 앙코르와트에는 몇 개의 탑이 있냐고. 우리는 들은 대로 5개의 탑이라고 했더니, 연못의 수면을 가리키며 수면에 비친 탑까지 모두 10개의 탑이 있다고 했다. 연못 앞에서 사원을 배경으로, 사원이 연못에 반영된 것까지 넣어서 사진을 찍었다. 연못 속에 비친 사원은 수련 위에서 5개의 탑으로 피어나고 있었다. 이곳의 탑 모습은 연꽃 봉오리를 닮아 있었다.

왼쪽 출구를 통해서 사원 안으로 들어갔다. 실내 회랑은 길이 250m, 이들이 동서남북을 잇고 있었다.

서쪽 회랑의 북쪽 부분은 이른바 구출의 신화를 부조로 조각해 놓은 곳이었다, 라마 왕자의 아내가 악마에게 유괴당하자 원숭이 왕 하누가 공주를 구하러

가는 장면, 공주를 만난 하누 왕
이 라마 왕자의 반지를 전해 줌
으로써 공주가 남편에 대한 신
뢰를 잃지 않고 기다리는 장면,
악마를 죽이고 공주를 구출하는
하누 왕, 2년간 악마에게 감금되
어 있었던 아내를 의심하는 라
마 왕자, 자신의 결백을 증명해

보이기 위해서 불구덩이 속으로 뛰어드는 순간 불의 신의 보호 속에 공주는 다
시 라마 왕자의 품에 안기는 등등의 이야기를 부조로 새겨 놓은, 이야기를 그림
으로 풀어낸 곳이 회랑의 조각 작품들이었다.

서쪽 회랑의 남쪽 부분엔 18일간에 걸쳤던 '쿠룩세트라의 전투사'를 역시 조각
그림으로 풀어낸 장면들이 이어졌다. 『마하바라타』를 전혀 읽지 못한 상태에서
가이드가 들려주는 이야기에 귀를 기울이며 전쟁이 보여주는 용맹스러움과 그 이
후의 참상, 승자와 패자가 보여주는 박진감 넘치는 환희와 고통 등등을 보았다.

남쪽 회랑의 동쪽에서는 37편의 천국과 32편의 지옥편을 다루는데 이들은 모
두 힌두교 신화에서 나온 이야기를 조각그림으로 풀어낸 것이었다.

방향 감각을 잃은 채로 가이드를 따라다니며 그가 들려주는 이야기를 들었다.
우유의 바다니 악신과 선신들의 싸움, 불로장생의 영약 등등……. 일단 회랑에
서 나와서 다음 층으로 올라갔다. 인간들의 층위라고 했다. 사원 전체가 3층으

한인숙 교수와 함께

로 1층은 미물의 세계, 2층은 인간의 세계, 3층은 신들의 세계라고 했는데 우리
가 다니며 본 부조들은 모두 미물의 세계였던가.

2층의 회랑에도 많은 조각이 휘감고 있었지만 그 조각 솜씨에서는 섬세함을
잃은 듯 보였다. 예전에는 1,000개의 불상이 있었지만 폴 포트의 크메르루주 정
권 시절에 불상의 머리가 훼손되었다고 했다.

사원의 이층 회랑을 천천히 돌면서 창문을 장식한 돌 창살 — 세로로 예쁘게
곤봉을 이어 붙인 듯이 조각한 창살을 보았다. 세로로 세운 돌창살 사이로 정원
의 푸른빛이 쏟아져 들어왔다. 환기와 조명을 위해 만든 창문과 창살이었다.

인간계인 2층 회랑을 한 바퀴 돌아 바깥 발코니로 나왔다. 3층으로 오르는 계
단은 모두 봉쇄되어 있었다. 보수공사 중이라 관광객들은 인간계에서 멈추어야
했다. 석조 건물이 드리운 그늘에 앉아 머리를 뒤로 젖히고 3층 신들의 세계를
바라보아야 했다. 3층에 오르면 앙코르와트 전체 구조와 그 조화의 아름다움을
볼 수 있다는데 유감이었다.

2층 발코니의 그늘에 앉아서 사원을 에워싸고 있는 숲과 밝은 잿빛과 좀 더
짙은 잿빛이 얼룩처럼 스미어 있는 사원을 바라보았다. 3층으로 오르는 계단은
몹시 가파라 보였다. 경사도 70도는 될 듯싶었다. 그 옛날 왕족들과 승려들이 어
떻게 오를 수 있었을까.

사원 건물에서 나오자 바로 그 마당에 높이 20~30m 정도의 스투파탑가 있었다.
파키스탄의 어느 지방에서 본 적이 있었던 그러나 그보다는 훨씬 큼직하게 돌을
쌓아올려 세운 스투파였다. 정사각형에 가깝게 큼직한 잿빛 직육면체 돌덩이로 바

탑을 고르고, 그 위에 같은 석재로 원
뿔형으로 쌓아올린 기단, 그 위에 서
양 종鍾을 얹어 놓은 듯한 모양의 스
투파였다. 이 지역에서 본 대부분의
탑이 연꽃 모양 또는 잣송이 모양이
었던 것에 비해서 앙코르와트 사원
뒤편에 있는 탑은 크리스마스 카드
에 나오는 종의 모양을 닮고 있었다.

동쪽을 향해 걸으며 뒤돌아서 앙
코르와트 사원을 다시 한 번 더 바
라보았다. 후면에서 보는 앙코르와
트 사원, 수리야 바르만 2세가 비쉬
누신에게 바친 사원이었다. 그는 살
아 생전 크메르제국의 영토를 확장
하고 외교 관계도 원만하게 잘 풀어
나갔다고 하는데 그의 사후부터 크
메르제국은 사양길에 접어들기 시
작, 오늘에 이르렀다.

죽기 전에 꼭 한 번 찾아야 할 앙코르
와트……. 내가 죽기 전에 찾아야 할

1 2층에서 3층으로 오르는 가파른 계단
2 2층에서 올려다본 3층의 탑
3 스투파(탑)
4 후면에서 본 앙코르와트 사원

곳이 아니라, 건축물의 원형이 사라지기 전에 꼭 찾아와 보아야 할 유적지였다. 복원 공사 중이라고 하지만, 세상에 완벽한 복원이 과연 가능한 것일까. 복원이란 그냥

비슷하게 꿰맞추어 놓는 것 일 뿐.

저녁은 북한 음식점 '평양 냉면'에서 들었다. 한복을 입 은 북한 아가씨들이 시중을 들었다. 밥과 국, 김치와 전, 나물들, 그리고 맛보기로 평 양냉면이 나왔다. 20세 안팎 의 모두 귀엽고 잘생긴 아가 씨들이었다. 달러 벌이의 전 사, 가족과 헤어져 이렇게 멀 리 나와 일하고 있는 그들을 보니 측은했다. 무릎 아래까 지 오는 한복 치마에, 어깨 부위에 색동을 넣은 저고리, 발에는 샌들을 신었다. 음식 을 나르고 주문을 받고 하던 아가씨들이 식당 한 쪽에

마련된 무대로 가서 독창, 합창, 중창을, 그리고 춤도 추었다. 〈반갑습니다〉, 〈고향의 봄〉 같은 노래는 귀에 익숙했다. 남한 관광객들을 즐겁게 해주기 위해 애를 쓰고 있었다.

아가씨들의 평양말, 우리에게는 투박하게 들리는데 한인숙 교수가 열심히 따라하더니 마침내 아가씨들과 평양말로 대화를 하기 시작했다. 아가씨들에게 한인숙 교수의 평양어 구사에 대해서 평가하라고 했더니 웃으면서 많이 다르다고 했다.

지찬수 교수가 정해진 음식 외에 들쭉술과 남새만두(채소만두)를 더 주문했다. 만두 하나가 갓난쟁이 머리통만큼이나 컸다. 평양 남새만두 한 개는 한 사람의 한 끼분에 해당될 만큼 커다란 만두였다. 기생문화가 뛰어난 평양에서 음식문화가 얼마나 세련되었을까.

2009. 12. 22. 화요일. 갬.

노래하는 북한 아가씨들

04 바라이 저수지-톤레샵 호수-납골당-라텍스 상점 -시엠립공항-인천공항

새벽 5시 기상. 일어나야 한다는 생각을 줄곧 하면서도 누워있었다. 꿈속에서 외할아버지를 뵈었던가. 요선동 집 같기도 했다. 그리고 현재 살고 있는 아파트. 외출에서 돌아와 보니 낯선 중고생 또래들이 빈집에서 주인 노릇을 하고 있었다. 마치 신경숙의 「빈집」에서처럼. 주인이 여행을 떠난 사이에 들어와서 주인 노릇을 하는 존재들을 모질게 집 바깥으로 내치는 그런 꿈을 꾸었다. 하긴 해외여행을 떠나오면서 이번처럼 집을 방치하고 오기는 처음이다. 단기간에 걸친 여행이기로 지인에게 집을 부탁하기도 적절치 않은 듯했다. 커다란 화분에는 충분히 물을 주어서 혼자 일주일 정도는 견딜 수 있도록 하고 떠나온 여행이었다. 그래도 집 걱정이 되었던 것일까. 빈집에 침입해 들어온 사람들을 내치는 그런 꿈을 꾸었으니.

오늘 낮 동안은 가까운 인공 저수지와 세계 최대의 호수, 그곳에 사는 수상족들을 찾아가 보고 나머지 시간을 이용해서 쇼핑을 한다고 했다.

여행하면서 오늘로 연 사흘째, 한인숙 교수가 모닝커피를 끓여서 아침의 기분을 향기롭게 해주었다.

캄보디아와 모닝커피

여행의 마지막 날 새벽

모닝커피 앞에 놓고

맨발의 아이들을 생각하네

남국의 태양으로 익힌 커피 열매

쌉쌀한 맛 혀를 자극할 때

씁쓸한 슬픔이 솟구치네

과거의 역사와 유적은 찬란하나

강대국의 횡포, 삼십 년 내전 끝에

중병을 앓고 있는 이 땅의 사람들

때 묻은 손 합장하는 아이들은

우리들 어린 시절의 모습

찻잔 속에 어른거리는

슬픈 눈망울 앞에서

한숨 쉰다.

짐을 꾸려서 호텔 현관 부근으로 옮겼다. 호텔 출발(09:35), 호텔 가까운 거리를 지날 때 가이드가 거리의 담장에 가로로 부착된 걸개그림을 가리켰다.

"저기에 진정한 캄보디아의 모습이 있습니다!"

총기를 건네주는 일반인과 그것을 인수받는 제복의 사람들을 그린 그림이었다. 전쟁은 끝났다고 하지만 아직도 일반인들은 자위적 차원에서 총기나 폭탄류를 갖고 있는 이들이 있다고 했다. 그런가 하면 과거 전쟁터였었던 곳에서 지금도 발견되고 있는 지뢰를 비롯한 폭발물들, 그로 인해 폭발물 사고가 지금도 간간이 일어나고 있다고 했다. 이들 사고를 미연에 방지하기 위한 캠페인의 하나가 걸개그림으로 제시되고 있는 것이다.

먼저 '바라이 저수지'로 갔다.

바라이 호수

'바라이Baray'는 깨끗한 물을 의미. 바라이 호수는 농업용수로 사용하기 위해 만든 인공 저수지로 현재는 시엠립의 상수원이 되고 있는 곳이었다. 폭 2.2km, 길이 8km, 가장 깊은 곳은 2.2m에 달한다고 했다.

바라이 호수의 제방에 차를 대고 내리자 관광객을 보고 어린 아이들이 모여들어 작은 인형이나 팔찌 같은 것들을 내밀며 사라고 했다.

"사모님 날씬해요."

"사모님 이뻐요. 세 개 1달러."

누가 가르쳐 주었을까. 생존을 위한 외국어 습득이었다. 아이들의 대단한 상

술이 더욱 가슴을 무겁게 했다. 아이들 저쪽으로 아이들을 지켜보는 그들의 가
족들이 있었다. 가이드는 말했다. 가능하면 아이들이 가져온 상품보다는 어른들
의 것을 사라고. 아이들이 측은해서 그들의 물건을 팔아주게 되면 그들의 부모
는 더욱 무능해져서 부모로서의 책임을 방기하게 된다고.

　제방 안쪽으로 들어가 멀리까지 펼쳐진 바라이 호수를 보았다. 제방 안쪽에는
천렵군을 위한 작은 건물들이 들어서 있었다. 다시 제방으로 올라가 과일이며
기념품을 파는 가게를 돌아보았다. 그곳에서 주먹만한 자주색 열매 위에 별꽃
같은 꼭지가 붙어 있는 열대과일을 샀다. '망고스타'였다. 가이드가 과일을 손으
로 감싸듯 하고 악력을 넣자 꼭지가 떨어진 구멍을 통해서 하얀 속살이 솟구쳐
나왔다. 그것을 입술로 당겨서 입안에 넣었다. 새콤달콤했다.

　전용 차량에 올라 실크 농장으로 가는 길에 재래시장 구경을 했다. 채소와 생
선 시장이 눈길을 끌었다. 생선은 바로 가까운 곳에 동양 최대의 호수가 있어서
그곳에서 잡은 것들이었다. 펄떡거리는 생선들을 좌판에 늘어놓고 있었다. 울긋
불긋한 나일론 계통의 의류상도 있었다. 도로 쪽으로 포대에 담은 쌀을 팔고 있
었다. 희고 조금 갸름한 쌀이었다. '안남미!' 하고 쌀자루의 주인이 웃으며 알려
주었다. 안남미 —, 우리가 국민초등학교 다니던 시절, 알랑미라고 부르던 쌀이었
다. 대만미는 쌀알이 조금 크고 불투명한 색채라면 알랑미는 투명하고 갸름했
었다. 쌀이 부족하던 시절, 동남아에서 수입해온 쌀들이었다. 기름지고 차진 한
국 쌀에 비해서 밥을 하면 푸석하고, 밥맛이 없어서 당시 주부들은 '파리 빨아먹
은 밥 같다'고 타박하고는 했었다. 쌀 포대를 들여다보고 있는 내게 서너 살도

안 되어 보이는 아기가 '안녕하세요!' 하고 말을 걸었다. 우리들의 어린 시절, 미군 병사를 보면 자연스레 던지던 '헬로'에 해당되는 인사일까.

실크 농장

실크 농장은 제법 규모가 컸다. 뽕나무와 뽕나무 묘목이 늘어선 밭을 지나자 교실 같은 크기의 건물들이 늘어서 있었다. 뽕잎을 먹고 있는 누에는 노르스름한 빛을 띠우고 있었다. 그들이 만든 고치는 아름다운 황금색이었고 고치에서 나온 실은 황금색이었다. 자연산 실로 짠 명주는 고운 황금색이었다. 우리들이 방문한 실크 농장은 프랑스 식민지 시절, 프랑스인들이 고치로 실크를 짜고 물건을 만드는 방법을 전수하던 곳이라고 했다. 프랑스인 관광객들이 열광하며 찾는 곳이라고 했다. 서양 사람 취향에 맞는 디자인과 채색은 우리에게는 별로 어울리지 않는 것 같았고 문제는 상품가가 높았다. 은빛 나는 금속제 코끼리 한 마리를 샀다. 5달러였다.

다음으로 찾아간 곳은 상황버섯 수출 센터였다. 한국인 사장이 기다리고 있었다. 옛날 선경그룹 직원으로 원목 수입을 위해 파견되어 근무하다가 상황버섯의 효능을 알게 되었고 이후 이곳에 남아 상황버섯을 일본에 수출하고 있다고 했다. 상황버섯은 뽕나무에 기생하는 버섯. 암환자들과 암수술을 받은 이들에게, 근래에는 순환계 질병에도 특효가 있음이 밝혀졌다고 한다. 허준의 동의보감에도 상황버섯에 대한 기록이 나와 있다고 했다. 관광객에게 차분히 설명해주는 사장의 이야기가 약장수의 호들갑스러움과는 조금 다른 분위기를 보여주어

서 신뢰가 갔다. 노무현 전 대통령이 캄보디아를 방문했을 때 캄보디아 정부가 특
산품으로 선물한 것이 200년 된 상황버섯이었다고 했다. 좋은 영약을 선물로 받아
간 노 대통령은 대통령의 자살이라는 비극의 주인공이 되어 버리고 말았다.

　상황버섯이 심장질환에도 좋다는 이야기에 정신이 번쩍 들었다. 오빠 생각을
했다. 오빠는 내가 캄보디아로 떠나기 일주일 전에 심장 관상동맥 수술을 받았
다. 오빠는 중증의 심장병을 앓고 있으면서도 본인 자신은 수술을 선고받기까
지 전혀 고통을 느끼지 못하고 있었다. 환자에게는 치유의, 일반인에게는 예방
적 차원의 효능을 갖고 있다고 했다. 한인숙 선생과 함께 180년 된 상황버섯을
나누어 사기로 했다. 500g에 400달러 ― 한화 48만 원에 구입했다. 해외여행에
서 약재는 사지 말라는 올케의 말을 들은 적이 있지만, 그러나 대통령에게 특산
물로 선물할 정도의 자부심을 갖고 있는 약재라면, 오빠를 위해서 상황버섯을
사야 했다. 카드 결재라 더 많이 살 수도 있었지만 그러나 역시 효용이 문제였
다. 그래서 500g만을 산 것이다.

　점심은 한국인이 경영하는 월남쌈밥 집에서 들었다. 20여 년 전 캄보디아로
와서 사업을 시작, 거금을 벌었지만 정권이 바뀌면서 빈손이 되었다는 주인, 홧
병으로 사망하고 지금은 그 아내가 시동생들과 함께 식당을 하는데 손님들이
물 밀들이 찾아오고 있는 집이라 한다.

　월남쌈이라는, 쌀로 만든 지름 20cm 정도의 만두피 같은 것을 물에 살짝 담
갔다가 꺼내자 쫀득한 찰기가 나타났다. 그것에 종류별로 다양한 채소들을 싸
서 포장하듯 꼭꼭 오무려서 소스를 찍어 먹는 것이다. 채소는 싱싱하고 맛은 담

백했다. 요즘 흔히 말하는 웰빙 식단이었다. 월남쌈 세 보따리를 싸먹고 나니 배가 불렀다. 마지막으로 채소 죽이 나왔다. 월남쌈밥은 재미로 한 번은 먹을 만하지만 두 번 계속 먹고 싶지는 않았다.

톤레사프 호

톤레사프 호Tonle Sap Lake에 생활 터전을 잡고 사는 수상족을 보기 위해 출발했다 (13:10). 톤레사프란 강과 파도가 함께 있다는 의미. 시엠립의 인구는 20만, 톤레사프 호를 터전으로 살고 있는 수상족은 100만 명에 이른다. 톤레사프 호로 이동하면서 톤레사프 호와 메콩 강 관련 이야기를 들었다.

메콩 강은 티베트에서 발원한 길이 4,350km, 유역면적 816,000㎢, 미얀마, 라오스, 타이, 캄보디아, 베트남을 거쳐 남중국해로 흐르는 동남아에서 가장 긴 강이다. 캄보디아의 수도 프놈펜은 메콩 강 둔덕에 자리잡고 있다. 메콩 강은 프놈펜 주변에서 북서쪽의 톤레사프 강과 합류했다가 프놈펜 남쪽에서 두 강으로 갈라진다. 메콩 강에는 고래가 서식하고 있다. 캄보디아의 메콩 강에도 밍크고래가 200마리 이상 살고 있다.

메콩 강은 계절풍의 영향을 받아 건기(3~5월)에는 최저 수위를, 우기(7~10월)에는 수량의 증가로 톤레사프 강이 역류, 그 상류에 있는 톤레사프 호로 들어가 호수 면적은 평소의 3배나 된다.

건기에 톤레사프 호는 길이 150km, 넓이 30km, 면적은 3,000km^2, 우기에는 면적이 9,000km^{2}로 불어난다. 수심은 건기와 우기에 따라 1~12m까지 들쭉날쭉하다.

톤레사프 호의 선착장에 도착했다(13 : 45). 마침 프놈펜–시엠립까지 7시간에 걸쳐 항해해 온 선박이 도착, 선객들이 내리고 있었다. 배를 타고 장시간 여행하면 그 기분은 어떠할까.

자그마한 유람선에 승선했다. 배에 오를 때 키 작은 아이들이 합창하듯 한국어로 "머리 조심 하세요" 하고 외쳤다. 바다같이 넓은 호수로 배는 나아갔다. 호수 연안에 작은 가옥들이 있었다. 우기雨期가 되면 모두 물에 잠길 그런 집들이었다.

보트가 한 대 따라왔다. 우리가 탄 배 옆에 슬쩍 배를 대는 것 같더니 유치원생 정도의 아이가 원숭이처럼 우리가 탄 배로 올라탔다. 캔콜라와 캔맥주를 가지고 와서 "1달러"를 외쳤다. 너무도 작은 체구에 눈알이 반들거리는 어린 아이가 관광객 상대의 장사를 하는 것이 신기해서 캔콜라 하나를 사겠다고 했다. 1달러를 주려고 하니까 "2달러"라고 했다. 캔콜라를 그냥 내밀었더니 그제야 "1달러"라고 했다. 영악스러웠다. 어느 틈에 꼬마 장사꾼은 그가 타고 온 배로 옮겨 타 다음 유

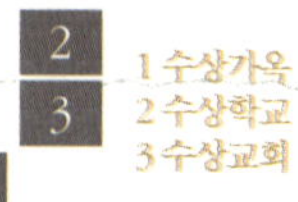

람선을 향해 달려가고 있었다.
가이드의 얘기로는 10살짜리라
고 했다. 영양 상태가 좋지 않아
발육이 제대로 되지 못한 꼬마
들이었다. 우리가 탄 유람선의
키를 잡은 이는 20세 후반의 젊
은이, 그 젊은이를 시중드는 꼬
마는 10살 정도 되었을까. 말없
이 눈치껏 시중을 잘 들기에 대
견해서 캔콜라와 초콜릿을 주었

다. 꼬마는 초콜릿은 먹고 캔콜라는 그냥 갖고 있었다. 아마 그는 캔콜라를 다시
팔아서 화폐로 챙길 것이다.

호수 연안을 따라 배가 나아가면서 수상가옥들이 모여 이루어진 수상마을이
나타났다. 배 위에 닭장이며 돼지우리, 오리사육장 같은 것들이 보였다. 배 위
에, 작은 화분들에서는 꽃나무가 자라고 있었다. 배 아래로는 가두리양식장 시
설, 그런가 하면 배 위에는 초등학교, 상점들, 성당도 있었다.

우리가 찾아간 지역은 베트남 거주민들이 사는 곳이었다. 이들은 베트남과 캄
보디아의 국경 산악지대에 살던 이들로 1979년 베트남군이 캄보디아를 공략할
때 함께 따라와 이후 이 호수 연안에 정착, 수상생활을 시작했다고 한다.

대여섯 명의 아주 작은 아이들이 탄 보트가 지나고 있었다. 놀랍게도 아이들

이 익숙하게 노를 젓고 있었다. 발육부진의 아이들은 유치원생 정도로 밖에는 보이지 않았다. 마침 초등학생들의 하교시간이라고 했다. 아이들은 밝게 웃으며 떠들고 있었다.

갑자기 가이드가 한 곳을 가리켰다. 지름 60~70cm도 안 되는 작은 양은양동이에 꼬마 하나가 타고 두 손을 노를 삼아 저으면서 동시에 양동이 안으로 들어오는 물을 맨손으로 퍼내고 있었다. 꼬마는 우리와 눈이 마주치자 그가 잡은 한 마리의 뱀을 자랑스럽게 들어 보였다.

배 위의 가옥은 나무 기둥과 바나나 껍질로 엮은 벽과 지붕으로 된 것에서부터 철골 구조에 함석으로 엮은 지붕에 이르기까지 다양했다. 비교적 작은 선상 가옥 옆을 지나는데 그 배 위에서 대여섯 명 아이들이 폴짝대며 줄넘기놀이를 하고 있었다. 양쪽에서 줄을 돌리면 그 안에 들어가서 폴짝이며 뛰는 줄넘기였다. 어떤 배 위에서는 아낙네가 호수의 물을 퍼올려 세탁을 하고 있었다. 호수의 물은 그들에게 생활용수이고, 고기를 잡을 수 있는 작업장이며, 그들의 배설물을 흘려보내는 곳이었다. 다행히 이곳의 물은 황토 성분이 많아서 자연 정화가 잘 이루어진다고 한다. 아무리 그렇다고는 해도……

바다처럼 파도가 일렁이는 연안까지 나가 수평선을 바라보다가 처음 배를 탔었던 선착장으로 돌아왔다. 이번에는 흙먼지가 펄썩이는 길을 따라 걸으면서 천천히 연안에 있는 가옥들과 수상족들의 생활을 가까이에서 보았다. 지금은 건기라 자동찻길도 있고 집들도 뭍에 들어서 있지만 우기가 오면 사람들은 이사 나가고 그들이 살던 흔적들은 모두 물에 잠긴다고 했다. 한국의 다일공동체

와 미스코리아 모임인 녹원회에서 지어준 유치원 건물, 또 다른 한국인 단체에서 지어준 초등학교가 경사도가 심한 둔덕 아래 물 위에 세워져 있었다. 경사가 강파른 둔덕에서 아이들은 먼지투성이가 되어 놀고 있었다.

호숫가를 지나 시내 쪽으로 이동했다. 수원시와 기업은행이 이 지역을 위해서 지어준 '프놈크롬 수원 초·중등학교'는 황색의 2층 시멘트 건물로 그 규모가 제법 컸다. 2008년 11월 28일에 완공된 건물은 깨끗했고 학생들은 수업 중이었다. 교실 입구마다 수원 거주 협조단체의 패, 그 패 안에는 후원자 이름과 기업의 이름이 들어가 있었다. 교내의 놀이 시설이나 펌프 시설 앞에는 수원시민의 후원으로 시설물을 만들 수 있었다는 표지석이 세워져 있었다.

학교 부근에서는 역시 수원시에서 지어준 커다란 마을회관이 있었다. 그 옆 대형 표지판에는 2007~2010년까지 수원시에서 제시한, '수원시 마을 조성계획'이 크메르어, 한글, 영자 순으로 소개되고 있었다. 이들 거대한 표지판은 누구를 위한 표지판인가. 누구에게 보이기 위한 것인가. 시혜자의 자랑스러움이 너무 오만하게 나타난 것은 아닌가.

크메르루주가 정권을 잡았던 시절, 대학살로 희생된 사망자들의 유골을 모아 놓은 웨스트 메본 사원으로 향했다.

웨스트 메본 사원

웨스트 메본 사원에 도착했다(15:30). 폴 포트가 권력을 잡고 있던 시기 1975~1979 에 크메르루주군은 자신들과 외양이 다른 자 비 크메르루주족, 지적 수준이 다른 자지 식인, 기술자, 생각이 다른 자 비공산주의자들에 대한 대대적인 소탕작전을 펼쳤다. 그 결과 희생자 수효는 최소 100만, 최고 300만에까지 이른다고 한다. 1991년 UN 의 보호 아래 캄보디아 파벌 당사자들이 참여한 평화협정이 체결된 후, 크메르 루주가 벌인 희생자 진상조사가 실시되었지만 지금까지도 그 조사는 완결되지 못하고 있는 상황이다.

웨스트 메본 사원은 수도 프놈펜에 있는 희생자를 기념하는 탑을 본따서 만 든 것이다. 기념탑 추모탑은 잿빛 석조 계단 위로 흰 벽과 커다란 유리창을 가진 4 각형의 집이었다. 검은 지붕 위에는 황금색 장식이 현란했다. 방금이라도 기념 탑 전체가 하늘로 날아오를 듯한 느낌을 주는 특이한 디자인이었다.

흰 벽 가득히 채우다시피 한 유리창, 그 안에 보이는 것은 수북이 쌓아놓은 인골 —두개골과 정강이뼈 같은 것들이었다. 한때 아름다운 눈망울과 사과 빛 볼을 갖

웨스트 메본의 추모탑

고 있었던, 꿈도 사랑의 욕망도 강했을
이 나라의 착한 사람들, 계급 없는 이상
사회를 건설한다는 한 광신자의 이념의
희생자가 되어 철퇴를 맞은 사람들이 남
긴 것……. 별로 크지 않은 작은 탑을 한
바퀴 돌다 보니 그늘 쪽으로 대여섯 살
쯤 되어 보이는 아이 하나가 해골 상자
를 배경으로 계단에 앉아 있었다. 아이
는 자신의 등 뒤에 있는 것이 무엇인지
를 알고 있을까……. 죽음의 의미를 알
기에는 너무도 어린 아이였다.

　가슴이 답답해왔다. 그 어떤 말도 할
수 없었다. 백성이란 정치가들의 장기
판 위에서 이리저리 옮겨지는 장기알
에 지나지 않는 것인가.

　라텍스 제품을 파는 상점으로 안내되었다. 고무나무에서 나온 수액을 라텍스
라고 부른다고 했다. 라텍스는 천연고무제품의 원액이 되는 것이다. 요즘은 이
천연 라텍스로 여러 물건을 만드는데, 그중 캄보디아가 자랑하는 제품이 베게,
침대매트 같은 것. 낮 동안의 유적지 순례에 지친 우리 일행들, 라텍스 제품 침
대매트의 성능 검증 겸, 피곤도 풀 겸 모두 침대 위에 드러누웠다. 성격 좋은 남

성 교수님들, 코를 골며 주무시는 분도 계셨다. 베개를 하나 샀다. 80달러였다. 무엇보다도 천연 라텍스 제품이기에 사보고 싶었다.

저녁 식사 후 비행기 탑승까지 남은 시간을 전신 마사지 가게에서 쉬기로 했다. 지난번에 찾았었던 집이었다. 그때 내게 발마사지를 해주었던 아가씨가 반가워했다. 그녀가 정성껏 해주는 마사지를 받으며 피로를 풀었다. 전신 마사지는 40달러, 팁이 3달러였다. 21시 40분에 마사지 가게를 출발, 곧 비행장에 도착했다.

시엠립공항

서둘러 출국수속, 탑승대 앞에서 휴식을 취하다가 23시에 인천행 비행기에 탑승했다.

본래 배정받은 나의 비행기 좌석은 이코노미석이었다. 그런데 이문원 교수와 또 한 명의 교수에게 비즈니스석이 주어졌다. 두 분의 남성 교수께서 그 좋은 좌석표를 나와 한인숙 교수에게 양보해주셨다. 나는 이문원 교수에게 배당된 9A석에 앉았다. 앞좌석과의 사이가 넓었다. 의자에 붙어 있는 테이블도 넓었다. 스튜어디스들의 서비스도 비즈니스석 우선이었다. 세상에 나와서 처음 타보는 비즈니스석이었다. 옴짝달싹하지 못하는 이코노미석과는 근본적으로 다른 좌석, 사람들은 그래서 부자가 되고 싶어 하는가 보다. 편하고, 우대받을 수 있으니까.

23시 40분에 시엠립공항을 이륙했다.

2009. 12. 23. 수요일. 갬.

새벽 2시 40분에 기내식으로 녹차죽이 나왔다. 몸을 풀어주기 위해 화장실에 다녀왔다. 화장실의 규모는 이코노미석이나 비즈니스석이나 똑같았다. 한국 시간으로 5시 24분, 한국까지 도착 시간은 40여 분이 남았다는 기내 방송이 나왔다. 그리고 한국 시간 새벽 6시, 인천의 새벽 불빛이 보이기 시작했고 그 4분 뒤에 인천공항에 착륙했다. 바깥 온도는 영하 1도라고 했다. 짐을 찾고 화장실로 가서 겨울옷으로 바꾸어 입었다.

6시 45분, 한인숙 교수와 함께 조영상 교수의 차에 탑승했다. 3박 5일간의 캄보디아 시엠립 지방을 중심으로 돌아보았던 고대 크메르제국 시절의 유적지 탐방. '죽기 전에 가보아야 할 유적지'란, '유적들이 해체되고 다시 복원되기 전, 있는 그대로의 상태인 때에 가보아야 할 유적지'라고 고쳐야 할 광고문이다. 간장종지 하나라도 복원 전과 후는 결코 똑같아질 수 없으니까.

8시 20분에 경춘고속도로 가평휴게소에서 커피와 샌드위치를 먹었다. 안개를 뚫고 학교에 도착한 것이 9시 55분. 과학교육과 교수들 덕택에 참으로 가보고 싶었던 크메르제국 시절의 유적지 앙코르 지역 유적을 잘 보고 왔다.

2009. 12. 24. 목요일, 안개, 갬.

해양 실크로드
옛
바닷길을
따라가다

01 춘천-인천공항-하노이

길 떠나는 날

길 떠나는 날
서설이 내려 설레는 가슴.
눈이 내리는데
열대의 나라로
바닷길 실크로드를 찾아 나서네.

공항에서
여행 가방을 탁송하고 나서야
먼 길 함께할 동행들
눈에 들어오네.

낯익은 얼굴들
낯선 얼굴들 찾아다니며
많이 가르쳐주십사
많이 도와주십사
부탁의 인사를 하네.

(2012. 1. 27, 16 : 30)

춘천 집에서 12시에 출발했고 인천공항에는 15시 15분에 도착했다. 주체할 수 없도록 가슴이 설레었다. 공항에서 오랜만에 정수일, 강만길, 이덕화, 이혜경 교수, 소설가 배명희 선생을 만났다. 강상훈 대표는 얼른 알아보기 힘들 정도로 날씬해져 있었고, 한동헌 선생도 몸 관리를 한 듯 보기 좋았다. 이혜경 교수가 이번 여행지 전체를 담은 지도를 컬러 프린트 해 와서 나누어 주었다. 연세대 문유찬 교수는 그동안 중환을 치르고 일어나셨다고 한다. 부인 최원희 선생은 여전히 활달하고 명랑한 얼굴로 인사를 해왔다.

OZ733 항공기에 탑승(19:25)했다. 한국에서 하노이까지 2,685km, 항공기는 19시 54분에 이륙, 기내식은 잠시 뒤에 배부되었다. 밥과 새우와 오징어가 주식으로 잔새우 샐러드와 케이크가 나왔다. 정오 전에 점심을 먹었기로 출출하던 판에 맛있게 먹었다. 와인까지 한 잔 청했다. 기내에서 만화영화 〈마당을 나온 암탉〉을 보았다.

베트남의 하노이 근교, 노바이 공항에는 24시 20분에 착륙했다. 한국 – 베트남 간 항공기로 소요시간은 4시간 26분, 별로 멀지 않은 거리였다. 그러나 수하물 도착이 늦어져서 오래 기다려야 했고 현지 전용 차량에 오른 것이 1시 35분이었다. 노바이 공항에는 가랑비가 내리고 있었다. 베트남과 한국과의 시차는 2시간, 시계를 뒤로 2시간 돌려놓았다.

현지 가이드는 조이사 선생, 온화한 표정. 무척 말을 아끼는 40대 초반 정도의 사람이었다.

호텔까지 가는 버스 안에서 베트남 거주 한국교민은 하노이에 5천 명, 호치민에 3만 명 정도, 베트남인의 종교는 불교가 80% 그외 천주교 기독교 순이라고 했다.

세상에서 한 번 오기도 힘든 나라를 두 번째 찾아왔다. 아직은 가난하게 살고 있는 나라. 3모작, 4모작을 하는 나라이니 날마다 좋아질 것이다.

몽탄 호텔Muong Thanh Hotel 1105호에 배정받았다. 룸메이트는 평택대의 이덕화 교수.

참가 인원은 24명, 알 만한 얼굴은 9명, 나머지는 모두 처음 보는 얼굴이었다. 내일 오전 중에 하노이 역사박물관 참관이 있다고 했다.

내일 일정은 6:30 / 7:30 / 8:30.

02 하노이-닌빈-하롱베이

5시 30분에 기상, 바깥이 어둡다. 속옷만 갈아입고 머리에 물을 축여 세팅을 말았다. 실내는 훈훈하다. 지난 저녁 기침이 폭발하도록 춥던 것과는 딴판이다. 겨울 내복을 벗고 러닝셔츠로, 그러나 오늘 가는 곳이 물가라 털스웨터는 그냥 입고 그 위에 털잠바를 입기로 했다. 베트남의 북부인 하노이의 1월은 겨울이다. 한국의 늦가을 정도의 날씨.

다시 찾은 하노이

인연은 천 년을 넘어섰다고 하나

증오도 원망도 없으면서

반세기 전의 내 형제들

용병으로 파병되었던 나라

이기고 살아서 돌아오라

위문편지에 열 올리던 여고생 시절

나 또한 이 나라 사람들에게

간접 폭력을 휘둘렀던 거야

전쟁의 회오리 속에서

상처 받은 이 나라 사람들

부디 평화와 풍요가 함께하기를 —

    호텔의 조식은 좋았다. 옥수수 빵, 소시지, 삶은 콩, 베트남 국수, 금귤 크기의 감귤 맛이 새콤달콤했다.

    하노이엔 비와 안개가 내리고 있었다. 이곳은 한자 문화권, 유교 문화권이라 설날 연휴가 오래 지속, 설날 이후 닷새가 지났는데도 거리는 한산하고 상점들

1 베트남 역사박물관
2 역사박물관 앞의 꺼이다나무

은 문을 닫았다.

베트남 역사박물관

베트남 역사박물관에 도착했다(09:07). 밝은 오렌지색 건물이었다. 박물관 앞뜰에 키가 크고 몸통이 큰 거목이 한 그루 있었다. 그 나무를 중심으로 주변의 나무들이 거목에 엉겨붙어서 자라고 있었다. 웬만한 집 한 채쯤 될 정도의 굵기를 지닌 나무, 현지 가이드에게 물어보니 베트남어로 '꺼이다'나무. 얼마나 큰 나무인지 그 나무의 굵은 기둥 한 쪽에 목신木神을 모시는 제단이 마련되어 있고 제단에는 술, 과자, 지폐, 꽃 들이 괴어 있었다.

박물관 안으로 들어갔다. 1층 전시실에서 눈에 띄는 것은 장례용 옹관甕棺 ― 150~160cm 높이의 대형 항아리들이었다. 시신을 직접 항아리에 모시는 옹관이었다. 또 다른 곳에서는 이중二重 옹관을 보았다. 2~3되들이 옹관, 여기에는 육탈된 뼈를 담았다고 한다.

다른 한 쪽에서는 동전꾸러미들이 쌓여 있었다. 부장품, 아니면 누군가 소중히 모아 두었다가 써보지도 못하고 까맣게 잊혀졌다가 후대에 발견된 것인지 알 수 없지만, 커다란 구렁이가 똬리를 틀고 있는 듯한 동전꾸러미를 보는 순간 전율을 느꼈다. 돈이란 돌고 돌아야 하는 것인데 저렇듯 똬리를 튼 구렁이 모양의 동전꾸러미라면 거기에 어떤 이야기가 스며 있을 것이란 생각이 들었다.

전시실의 또 다른 곳 — 연화좌대 위에 아주 몸체가 크신 청동 부처292×174cm의 좌상. 1057년 주조된 부처였다. 비록 청동으로 주조된 한낱 쇠붙이에 불과하다고 하나, 그러나 거기에는 장인의 숨결이 들어가 숨쉬는 부처로 보였다. 멀리서 보면 오만한 표정, 가까이 가 연화대 아래에서 위를 쳐다보니 장난꾸러기 같은 정다운 웃음을 가는 눈매에 흘리고 있었다. 북베트남 빈Binh 지역에 있었던 것을 박물관으로 모셨다는 기록이 있었다. 특히 눈을 끈 것은 부처 어깨 위에 레이스처럼 걸쳐진 얇은 케이프, 그 아랫단이 궁글리듯 둥글게 처리되어 있는 것이 현대식 디자인에 가까웠다. 또 허리에는 리본 모양의 매듭이 곱게 매어 있었다. 박물관내 실내 촬영 금지라 감히 사진을 찍을 생각을 못하다가, 그 부처의 표정이며 케이프, 매듭 솜씨가 눈에 어른거려 그냥 올 수가 없었다. 경비원이 잠시 자리를 비운 틈을 이용해서 사진을 찍어 보았다.

이층 전시실 한 모서리에 크고 작은 종鐘들을 모아 전시하고 있었다. 소리를 낼 기회를 잃은 종들이 전시실 한 모서리에서 포로들처럼 졸고 있었다.

1 빈(Binh) 지역에서 가져온 청동불상
2 박물관에 전시된, 소리를 낼 기회를 잃은 종들

박물관의 종

그대의 존재 이유는

깊숙한 소리

긴 여운 펼쳐가며

미망 중에 허덕이는

중생을 구제하는 일

그대 원치 않았지만

소리의 기억은 멀어지고

먼 데서 온 손이 있어

문득 그대 앞에 멈추어서

귀 기울이네

박물관에서 출발(10:20), 닌빈으로 향했다. 대략 두 시간이 걸린다고 했다. 버스 안에서 24명 동행자는 4팀 — 혜초, 정화, 오도릭, 이븐 바투타조로, 그리고 각조의 조장은 최연소자가 지목되었다. 나는 정화조, 우리 조장은 현직 역사교사인 이세연 선생, 우리 조원은 문유찬 교수, 최관수 이사, 양영희 교수 그리고 나. 최관수 씨는 오랜 군 생활 후 지금은 삼성 무슨 그룹의 사외이사를 하고 있다고 한다. 이번 여행에 그의 부인을 동행했는데 소녀 같이 상큼한 표정의 여성이다. 각 조장들은 버스 앞으로 나가 자기 팀 조원들을 소개하는 시간을 가졌다. 모두 신명이 넘치는 사람들이었다.

닌빈

닌빈, 늪지대로 들어서며 보니 시멘트 공장들이 들어서 있었다. 2004년 12월, 이곳을 찾았을 때 수려하던, 불끈불끈 솟은 산봉우리들이 채석장으로 그리고 산의 형체마저 사라져가는 것을 안타깝게 바라보았었는데……. 아마 무수한 산들이 그렇게 파헤쳐지고 사라져 갔을 것이다. 개발도상국가들이 겪어야 하는 아픔이 여전히 이곳에 남아 있었다. 환경 개발이 아닌 환경 파괴로 이어지고 있는 곳, 비단 베트남만의 문제일까. 내 나라에서도 알게 모르게 자행되고 있는 환

경 파괴의 문제들에 대해서 어떻게 무슨 말을 할 수 있겠는가.

점심은 닌빈 레스토랑에서 했다. 마치 공장처럼 지어진 휑뎅그렁한 식당, 단체 관광객들이 모여서 식사를 하는데 대부분 한국인들이었다. 음식은 식고, 굳어 빠지고 성의가 없었다. 이덕화 선생이 현지 가이드 조 이사에게 강력하게 항의를 했다. 강상훈 투어블릭 대표가 달려왔다. 지금까지 여행해 오던 중 가장 수준 낮은 음식이라고 이의를 제기했다. 설날 연휴라 현지 사정이 제대로 돌아가지 않아서 그러니 양해하라고 했다.

닌빈에서 삼판 배 타고 짱안동굴 다녀오기

배를 타기 전에 조 이사가 우리 여행 팀에게 남녀별로 모양이 서로 다른 베트남 삼각모자를 선물했다. 삼각모자를 쓰고 끈을 턱 밑에서 조였다.

닌빈의 늪지대─강이라고 불러야 할지 늪이라 불러야 할지……. 갈대가 우거진 틈새로 수로를 내고 대나무로 엮은 삼판이란 배를 타고 짱안 동굴까지 다녀오는 것, 이세연 선생과 한 배를 탔다. 사공은 체격이 크고 복스럽게 생긴 여성, 한국말을 잘 했다. 처음 이곳을 찾았을 때에는 역청을 바른 대나무 배 — 삼판의 사공은 남성이었고 일어서서 노를 저었다. 그런데 이번에는 보니 대나무 배이되 시멘트로 방수를 하고 사공은 앉아서 양손으로 보트를 젓듯 짧고 납작한 노를 저었다.

이세연 선생은 체격이 크고 서글서글한 성격의 여성, 일산의 어느 중학교에 역사교사로 근무하고 있다고 했다. 뱃사공은 유창하지는 않지만 계속 우리에게 한국어로 말을 걸어왔다. 내게는 아줌마, 이 선생에게는 언니라고 부르며 나이와 결혼 여부를 물어왔다. 나는 나이는 밝히고 싶지 않고 아이가 셋이라고 했더니 내게 다복하다고 했다. 이 선생이 독신이라고 하자, 그녀는 자기는 20세에 결혼하고 지금 아이가 셋, 26세라고 했다. 남편은 농부라고 했다. 이 선생에게 빨리 결혼하라고 했다. 이 선생 왈, 여기까지 와서 이런 소리를 들어야 하냐며 쓴웃음을 지었다. 사는 모습 보면 하나도 부럽지 않은데 독신자에 대한 기혼자의 우월감을 노골적으로 나타내며 충고를 하는 모습 보면 그냥 웃음이 나온다.

7년 전 바로 이 강물 위에서 삼판을 탔을 때 같이 배에 오른 임양순 선생과 노래를 부르던 기억이 난다. 우리 배에서 노래 소리가 울려 퍼지자 다른 배를 타고 뒤따르던 동료들이 같이 노래를 불러 강물 위에 노래가 퍼져 나갔었다. 이번 팀은 모두 조용히 사색에 잠긴 듯했다. 갈대 사이 수로를 따라 삼판을 타고 동굴까지 갔고 동굴 안으로 들어갔다가 다시 배를 돌려 나왔다. 산과 강과 갈대가 만든 풍경은 아름다웠지만 관광객을 상대로 노를 젓는 여성 뱃사공들 — 이번에 보니 뱃사공 대개가 젊은 여성들이었다 — 풍경은 아름다웠지만 그들이 살아가는 모습은 신산스러웠다. 여성들은 생활 전선에 뛰어들어 땀 흘리고 남편들은 여성들이 벌어다 주는 것을 나누어 먹고 살아가는 곳, 전쟁이 많았던 나라에서 어쩔 수 없이 만들어진 관습, 생활 전선에 뛰어든 여성과 나약한 남편들의 세계.

닌빈 출발(14:20), 하롱베이로 향했다.

닌빈에서 하롱베이로 가는 5시간 가까운 장거리 여행. 가랑비와 안개로 연변의 푸른 숲과 밭은 흐릿하게 보여 연신 차창 유리를 닦아야만 했다. MP3 역할이 컸다. 유가람이 입력시켜준 클래식 음악을 줄곧 들으면서 지루함을 달래야 했다. 노면이 고르지 못한 버스 안에서는 독서도 메모도 할 수 없으니 잠을 자거나 멍하니 있어야 하는 것.

버스 안에서 정수일 교수의 강의, 『오도릭 동방기행』의 저자이며 세계 4대 여행가 가운데 한 사람인 오도릭Odoric of Pordenone, 1286경~1331에 대한 말씀이 있었다. 정리하면 다음과 같다.

오도릭은 이탈리아의 프란체스코회 수사이며 여행가였다.

오도릭은 1318년 베네치아를 떠나 지중해를 거쳐 말라카 해협-수마트라-자바섬-싱가포르-중국의 광저우-베이징-티베트-중앙아시아 지역에 이르기까지 14년간 여행하며 여행 이야기를 기록했다.

오도릭은 페르시아를 거쳐 이탈리아로 귀국했으며 아비뇽의 로마 교황청으로 가는 길에 사망했다. 그의 명성은 14세기 중반 이전부터 널리 퍼졌으며 1755년 시복(諡福) 되었다.

하노이 출발 2시간쯤 지난 곳, 현대자동차 공장과 기아자동차 공장이 도로에서 멀지 않은 곳 평원지대에 있었다. 반가웠다.

한국의 1월은 눈이 쌓여 있는데 하롱베이 가는 길 연변에는 옥수수밭이 무성하고 옥수수를 따서 길가에 쌓아놓고 팔고 있었다. 감자밭에서는 감자 캐는 농부의 손길이 바빴다. 잠시 휴게실에서 휴식(16:20), 동행들이 감귤과 깨강정을 사 와서 나누어 주고 강 대표가 손가락 크기의 바나나를 사 와서 나누어 주었다. 바나나는 조금 덜 익었지만 싱싱하고 맛있었다. 열대과일은 열대지방에서 먹을 때 더 맛있는 것. 당연한 사실을 다시 확인한다.

다시 차는 달리기 시작하는데 갑자기 속도가 떨어지고, 차도 연변에 사람들이 웅성거리고 있었다. 경찰들 일고여덟 명이 길가 땅바닥, 머리에서 발끝까지 비닐로 덮인 들것을 지키고 있었다. 구급차를 기다리는 것인지 이미 절명한 것인지 알 수 없었다. 비에 젖은 거리 위에서 일어난 교통사고. 누군가는 죽음의 자리에 있고 누군가는 삶의 자리에 있다. 누군가는 슬픔 속에 절규하고 누군가는 욕망에 이끌려 방황한다. 도무지 알 수 없는 것은 산다는 것의 의미.

하롱베이

도로변 가로등에 불이 들어왔다(17:30). 하롱베이로 가는 길, 하천도 많고 그 하천을 이용하는 관련사업들도 많았다.

오후 7시 무렵에야 하롱베이에 도착, 진미珍味식당으로 들어갔다. 식사를 마친 한 떼의 한국인 관광객이 나오고 있었다. 2층으로 올라갔다. 돼지삼겹구이가 오늘의 메뉴, 돼지고기 기름이 흘러나와서 홀의 바닥은 미끈거렸다. 동행 중 몇 명이 중국의 명주 '수정방水井坊'을 가져왔다. 수정방은 웬만한 양주보다도 한 수 위의 고급술이란다. 삼겹구이에 수정방은 궁합이 좋았지만, 나는 조심했다. 이 번 여행길에 술을 마시자 손등과 팔뚝에 두드러기가 돋으면서 현기증과 구토증 세가 나타나기 시작한 것이다. 옆에 앉은 소설가 배명희 선생이 열심히 삼겹살 을 구워냈다.

호텔 하롱 펠리스 701호실에 배정받았다.

일단 트렁크를 방에 갖다 두고 곧바로 나와서 남자 5명, 여자 5명이 한 팀이 되어 마사지 가게로 행차, 남녀 각각 다른 방에서 남자들에겐 여성 마사지사가, 여성들에겐 남자 마사지사가 전신 마사지를 해주었다. 남자 마사지사의 손 힘 이 세어서 머리끝부터 발끝까지 지압을 잘 해주었다. 팁이 포함된 25달러를 지 불했다.

마사지 끝나고 나와서 아직 마사지가 끝나지 않은 팀을 기다리며 이야기를 나누었다. 오늘 마사지 팀에서 최고 인기는 남자 팀의 한종우 씨. 키가 크고 팔 이 긴 호남형의 남성이다. 목소리도 쩌렁쩌렁한 한 선생은 여성 마사지사들의 인기를 독점, 마사지사와 서로 노래를 주고받더니, 여성 마사지사가 정표로 베 트남 돈 1,000동을 한 선생에게 건네더란다. 감동한 한 선생은 그 여성에게 팁 으로 10달러를 주고, 같은 방에서 서비스 받던 다른 남성 동행들도 덩달아 상대 마사지사에게 10달러씩 팁을 주었다고 한다.

남성들은 순진한가. 남성들은 멋있는가. 그러하면, 팁 포함해서 달랑 25달러만을 남성 마사지사에게 전달한 여성 동행들은 자린고비들인가.

　내일 일정은 7:00 / 8:00 / 9:00.

2012. 1. 28. 토요일. 갬.

03 하롱베이

조금 늦은 기상(05:30). 호텔 객실 구조상 테이블을 사용할 수 없고 냉장고 박스 위에 찻잔 박스가 놓여 있는데 찻잔 도구를 치우자 마치 강의실의 교탁 같은 역할을 한다. 서서 책을 읽고 서서 기록을 하는 데 불편함이 전혀 없다. 앉아서 작업하는 것보다 서서 하니 더 정신이 집중되고 편하다. 예전에 에밀 졸라가 그의 작품들을 서서 집필했다는 기록을 본 적이 있는데 나도 서재에서 서서 작업할 수 있는 테이블을 만들어 볼까.

　호텔 조식으로 바게트 빵, 베트남 국수, 소시지, 과일을 먹었다. 식탁에서 이덕화, 한동헌 선생이 나누는 대화를 듣다가 강원대 유병훈 교수 부인 김아영 선생 이야기를 들었다. 경기여고 출신에 서울미대 졸업, 거기까지는 알고 있었지만, 1980년대 유명가수들과 기량을 다툴 정도의 가창력이 있는 준가수라고 한다. 가수 겸 작곡가인 김민기 씨가 한때 김아영 선생의 이름을 빌려서 작품을 발표할 정도로 김아영 선생의 가창력은 인정받았다고 하니 놀라웠다. 세상에는 남들이 모르는 재능을 가진 사람들이 많다는, 진정 신선한 충격을 받았다.

　유람선 기항지까지 가면서 달리는 버스 안에서 간단한 베트남어를 배웠다.

유람선 아울락AULAC 19호에 승선했다. 현지 가이드에게 '아울락'의 의미를 물어보니 고대 베트남의 두 번째 국가의 국명이라고 했다. 더 자세히 말하면 기원전 2000년경 베트남에는 전설상의 나라 반랑국이 있었다 한다. 그러나 반랑국은 전설의 나라가 아니라 실존했던 나라였다. 그 증거로 당시의 청동기 유물 및 유적이 발굴되었다. 아울락 왕국은 기원전 275년 안 즈엉 브엉이 반랑국을 멸망시키고 세운 나라, 우리가 탄 배의 이름은 반랑국의 뒤를 이은 나라인 아울락의 이름을 차용한 것이었다.

처음에는 객실에 앉아있다가 갑판으로 올라갔다. 긴 목제 의자에 앉아서 내 생애 두 번째로 찾아온 하롱베이의 해상공원을 둘러보았다.

유람선은 잠시 해상 해산물시장 앞에서 멈추었다. 어선들이 모여 해상시장을 이루고 유람선들이 이들을 둘

러싸고 있었다. 유람선 뱃속에서 어기적거리며 나온 사람들은 가두리 어장 속 펄떡이는 물고기를 구경하며 흥정을 붙이는데, 어물전 옆 과일전의 젊은 어미는 칭얼대는 아기의 기저귀를 갈아채우고 있었다.

유람선은 대한항공인가 어디에서 상업광고 사진을 찍었다는 키스바위 앞에서 멈추었다.

키스바위

앞에 서면

마주보며 다가서는 연인

닿을 듯 닿지 못하는 입술이여

가슴 태우다 바위 되어버렸네.

뒤에 서면

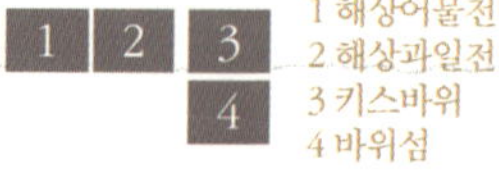

1 해상어물전
2 해상과일전
3 키스바위
4 바위섬

유람선은 키스바위의 주변을 한 바퀴 맴돌았다. 앞에서 보면 닿을 듯 닿지 못하는 거리를 두고 있었고 뒤에서 보니 물고기 형상이었다. 키스바위란 이름은 한국 관광객들이 붙여준 이름이라고 했다. 유람선이 좀 더 나아가자 무인도라는 바위섬들이 심심치 않게 나타났다. 수직의 절벽에 꼿꼿이 선 나무, 돌 틈에 어떻게 뿌리를 내릴 수 있었을까. 바람과 새와 물결이 실어온 씨앗들이 바위섬에 뿌리 내려 숲을 이루고 있었다.

승소트 동굴

유람선을 동굴이 있는 섬 선착장에 대고, 승소트 동굴로 들어갔다(11:05). 동굴은 1~3단계로 이루어져 있었다. 전에 왔을 때 동굴 식물들이 자라던 것으로 기억되나 지금은 동굴 입구와 출구 가까운 곳에 풀잎들 몇 포기가 자라고 있었다. 조이사에게 물어보니 부근에 비슷한 동굴이 3개나 더 있다고 했다. 동굴은 어디나 비슷한 양상이라…….

다시 배에 올라 가까이 있는 티톱 섬으로 가는데 패티 킴의 〈가을을 남기고 떠난 사랑〉이란 노래가 들렸다. 누군가 MP3를 크게 틀어놓은 듯. 이국의 해상에서 듣는 패티 킴의 노래가 좋았다.

티톱 섬

티톱 섬 전망대를 향해 오르기 시작, 입고 있던 털잠바를 벗어야 했다. 땀이 흘러내렸다. 이쪽 지역 관광객들은 오리털 파카를 입고도 태연했다. 35분 만에 전망대에 도착했다. 줄을 이어 오르는 이들의 70%는 한국인 관광객들이었다.

다시 티톱 섬 전망대에 오르다

하롱베이의 출렁이는 바다와 무인도

물빛과 산빛은 여전하다

우정으로 엮어진 티톱 섬의 이야기

이야기 속의 주인들은 떠났지만

사람들에게 전해지는 우정의 소중함

내 친구들을 떠올려본다.

생활 속에 침몰된

우정이며 신뢰며 희망이며 꿈이며……

섬은 물로 감싸여야 섬의 자격이 있고

친구는 신뢰를 나누어야 친구 될 수 있느니

티톱 섬에 와서

태은아

태은아

살아서 다시 만날 수 없는……

(2012. 1. 29. 12 : 40)

티톱 섬 모래사장에서 여성 3인이 포즈를 취했다. 8년 전에 티톱 섬 모래사장에서 여성 5인이 깜찍발랄쇼로 포즈를 취했던 생각이 났다.

하롱베이의 해상, 유람선 아울락 19호에서의 선상 점심상에 김치가 나왔다. 한국인 관광객이 많다는 증거이다. 최원희 선생이 콩잎장아찌를, 이덕화 선생이 더덕무침을, 그리고 동행이 제공한 중국 명주 수정방이 우리들을 행복하게 했다.

수정방

― 하롱베이 해상에서 수정방을 마시다

중국 명주 수정방

혀 위에 올려놓고 굴리면서 맛보다

향기롭고 부드럽고 뜨겁다

수정방 한 모금에

더덕무침 한 조각

사방을 둘러보니

출렁임조차 잠시 멈춘 창창한 바다

멀고 가까운 곳의

섬, 섬, 섬……

수정방 한 모금에

가슴이 따뜻해지고

하늘과 바다가 웃고 있다.

(2012. 1. 19. 13 : 50)

유람선에서 내려 일단 호텔 하롱 팰리스로 돌아왔다. 잠시 쉬다가 저녁에 수중인형극을 보러간다고 했다. 점심에 먹은 수정방에 심신이 취한 상태였다. 인형극은 16시 20분에 시작되니 호텔에서 15시 40분 출발한다기에 수첩에 그렇게 기록했다. 그런데 내 머릿속에는 출발 시간 16시 20분으로 입력되어 버렸다. 객실에서 책을 읽고 있으려니 강상훈 대표가 전화를 걸어왔다. 허겁지겁 달려 내려갔다. 모두들 버스에 착석, 출발을 기다리고 있었다. 출발 시간에서 5분이 지난 시간이었다. 민망하고 속상하고 미안하고…….

인형극장 — 수목우水木偶 극장

인형극장은 호텔에서 가까운 곳에 있었다. 하롱베이가 국제적인 관광지로 널리 알려진 곳이고 보니 인형극장 건물도 웅장했다. 대개 한국인 관광객으로 가득 찼다. 전에 하노이 인형극장에서 인형극을 본 적이 있었기로 새로운 것은 없었다. 다만 인형 조정사가 조금 미숙하다는 느낌이 잠깐 들었는데, 옆에서 흔들어 깨어나 보니 인형극은 이미 모두 끝나 있었다. 인형 조정사들이 고무 방수복을 입은 채 물 안에서 인사를 했다. 하노이에서 인형극을 보았을 때 인형 조정사들은 모두 물속에서 보통 옷을 입고 있었다. 사람들은 편하고 쉬운 것을 선택한다.

커피 전문 판매점

베트남이 커피 재배 지역으로 각광을 받으면서 세계적인 커피 생산국으로 인정받고 있다고 한다. 그래서 베트남의 커피는 관광객들에게 좋은 기념상품이 될 것이라고 했다. 커피 전문 판매점으로 갔다. 공장처럼 천장이 높고 실내가 넓은 커피 전문 판매점 주차장에는 여러 대의 버스들이 정차해 있었다. 입구에서 번호표를 내주었다. 1990년대 중국 여행을 하다 보면 어쩌는 수 없이 들러야 했던 관광상품 판매장과 같은 분위기, 그런 방법으로 관광객에게 상품 구입을 권유하고 있었다.

커피 시음장으로 들어갔다. 시음종 3종의 커피를 소주잔만한 종이컵에 따라주며 맛보라고 했다. 별로였다. 다른 방으로 갔다. 다람쥐똥 커피 시음장, 부드러웠다. 다람쥐똥 커피는 한 봉지에 48.9달러였다. 표시된 것을 보니 100% 다람쥐똥 커피가 아니다. 다람쥐똥 커피 함유율이 15% 이내면 그때 다람쥐똥 커피라고 불린다고 했다. 여기서 말하는 다람쥐똥 커피란 다람쥐란 녀석이 잘 익은 커피 열매를 먹은 뒤 배설할 때 소화가 안 된 커피 열매가 함께 배설되는데, 커피 열매가 다람쥐 뱃속에서 소화액과 적당한 체온에 의해 발효된 상태로 나오기 때문에 그 맛과 향이 유다르다는 것이다. 그러나 다람쥐똥에서 나온 커피 함량 15%로 만든다는 것, 커피 애호가들을 놀리는 것이다. 굳이 살 필요가 없었다.

그래도 사람들은 꾸러미 꾸러미 베트남 커피를 챙기고 있었다. 내게 왜 산지 커피를 사지 않느냐고 물었다. 인도네시아에 가서 그곳 특산물인 고양이똥 커피를 사겠노라고 대답해 주었다.

저녁은 인근 호텔 식당으로 가서 들었다. 채소도 풍부하고 음식도 맛있었다. 베트남 쌈이 깔끔하게 나왔다. 베트남 북부에서 나오는 명주名酒가 있다고, 오늘 저녁을 위해서 누가 사겠느냐고 했다. 아무도 대답하지 않았다. 내가 나서서 사겠노라고 했다. 저녁 식탁에 오른 베트남 북부 명주 — 이름은 제대로 파악하지 못했다. 우리나라 청주 맛과 비슷하면서도 누룽지 냄새 같은 게 났다. 구수하고 부드럽고 그러면서도 알코올 함량은 높았다. 사람들에게 더 드시라고 권해도 500ml짜리 네 병에 그치고 말았다. 병당 7달러, 모두 28달러 투자하고 사람들이 만족했으니 그보다 좋은 일은 없었다.

2012. 1. 29. 일요일. 갬.

04 하롱베이-하노이-후에

잠결에 보니 이 선생은 책을 읽고 있었다. 무척 부지런한 여성이다. 좀 더 잘까 하다가 일어난 것이 새벽 네 시였다. 커피 물을 끓이고 있자니 이 선생이 준비해온 액체 커피 한 봉을 주었다. 나는 준비하지 않았던 커피, 자신만을 위해서가 아니라 동행들을 위해서 여행 준비를 완벽하게 해온 이 선생, 남에게 많이 베풀기에 그만큼 인정받기를 원하는 여성이다.

커피를 마시며 새벽을 기록하는 시간, 두 번째 찾아온 하롱베이, 날이 밝으면 두 번째의 작별을 고해야 하는 하롱베이의 새벽. 무슨 인연이 있었기에 먼 곳에서 날아와 이곳에서 새벽을 지키고 있는 것일까.

하롱베이를 떠나는 날 아침
호텔 팰리스
비 내리는데
호텔 분수대에서 치솟는 물길
조팝꽃 같다.

출발 시간 기다려
비 내리는 하늘 보며
역마살에 사로잡힌 사내 하나
담배 연기 토해낸다.

나 역시
역마살 풀어보려
여기저기 떠도는 계집

(2012. 1. 30, 8 : 54)

    버스에 오르자 현지 가이드 조 이사가 노란 국화꽃 한 송이씩을 나누어 주었다. 이 나라에서 행해지는 작별의 예식인가 싶어서 물었더니 이국에서 만난 동포 관광객들에게 꽃 한 송이씩 주고 싶어서라고, 꽃시장에 나갔더니 장미는 없고 싱싱한 노란 국화만 있더라나. 타국에서 관광 안내하며 살아가는 젊은이의 마음이 고마워서 국화꽃송이에 코를 묻었다.

버스가 노바이 공항이 있는 하노이 방향을 향해서 출발했다(08:05). 해안도로의 연변 가로수는 야자수, 차도 연변에는 노란색 소국이 촘촘히 식재되어 있어서 노란 띠가 우리를 따라오는 것 같았다.

하노이 방향 고속도로로 들어서면서 정수일 교수의 버스 안 강의가 시작되었다.

【 강의 】 실크로드

• 실크로드

문명교류학에서 사용하는 이 실크로드라는 용어는 비단을 대표로 하는 문물 교류를 상징하는 언어다. 독일 출신의 동양학자 헤르만이 중국 서안으로부터 중앙아시아 인도 서북부 고대 유적물에서 실크가 발견되자 이 지점들을 연결하여 '실크로드'라 명명했다.

• 실크로드 오아시스 육로(陸路)

중국 · 중앙아시아 · 인도 서북부에 이어 이란 · 시리아의 팔미라에서도 실크가 발견되면서 실크로드 지역은 확대되었다. 이때의 실크로드를 오아시스 육로라고 한다.

• 초원 실크로드 / 해양 실크로드

제2차 세계대전 이후 문명교류는 심화·확장되었다. 실크로드는 이후 초원 실크로드 / 해양 실크로드로 확장, 동서 또는 남북으로 확장되어 5대 지선(支線)이 발견되었다. 이들은 망상(網狀) 교통로로 발전했다. 이들이야말로 문명교류의 통로가 된 '실크로드'이다.

• 실크로드의 진원지(출발지) 및 주도권 문제

① 실크로드의 기점 : 중국인은 중국에서 출발하여 구대륙(유라시아)으로 나간 것으로 주장하나 실상은 다르다. 해로(海路) 실크로드가 이미 오래 전에 개척되어 있었다. 그로 인한 결과물인 고추·감자·옥수수·해바라기·담배의 전파를 보면 알 수 있다. 라틴 아메리카의 특산물이 한국까지 확대 전파되었다.

② 신실크로드 : 1769년 제임스 와트(1736~1819)가 새로운 증기기관 특허를 얻은 이후 및 1825년 증기기관차 발명 이후, 자동차·기선·비행기 등이 출현하면서 질적·양적 변화가 생성되기 시작했다. 19세기 이후 기계·동력에 의한 문명 교류가 신속하게 확대되었다. 여기에는 철도, 비행기, 행상교통, 통신수단 등 모두가 포함된다.

③ 해상 실크로드 : 동남아 지역에서는 해상 실크로드가 중추적 역할을 했다.

여명기(BC 1000) — 페니키아인의 역할이 컸다.

전개기 — 서인도인과 바빌로니아인들의 역할이 컸다.

전성기 — BC 6세기경부터 페르시아인들이 탐험대를 파견하기 시작하면서 시작되고 이때부터 정식 해양 실크로드기로 접어들었다.

④ 동양의 해상 실크로드(BC 5~2) : 전한 시대 중국인의 배는 말라카, 남인도까지

다녀왔다.『한서지리지』에 의하면 동양의 해상 실크로드는 3단계를 거치게 된다.

여명기(BC 10~기원 후)

전개기(기원 후~AD 14)

전성기(AD 15~신대륙발견)

⑤ 해상 실크로드의 특징 :

a. 풍향과 동력에 따라 변화무쌍하다.

b. 항구적이다.

c. 구간과 구간 사이의, 전 구간의 연결이 가능하다.

• 해상 실크로드의 중요성

"바다를 정복하는 자가 세상을 정복 한다"는 말을 기억하자. 서유럽인이 바다를 장

악하면서 세계를 잡았음에 주목해야 한다. 해양문화는 역동성을 띠고 있다. 아시아

의 문화가 서양에 대한 우세에서 열세로 떨어진 이유를 두 가지로 들어보면 다음과

같다.

① 정치적 측면에서 아시아의 정치는 봉건 · 중앙통치적으로 경제와 무역을 비하했다.

② 자연관 · 철학관의 측면에서 동양인이 자연 친화적이라면, 서양인은 자연 정복

관을 가지고 세계를 장악했다.

• 베트남의 언어와 문자

① 베트남의 종족은 54족, 언어는 남방 몽골계의 몽골어를 사용, 남아시아 어족에 속한다. 동남아시아인의 특징은 얼굴이 가무잡잡하고 팔이 길고 몽골반점 및 귀지가 없다. (그러나 몽골인의 특성으로 지적되는 '몽골반점'은 '유아반점'으로 교체되어야 한다. 유아기를 벗어나면 몽골반점이 사라지기 때문이다.)

② 베트남인의 조상은 BC 1000년부터 AD 8 · 9세기까지 그들의 나라를 세우고 살아왔다. 그러나 이후 1000여 년에 걸쳐 중국의 지배를 받아왔다. 그동안 베트남인들은 2세기부터 한자어를 수입하여 사용해 왔다. 그러나 18세기 중엽부터 한자로 베트남어를 표기하는 데 곤란하다는 인식이 대두되면서 한자를 변형시킨 '추놈(Ch~u'nôm, 字喃)' 문자를 만들어 사용하고 있다(베트남어의 특징은 고립어에 속하고 6성(聲)을 갖고 있는 점이다).

달리는 버스 안에서 귀로는 해양 실크로드 관련 답사를 들으면서 손으로는 메모를 하면서 때로 차창에 서린 김을 닦아내면서 하다 보니 어느새 오전 10시가 지나고 있었다. 고속도로 연변 논에는 이미 모가 심어져 있었다.

휴게소에 들렀다. 휴게소는 대형 건물, 베트남 특산물로 커피를 갖추어 놓고 손님을 부르고 있었다. 역시 대상 손님은 한국인 관광객들, 이곳에도 다람쥐똥 커피가 주요 상품이었다. 대량 재배되는 커피, 대량 사육된 다람쥐에게 커피 열매를 먹이고 배설물에서 추출된 커피 재료를 다른 커피와 혼합 비율 15% 내로 하면 되는 것.

이곳 휴게소 식당의 주메뉴는 쌀국수였다. 국수가 따로 나왔고 채소, 볶은 숙주나물, 돼지 삼겹 구이, 튀긴 베트남 쌈, 동그랑땡 등을 국수에 넣고 육수를 부어서 먹게 하는 것. 한국인들 식성에 맞추어 개발된 쌀국수였다. 한동헌 선생이 하롱베이 호텔 부근 시장에서 사 왔다면서 싱싱한 귤을 하나씩 나누어 주었다.

점심 식사 후 다시 공항으로 가는 길 재촉, 얼마 가지 않아서 툭 터진 평야지대에 삼성전자 공장, 삼성중공업 공장이 들어서 있었다. 삼성 제국의 신화가 베트남까지 뻗쳐 있었다.

노바이 공항

노바이 공항에 도착(12 : 43)했다. 한 나라의 간판격인 하노이 인근의 국제공항으로는 규모가 작았다. 사람들이 북적이고 있었다. 옆에 계시던 강만길 교수의 말씀 — 평양공항은 더 작고 초라하더라고, 현대건설 정주영 씨가 평양에 엄청난 규모의 체육관을 지어주었는데 그것보다는 국제공항을 지어주었더라면 훨씬 파급효과가 컸을 것이라고 하셨다.

후에행 비행기는 연발되어 14시 25분에 탑승했고 14시 46분에 이륙했다. 36분이나 지연된 것이다. 비행기 안에서 해상 실크로드 자료집을 보고 있는데 옆 좌석의 젊은이가 보여 달라고 했다. 베트남인이었다. 한글을 읽을 수 있느냐니까 부산에서 3년이나 살았다고 대답했다.

비행 중에는 잠시 눈을 붙였다.

후에

후에Hue 공항에 착륙(15:40)했다. 비가 내리고 있었다. 안개도 끼어 있었다. 현지 가이드 윤병석 씨가 마중 나왔다. 그는 호치민에서 후에까지 우리를 마중 왔다고 했다. 얼굴색이 조금 검고 키가 컸다. 목소리는 가늘고 여성적인 톤이었다.

후에 시내로 들어가는 버스 안에서 베트남과 후에 시에 대한 개략적인 소개를 들었다.

【 베트남 및 후에 시 소개 】

2007년 기준 베트남 인구는 8천 7백만 명, 2016년 3월 현재 9천 4백만 명이다. 베트남에서의 최고 인기 직업은 법학자나 정치학자. 공산당원이 되면 금시에 부자가 된다. 대신 교사와 의사는 최저임금자로 인기가 없다. 이들은 봉사직이기 때문이다. 대신 이들은 봉급의 부족액을 개인교사, 개인 의료행위로 보충할 수 있다.

한국에서는 베트남을 '월남'이라고 하지만 이쪽 사람들은 '남월'이라고 부른다. '베트남'의 '비에트'는 달(月)을 의미한다. 이쪽 사람들은 또 공산당을 당공산으로 부른다.

후에 시는 한국의 경주와 같은 곳, 200년 남짓한 역사를 갖고 있다. 1862년부터 황도(皇都)로 지정되었다. 이곳에 16인 황제가 남긴 16개의 능(陵)이 있으나 베트남전 당시 90%가 파손되었다.

후에 시에는 유럽인들, 배낭족들이 고대 도시의 매력에 빠져 많이 찾아온다. 대신 호텔이나 관광시설은 열악하다. 관광지에는 화장실조차 없다. 있던 화장실마저 시 당국에서 철거해버렸다.

사회주의 국가에서는 이 유물들이 불러일으킬 봉건주의 시절의 향수를 차단하기 위해서 남아 있는 유물까지 파괴의 대상으로 생각한다.

한때 중국에서조차도 자금성을 폭파하려고 했었다. 그러나 당시의 총리가 폭파에 대해 결사반대했다. 오늘날 자금성은 중국 관광 경제에 최고 효자가 되고 있음을 이 나라 관료들도 알아야 할 것이다.

후에 시는 나지막한 건물들, 작고 아담한 고대도시였다. 열정적으로 설명하는 윤병석 씨의 말에는 수긍할 만한 것들이 많았지만, 또 처음 듣는 이야기도 있었다. 가령 베트남의 '비에트'는 달月을 의미해서 베트남을 한자어로 月南이라고 한다는 것이다. 그러나 우리는 베트남을 월남越南으로 쓰고 있지 않은가. 내 기억에 의하면 베트남에 살고 있는 종족은 월족越族으로 장강의 남쪽에 살고 있기 때문에 국명을 월남越南으로 부른다고 들은 듯하다. 그러나 윤병석 씨 이야기대로 하면 베트남은 月南으로 표기되어야 하는 것이 된다. 어떻든 베트남인들은 '월남'이 아닌 '남월'로 스스로의 나라를 쓰고 있고, '공산당'은 '당공산'으로 부른다고 한다.

파크 뷰 호텔Park View Hotel에 도착(16:35), 315호로 배정받았다. 트렁크를 객실에 들여놓자마자 바깥으로 나왔다. 저녁 식사 시간 전까지 후에 시의 시장 구경을 하자는 여론이 형성되었다. 룸메이트의 고무된 분위기를 맞추어 주어야 했다. 나의 상황과 달리 때로는 분위기를 맞추어 주기 위해서 비가 오는데 작은 우산 아래 두 사람이 머리만 가리고 7~8명이 함께 후에 시의 여기저기를 걸어 다녔다. 아무 계획 없이 200년 도읍지를 돌아다녀 보는 것이다.

저녁은 가이드가 극찬한 베트남 전통 식당으로 갔다. 큰길에서 골목길처럼 좁고 길게 펼쳐진 정원로를 따라 들어간 전통 건물, 이른바 홀 안에 용상이 놓인 건물이었다.

찹쌀풀을 얇게 반죽해 튀겨낸 뻥튀기 같은 과자에 볶은 돼지고기를 얹어서 먹었다. 돼지고기가 들어간 쌀국수, 과일이나 열매를 싱겁게 염장한 장아찌, 채소 샤브샤브, 볶은 국수와 밥으로 상을 채우고 있었다. 동행이 가져온 고추장과 콩잎 장아찌로 밥을 먹었다. 마오타이 한 병이 나왔다. 두 잔을 마셨다. 기분이 좋았다. 그러나 주량 조절이 급선무, 술을 마셔서 기분이 좋은 것과 달리 손등과 팔목에 두드러기의 범위가 넓어지고 구토 증세와 함께 현기증이 심해졌다. 몸이 피곤해서 23시 전에 잠자리에 들었다.

하롱베이로부터 시작해서 버스 편으로 노바이 공항까지 비행기로, 후에 공항, 다시 버스 편으로 후에 시 입성, 장소 이동으로 온전히 하루를 보냈다.

2012. 1. 30. 월요일, 비.

05 후에-호이안-호치민

잠은 일찍부터 깨어 있었지만 새벽 4시 반에 일어났다. 호텔에 비치되어 있는 커피믹스를 타서 마셨다. 너무 달고 뒷맛이 좋지 않더니 그예 조반 후 설사를 했다. 식당에서는 바나나, 오렌지, 파인애플을 먹었다.

8시에 호텔 출발해서 베트남 마지막 왕조의 황궁터로 가는 길, 흐엉 강香江 다리를 건넜다. 베트남 마지막 왕조는 응우옌 왕조Nguyen, 1802~1945, 떠이선 왕조西山朝에게 멸망당한 광남 완씨 가운데 응우옌 아인Nguyen Anh, 阮映이 살아남아서 떠이선 왕조를 타도하고 건국, 수도를 후에Hue에 건설하였다고 한다. 그런데 후에는 하노이와 호치민의 꼭 중간 지점에 있어서 후에를 경계로 남과 북을 가르며, 베트남 전쟁 당시에는 이곳에서 최대 유혈전이 벌어졌었다고 한다.

응우옌 황궁

응우옌 왕조의 황궁터는 가까이 있었다. 황궁은 해자와 성벽으로 둘러싸여 있었다. 성벽의 높이는 5m, 궁정 내의 뜰은 사방 2km에 이른다. 남문으로 들어서자 궁정 내에 또 하나의 해자가 있었다. 이들 해자는 흐엉 강香江의 물을 끌어들인 것이라고 했다.

먼저 남문 누각에 올라가 황궁을 개관했다. 중국의 자금성을 본따서 지었다는 황궁은 태화전을 비롯한 두 개의 건물만 남아 있을 뿐, 베트남 전쟁 중에 황궁의 90%가 파괴되어 버려서 지금은 파괴된 건물들을 서서히 복원시키고 있는 중이

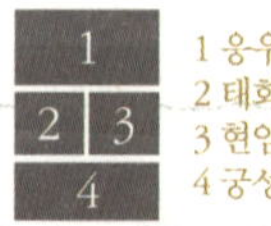

1 응우옌 황궁
2 태화전
3 현임각
4 궁성 내의 잔디

라 한다.

비 오는 폐허의 응우옌 황궁터 ― 태화전으로 들어갔다. 기둥과 벽이며 천장은 모두 왕가의 고귀함을 상징하는 자줏빛과 금빛으로 장식되어 있었다. 황금 옥좌는 주인을 잃고 관광객의 시선을 받아들이고 있었다.

실내의 벽에는 마지막 왕조의 마지막 왕인 듯한 이의 사진이 있었다. 세자 시절의 사진 그리고 왕이 된 이후의 사진인 듯. 응우옌 왕조의 마지막 왕은 13대 군주인 바오다이保大, 1913~1997. 재위 기간은 1926~1945년까지. 그의 휘는 응우옌 푹 티엔阮福晪이라고 한다. 군신君臣의 복색은 중국식에 가까운 모습이었다.

마땅히 있어야 할 건물 대신 주춧돌만 남아 있고, 공터엔 비 맞은 잔디가 더욱 푸르렀다. 전시실에는 황궁에서 쓰던 자기류, 황제가 들던 옥으로 만든 술병과 술잔들을 보았다. 가까운 곳 왕의 위패를 모신 현임각에 신발을 벗고 들어갔다. 응우옌 왕조 16인의 왕 가운데 13인의 왕의 위패를 모신 곳, 영정 초상화들이 위

1 세조묘
2 전쟁을 견디어낸 유적
3 궁성 내 사찰

패 뒤에 있었다.

떠이선 왕조^{Tây Sơn, 西山朝}를 타도하고 1802년 후에에 응우옌 왕조^{Nguyễn, 家阮}를 건설한 응우옌 아인^{Nguyen Anh, 阮映}, 그의 묘호는 세조^{世祖}, 시호는 고황제^{高皇帝}. 땅콩 모양의 모자에 살굿빛 곤룡포를 입은 세조의 모습은 온화해 보였다.

전쟁의 포화에서 살아남은 담장이며 문에는 세월의 흔적 — 이끼가 자라고 있었다. 궁정과 궁정 사이를 이어주는 문의 용마루며 추녀마루에는 용과 물고기 모양의 조각상이 화려했다. 복원한 건물은 산뜻해서 얼른 알아볼 수 있었다.

태화관 가까운 곳에 잘 정돈된 정원, 목조 건물에 기와지붕, 밝은 오렌지빛 벽을 갖고 있는 건물이 있었다. 푹티엔 사원은 안내판을 보니 1814년에 건축된 건물로 왕족의 생일과 기일에 재를 올리던 불교 사찰인데 1947년 전쟁 중에 파괴된 것을 다시 복원해놓았다고 했다.

응우옌 궁정 관람에 주어진 시간은 1시간이었다. 약속된 집합 장소에 모두 모여서 차에 올랐는데 강상훈 대표가 보이지 않았다. 현지 가이드가 궁 안으로 들어가서 찾아다니는 소동, 강 대표는 또 우리 동행들을 찾아 다녔다고 한다. 별로 넓지도 않은 궁성 안에서 숨바꼭질이 있었던 것. 궁성 밖에 관광객을 위한 간이 화장실이 있었다. 1달러에 5명이 입장할 수 있는 곳, 인원수 맞추어 얼른 다녀왔다.

호이안 가는 길

200년 전 응우옌 왕조의 황성을 돌아보고 출발했다(10:03). 애초의 여행 계획서에는 다루지 않았지만, 정수일 교수께서 현지 가이드 윤 선생과 이야기를 나누다 보니 그가 들려주는 중세 도시 호이안^{Hoian, 懷安}, 정 교수께서는 고유명사 회안懷安이 바로 호이안과 동일 지명이 아닐까 하는 기대감을 갖고 여정에 없던 호이안행을 결정하셨다고 한다. 이에 따른 여행 경비의 결손분에 대해서는 나중에 다시 의논하거나 문명교류연구소의 지원을 받는 것으로 했다.

버스 안에서 '한국과 베트남의 교류관계'란 제목으로 정교수께서 강의하셨다.

【 강의 】 한국과 베트남의 관계 양상

• 고려시대

① 레(黎) 왕손과 정선 이씨

다음은 정수일 교수께서 들려주신 정선 이씨 조상에 관한 설명을 요약한 것이다.

11세기 중엽 베트남 3대 왕조(레(黎), 리(李), 쩐(陳))의 하나인 레 왕조에서, 근덕왕의 차남이 반란을 피해 망명, 경주에 도착했다. 이 인물은 레 왕조의 6대손 이인문으로 당시 고려의 임금은 명종이었다.

이인문은 소금 장사를 했고 명종에게 발탁되어 대장군, 판병부사까지 올랐으며 그의 세 아들도 정권을 장악했다. 그러나 무신정권이 붕괴되면서 이인문의 종손 이은원이 경주에서 탈출, 정선에 숨어살며 후손을 퍼뜨렸다.

현재 강원도에 정선 이씨 3~4천 명이 살고 있다. 그러나 정선 이씨 종친회 홈페이지에서는 조금 다르게 보고 있다. 이를 정리하면 다음과 같다.

레 왕가를 일으킨 이는 이공온(李公蘊, Ly Cong Uan) 으로 후에 태조라 불린다. 레 왕가는 이후 2대 덕종(德宗, 후에 태종으로 불림), 3대 일존(日尊, 후에 성종으로 불림), 4대 건덕(乾德, 후에 인종으로 불림)이 등극한다. 건덕 사후에 5대 양환(陽煥 - 후에 신종으로 불림)이 등극하는데, 건덕의 3남 양혼(陽焜 - 혹은 양곤으로도 불림)이 반란을 피해 망명 경주에 도착했다. 양혼은 레 왕조 태조의 5대손이다. 이양혼의 경주로의 망명은 1126년 혹은 1127년경으로 보인다.

(http://www.jeongseonlee.com, 최종검색일 : 2012. 2. 20)

② 리(李) 왕조와 화산(花山) 이씨

리 왕조 9대왕(희종)의 숙부인 이용상(李龍祥) 은 군부 책임자였으나 쿠데타가 일자 중국으로 망명하려고 했다. 그러나 표류되어 1215년 고려 고종 때 옹진군으로 왔다. 그는 옹진군의 진산(鎭山)에 은거했다.

(다른 인터넷 자료에서는 이용상이 옹진군으로 온 해를 1226년으로 기록하고 있음)

이 무렵 몽골군이 침입하자 이용상은 옹진군 지방부대를 도와 몽골군을 진압하는 방책을 알려주었다. 이에 몽골군은 황금으로 만든 5개의 궤를 선물이라며 보내왔다.

이에 이용상은 몽골군의 음모를 갈파, 황금궤에 구멍을 뚫고 그 구멍을 통해 끓는 물을 부어 궤 속에 숨어 있던 자객을 죽이고 황금궤를 몽골군에 돌려보냈다. 비로소 몽골군은 항복했다.

이와 같은 소식을 전해들은 고종은 이용상이 살고 있던 진산에 화산(花山)이라는 이름을 내리고 이용상에게 '화산 이씨' 시조라는 명예를 주었다.

1995년 화산 이씨가 한반도로 망명해온 700주년을 맞아 베트남 왕족의 자격으로 700년만에 베트남을 방문했다. 당시 베트남 공산당 총리 및 삼부요인들이 화산 이씨들을 직접 마중 나와 환영했고 이들을 베트남 국민으로 인정, 이들이 베트남에서 하는 사업에 적극 협력을 다짐했다. 화산 이씨 가운데 이상준 씨는 베트남에서 커다란 금융회사를 경영하게 되었고, 현재 실크로드재단 이사장을 역임하고 있다.

③ 막(莫) 왕조와 고려 사신

(이것은 우리 문헌에는 없고 베트남 문헌에만 있는 기록이다)

레(黎) 왕조가 멸망할 무렵 막당중이 정권을 잡았다. 1308년 막정지(莫挺之) 혹은 막빈지가 중국 사신으로 북경에 갔을 때 고려의 사신을 만나 우의를 맺었다. 고려 사신은 막빈지를 초청, 그의 사촌 누이를 막빈지에게 애첩으로 주었고 이들 사이에서 남매를 낳았다. 한때 막빈지는 고려에 와서 아이들을 기르다가 아들 하나를 더 낳고 귀국하게 되었다. 이때 고려에 남은 막내아들이 막씨의 조상이 되었다.

• 조선시대

① 조완벽(趙完璧)과 베트남의 호이안(懷安)

(이수광의 『지봉유설』에 실려 있다.)

조완벽은 진주 출신의 학자로 정유재란(임란 1597) 때 왜군의 포로가 되어 일본 교토로 갔다. 그곳에서 무역상에게 고용되어 1604~1607년까지 베트남의 호이안에 세 차례나 다녀왔다. 당시 호이안에는 일본 상인들이 가서 살았고 조완벽은 자신의 견문을 『월남상황』으로 남겼다. 그 중에는 호이안에서 2모작, 3모작의 농경법을 언급했다. 또 베트남족은 봉두난발, 치아에 검은 칠을 하고 술을 좋아한다는 등등을 기록했다.

② 베트남 호이안에 표류한 조선 선원들

1687년 제주 목사가 좋은 말을 싣고 육지로 가는 길에 풍랑을 맞아 추자도로부터 표류, 32일 만에 베트남의 호이안에 도착했다. 이들은 10개월 만에 귀국했다. 이런 사실은 100여 년이 지난 후 학자 정동류의 글 『주영편』에 기록되었다. 그 내용은 다음과 같다.

"호이안 표류담은 당시 역관이던 고상영에게 전달되었다. 제주인들이 호이안 앞 섬에 표류, 상륙해서 냉수를 마시자 3인이 즉사했다. 이후 이들은 물은 반드시 끓여서 먹었다. 제주인들을 만난 호이안의 관리들은 전에 제주목사가 베트남 표류자들을 죽이고 재물을 빼앗았던 일을 상기시키며 제주인들을 죽이겠다고 하여 경악, 통곡했다. 그때 한 귀부인이 와서 '인명은 해치지 않을 것'이라 위로하고 호이안 앞 섬에서 이들을 머물게 했다.

어느 날 웬 왕조의 조정에서 이들 중 5인을 불러 대관들에 접견시키고 마침 와 있던 중국 절강성에서 온 상인들에게 소개했다. 제주인들은 자신들을 제주도까지 무사 귀환 시켜주면 1인당 쌀 30섬씩 주겠다고 약속했다. 이 소식을 들은 베트남 왕조에서 제주인들을 도와주라고 중국선인들에게 쌀 600석을 하사, 조선 왕조에서 확인증을 받아오게 했다. 이들 제주인들은 4개월 만에 영파 보타산을 거쳐 제주도 대정현 포구에 도착했다."

• 한 · 월 역사와 민족의 특징

베트남은 54개 소수민족이 모여서 이루어진 나라다. 이에 비해 한국은 단일민족이라 하나 실은 예전부터 귀화인을 수용했다. 신라시대에는 40인의 성씨가, 고려시대에는 60인의 성씨가 귀화했고 특히 고려 초기 귀화 인구는 17만이었고 단일 인구는 23만이었다.

현재 남한 인구의 37%가 혼혈이다. 고려시대에 귀화 인구가 많았던 것은 내자불거(來者不拒), 관용과 포용 정책으로 귀화 정책을 펼쳤기 때문이다.

버스 강의는 40분간 계속되었다. 강의에 집중할 때는 몰랐는데 갑자기 무력감에 빠지고 차멀미, 토할 것 같았다. 혼자 지압을 해보았으나 진땀이 나면서 갈수록 고통스러워왔다. 버스가 휴게소에 도착했을 때 최원희 선생에게 내 상태를 알리고 도움을 요청했다. 최원희 선생이 엄지와 검지 사이를 강하게 지압하고 또 팔뚝을 강하게 조이며 지압을 시작했다. 어느 정도 시간이 지나자 서서히 회복, 버스에 오르자 최 선생이 다시 수지침을 갖고 와서 양손 엄지손톱 뿌리 부분을 따고 피를 뽑아냈다. 시커먼 피가 나왔다. 그 이후부터 살 것 같았다.

한 시간쯤 더 달리자 다낭 시가지가 보이기 시작했다(12:04). 다낭은 베트남 4대 도시 가운데 하나, 4대 항구 가운데 하나, 베트남 전쟁 당시 한국군 청룡부대가 주둔했었던 곳이다. 신도시, 해안 도시로 개발 중이었다. 도시 전체는 바다와 해안선과 산의 녹음으로, 특히 신도시 쪽에는 고층 건물이 많이 보였지만 아늑한 곳이었다. 50년 전 외국인 군대가 민주주의 운운하며 들어와 무단 점거하던 슬픈 역사를 지닌 곳, 녹음만 더욱 무성하였다.

다낭에서 호이안으로 가는 길, 중등학교 점심시간 무렵인지 학생들이 떼지어 나오고 있었다. 얇고 하얀 바지에 엉덩이 아래까지 덮이는 하얀 상의, 그 위에 다시 겨울옷을 입은 소녀들이 오토바이 뒤에 타거나 자전거를 타고 달리고 있었다. 소녀들이 입은 아오자이 옷감은 실크 같기도 하고 합성섬유 같기도 했다.

현대자동차와 삼성자동차 대리점이 거리의 한 모퉁이를 차지하고 있었다. 큰 길거리의 담장을 향해 노상 방뇨하고 있는 젊은 남자, 겨울 옷차림, 반팔 차림, 옷차림들은 다양했다.

다낭 교외 지역을 지나다가 그 옛날 미군부대 자리의 흔적이 남아 있는 곳을 배경으로 해안선에 면한 평야지대에 오봉산五峰山이 있었다. 마을의 집들은 그 규모에 관계없이 집집마다 적성기赤聖旗가 꽂혀 있었다. 설연휴를 기념하는 것이란다. 어느 농가 앞을 지나다 보니 자주색 접시꽃이 피어 있었다.

점심은 바다처럼 보이지만 실은 강이라는데 그 강 위에 유람선 모양으로 지

어놓은 건물에서 먹었다. 선상카페에서 식사하는 기분이었다. 김치가 나왔다. 낮에 급체 소동으로 혼이 나서 가능한 두어 술만 뜨고 말았다.

호이안 懷安 또는 會安

다낭 남쪽 30km 지점, 16~19세기의 삶의 흔적이 아직 그대로 남아 있는 호이안의 구시가지. 1999년 세계문화유산으로 등록되었다고 한다. 호이안은 15~17세기 동남아 최대의 항구로 지류의 폭은 10km, 수심은 30m에 이르렀던 곳이다. 당시 이곳을 많이 이용한 선적의 소속국가는 인도 · 포르투갈 · 프랑스 · 중국 · 일본 등이었다.

호이안은 대단히 번성한 무역항이었으나 어느 때부터인가 유입된 모래로 전체 평균 깊이가 4m로 낮아지면서 항구 도시의 기운이 쇠해지자 30km 지점에 있는 다낭시가 최대 항구도시의 명예를 가져갔다. 항구도시 호이안의 쇠퇴는

<table>
<tr><td>1</td><td>2</td><td>3</td></tr>
</table>

1 호이안 거리
2 관우사당
3 측면에서 본 내원교

자연적인 조건 외에도 목선木船에서 철선鐵船으로의 변환도 한 요인이 되었을 것이다. 항구로서는 사양길로 접어든 호이안, 이후 호이안의 항구는 폐쇄되고 당시의 호사스러운 건축물들만이 남겨졌다.

유럽인들이 몰려들어 중세의 동남아 도시를 누비고 있었다. 재래시장, 중세 건물 한 쪽 모서리에 낸 작은 점방들, 카페, 식당들을 거쳐 '관우사당'으로 갔다. 관운장은 중국은 물론 한자 문화권에서는 모두 그의 인품과 용맹과 충절을 높이 받들고 있었다. 이곳에서 관운장은 '천협지신天協之神'으로 모셔지고, 사람들이 줄지어 와서 향을 사르고 절을 했다.

중국인 거리였다. 사당들이 많이 보였다. 설날 연휴의 흔적인지 붉고 노란 지등들이 카페나 음식점, 선창가에 주렁주렁 매달려 있었다. 한지로 만든 커다란 용들은 선창가 다리에 걸려 있었다.

일본교日本橋가 있다는 곳을 찾아갔다. 16세기의 호이안은 일본과 교역이 잦았던 곳이다. 일본인들이 들어와 일본인 마을을 만들어 집단 거주했다. 당시 일본인들이 만든 다리 '내원교來遠橋'는 1592~1593년에 목재와 벽돌, 기와를 자재로 만들었다. 다리의 모습은 회랑 형식이었다. 내원교의 회랑 양쪽 입출구 좌우에는 각각 개와 원숭이를 신으로 모시고 있었다.

도요토미 히데요시豊臣秀吉가 개와 원숭이를 무척 사랑했다고 한다. 도요토미가 국외적으로 일본의 주권을 확장했다고 생각하여 도요토미가 사랑한 개와 원숭이가 호이안 거주 일본인을 지켜주기를 소망한 것이었을까. 인간의 안위를 개와 원숭이에게 빌어야 할 만치 그들은 불안하고 외로웠던 것일까.

내원교 앞에서 단체 사진을 찍고 각자 취향에 따라서 시내 구경을 하다가 한 시간 뒤에 다시 내원교 앞에서 만나기로 했다. 나는 정수일, 강만길, 이덕화, 이혜경 교수를 따라서 일본인 상가 쪽으로 걸었다. 한참 이야기하며 걷는데 갑자기 손이 허전하다는 느낌, 분명 양산을 들고 있었는데 어디에서 놓친 것인지 빈손이었다. 언젠가 스승의 날 학생들이 선물로 준 것인데……. 도무지 생각이 나지 않았다.

어느 곳에서부터 양산은 내 손을 떠난 것일까. 갑작스런 당혹감, 깊이를 알 수 없는 나락으로 떨어져 내려가는 듯한 공포를 느꼈다. 공황장애였다. 이렇게도 멍청할 수 있는가 하는 자신에 대한 절망감과 분노가 끓어올랐다. 복원 불가능한 완벽한 망각. 양산이 지닌 무게감, 크기 같은 것으로 보아 그냥 떨어뜨릴 수 없는 것인데, 그렇다고 어느 상점에 들어가 물건을 흥정하거나 한 것도 아니었다. 도무지 모를 일이었다. 일행과 함께 걸으면서, 내가 걷는 것이 아니라, 나 자신은 어디 먼 데로 가서 틀어박혀 있고 내 그림자만 그들 옆에서 걷고 있는 듯 느껴졌다.

옛 항구가 보이는 찻집에 들어가서 커피를 마셨다. 이덕화 선생이 찻값을 냈다. 분위기 있는 집이었지만, 커피도 향기로웠지만, 내 의식은 여전히 내가 모르는 어느 골짝에 쳐박혀 있는 듯했다.

호이안을 출발하면서 어디에서 양산을 잃은 것인지 내가 그렇게까지 둔한 인간이었나 싶은 생각에 온 정신이 잦아드는 듯했다. 제주도 선인들이 머물렀었다는 호이한 앞바다의 '쁘라한잔'이라는 섬을 보러 이동했다. 제주 선인들은 그 섬에서 50일 정도 머물렀다가 떠났다 한다. 해무海霧가 서린 섬을 원경으로 사진만 찍고 다낭을 향해서 이동했다.

차도 연변의 논에는 모가 한참 푸르렀다. 그런 모는 심은 지 2주 정도 된 것이라고 한다. 예전 안남미 또는 대만미에 대한 기억은 별로 좋지 못했다. 안남미(예전에는 알랑미라고 발음했다)는 길고 가늘고 밥을 하면 풀기가 없었다. 대만미는 입자가 크고 두둑한 편, 밥을 지으면 기름기가 없고 푸석해 보였다. 어른들은 파리가 빨아먹다 남은 밥 같다고 악평을 했었다. 그러나 이곳에 와서 먹은 안남미 — 베트남 쌀밥은 차졌다. 그동안 볍씨를 개발하고 또 찹쌀을 넣어 조리했기 때문이란다.

마침내 다낭시로 들어섰고(17:19) 다낭시를 흐르는 한강漢江을 보았다. 한국의 서울에 흐르는 한강과 한자 표기가 같았다. 인구 65만의 항구도시. 중국 식당에서 저녁 식사를 했다.

다낭에서 호치민행 베트남 항공기에 탑승, 20시 15분에 이륙했다. 그리고 꼭 한 시간 뒤에 호치민에 착륙했다. 호치민 현지 가이드는 김태정 씨, 날씬하고 눈이 큰 남성인데 여성적인 분위기를 풍긴다. 10년 정도 호치민에서 살았다고 한다. 베트남 통일 이전 호치민의 이름은 사이공이었다.

호치민의 라마나 호텔 620호를 배당받았다.

06 호치민-옥에오-롱슈엔

신새벽, 룸메이트가 일어나 커피 끓이고 마시는 소리를 들으며 눈을 감고 있었다. 다시 정신 차려서 일어나 보니 5시 30분, 서둘러야 했다. 조반 먹고 객실로 돌아오면서 우리 방이 315호라고 착각, 열쇠카드를 갖다 댔는데 문이 열리지 않았다. 이번에는 615호라고 생각하고 갔더니 열려 있는 방, 정수일 교수 방이었다. 그래서 715호로 갔다. 여전히 열리지 않았다. 룸메이트가 정수일 교수 방으로 가서 방 배정서를 보고서야 620호라고 데리러 왔다.

거의 날마다 호텔을 옮기다 보니 방 번호를 외우기가 쉽지 않다. 애초의 착각은 내가 했지만 두 중년 여자가 315, 615, 715를 거쳐서 620호로 오기까지 여행의 피로가 불러온 착각이라…….

호텔을 출발(08 : 05)했다. 호치민 시의 공식 인구는 900만 명이지만 이미 1,000만 명을 넘었을 것이며 한국 교민은 10만 명에 가깝고 이들은 대개 한국

내 굴지의 회사 사원으로 호치민 시에 들어와 산다고 했다.

호텔에서 출발해서 10분 뒤에 호치민 시 중심으로 진입했다. 시내 중심의 주요 대형 건물은 대부분 한국 건설회사가 진출해서 세운 작품들이다. 현대건설, 금호, 아시아나 등이 진출해 대형 건물을 지었다고 한다.

가이드 김태정 씨에 의하면 호치민 시는 프랑스 식민지였던 관계로 이쪽 지역에서 나오는 자원을 수탈하기 위한 이동 경로로 사이공 강에 운하를 건설하게 되었다고 한다. 사이공 강은 평균 수심 11m, 사이공 시내에는 유럽풍의 건물들이 많았다. 베트남 통일 이후 행정구역상 도시 이름은 호치민으로 바뀌었지만 시내 중심에 있는 건물들이나 상가의 이름 앞에는 여전히 '사이공'이라는 표기들이 많았다. 버스를 탄 채로 예전 베트남 대통령 궁이었던 통일궁을 보았다. 궁 앞에는 1975년 4월 30일 대통령 궁을 향해 진격해왔던 월맹의 탱크 2대가 전시되고 있었다.

노트르담 성당과 중앙 우체국

노트르담 성당 가까운 길가에 차를 세우고 성당과 그 앞에 있는 성모 마리아 상을 보았다. 프랑스 당국은 베트남을 식민지화하는 데 정치경제뿐만 아니라 종교를 통해서 완벽하게 손아귀에 넣으려고 했다. 그것이 바로 파리의 노트르담 성당의 축소판을 사이공 시 한가운데 건축해 놓은 것이다. 밝은 주황색 벽돌로 세워진 성당, 두 개의 첨탑을 가진 이 성당은 파리 노트르담 성당 규모의 2/3 정도 크기. 종교인들은 교세를 늘리기 위해, 제국주의 권력의 비호 아래 약소국 백성을 신앙이라는 이름으로 종속시키는 사업에 매진했다.

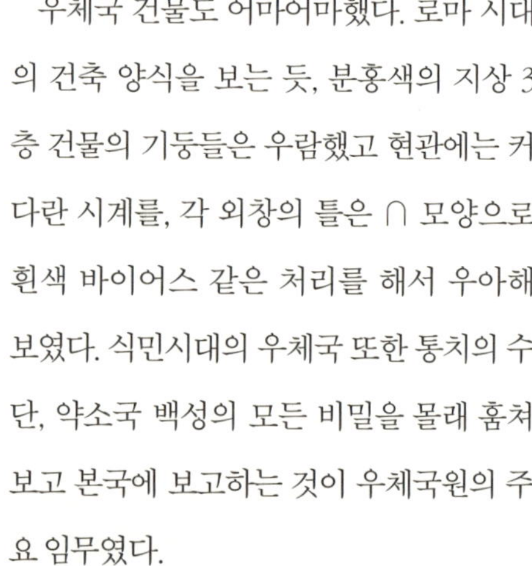

우체국 건물도 어마어마했다. 로마 시대의 건축 양식을 보는 듯, 분홍색의 지상 3층 건물의 기둥들은 우람했고 현관에는 커다란 시계를, 각 외창의 틀은 ∩ 모양으로 흰색 바이어스 같은 처리를 해서 우아해 보였다. 식민시대의 우체국 또한 통치의 수단, 약소국 백성의 모든 비밀을 몰래 훔쳐보고 본국에 보고하는 것이 우체국원의 주요 임무였다.

우체국 1층 실내로 들어가자 중앙에 대형 호치민 사진이 걸려 있었다. 한 쪽에는 우체국 업무를 보는 곳, 다른 한 쪽 구석에는 기념품 상점이 있었다.

베트남 국립 역사박물관

역사박물관 관람에 주어진 시간은 1시간, 특히 7호 전시실에서 옥에오 Okeo에서 출토된 유물만을 전시하는 방이 있다고 하

1 노트르담 성당
2 중앙 우체국
3 역사박물관

여 들어갔다. 7호실 금박 부처는 중후한 모습, 화두에 몰두한 표정이었다.

6호실 목제입상 부처(6~7세기 제작)는 훤칠하게 큰 키, 얼굴은 형체를 알아보기 힘들었지만 날씬하고 키가 큰 모습은 일본 나라현의 법륭사 백제불상에 방불했다. 정수일 교수께서는 7호실에서 옥에오에서 출토된 유리구슬 목걸이의 중심 구슬에 들어가 있는 사람 얼굴을 확인하는 데 주안점을 두신 듯한데, 유리구슬 목걸이가 있는 지점은 조명 시설이 없었다. 마침 연세대 학생 최현규가 휴대폰 불빛으로 조명을 하고 정 교수께서 사진을 찍으셨다. 나는 뒤에 사람이 없을 때 유리에 대고 그냥 플래시를 터뜨리니 그림자만 보이고 —.

역사박물관 현관 옆으로 코코넛 열매 껍질로 만든 대형 도자기가 있었다. 도

자기의 규모는 3.62×2.55×6.33m, 2005년도에 제작되었고 재료는 코코넛 열매 20만 개의 껍질을 사용했다고 한다. 소재는 고대 베트남인들로부터 현대인에 이르기까지 삶의 모습을 상기시키기 위한 것이라고. 안내문을 읽으면서 보니 참 어마어마한 대작이었다.

버스에서는 호치민시의 번화가 — 시청, 오페라 하우스, 68층 건물, 44층 건물을 차창 밖으로 내다볼 수 있었다. 68층 건물은 한국의 현대건설이, 44층 건물은 금호가 지었다고 한다. 한때는 동양의 파리라고 불리던 사이공 아니 호치민, 통일 이후 남쪽의 사람들이 보트 피플 등으로 빠져나간 후 북쪽 사람들이 호치민 시 부동산의 80~90%를 차지하고 있다고 한다. 호치민 거리에서는 한자 간

 1 역사박물관
2 목재불상
3 코코넛 열매 껍질로 만든 도자기

판이 간간 보였다. 하노이와는 다른 조금 자유스러운 분위기가 느껴졌다. 플라스틱 의자 몇 개와 다탁 몇 개를 거리에 내놓고 카페라고 부르는 곳, 주 고객은 남자들이다. 그들은 거리 사람들을 구경하기 위해서 아침부터 카페라 불리는 곳에 나와 차를 마시며 카드놀이를 하며 시간을 보내고 있었다.

메콩 강이 보였다. 메콩 강의 별칭은 구룡강九龍江, 수백 개의 지류를 갖고 있고 현재 지류를 건너는 큰 다리는 2개, 우리는 페리호를 타고 메콩 강 지류를 건널 것이라고 했다.

버스 안에서 옥에오에 대한 소개를 강상훈 대표가 영문판 여행 안내서를 보면서 동시 번역으로 들려주었다.

옥에오는 1~6세기까지 인도계 푸난Funan 왕국의 수도였는데, AD 5세기에는 사이공을 방불하는 큰 상업도시로 발전, 페르샤, 로마의 문물이 옥에오를 통해서 중국에 전달되었다는 것이다. 옥에오에서 출품된 유물은 장신구와 건축건물의 흔적, 신전에 쓰인 조각품들이라는 것이다.

정수일 교수가 2004년에 일본인 학자 요시미즈 쓰네오由水常雄가 발표한 「신라는 로마 문화의 왕국」이라는 글의 내용을 요약해서 들려주셨다. 일본인 학자는 '유리 연구'를 통해 문명의 교류에 관심을 가져온 분으로 신라시대에 로마 문화가 유입되었음을 주장했다고 한다. 정수일 교수는 자신의 저서『한국 속의 세계』(2005)에서 주장한 내용을 다음과 같이 요약했다.

한국의 요대(腰帶) 금대(金帶) 금궤 장식품의 형태들을 보면 이들은 로마의 영향을 받은 것이다. 중국이나 일본에는 황금 문화가 없다. 한국의 신라, 가야시대 유물에서 보이는 그릇의 손잡이 또한 로마의 영향을 받은 것이다.

로마 문화가 한국으로 들어온 과정은 옥에오(Oc-Eo)을 거친 것으로 보인다. 옥에오는 기원후 1~6세기 인도차이나 남부와 캄보디아에 거점을 두었던 강성국 프놈(Phnom)의 고어 브남(Bnam)국의 수도였다. 옥에오는 메콩 강의 지류인 비스스타 강과 메콩 강의 합류지점에 있는 거대한 항구도시였다.

1942년에 옥에오에서 유물이 발견되면서 1944년 2월부터 4일까지 프랑스 극동학원연구소 — 페리오 교수가 일하던 곳 — 가 옥에오 지역에서 유물을 발굴하고, 수천 점을 얻었다. 그러나 세계대전이 막바지로 치닫자 이들은 철수하면서 많은 유물을 가지고 갔고 옥에오 지역 및 유물에 대한 연구는 더 이상 진전을 보지 못했다.

옥에오에서 나온 유물들에는 많은 장식품과 조각상, 그 외에 수백 개에 달하는 하물표식(荷物標識)들이 발견되었다. 이 표식표에는 각국의 언어가 기록되고 있고 '귀중품 주의' 같은 기록도 보였다. 유물들 가운데는 미얀마나 말레이시아에서 또는 중국 등에서 수입된 주석 제품들, 한나라 제품인 청동거울이 나왔고 북방 육조시대에 제작된 것으로 보이는 불상이 나왔다. 이 외에 1~2세기 부남국가의 유물들 및 고상가옥의 자재로 보이는 나무 조각들이 발굴되었다.

발굴된 유물들을 통해 추정해보면 옥에오는 서양과 동양, 로마와 동남아시아의 문물을 만나게 해주는 거대 항구도시였다.

미퉁 지역 '미퉁대교 현수교'를 건넜다(12:20). 델타 평야 지대가 펼쳐진 곳, 사람들은 가난하지만 욕심 없이 살고 있고 행복지수가 세계 7위를 기록하고 있다고 한다. 차도 옆으로 진분홍 부겐빌리아가 만발해 있었다.

메콩 강의 페리호

메콩 강의 페리를 타기 위해 버스를 탄 채로 선착장으로 들어섰다(13:28). 페리호 선착장에는 껍질째로 삶은 옥수수를 파는 상인들이 버스가 멈추면 뛰어올라와 옥수수를 팔았다. 우리가 탄 버스에도 2명의 여성이 총알같이 뛰어올랐다가 내려갔다. 양팔이 팔뚝 아래에서 절단된 체격 좋은 중년 사내는 양 팔뚝에 끈을 매어 연결한 모자를 벌리며 적선을 원하고 있었다. 일단 선착장 안으로 들어가자 행상인들 수효는 줄어들었다.

버스에 탑승한 채로 버스는 커다란 페리 안으로 들어갔다.

메콩 강의 페리호

버스에 탄 채 페리호로 들어간다.

메콩 강은 북에서 남으로 흐르는

델타 삼각주의 핏줄

황토 빛 물결 넘실대는 메콩 강

인간과 오리와 물고기와 물옥잠화

함께 어울려 산다. 메콩 강 페리는

사람과 자동차와 식물과 가축을 품에 안는다.

버스를 탄 채 페리호에서 나간다

강을 건너자 롱쉬엔이다.

롱쉬엔

점심은 롱쉬엔의 크로커다일 카페에서 먹는다고 하기로 갸우뚱했다. 악어농장 식당이라고 고쳐서 다시 알려주었다. 14시에 길가에서 조금 들어간 건물 안으로 들어가자 툭 터진 공간, 사람들이 많았다. 예약된 장소로 가자 달걀 스프, 오징어 튀김 들이 나왔고 후식으로 수박이 나왔다. 이혜경 선생이 사이공 맥주를 냈다.

식사 후에 나오다 보니 식당은 유원지처럼 넓고 원숭이와 악어를 사육하고 있었다. 1~2m에 이르는 다양한 크기의 악어들이 타일 바닥 위에 조각품처럼 누워 있다

악어농장

가 텀벙텀벙 물웅덩이에 몸을 담갔다. 어떤 놈은 입을 벌리고 있었다. 가느다란 눈매 속의 눈꺼풀은 좌우로 여닫혔다. 악어가죽 가방이 아닌, 살아 있는 악어의 가죽을 가까이서 보았다. 신기했다.

식당을 출발(14:50), 옥에오로 향했다. 옥에오는 안정현 롱쉬엔의 한 귀퉁이에 있는 곳. 1시간 거리라고 했다.

메콩 강은 크게는 9줄기로 나뉘어져 있어서 일명 구룡강으로 불리지만 옥에오 지역의 메콩 강은 인체에 박힌 실핏줄 같았다. 어디에 칼을 대도 피가 번져 나오듯, 메콩 강은 마을마다 집집마다 스며들고 있었다. 버스가 덜컹거려서 내려다보면 작은 다리를 건너고 있었다. 작은 메콩 강의 지류를 앞에 한 가가호호마다 제각기 집으로 들어가는 개인용 다리橋梁를 갖고 있었다. 대문은 아예 개인용 다리 위에 나무를 엮어 상징적으로 집 안팎을 구분하고 있었다. 물이 있는 곳에는 어디에나 오리들이 헤엄치고 있고, 땅 위에는 방목하는 닭들, 수탉은 날씬하고 잘생겼다. 특히 꼬리털이 봉황의 꼬리처럼 화려했다. 몸체는 대개 짙은 밤색이었다.

옥에오 가는 길은 밭둑길, 논둑길 때로는 시장 한가운데를 지나고 있었다. 이 지역 사람들은 꽃을 좋아해서 정원이나 길가에 꽃나무를 많이 심어놓았고, 집집마다 창가에는 꽃을 피운 화분들을 내놓고 있었다. 길가에 넓은 정원을 가진 집들은 대문 양쪽 문설주 위에 도자기 제품의 진돗개 조각상을 얹어놓고 있었다. 현지 가이드에게 물어보니 특별한 의미는 없고, 개나 사자 호랑이 같은 조각상으로도 장식하는데 집안에 재앙이 들어오는 것을 막는다는 의미가 아니겠냐고 했다. 또 눈에 띄는 것은 함석지붕들이 많다는 것이었다.

옥에오

버스는 좁고 위태로운 길들을 천천히 달려서 마침내 옥에오에 도착했다(16:16).
현지 한국인 가이드 외에 특별히 부탁하여 옥에오 출신 베트남 가이드를 불렀
는데 그는 옥에오 유물 발굴 현장을 알고 있다고 했다.

6~7세기에 동남아시아에서 크게 번창했던 항구 도시, 바닷가에서 내륙으로
들어간 평야지대에 해발 226m의 바테^{Vathe} 산이 있었다. 평야지대에서 보기 드
문 해발 226m의 바테 산은 현지에서도 영험스런 산으로 생각했는지 사찰들이
몇 군데 자리잡고 있었다. 베트남 출신 현지 가이드, 옥에오에서 별로 보여줄 관광
상품이 없다고 염려하더니 산기슭 마을에서 버스를 세웠다(16:16). 산 쪽으로 보
광사^{普光寺}란 이름의 중국 불교 사원, 근래에 건립된 듯 금박칠이 요란했다. 우리가
보기를 원하는 곳은 1940년대 초기에 유물이 발굴되었다는 유물 발굴지였다.

정수일 교수께서 옥에오의 유적 발굴 35개 처소의 분포 지역은 바테 산 남쪽
30×150km, 450ha 내에 포함되어 있다고 하셨다. 『일본서기』「흠명천황기」에
보면 543년 백제 성룡왕이 사신 세 명을 일본으로 보내며 천황에게 부남(옥에오
의 옛지명) 물산과 부남인 노예 두 명을 보냈다는 기록이 있다고 했다. 또한 백제
의 승려 염인이 인도에 다녀오는 길에 부남을 거쳐왔을 것이라고 했다.

옥에오 제1 발굴 현장

다시 버스에 올라 가까운 곳에 있는 제1 발굴 현장으로 갔다. 프랑스 발굴대가
1940년대 이곳에서 엄청난 양의 팔찌 · 목걸이 · 귀걸이 등 장식품과 조각품 건

제1 발굴현장

축물 부속품을 발굴해서 그것들을 프랑스로 가져갔다. 그러나 곧이어 세계대전의 발발로 이들의 발굴 및 연구는 중단되고, 발굴된 유물 중 일부가 호치민 역사박물관에 전시되었던 것이다. 우리 팀이 역사박물관의 7호실과 6호실에서 본 것이 바로 그것들의 일부였다.

　제1 발굴 현장은 길에서 조금 걸어 올라간 바테 산 산기슭에 있었다. 체육관처럼 높다란 천장과 벽이 있어서 발굴지 현장을 보호하고 있었다. 그러나 안내판의 글은 베트남어로 기록, 무슨 내용인지 알 수 없었다. 제3 발굴 현장은 바테 산 정상부근에 있고 왕복 4~5km, 노약자를 제외하고 가능하면 모두 동행하자고 했다.

제3 발굴 현장

해발 226m의 바테 산 정상으로 오르는 길은 포장이 잘 되어 있었다. 지역 주민들의 산책로로 활용하고 있는 듯했다. 포장된 길가에는 가라오케 집을 비롯하여 유원지로 꾸며 있었다. 2km도 채 오르지 못했는데 땀이 솟고 숨이 가빠 올랐다. 천천히 쉬지 않고 걸었다. 진해에 거주하시는 강수찬 선생이 옆에서 말벗이 되어주셨다. 수필집을 두 권이나 내신 분으로 오늘의 여행담도 좋은 수필거리가 될 것이라고 하셨다.

경사가 제법 급한 산길을 오르는데 뒤에서 또각거리며 재재바르게 다가오는 소리, 이덕화 선생이 2인치 통굽 구두를 신은 채 야무지게 따라붙고 있었다.

마침내 정상 부근, 산 아래로 메콩 델타 초원 농경지대가 펼쳐지고 있었다. 산 정상에는 불교 사찰이 있고 거대한 불상이 농경지대를 내려다보고 있었다. 동양 최대의 항구도시로 동서남북의 문명 교류지였다던 옛말과는 달리 초원지대, 곧 농경지대였다. 1,500~1,600년 세월이 지나면서 메콩 강 하류와 바다가 만나던 곳에는 흙이 쌓이고 수심이 낮아지면서 항구라는 이름은 사라지고 농경지대로 변모해버린 옥에오, 메콩 강 평야지대가 펼쳐져 있었다. 상전벽해란 말이 실감나는 곳이었다. 항구가 변하여 농경지로 된 곳이 옥에오였다.

활엽수와 대나무 숲이 무성한 한쪽 전망 좋은 바위 위에서 메콩 델타 평야지대를 사진에 담고 있는 정수일 교수 등판에 땀이 겉옷까지 번져 나와 있었다.

다시 산 정상 쪽으로 계단을 오르자 시멘트 건물의 불교 사찰, 그 앞에 멋없이 크기만 한 입상의 부처, 부처의 크기로 영험을 자랑하고 싶었던 것일까. 눈앞이 캄캄해지도록 피곤했다. 사탕을 꺼내서 입에 넣고 앉아서 쉬었더니 그제야 일어날 수 있었다.

제3 발굴 현장은 불교 사찰의 뒤쪽 조금 아래쪽에 있었다. 그곳에 발굴지에서 발굴해 놓은 유적들을 전시한 전시관이 있다기에 걸음을 재촉했으나 이미 근무 시간이 지나 직원들은 문을 잠근 채 퇴근한 이후였다(17:40). 전시관의 유리창, 좁은 틈새를 통해서, 전시물 몇 개를 보았다. 사면으로 얼굴을 가진 흰 조각상이

제3 발굴현장 전시실에 있는 조각상

있기에 머리 부분만을 카메라에 담았다.

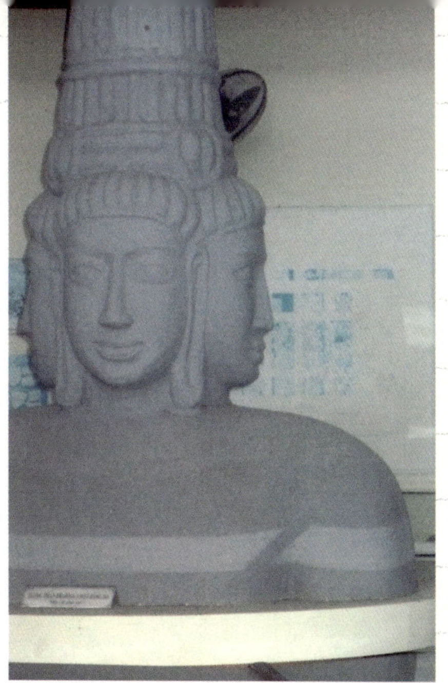

　날이 어두워오고 있었다. 해가 떨어지면 그대로 암흑이라고 가이드가 하산을 재촉했다. 바테 산을 내려오는 길, 높이 10m 이상 되는 대나무 숲 사이로 황혼이 비추자 국궁國弓 선수이며 현재 골프연습장을 운영하신다는 김희동 선생 왈 '푸른 숲이 단풍 든 것 같아 보이지 않느냐'며 감탄했다. 구름을 붉게 물들이며 지는 석양, 석양에 비친 숲이 불타고 있는 듯 보였다.

　산기슭으로 내려섰을 때 바테 산 주변 마을 집들에는 불이 들어와 있었다. 산길에 맞닿아 있는 유원지에는 아이들을 위한 회전목마가 돌고 있고 베트남 어린애의 귀여운 목소리가 담긴 음반이 스피커에서 왕왕대고 있었다.

　모두 전용 버스에 올랐는데, 문유찬 교수 부부가 보이지 않았다. 산행 때는 분명히 같이 출발했다고 하는데 도중에 먼저 내려오다가 길을 잃은 듯했다. 현지 베트남 가이드가 오토바이를 빌려 타고 찾으러 갔다. 이어 현지 가이드와 강 대표 사이의 전화로 두 사람의 소재지가 파악되었다는 연락이 왔다. 버스가 출발해서 한동안 아랫마을 쪽으로 내려가자 시장이 나오고 그곳에서 문교수 부부가 올라탔다. 모두 박수로 환영했다.

　저녁은 낮에 점심을 먹었던 악어농장 식당에서 해결했다.

동 시엔호텔Dong Xuen Hotel, 방 배정을 받기 전 로비에서 기다리고 있는데 호텔 로비의 천장, 불 가까운 곳에 도마뱀 한 마리가 납작하게 그림처럼 붙어 있었다.

바테산 등산으로 온몸은 땀범벅이 되고 얼굴에 소금이 맺혀 있었다.

방은 414호로 배정받았다.

2012. 2. 1. 수요일, 갬.

07 롱슈엔-호치민-쿠알라룸푸르

일찍 일어났다(03:30). 피곤하다. 때 없이 일찍 일어나서 하루를 준비한다.

베트남을 두 번째 방문했고, 이제 롱슈엔에서 호치민공항으로, 그리고 말레이시아의 쿠알라룸푸르로 떠나야 한다. 아침에 이곳 쌀국수 — 국수발이 굵었다 —, 고구마, 찐 옥수수 반 토막, 빠리바께뜨 빵 반쪽으로 식사하고 이른 시간(07:33)에 호텔을 출발했다.

메콩 델타 거주민

가진 것도 없어도

숨만 쉬어도

행복지수는 세계 7위

메콩 델타 논바닥에

여린 모 꽂으며

땀과 정성으로

자신을 바쳐

스스로 밥이 되는 사람들

(2012. 2. 2, 07 : 40)

메콩 강의 물옥잠

메콩 강 페리에 오른 나그네

메콩 강의 물옥잠에 눈 맞추네.

물옥잠, 메콩 강 황토물로

투명한 이슬 빚어놓았네

물옥잠 잎 위의 이슬 보며

나그네

어두운 꿈자리 털어내네.

(2012. 2. 2, 09 : 04)

가이드 김태정 씨, 졸고 있는 전용버스 회원들에게 '제멋대로 정리한 베트남 현대사'로 열변을 토했다. 발음은 정확하나 어조에는 여성성이 강했다. 독특한 어조였다. 그의 논조에 의하면 베트남은 '가진 것이 많아서 죄'가 된 나라다. 남북 베트남이 오랜 세월 외세의 침략에 시달려야 했었던 것은 하늘로부터 주어진 풍부한 천연자원에서 비롯되었다는 것이다.

비슷한 처지에 있었던 한국과 베트남 사이에 차이가 있다면, 중국은 천여 년간 베트남을 식민지로 삼았다. 그러나 중국은 한국을 그렇게 하지 못했다. 가장 큰 이유는 중국인 관리가 한국의 모진 겨울 추위를 견딜 수 없었기 때문이라고 했다. 그의 재치에 모두 웃었다.

김태정 씨의 또 다른 이야기는 한국군이 베트남전에 참전했을 때의 이야기 — 이른바 '무기의 그늘'에 관한 이야기였다. 약소국가의 백성으로 살기 위해서, 또 돈을 벌기 위해서 한국군과 베트남에 진출해 있었던 대기업들이 어떤 일을 했었던가 하는……. 50년 세월이 지났어도 웃음으로만 들을 수 없는, 들으면서 웃기는 했지만 이내 거북함을 느껴야 하는 이야기들이었다.

버스 안의 노래방

호치민 시로 진입하는 곳 고속도로 연변은 초록빛 논이 펼쳐져 있는데 갑자기 지리산 어딘가에 살면서 농사를 짓는다는 전형석 선생이 쭐렁대며 버스 앞쪽으로 나와 마이크를 잡았다. 호텔 식당이고 일반 식당이고 할 것 없이 끼니 때마다 비닐봉지에 넣어온 집 된장, 집 고추장, 김치를 식탁 위에 꺼내놓으시는 분, 아내의 손길이 닿은 음식이 있어야만 식사를 할 수 있다는 분이었다. 마이크 잡은 손에 힘을 주며 판소리 한 가락 하시겠단다. 그리고는 〈흥보가〉 중에서 흥보가 매품 파는 대목을 창과 아니리 섞어서 신나게 풀어냈다. 아직 오전 11시도 되지 않은 시간에 술도 없이 창을 뽑아내는 것을 보니 신명이 넘쳐나는 사람이다. 전 선생은 곧이어 수필가 강수찬 선생을 불러냈다. 강수찬 선생은 강만길 교수와 룸메이트인데 '행님, 행님' 하며 강만길 교수를 옆에서 잘 보좌했다. 강수찬 선생은 아침 산책 때마다 부른다는 나훈아 곡의 〈고장 난 벽시계〉를 능숙하게 부르고, 후속으로 키다리 아저씨 한종우 선생을 호명했다. 키 크고 목청 큰 한종우 선생은 붙임성이 많아서 누구나 붙들고 이야기를 잘 나누는데 마이크를 잡더니 자신이 '내성적 성격의 사람'이라 수줍음이 많다고 소개해서 나는 그만 입을 딱 벌리고 말았다. 한종우 선생은 엘비스 프레슬리의 〈Falling in Love〉를 부르고 이혜경 선생을 호명했다.

이혜경 선생은 지난밤 야간자율학습^{밤에 회원 사이에 열리는 친목 주당대회}에서 열심히 공부한 흔적으로 눈두덩 아래 다크서클이 짙었다. 세 사람의 남자가 불려나갔으니 이제 여자들에게 마이크가 돌아오게 되면, 혹시 내게 오게 되면 무슨 노래를 불러야 하나 전전긍긍하는 중인데 이혜경 선생, 마이크를 잡더니 마침 자료문헌 읽기에 몰두하신 정수일 교수를 보면서 '정 교수님 공부하시는데 오락 끝!'을 선언, 나는 박수를 짝짝짝 치면서 '옳소'를 연발했다.

마침내 호치민 시내로 버스는 진입했다(11：40). 점심은 한식당 '귀빈식당'에서 버섯찌개와 배추김치, 갓김치, 파김치, 생채무침, 알감자 조림 등으로 먹었다. 늘

먹던 김치도 외국에만 나오면 왜 그렇게 허기지듯 먹게 되는 것일까.

공항으로 가는 길 — 오토바이 족속들이 거리를 채우고 있었다. 베트남에서 오토바이는 신발과 같은 것, 오토바이가 없으면 연애도 취업도 어렵다고 한다. 오토바이 가격은 120만 원에서부터 1,000여만 원에 이르기까지 다양하고, 거리 한쪽에 주차된 오토바이는 관리원에 의해서 철저히 관리 받고 있다고, 혹시라도 오토바이 보관증을 분실하면 경찰서까지 가서 신분 확인이 되어야만 자기 오토바이를 찾을 수 있다고 했다.

15분 만에 노바이 공항에 도착, 말레이시아 쿠알라룸푸르행 베트남 항공기에 탑승했고(14:20), 15시 12분에 이륙했다. 항공기 안은 비교적 한산했다. 기내식이 나왔지만 거절하고 적포도주 한 잔만 마셨다.

천사의 눈물

메콩 델타를 적시는 메콩 강은

세계의 자궁

황톳빛 메콩 강물 위에 흐르는

물옥잠 초록잎 위의 이슬방울은

천사의 눈물

세상을 정화하는

(2012. 2. 2, 15:30)

멀어져 가는 호치민, 베트남을 내려다보다가 MP3의 이어폰을 귀에 꽂았다.

쿠알라룸푸르

쿠알라룸푸르에 착륙(16:45)했다. 쿠알라룸푸르 공항은 그 규모가 웅장하고, 설계도 세련된 모습이었다. 혼자 왔다면 당황해할 정도였다. 현지 가이드는 이익주 씨, 키가 크고 얼굴은 검은 편이나 미남형에 속하는 남성, 말투가 유치원이나 초등학교 교사 출신 같은 인상을 주었다. 이익주 씨에 의하면 인천공항을 건설할 때 쿠알라룸푸르 공항의 설계도를 가져가 많이 참조했다고 한다. 인천공항이 완공되기 전 싱가포르 공항과 쿠알라룸푸르 공항이 동남아시아의 대표적 공항 역할을 했었다는 것이다.

쿠알라룸푸르 공항에는 입국장에도 면세점이 들어와 있었다. 인천공항이 출국장에만 면제점이 입점되어 있는 것과는 또 다른 모습이었다. 비행기에서 내려 잠시 인원 점검, 함께 움직여 공항 내 전철을 타는데 김옥희, 양원희 선생이 탑승도 하기 전에 전철문이 닫히고 전철은 출발했다. 아찔한 순간이었다. 다행히 두 여성 모두 적극적인 성격이니……. 강 대표가 그들을 기다리고 우리는 먼저 가서 입국수속, 양손의 검지 모두를 지문 전자판에 찍어야 했다.

전용버스에 올라(17:00) 호텔까지 가는데 45~60분, 고속도로 주변에는 팜트리가 무성했다. 이익주 씨로부터 말레이시아에 대한 개관을 들었다.

말레이시아의 인구는 2,780만 명, 국토는 한반도의 1.5배, 남한의 2.6배. 평균기온은

26~28℃, 경제는 GNP 9,000달러. 자연자원이 풍부하다.

말레이시아는 '신의 축복을 받은 나라'로 불린다. 자연자원이 풍부할 뿐만 아니라 자연재해가 없는 나라인 까닭이다. 전체 인구의 60%는 무슬림, 30%는 중국인이고 힌두교도가 10%에 달한다. 말레이시아는 동남아 유일의 다종교 국가이다. 말레이시아를 이루고 있는 국민의 인종들은 다음과 같이 기억하면 된다.

국명 Malysia → Malay + S(Chinese) + I(Indonesia) + A(et cetera)

말레이족 + 중국 + 인도네시안 + 기타

말레이시아는 세계 제1의 주석 생산국이고 천연고무, 목재, 가스, 원유 생산국이다. 자원이 풍부한 나라이고 아시아에서 유일하게 IMF를 겪지 않은 나라이다.

말레이시아는 입헌군주국으로 국왕은 술탄 9명이 5년마다 호선(互選)으로 선출한다. 국왕은 아공(Agong)으로 불리며, 연방정부 최고의 수반으로 행정, 입법, 사법 권력의 원천이자 군 통수권자, 연방특별구 및 술탄이 없는 4개 주의 이슬람 최고지도자이지만 실질적인 행정권은 의회를 책임지고 있는 내각에 있으며 내각의 수장은 총리이다.

마하티르 총리는 1975년 '통일말레이인 국민조직(UMNO)'의 3부총재 중 1명으로 선출되고, 1981년 당 총재, 7월 말레이시아의 4대 총리로 취임한 이후 계속 연임하다가 2003년 10월 총리직을 물려났는데 말레이시아를 개발한 공로자로 인정받고 있다.

말레이시아에 있는 웬만큼 큼직한 건물들은 모두 한국의 건축회사들이 설계하고 건축한 것들이다. 쿠알라룸푸르의 대표적인 건물인 쌍둥이 빌딩은 삼성물산이, 페낭대

교는 현대건설이 건설했다.

쿠알라룸푸르 시내로 진입했다. 삼성물산에서 건설했다는 쌍둥이 빌딩이 야경의 중심을 이루고 있었다. 호텔들이 몰려 있어 별들의 언덕이라 불리는 '버킥빙 땅'에는 주요 건물들과 백화점들이 늘어서 있고 고가다리 기둥에는 상품 선전 광고물이 부착되어 있었다. 한 때 이 나라에서도 〈대장금〉이 유행했었다고 한다. 그 무렵 고가다리 상품 광고판에는 탤런트 이영애 씨의 얼굴이 도배되다시피 했다고 한다. 그리고 이영애 씨가 소개하고 있는 LG 전자제품이 타국의 제품 광고를 몰아내고 역시 도배가 되다시피 했다고 한다.

호텔 이스타나Hotel Istana 1226호실로 배정 받았다. 저녁은 호텔 가까운 곳에 있는 중국 식당에서 먹었다. 이덕화 선생이 시바스리갈 18년산 대형을 사와서 회원들을 대접하는데 식당에서 특별 서비스비를 요구했다.

2012. 2. 2. 목요일. 갬.

08 쿠알라룸푸르-말라카

지난 저녁에는 9시경부터 옷도 벗지 못한 채 쓰러져 잠들었다. 4시 30분에 일어났다. 오늘부터 술을 절제할 것, 술을 많이 마신 것도 아닌데 그냥 힘들어서 쩔쩔 맨다.

쿠알라룸푸르 시내 관광을 위해 전용버스를 타고 가면서 보니 이 나라도 영어를 발음기호로 사용하고 있는 듯, 그러나 베트남처럼 성조 표시는 없다. 화교들이 많이 살고 있어서인지 한자 간판도 간간히 보였다. 도시 구획은 간결하게 짜임새가 있고 도시 전체가 깔끔한 인상이다.

쿠알라룸푸르 민속박물관

호텔 출발, 20분 만에 국립박물관 주차장에 도착했다. 국립박물관 옆에 쿠알라룸푸르 민속박물관이 있었다. 말레이시아 원주민은 오랑 아슬리^{Orang Asli}, 현재 17만 정도 생존해 있으며 말레이 정부에서 이들을 문명개화 시키려고 했으나 실패했다. 이들 오랑 아슬리들은 다시 그들의 본거지인 정글로 돌아갔다고 한다.

오랑 아슬리, 이들은 진정한 의미에서 말레이시아의 주민들. 원주민들의 모습을 검고 빛나는 나무

1 오랑 아슬리의 동신대 조각
2 전통의상 차림의 오랑 아슬리
3 국립박물관 지붕과 벽화

로 등신대 크기로 조각해 놓았다. 그중 어미가 젖을 물리고 있는 조각상을 보면서
어머니를, 그리고 이 땅에 존재하는 모든 어머니들을 생각했다. 그 외에도 오랑 아
슬리 전통의상 ─ 마른 풀잎으로 허리를 두른 모습, 사냥하는 모습들을 모두 등신
대의 크기로 제작해 놓았다. 사진으로 찍어 놓은 것을 보니 오랑 아슬리족들은 초
콜릿빛 살색을 하고 있었다.

국립박물관

박물관 건물은 지붕이 높고 물매가 싼, 비가 많은 지역의 특성을 살린 모습이었
다. 건물 외벽에는 말레이시아의 원시시대부터 현대에 이르는 역사를 연대순으
로 한눈에 보도록 한 벽화가 있었다.

박물관 안에서 황금으로 된 향수병을 보았다. 섬세하게 조각된 보석류들이 향수병에 상감으로 박혀있었다. 역시 황금으로 된 요대腰帶가 보였고, 요대 가운데는 나뭇잎사귀 모양의 것, 의식이 있을 때 이런 요대를 착용한다는 기록이 있었다.

관심 있게 본 것은 1280년, 1286년대에 제작된 왕실의 귀족들이 사용하던 인장, 인장의 소재는 쇠붙이였다. 주석이 많이 생산된 나라라니 주석을 재료로 한 인장일까. 황실 임금의 거처를 연상시키는 방안의 모습은 천장, 벽, 문, 보료와 커튼 모두가 노란 황금색이었다. 베트남에서 황실의 상징색이 자줏빛이었던 것을 감안한다면 말레이시아의 황실 상징색은 24금의 황금색이었다. 술탄(왕)의 궁전에 있던 벽체와 도어를 통째로 뜯어다가 전시해 놓은 것도 있었다. 티크 재목에 꽃과 잎사귀, 또는 말레이시아 술탄을 상징하는 기호를 투각으로 조각한 술탄의 집, 120여 년 된 조각품이라고 했다. 박물관 1층 로비 양쪽으로 말레이시아 전통악기, 비파를 닮은 현악기 ― 간부스Ganbus들이 있었다. 시대에 따라서 조금씩 소리통이 달라지고 현의 길이도 달라지고 있는 듯했다.

2층에서는 식민치하를 보내야 했었던 시절의 모습들을 재현시켰고 또 다른 쪽에서는 말레이시아가 1957년 말라야 연방으로 독립하면서부터 총리로 재임

1 왕의 옥쇄
2 귀족의 침실을 재현한 모습. 천장, 커튼, 이부자리, 침대, 모두 황금색이다.
3 신왕궁
4 경비병

302

했거나 현재 재임 중인 6명의 사진
과 약력이 게시되어 있었다. 총리
로 장기 집권한 이는 단연 마하티
르Mahathir bin Mohamad, 1925.12.20~ 총
리, 22년간 재임했다.

말레이시아 신왕궁

박물관에서 가까운 곳에 있는 말
레이시아 신왕궁으로 자리를 옮겼다. 9개 주의 술
탄이 5년에 한 번씩 호선하여 국왕을 선출하고 그
선출된 국왕이 머무는 왕궁, 그동안 노후된 건물에
있다가 작년에야 신궁으로 이전했다고 한다. 백색
과 황금색을 사용한 환하게 보이는 정문과 그 뒤로
왕궁이 보였다. 'ISTANA NEGARA'로 불리는 말레
이 연방의 기장, 가운데에는 9연방을 상징하는 색
채, 두 마리의 호랑이는 용맹을 그 아래 리본에 쓰
인 글은 '통일하면 힘이다'라는 내용이다.

왕궁문을 지키는 젊은 병사는 부동자세, 조금 떨
어진 곳에는 말을 타고 말과 함께 부동자세를 취하
고 있는 병사를 보았다. 사람이 아닌 말도 부동자세

라니, 얼마나 훈련을 시켜야 그렇게 부동자세를 취할 수 있을까. 부동자세의 왕궁 수비병사 사진을 찍고 나서 고맙다는 표정으로 목례, 수비병사는 특유의 무표정한 모습을 보였다.

이슬람 박물관

이슬람 '사원'이라는 번역어에 대해서 강상훈 대표가 이의를 제기했다. 불교 사원, 또는 기독교 사원 할 때에 '사원'에는 신과 동격인 상징물을 모셔놓고 그를 상대로 기도하는 곳이고 성직자란 이름의 종교 지도자가 있다.

　그러나 이슬람의 '마스지드'는 '모여서 기도하는 곳'이라는 의미가 있다. 마스지드(영어 번역어가 모스크) 안에는 특정한 상징물도, 또 다른 종교와 같은 전문적인 종교지도자도 있지 않기 때문이다. 그래서 마스지드는 사원이라고 부르기보다는 성원聖院으로 불려야 한다는 것이 강 대표의 주장이었다. 이슬람의 성원은 본토 발음으로 '마스지드'로 부르는 것이 적당하고, 마스지드 가운데 특별히 규모가 큰 곳은 '자미야'로 부르면 된다. 그러나 이것은 강 대표 주장이고, 우리말로 그냥 사원이라고 부르는 것이 내게는 익숙하다. 성원에서 '성'이란 말은 함부로 부를 그런 의미가 아니기 때문이다.

　이슬람 박물관에는 전 세계에 널리 퍼져 있는 유명 마스지드들을 미니어처로 만들어 전시하고 있었다. 내가 가본 적이 있는 마스지드들이, 너무 커서 감히 그 전체를 조감할 수 없었던 마스지드들이 앙증맞은 모습으로 재현되어 있었다.

말레이 국립 모스크

말레이 국립 모스크

이슬람 박물관에서 길 하나
를 건너자 말레이 국립 모
스크Malay National Mosque 건물
이 다가섰다. 그러나 오늘
이 금요일이고 또 그들의
기도 시간인 정오가 15분
뒤에 있는 관계로 비 이슬
람교인은 입장이 금지되었
다. 바깥에서 국립 모스크

건물을 한 번 돌아보는 것으로 만족해야 했다. 모스크 건물 맞은편에 19세기에
건설된 철도청과 중앙역 — 고색이 창연한 건물이었다. 돔이 불끈불끈 솟은 철
도청 건물은 영국 식민지 시대에 건설된 것으로 무갈 양식의 건물이라고 했다.

마르데카 광장

1957년 말레이 연방의 독립을 선언한 광장으로 높이 100m에 달하는 국기 게양
대는 세계 최고의 것이라고 한다. 그 뒤의 건물들은 북한인들이 지은 것, 마르데
카 광장 한 옆에 있는 붉은 지붕 펜션풍의 건물은 국제회의가 열리던 곳, 광장
한 쪽 길 건너에 있는 고색이 창연한 건물들은 헌법재판소였으나 지금은 국립
섬유박물관으로 사용 중이라고 했다.

반투 동굴의 힌두 사원

점심은 반투동굴 앞 인도 카레카페에서 들었다. 뷔페식 카레 전문집이었다. 흰밥에 카레를 부어 먹어야 하는 것을, 이미 간을 해서 볶은 밥인데 볶은 밥에 카레를 넣어 비볐으니 짜서 먹을 수가 없었다. 그래도 손으로 밥을 뭉쳐서 인도네시아 사람들 시늉을 내는데 잘 되지 않았다.

반투동굴은 조금 나지막한 산의 한쪽 경사진 면에 위치한 천연동굴이다. 280개의 계단을 올라간 지점에 힌두신을 모셔 놓았다. 계단을 오르기 직전 오른쪽에 거대한 황금도금의 신상, 진흙으로 빚고 금칠을 한 듯 아파트 10층 이상의 높이, 280개의 계단을 오르는데 15분, 천천히 올라갔다. 동굴의 움푹한 곳마다 힌두신들을 모시고 닭을 기르고 있었다. 대낮인데 닭들이 긴 여운을 남기며 울었다.

인도네시안들이 노동자로 들어와 살면서 조성한 힌두사원이라고 한다. 얼마나 힘들고 고향이 그리웠으면 힌두신상을 모셔다가 동굴에 사원을 조성했을까.

동굴에서 내려와 현지 가이드 도움을 받으며 기념품 가게에 들어가서 양산 하나를 샀다. 7달러였다. 말레이시아나 인도네시아에서는 정기적으로 스콜이 내린다는 이야기를 들었다. 이곳에서 우산은 필수품이다.

1 반투동굴과 황금의 힌두신상
2 쌍둥이 빌딩

쌍둥이 빌딩

쿠알라룸푸르 시내 중심가로 들어갔다. 쌍둥이
빌딩 앞에서 기념사진을 찍으라고 했다. 건물 최
상단부까지를 사진에 넣으려면 빌딩 앞에서 무
릎을 꿇거나 누워서 찍는 수밖에 없다. 나는 한쪽
무릎을 꿇고 앉아서 건물최상단부까지를 카메라
에 담았다. 사람을 넣고 찍으면 가슴 부위에서 시
작해도 건물의 상단부는 짤리지 않을 수 없었다.
삼성물산이 지었다는 쌍둥이 빌딩^{페트로나스 트윈타}
^{워 452m}은 88층, 지난밤 시내로 들어오며 보았는
데 갸름한 잣송이 같은 것이 수정덩어리처럼 보
였었다.

말레이 대학

말레이 대학은 말레이시아 국립대학으로 이 나라에서 규모가 가장 큰, 한국으
로 치면 서울대와 같은 곳이다. 정수일 교수께서 30년 전 교수로 봉직하던 곳이
라 한다. 젊은 한 시절을 보냈던 곳을 감회 속에서 찾아가는 길, 정교수의 표정
이 착잡했다. 그분의 말씀으로는 '청춘과 영혼의 한 부분을 남긴 곳'이 말레이
대학이라고 했다.

　　말레이 대학 캠퍼스로 들어갈 무렵에는 찌푸렸던 하늘에서 장대비가 쏟아졌

다. 열대 지역에 내리는 이른바 스콜이었다. 말레이 대학은 그동안 다른 대학들과의 합병을 통해 캠퍼스 자체가 맘모스화되어 있었다.

옛 기억을 더듬어 이슬람 아카데미가 들어 있던 건물을 찾아갔으나, 연구소는 다른 쪽에 있다고 하여 다시 거대 캠퍼스를 돌고 돌아서 한 지점에 차를 세웠다. 정 교수와 정 교수의 활동에 관심이 큰 회원들 대여섯 명이 스콜을 뚫고 이슬람 아카데미 건물을 향해 달려 들어갔다. 나머지 회원들은 쏟아지는 빗줄기를 내다보고 있었다. 통행자조차 없는 캠퍼스, 그런데 농구 시합장에서는 그 비를 맞으면서 대학생 10여 명이, 여학생도 두세 명이 합세해서 농구 게임을 하고 있었다. 청춘은 참 아름답다고 생각했다.

10여 분 시간이 지나고, 다시 빗속을 뚫고 정 교수 일행이 돌아왔다. 80년대 초 같이 근무하던 이들은 모두 퇴직하고, 아는 이들은 없었다고 했다. 정 교수께서 그분의 지난 생애를 간단히 풀어놓으셨다.

정수일 교수는 중국 간도의 용정에서 태어나 베이징 대학 동방학부를 졸업, 중국 국비유학생 1호로 선발되어 카이로 대학 인문학부로 유학, 중국 외교부에서 근무, 모로코 주재 중국 외교관으로 활약했다. 이후 중국으로 귀환한 그는 함께 일하자는 중국 고위층의 요청에도 불구하고 중국 국적을 포기, 평양으로 가서 15년간 대학교수 생활을 했다.

그리고 1974년 대남 통일사업 요원으로 발탁되어 신분 세탁을 위해 1981년 레바논 여권을 갖고 튀니지로 들어가 튀니지 대학 사회경제연구소 연구원 생활을 했다.

이후 인도네시아, 필리핀을 거쳐 당시에는 순수 이슬람 국가이던 말레이시아의 말레이 대학 이슬람 아카데미 교수로 일하면서 '이슬람 문명사'를 강의했다. 이 무렵 그는 대학도서관에 가서 자주 자료 속에 파묻혀 지냈는데 정 교수를 눈여겨보던 말레이 대학 부총장이 정 교수가 한국인이라는 사실을 모르고 한국 관련 자료를 정 교수에게 소개했다.

이를 기회로 정 교수는 한국어 공부를 하는 레바논인으로, 1983년 말레이 대학 연수생으로 선발되어 한국행, 한글 공부를 하는 레바논인이 된다. 이후 그는 한국어 연수생으로 필리핀을 들락거리며 필리핀 국적을 얻기 위해 6개월간 필리핀어를 배웠고, 국적을 필리핀으로 교체한다.

이후 다시 말레이 대학으로 와서 한국 연세대 한국어학당 모 교수에게 부탁, 유학생 비자를 발부받을 수 있었다.

정 교수는 1984년 필리핀인 '무하마드 깐수'라는 이름으로 한국에 입국했다. 그리고 1988년 단국대 사학과 박사과정에 입학, 1990년에 박사학위를 취득하고 단국대 초빙교수로 임용되었다.

그러나 1996년 간첩 혐의로 검거되고, 5년간의 수감 생활을 한 후, 2000년 광복절 특사로 출소하고, 2003년 4월에 복권, 같은 해 5월 대한민국 국적을 취득했다.

버스가 말레이 대학 캠퍼스 안을 돌아서 바깥으로 나가는 동안에도 스콜은 무섭게 쏟아졌다. 물보라를 튀기며 쏟아지는 비는 거의 한 시간 이상 계속되었다. 식물이며 건물들 자동차들은 자동 세척되고 있었다. 거의 정해진 시간에 정해진 양만큼의 비가 와서 이곳에는 홍수와 같은 피해는 없다고 했다. 적당량의 비와 햇살이 나라 전체를 푸르게, 깨끗하게 만들어주고 있었다. 그러나 근래에는 온난화 현상의 영향으로 스콜이 쏟아지는 시간이 늘어났다는 것이 정 교수와 현지 가이드의 증언이었다.

쿠알라룸푸르에서 말라카를 향해 출발했다(16:45). 다시 버스 안 강의가 실시되었다. 이슬람교에 대한 사람들의 오해, 이슬람 기본 교리에 대한 강의였다. 정리하면 다음과 같다.

• 지역에 따른 이슬람교의 차이

말레이시아는 초기 보수적이고 전통적인 이슬람 정신을 고수한 나라다. 그러나 인도네시아의 이슬람교는 변형종으로 보인다. 걸프 지역 6개국은 엄격한 이슬람교고 가장 급진적인 곳은 터키, 튀니지, 레바논, 시리아로 이들은 그 혁명적 기질 때문에 변형종으로 본다.

• 이슬람의 의미

이슬람의 의미는 '평화', '복종'으로 압축된다. 이 '평화'와 '복종'을 종교적으로 승화시키면 '알라에 대한 절대복종을 통해 영원한 평화를 얻는다'는 것이다.

• 이슬람의 근본교리

① 알라는 유일신이다.

② 모하메드는 신이 보낸 사람이다.

이슬람의 근본교리에서 6개 신앙(六信)과 5개의 종교적 의무(五柱)가 나온다.

• 6개 신앙(六信)

① 알라의 유일성을 믿는다.

② 천사를 숭배한다.

③ 모든 종교의 경전을 숭배한다(신·구약, 불경 등).

④ 모든 종교의 창시자 및 예언자를 숭배한다.

⑤ 내세를 믿는다.

⑥ 정명설(定命說)을 믿는다(운명예정설에 가까우나 원죄설과 다르고 성선설에 가깝다).

• 오주(五柱)

① 증언:모든 은덕은 하느님의 공(功)이다 — 기도.

② 1년에 1달은 금식 — 전쟁 방지를 위해서다. 금식 후에는 이웃과 함께 식사를 나

누는 형제애를 보여주며 식이요법으로 건강유지가 가능하다.

③ 1일 5번 기도(해가 떠서 떨어지기까지 5번 기도).

④ 자카드:종교적 의무로 1년 수입의 2.5%에 해당하는 현물 또는 현금을 내야 한다.

⑤ 일생에 한 번은 메카를 순례해야 한다(노약자는 예외).

• 이슬람에 대한 타종파의 오해의 원인

흔히 이슬람을 신앙의 강요와 폭력으로 보고 있다. 이것은 13세기 기독교의 신앙

대부였던 토마스 아퀴나스(1224/25~1274)의 견해가 오류 수정 없이 그대로 이어진 데 있다. 토마스 아퀴나스가 이슬람교에 대한 악평을 한 것은 그 무렵 십자군 원정시 십자군의 패망 무렵에 나온 말이었을 것으로 추정된다.

21세기에 이르러서도 이라크 전쟁을 이슬람과 기독교의 대결로 보는 이가 있으나 이는 엄격하게 보아서 잘못된 말이다.

• 유태교 · 기독교 · 이슬람교의 관계

이슬람과 기독교는 결코 대결관계에 있지 않다. 유태교 · 기독교 · 이슬람교는 그 태생이 한 뿌리에서 시작되었다. 유태교와 이슬람은 아브라함의 아들들인 이삭(사라의 아들)과 이스마엘(하갈의 아들)에서 대립된다. 유태교에서는 본처의 아들인 이삭이 아브라함의 장자라고 하고, 이슬람에서는 그들의 조상인 이스마엘이 실질적으로 먼저 태어났기 때문에 아브라함의 장자라고 보는 것이다. 유태교와 기독교 사이의 갈등은 예수 탄생 이후부터로 본다. 유태교에서는 예수가 신성을 모독해서 십자가에 처형함이 마땅한 자로 보지만 기독교에서는 예수가 하느님의 독생자라고 믿는다.

• 유태교 · 기독교 · 이슬람교의 차이점

① 유태교 · 기독교에서 모세는 神人兩性을 구유하나 이슬람에서 모세는 인간이다.

② 유태교 · 기독교에는 성직자가 있으나 이슬람에는 성직자가 없다. 다만 '이맘'으로 불리는 예배를 이끌어가는 인도자가 있을 뿐이다.

③ 유태교 · 기독교에는 종교 창시자가 있으나 이슬람에서 모하메드는 가브리엘

정 교수님의 강의가 진행되는 동안 회원들은 몰두해서 듣거나 메모를 한다. 관광 팀이 아니라 연구답사 팀이란 이름이 제대로 맞아 떨어지는 모임이다. 강의가 끝나자 자칭 내성적 성격의 한종우 선생이 큰 목소리로 질문을 했다. 이슬람교의 순례지가 왜 메카로 한정되고 있느냐고. 착한 학생은 선생님 말씀 열심히 듣고 질문도 잘한다고 하더니 적절한 때에 적절한 질문을 던진 한종우 학생 —.

아브라함의 아들 아스마엘의 고향이 메카였다. 모하메드의 조부인 아브라힘이 신비한 돌을 전해 받은 곳도, 모하메드 가문의 본향도. 모하메드가 첫 계시를 받은 곳도 메카이므로 이후 메카가 이슬람교도의 순례지가 되었다는 것이 정 교수님의 답변이었다. 그 외에도 이슬람교에서 채택하고 있는 일부다처제 문제, 여성의 차도르 착용에 대한 종교적 해석 등이 이어졌는데, 2천 년대를 살아가고 있는 나에게는 별로 수용하고 싶지 않은 내용들이었다.

말라카

말라카Malacca에 도착했다(18:42). 쿠알라룸푸르에서 말라카까지 도로 연변에는 팜트리와 고무나무 숲이 울창했다.

말라카는 잘 정돈된 아름다운 도시였다. 이 도시에 나의 춘천여고 2년 선배가 갤러리를 운영하고 있다는 정보를 갖고 왔다. 학창시절에는 잘 모르던 선배인데 우연히 그녀의 홈페이지에 들어가 사진을 보니 낯이 익었다. 과연 만나고 갈 수 있을까.

저녁은 요냐바바식_{중국인 남성과 말레이 여성이 결혼해서 만들어간 문화} 식당에서 먹었다. 중국 음식과 말레이 음식의 혼합식이라고 하는데 입맛에 맞지 않았다. 콩잎 장아찌를 얻어서 요기만 했다.

르네상스 호텔 1510호실로 배정 받았다.

저녁에 마사지하러 가기로 하고 극작가 심산 선생을 앞세워 6~7명이 호텔 인근에 있다는 마사지 가게를 찾아 나섰다. 거의 한 시간 이상 호텔 부근을 돌았으나 찾지 못하고 돌아와 빨래를 했다. 땀에 젖은 속옷들 빨래해서 목욕 타올로 감싸 물기를 제거한 후 옷걸이에 걸어서 침상 등에 걸기. 호텔 객실에 빨래가 주렁주렁 걸렸다.

2012. 2. 03. 금요일 갬 · 스콜 · 갬.

09 말라카

조반을 전후해서 선배 박수빈 화백에게 전화를 거는 문제로 고민했다. 친분관계도 없으면서 타국까지 와서 혹시 상대를 불편하게 하면 어쩌나 하는 걱정이 되었다. 강 대표에게 호텔 바깥으로 통화하는 법을 물었더니 내선 9번을 누르고 상대편 전화를 누르라고 했다. 박수빈 화백의 홈페이지에서 갤러리의 전화번호를 적어 왔었다.

객실에서 9번 누르고 외선 284-1606을 눌렀다. 처음에는 통화되지 않았다. 다시 시도 끝에 '알로' 하는 낮은 알토의 목소리가 들렸다. '여보세요' 하고는 박화백인가를 물었더니 곧바로 한국어로 그렇다는 대답, 나는 나의 이름과 직장, 춘천여고 후배라는 것, 전화 건 목적에 대해서 말했다. 타국에 와서 선배가 갤러리를 한다니 한 번 방문해보고 싶었었다.

당장 만나자는 답변이 왔다. 그러나 오늘 우리 팀의 일정이 있어서 오후쯤에 전화 걸고 찾아가겠노라고 했다. 그러나 그녀는 꼭 오라고, 만나자고, 내게 도움을 받고 싶은 일이 있다고 했다. 그러고는 갤러리 문제, 한국에 강의하러 들어가야 하는 몇 달 동안 갤러리 운영 문제 등으로 고민이라고 했다.

나는 강원대 미술과 교수들과 의논을 해볼 생각을 했다. 미술과 출신으로 이국적인 소재로 그림을 그리고 싶은 사람이 있을 것이란 생각을 했던 것이다.

말라카 크리스트 교회와 세인트폴 성채 유적지

버스를 타고 가다가 붉은 벽돌의 말라카 크리스트 교회가 있는 곳에서 내렸다. 네덜란드 시절에 지어진 교회로 네덜란드 교회로도 불린다고 한다. 말라카Malacca 는 말라카주의 주도州都. 그 옆에 세인트폴 언덕이 솟아 있고 언덕을 중심으로 성채와 박물관과 교회당이 있다고 했다.

14세기 이전까지만 해도 말라카는 한적한 시골에 지나지 않았지만, 14세기에 수마트라의 파라메스바라가 이곳에 이슬람 왕국을 건설하면서, 동서무역의 요

충지가 되었다. 그러나 1511년 포르투갈이 이 왕국을 멸망시키고, 식민지를 삼았다.

이후 말라카는 1641년에는 네덜란드의 소유로, 1824년에는 영국의 소유가 되었다. 말라카는 그 지리적 여건으로 인해 싱가포르가 국제항으로 대두되기 전까지는 말라카 해협에서 해상 교통의 요충지였다.

말라카 크리스트 교회는 건물 전면 상단부에 'CHRIST CHURCH MELAKA 1753'이라는 백색 알파벳 문자가 써있었다. 1753년에 완공했다는 의미일 것이다.

네덜란드 교회를 지나 언덕 쪽으로 가자 언덕 아래쪽으로 보호대를 두른 곳, 아래쪽으로 벽돌과 시멘트의 건축물 기소 부분이 보였다. 세인트 폴 성城의 흔적이라고 했다. 포르투갈과 네덜란드, 영국이 말라카의 소유를 위해 서로 싸울 때 만들어 놓은 성의 흔적일까.

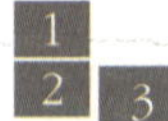

1 말라카 교회
2 성채의 유적
3 해양사 박물관 소재 복제한 마젤란 시대의 목제 범선, 촬영은 박수빈

316

해양역사박물관

세인트폴 성 유적지에서 해양역사박물관_{Muzium Samudera}까지 걸었다. 복제된 거대한 목제 범선이 있었다. 짙은 밤색으로 도장된 목선, 계단을 타고 올라가 선실 안으로 들어갈 때에는 신을 벗어 비닐주머니에 넣어 들고 다녔다. 실물 크기의 범선, 모든 것은 다 실물 크기였다.

선실 내부에는 항해를 하는 데 사용되었던 각종 장비가 있었고 마젤란_{1480?~1521}의 등신대 인형이 있었다. 마젤란은 포르투갈 태생의 스페인 항해자, 마젤란 해협의 발견자이다. 그렇다면 우리가 선박 내부로 들어와 구경하고 있는 이 목선은 마젤란이 처음 말라카 항으로 들어왔을 당시의 그 선박을 그대로 복제해 놓았다는 것인가.

범선 안에서 '말라카 항'에 대한 정 교수님의 간단한 강의가 있었다.

① 말라카 항

2~3세기부터 세계 3대 항구 가운데 하나로 사용되었다. 문헌에 따라 차이가 보이지만 항의 길이는 1,050km, 폭은 270~370km, 가장 좁은 폭은 20~37km였다. 최근 통계에 의하면 1년에 10만 척의 배가 입출항을 하고 있다.

② 말라카 항의 문제점은 다음과 같다.

- 말라카 항은 말레이, 인도네시아, 싱가포르가 공동 운영하고 있는 데서 갈등이 발생하고 있다. 특히 인도네시아가 문제점들을 많이 제기하고 있다.
- 모래가 몰려들어 항의 수심이 다양하다. 현재 수심은 25~115m까지 다양하다. 수심 2~3m에서는 배를 정박시킬 수 없다. 수심은 점차 낮아지고 매년 15~60m씩 항구가 줄어들고 있다.
- 말라카 해협은 세계3대 해적 창궐지대, 해적 건수가 해마다 늘고 있다.
- 국제 테러 발발 지역으로 될 위험이 있다. 요충지에 1척의 배를 침몰시켜도 1년간 선박의 운행이 중단될 수 있다.

→ 그러므로 국제협력 위원회가 조직되어 대책관리를 해야 한다.

③ 말라카 항의 중요성

이 지역은 몬순 기후대에 걸쳐 있어서 말라카 해협 통과 중에 문제가 발생하면 정박해서 재정비를 할 수 있는 곳이다. 말라카의 해로는 상선들이 발견했다. 현재 이곳은 적도 무풍지대다. 최근 들어 말라카 항에서는 항구를 보호하기 위해서 20만 톤 이상의 선박들 대형 선박의 통과를 자제 또는 금지 시키고 있다.

일단 복제된 범선에서 나왔다. 20m도 떨어지지 않은 곳에 해양박물관 II가 있었다. 이 박물관은 일반 박물관의 모습을 갖추고 있는 곳이었다. 물매가 싼 지붕을 하고 있었다.

세계 해양사에 공헌한 이들의 초상화와 사진이 있었다. 중국인 탐험가 정화鄭和, Cheng Ho, 1371~1433의 초상화도 있었다.

또 각국의 유명한 선박들의 모형도 있었다. 그곳에 거북선 모형이 있었다. 이순신 장군이 창안한 거북선 모형이 해상 왕국 말레이시아의 말라카 해양박물관에 자랑스레 전시되어 있었다.

전시실의 또 다른 곳에는 박제된 거대한 거북 한 마리가 전시되어 있었다. 무려 150kg, 폭 1m. 하와이안 거북의 일종. 그런 거북이라면 등에 올라타고 용궁까지 갈 수 있으리라 생각했다. 지하에는 선박에서 사용하던 랜턴들이 전시되어 있었다.

해양박물관에서 나와 운하를 따라 걷다가 네덜란드 교회 광장이 있는 곳까지 갔다. 그리고 세인트 폴 언덕 기슭에 있는 박물관으로 갔다. 그곳에 탐험가 정화에 관한 특별실이 있다고 했다.

역사 · 인종 · 문학박물관

역사 · 인종 · 문학박물관History Ethono-graphy & Literature에서 '정화 문물기념랑鄭和文物記念廊'은 3층 구석진 곳에 있었다. 여러 방을 거치고 회랑을 따라서 찾아가야 했다. 정화 관련 자료들을 모아놓은 곳이었다. 실내는 무더위로 땀이 줄줄 흘렀지만 정화의 초상화와 정화가 당시 타고 다니던 범선을 복제한 모형 배 앞에서 정수일 교수의 현장 강의를 들었다.

【 강의 – 정화와 중국과 세계 】

① 중국의 세계 발견

정화는 1405~1433까지 28년간에 걸쳐 7번, 말라카를 출발하여 전 세계를 탐사했다. 특히 6번째

1 역사 · 인종 · 문학박물관
2 정화 특별 자료실

탐사에서는 대선이었던 보선(寶船)의 승선 인원은 26,000명, 보선의 길이는 137m 폭은 56m, 돛대는 9개가 달려 있었다.

(배의 수량은 대략 2,700톤으로 추정한다. 특히 1957년 난징에서 거대 방향 키의 발굴로 정화가 만든 대형선박의 존재가 실재했음을 증명했다.)

그외에 소선(小船) 20~30척을 이끌었다. 1421년 정화 선단이 돌아와 그들이 원정했던 곳을 보고했다. 이것은 1498년 콜럼버스의 항해, 1819년 마젤란의 항해보다 훨씬 앞선 것이었다.

2006년 영국인 개빈 멘지스(Gavin Menzies)는 그의 저서 『1421 - 중국이 세계를 제패하다』에서 전세계의 박물관을 방문, 증거 자료를 수집하여 그 결과를 밝힌 바 있다. 개빈에 의하면 베네수엘라에서 오골계와 중국 도자기 파편이 발견되었고 캘리포니아에서 대만해협의 돌이 발견되었다.

멕시코 만 인디안 제전에서는 옥(玉)으로 만든 홀 6개가 발견 되었는데 여기에는 갑골문자가 기록되어 있었다. 이런 것들로 보면 이미 3000년 전에 중국인이 라틴 아메리카에 갔었다는 것을 추정하고 있다.

② 정화(鄭和)의 세계 발견

정화(1371~1433)는 중국 명대의 수군제독, 본명은 마삼보(馬三保, 또는 馬和)이다. 국적은 중국이지만, 중앙아시아의 이슬람교도 마합지(馬哈只)의 아들이다. 그의 선조는 원대(元代) 원난성(雲南省)의 성 총독을 지냈다.

1382년 윈남성이 명나라에 정복되면서 그는 포로가 되어 거세(혹은 16세 무렵 스스로 거세를 지원했다고 한다)된 후 명나라 군대에 편입, 연왕(燕王)을 섬기게 되면서 연왕의 총애를 받았다. 1399~1402년 정란(靖亂)이 일어났을 때 연왕을 따라 무공을 세웠다. 이후 연왕이 황제(영락제(永樂帝))로 즉위하는 데 큰 공을 세웠다. 이후 환관의 우두머리가 되었고 정(鄭)씨 성을 받았다.

조카인 혜제에게서 제위를 찬탈한 영락제는 정란 후 혜제의 시신이 보이지 않자 혜제가 국외로 탈출한 것으로 의심, 정화로 하여금 대선단을 지휘하여 동남아시아와 서남아시아는 물론 아프리카 케냐 스와힐리에 이르는 30여 국을 원정하게 했다.

정화는 본래 페르시아 출신으로 외국어에 능하고 항해술, 지리학에 식견이 깊었다. 정화의 활약상이 드러나자 이에 대한 제제가 나타나기 시작했다. 항해중 선박에 화재 사건이 발생했을 때 사찰대에 걸려 항해중 귀환하기도 했다.

정화의 사망 날짜와 사망 장소는 문헌에 따라 다르다. 제7차 항해중 캘커타에서 사망했다는 설, 귀국해서 사망했다는 설 등이 있다.

정화는 귀국해서 철저하게 무시당했다. 정화 관련 기록물이나 항해 일지, 항해술, 대선의 제작술 등에 관한 기록은 분서갱유 당했다. 정화 사후 중국에서는 대선박을 제작하지 못했다. 그러나 1920, 1926년 대선박의 거대 조각이 발굴되면서 정화선단의 대선박 제작이 사실이었음이 드러났다.

정화 관련 기록물들에 대한 철저한 분서갱유에도 불구하고 정화의 업적이 후세에 전해진 것은 다음과 같은 사실에 근거한다.

정화는 항해 중에 많은 학자들을 탑선시켜 그들이 항해 관련 및 정화 관련 많은 기록을 남겼고 이들이 중국 전역에 퍼지게 되어 분서갱유에서 벗어날 수 있었다. 또 정화군단은 항해 중 기항지마다 사당을 건립했다. 그 사당들과 사당 관련 자료들이 후세에까지 남게 되어 이들을 통해 정화의 업적을 확인하게 된 것이다.

정화가 이룩한 업적은 명나라의 인도양 진출(1405)이 콜럼버스나 바스코 다마보다 80년 이상 앞섰다는 데 있다(콜럼버스는 1492년에, 바스코 다마는 1497년에 진출했다).

정화는 체격이 크고 대담한 성격을 갖고 있었다고 한다. 여러 외국어에도 능통했던 정화가 명나라를 위해서 그렇게 애를 썼음에도 불구하고 제재를 받아야 했었던 것은 그가 한족漢族이 아니라 무슬림 출신의 페르시아인이었다는 것, 특히 환관이었다는 것에 있었다고 한다.

정화문물기념랑 안에 만들어진 정화군단의 대선大船 복제품 앞에서 기념사진을 찍었다. 실내온도는 아마 35℃ 이상을 넘는 것 같았다. 땀으로 목욕을 했다.

정화문물기념랑 안의 정화 초상화를 보면서 동행들이 한 마디씩 했다. 페르시아 출신 사람인데 너무도 동양적인 인물로, 환관인데도 불구하고 수염이 무성했다. 정화가 16세에 거세했다면 수염이 있을 수 없다는 것이었다.

세인트 폴 성당

박물관 위쪽으로 산책로를 따라 올라가자 말라카 시내가 한 눈에 보였다. 세인트 폴 언덕 정상 위에 세인트 폴 성당Saint Poul Church, 지붕은 없고 사면 벽만이 높다란 건물이 있었다. 성당 건물 앞에 명패 없는 하얀 석고상 입상, 말라카에 최초로 들

어온 프랑스 신부 사비에르의 조각상이었다. 오른손 손목 아래가 없었다. 순교자란 표시란다. 석고상 옆에 누군가 펜글씨로 오바마라고 낙서를 해놓았다.

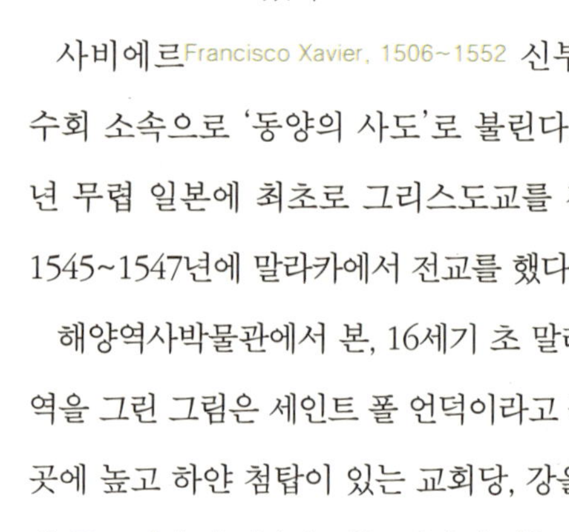

사비에르Francisco Xavier, 1506~1552 신부는 예수회 소속으로 '동양의 사도'로 불린다. 1540년 무렵 일본에 최초로 그리스도교를 전했고 1545~1547년에 말라카에서 전교를 했다.

해양역사박물관에서 본, 16세기 초 말래카 지역을 그린 그림은 세인트 폴 언덕이라고 불리는 곳에 높고 하얀 첨탑이 있는 교회당, 강을 사이에 두고 마을과 마을을 잇는 다리가 있는 그림이었다. 마침 교회의 역사를 알리는 듯한 안내문이 있기에 카메라에 담아 왔다. 그런데 확인해보니 이 교회는 1521년 포르투갈 인들이 현재의 자리에 작은 기도소로 지었다. 그리고 1545~1556년 사이에 예수회 소속 수도자들이 들어와 교회 건

물을 단계적으로 증축했다. 그러니까 세인트 폴 성당은 사비에르 신부가 말라

카에서 전교하던 1545~1547년 그 무렵에 증축 사업이 계획되고 실시되었을 것이다.

세인트 폴 성당의 중앙 제단 아래로 납골당이 있었다. 중앙 제단 위쪽으로 그물망을 덮어서 지하 납골당을 내려다 볼 수 있게 해놓았다. 성당 벽에는 납골당에 모셔졌던 석관石棺의 관뚜껑들이 기대어진 채 전시되고 있었다. 문자가 또는 무늬가 정교하게 새겨진 석관의 뚜껑들이 관광객의 눈길을 끌었다.

어디선가 구성진 피리 소리가 들렸다. 중앙 제단 구석진 곳에서 체구가 작고 눈이 큰 한 남자가 발 아래에 하얀 얼굴 붉은 입술의 가면들과 기념품들을 늘어놓고 피리를 불며 관광객을 부르고 있었다. 피리 부는 사내의 얼굴이 가면을 쓴 듯 창백했다. 극작가 심산 선생이 기념품으로 손톱깎이를 사서 하나씩 나누어 주었다.

말라카 술탄의 궁정 Malacca Sultanate Palace Museum

말라카의 술탄, 술탄이라면 이슬람국의 군주 또는 황제를 의미한다. 말라카 지역 술탄이 살던 특이한 궁정을 찾았다. 말라카의 영어식 표기는 Malacca인데 안내판에서는 MELAKA로 표기하고 있었다. 포르투갈, 네덜란드, 영국, 프랑스가 한 번씩 거쳐간 나라라 그들 편한 대로 표기를 하는 것인가.

안내판의 설명을 보면 우리가 보고 있는 말라카의 말레이 술탄의 궁정은 (일반인에게는) 금지된 정원으로 알려진 식물원을 갖고 있고, 같은 시대 다른 주에 있는 술탄의 궁정과 비교했을 때 오직 이곳에만 금지된 정원이 있었다는 것이다. 이 정원은 왕족의 휴게소이며 동시에 다양한 타입의 나무들과 화초들을 갖고 있다고 했다.

　술탄의 목재 궁정 건물은 참으로 이국적인 정취를 더해주고 있었다. 건물의 중앙 출입구는 신을 벗고 계단을 올라가야 하는데 현관 처마 아래에 금빛 글씨로 'ISTANA KESULTANAN MELAKA'라고 적힌 현판이 걸려 있었다.

　궁정 건물의 마루로 올라섰다. 전면 회랑에는 해외에서 온 상인들, 선인들의 실물 크기 인형들이 국가별로 제작되어 전시되고 있었다. 홀에는 왕과 신하들의 재판 광경을 묘사한 인형들, 결혼예복을 입은 인형들이 전시되어 있었다. 이곳에서는 이들 등신대의 인형들을 활용해서 말라카 지역 주민들의 일상을 관광객들에게 보여주고 있었다.

　후면 회랑을 걷다가 열린 문을 통해 바깥을 내다보는데 지나가던 최원희 선생왈 "이 궁안에 살고 있던 주인처럼 보입니다" 하고 웃었다. 그랬던가? 전생에 내가 이 궁전에서 살았던가…….

1　2　　1 술탄의 궁정 입구
　　　　2 재판광경
　　3　　3 박지성 선수의 광고간판

326

차이나 스트리트

점심 식사 후 호텔로 가는 휴식 팀, 자유 산책 팀, 답사 팀으로 나뉘어 각자 자유 시간을 갖기로 했다. 나는 답사 팀으로 들어갔다. 답사 팀에는 강만길, 강수찬, 문유찬, 최원희, 이덕화, 한종우 선생과 현지 가이드가 끼었다.

차이나 스트리트를 걸었다. 어느 곳에선가 광장처럼 넓어진 거리, 그곳에 가설 무대를 갖춘 곳이 있었고 낯익은 얼굴이 있었다. 한국의 대표 축구선수 박지성 씨가 MISTER POTATO BOLEH란 상품광고의 모델로 나온 사진이 큼직하게 붙어 있었다. 한국의 축구선수가 동남아의 한 나라에서 상품광고 모델로 나오다니. 반가웠다.

중국인 거리, 설 연휴가 아직 계속되고 있어서 골목에는 크고 붉은 지등紙燈이 긴 줄에 주렁주렁 달려 있었다. 상가 건물 밖에는 복을 비는 글귀들이 부착되어 있었다. 상가에 면한 건물의 벽에는 라면 상자의 반 정도 크기의 벽감(장식을 위하여 벽면을 오목하게 파서 만든 공간)을 만들어 그 안에 신을 모시는 향과 양초와 과일 같은 것을 괴어두고 있었다.

도교 사원에는 조상의 위패를 모시고 후손들이 끊임없이 찾아와 향을 사르고 있었다. 조상의 위패를 모신 곳 마당에는 향불이 토해내는 연기로 눈앞이 부옇게 보일 정도였다. 말라카가 워낙 오래되고 유명한 항구

였던지라 사원 앞마당에는 커다란 범선을 상징하는 높고 붉은 돛대가 양쪽으로 두 대 수직으로 세워져 있고, 두 돛대를 이어놓은 붉은 줄에는 크고 붉은 지등들이 꽃송이처럼 달려 있었다.

말라카에서 가장 오래된 깜풍끌린 모스크Masjid Kampung Kling로 갔다. 문화유산으로 등록된 건물이었다. 동네 주민들이 입구 계단 위에 앉아 한담을 즐기다가 우리들에게 실내로 들어가는 길을 내주었다. 강상훈 대표가 모스크 안에서 메카를 향해 절을 올리는 방법, 수니파와 시크파의 절하는 방식의 차이 같은 것을 시범하면서 보여주었다. 무슬림에게 모스크는 신앙의 장소이고 사교의 장소이며 휴식터이기도 함을 보여주는 것이 깜풍끌린 모스크였다.

모스크에서 나오다 보니 바로 앞에 Hotel Dasom Inn-Restoran Korea란 간판, 간판에는 한글로 '다솜식당' 한자로 '純愛記樓'란 글자가 들어가 있었다. 한국인이 경영하는 여관이며 식당임을 알리는 집이었다.

수빈 파인 아트 갤러리

아침에 미리 강 대표와 현지 가이드에게 요냐바바 무제움 앞에서 네 번째 집, 수빈 갤러리 방문을 부탁해 두었었다. 차이나 스트리트 구경을 하다가 현지가이드를 따라 헤른스트 거리 69호 건물을 찾아 나섰다.

수빈 파인 아트 갤러리가 눈앞에 있었다. 나의 동행들이 그대로 갤러리 문을 밀치고 들어섰다. 아침에 전화로 약속했었던 시간보다 훨씬 일찍, 전화도 하지 않고 무턱대고 찾아간 것이다.

박수빈 화백과 함께

큰 키에 몸매가 늘씬하고 눈매가 고운 중년 여성이 나왔다. 박수빈 화백, 나의 춘천여고 2년 선배였다. 40여 년 전 춘천여중고 시절, 중고등학교가 같은 교내에 있는지라 웬만하면 아래 위 2~3년 선후배들은 낯이 익었다. 박수빈 선배의 얼굴을 보자 곧 세월을 건너뛰어서 여고시절의 모습이 그 얼굴 위에 겹쳐졌다.

  박수빈 선배, 키가 크고 얌전하던, 우애부원 선배였다. 우애부원이란 춘천여고 규율부원에게 붙여졌던 명칭이다. 후배들의 생활지도를 하던 선배들, 등교시 학교 정문 앞에 네댓 명이 교문 양측에 서서 등교하는 후배들과 인사를 나누고 교복 불량자에 대해서는 지도를 해주던……. 선후배끼리, 선생님과 학생과도 만나면 허리 숙이며 "안녕히 —" 세 음절 한 단어의 인사말로 나누었다. "안녕히 —"는 춘천여중고만의 독특한 인사법이었다.

  박수빈이란 이름은 후에 개명한 이름인 듯했다. 내가 중학교에 입학했을 때 2년 위 선배들 사이에서는, 멘토Mentor : 지도자, 조언자로서의 선배가 신입생 가운데 자신의 맨티mantee : 조언을 받는 사람를 선정, 선후배 사이의 결속을 다지는 이른바 멘토링 제도가 있었다. 그때는 서로를 S 언니, S 동생이라고 불렀다(지금도 나는 그

S가 무엇의 약자인지, 그리고 그 진정한 의미가 무엇인지를 모른다).

내가 춘천여중에 입학했을 때 나의 S 언니는 3학년 김성완 언니였다. 그러나 그 언니는 부친이 강릉상고 교장으로 전근가시면서 강릉으로 전학 갔다. 그 이후 내게 정다운 눈길을 보내주던 선배는 남인순, 김경옥, 이영순 언니였다. 특히 이영순 언니는 도서실 담당으로 내게 규정 이외의 책들을 많이 빌려주고 대출 기간도 연장해주고는 했다.

김경옥 선배는 전교학생회장으로 매우 어른스러웠다. 나는 그 선배의 성숙한 분위기와 지적 언어 구사에 부러움을 갖고는 했다. S 언니 여부에 관계없이 유기열, 박청숙, 유재준 선배는 나를 그들의 친자매처럼 귀여워했다. 그와 같은 분위기는 고등학교로 진학하면서도 지속되었다. 춘천여중의 분위기가 그대로 춘천여고의 분위기로 이어진 것이다.

그와 같은 분위기 속에서 보낸 여고생 시절, 박수빈 선배와는 개인적 만남이나 이야기를 나눈 기억이 없는 것을 보면 아마도 선배가 너무도 얌전한 여학생이 아니었나 싶다.

춘천여고를 졸업하고 처음, 그것도 이국 땅 말라카에서의 만남이었다. 박화백에게는 여고 졸업 후 47년 만에 만나게 되는 후배라고 했다. 7부 청바지, 그 위에 밝은 회색 바탕에 흰 꽃무늬가 있는 시폰 원피스 차림, 박수빈 화백은 언뜻보아 50대 초반으로 보일 만큼 젊고 멋지게 살고 있었다. 같이 간 우리 일행들은 갤러리의 규모와 작품 앞에 충격을 받은 듯했다. 그들은 잠시 후 경쟁이나 하듯이 갤러리의 모습을 카메라에 담기 시작했다.

1
2
3

1 수빈 파인 아트 갤러리에 대한 소개를 하는 박수빈 화백
2, 3 갤러리에 전시된 박수빈 화백의 작품들

박수빈 화백의 아버님은 1980년대 중반, 강원대 사범대학 박인식 학장님, 아버님의 얼굴이 박 선배의 얼굴에 겹쳐 보였다. 약사아파트 시절, 같은 아파트에 박인식 학장님께서 사셨다. 박수빈 화백과는 여고 시절에는 그저 얼굴만 아는 정도였지만, 살면서 보니 이렇게 저렇게 얽히고 설켜져 있는 인연이었다.

갤러리 건물은 전면보다 내부의 깊이가 길었다. 1층에는 적어도 3단계로 나누어진 홀이 있고 작품들이 벽면에 빼곡히 전시되어 있었다. 대부분의 그림이 캔버스 위에 오일로 그린 것, 때로 한지 위에 또는 실크 위에 그려진 것들도 있었다. 산수화, 정물화, 누드화, 종이학을 그린 것, 도자기에 그린 것, 연필화 등등, 재료도 다양하고, 사실화와 추상화 등등, 다양한 재료와 다양한 기법을 사용하고 있었다. 색

채는 열대의 풍광을 받아 강렬하면서도 화사했다. 특히 열대 식물들을 대상으로 그린 그림들이 많았고 이들은 대개 최신작이라고 했다.

박수빈 화백은 47년만에 만나게 된 후배와, 함께 온 일행을 대상으로 여러 번 만난 사람에게처럼 익숙하고도 정답게 이야기를 펼쳐나갔다. 갤러리 건물은 200년이 넘은 것으로 중국인 3대가 소유해오고 있다는 것, 말라카라는 이역에서 천장이 높은 갤러리를 임대하기까지 과정, 그리고 러시아에서의 3년에 걸친 화가 수업 이후 화가 가운데 한국 최초의 관광경영학 박사학위를 받았다는 것, 이곳 말라카에 박 선배가 갤러리를 내면서 주변 화가들이 긴장하고 있다는 것 등등을 구수한 입담으로 풀어놓았다.

아침에 박 선배와 전화 통화를 할 때 갤러리를 맡길 사람을 찾는다던 이야기를 하더니 나와 전화를 마치는 순간, 갤러리를 지키기로 마음을 정했다고 했다. 한국의 대학에서 강의를 하는 동안, 갤러리를 남에게 맡긴다는 것이, 갤러리 운영에 많은 지장을 줄 것은 명약관화한 일. 강의도 중요하지만 갤러리 운영도 중요하니 한 우물을 파기로 결정한 듯했다.

작품들은 1층 전시 공간을 다 차지하고 2층에도 있었다. 그러나 2층부터는 생활과 작업 공간, 2층에는 서예나 동양화를 하기 위한 작업대가 있었다. 그리고 계단 옆쪽으로 게스트룸이 있었다. 두 대의 싱글 침대가 들어가 있었다. 3층은 박 선배의 침실이라고 했다. 2층에서 3층으로 올라가는 노루목 같은 지점에 길다란 목검 같은 것이 있었다. 옆에 있던 최원희 선생이 웬 검이냐고 물었다. 박 선배 왈 혹시나 하여 호신용으로 놓아둔 것이라고 했다. 우리 눈에는 그냥 길고 넓적한 판대기 같으나 검도 5단의 국가대표 선수께선 금방 알아본 것이다.

게스트룸은 말라카를 방문하는 이들에게 임대해주는 방이었다. 하루에 한국 돈 7만 원 정도, 이곳 날씨는 겨울에도 33~35℃로 꽃이 피고 숲이 무성하니 관광객이 많을 것이다. 틀에 박힌 호텔에서보다는 개성 있는 갤러리에서 며칠 숙박하며 말라카의 정취에 푹 젖어보는 것도 좋은 추억을 만들 수 있을 것이다.

박수빈 화백과 작별 인사를 하기 전, 최원희 선생이 갖고 있던 합죽선을 갤러리 방문 기념으로 박 선배에게 선물했다. 매화가 그려진 예쁜 부채였다. 우리 일행은 화첩 한 권씩 받아 들고 갤러리를 나왔다. 박 선배는 문밖까지 나와서 오래도록 우리의 뒷모습을 지켜보고 있었다.(박수빈 파인 아트 갤러리 홈페이지는 http://cafe.daum.net/subinbak)

네덜란드 성당 광장까지 걸었다. 광장에는 시계탑이 있었고 그 앞에 분수도 있었다. 갤러리에 동행하셨던 강만길 교수께서 박수빈 화백의 그림이 마음에 든다고, 특히 화첩 23쪽에 있는 〈Confusion 1〉이 좋다고 하셨다. 자유 산책 팀에 끼셨던 정수일 교수도 박 화백의 화첩을 펼쳐보시며 그 좋은 갤러리에 동참하지 못해서 섭섭해 하셨다.

일단 호텔로 돌아와 휴식을 취했다. 하루 종일 많이 걸었다. 갤러리로 전화해서 박 선배에게 우리를 반갑게 맞아주어서 고맙다는 인사말을 전했다. 이역만리에서 고군분투하는 박 선배가 자랑스러운 일면, 아무런 도움도 주지 못하고 떠나게 되어 마음 한 구석이 아파 왔다.

저녁 식사 후 말라카 크루즈를 하기 위해 나왔다. 운하의 폭은 넓지 않았지만 양안兩岸의 건물들, 주민들의 주택 등에 조명등을 잘 정비해서 낮과는 다른 말라카의 야경을 볼 수 있었다. 열대우림 지역의 말라카, 말라카가 보여주는 열대수

들의 모습도 환상적이지만, 밤에 보는 말라카는 더욱 환상적이었다. 특히 양안의 건물에 그림을 그려 넣고 밤에 그곳에 조명을 비추니 마치 고갱의 그림 속으로 들어가는 듯한 느낌을 받았다. 환상적인 야경을 감상하면서도 피곤에 지친 눈꺼풀이 몇 번인가 감겨졌다.

호텔로 돌아오자마자 옷도 벗지 못하고 그대로 잠들었다. 술자리에 참석했던 룸메이트, 자정 무렵에 돌아왔기로 간신히 일어나 문을 열어주고는 그대로 쓰러져 다시 잠들었다.

2012. 2. 4. 토요일. 갬.

10 말라카-두마이 항구-페칸바루

기상(03:30), 샤워부터 하고 일기를 정리했다. 여행 일정 2/3로 들어서면서 피곤이 쌓이자 신경들이 날카롭다. 나도 공연히 짜증이 나려는 것을 참는다. 이번 여행에서는 유독 피곤을 느낀다. 룸메이트 이덕화 선생, 연이틀 술에 취해 늦게 들어와 그대로 침대 속으로 들어갔다. 오늘은 새벽부터 일어나 커피를 끓여 마시고 책을 보더니 다시 침대 속으로 들어가 7시가 넘어서도 일어나지 않아 깨웠더니 왜 좀 더 일찍 깨워주지 않았느냐고 한다. 8시 출발이라 서둘러야 했다. 특히 어제 호텔에서 외부전화out-line로 박수빈 화백과 통화를 했기로 체크아웃 할 때 계산이 필요했다. 세 번 전화 통로 기록되고 3달러를 지불했다. 시내 통화료로는 지독히 비싼 요금이다.

버스에 탑승(8:00), 항구로 나갔다(08:15). 말라카 항구에서 인도네시아의 두마이 항까지는 109.4km. 출입국 신고소TERMINAL PENUMPANG MUARA SG. MELAKA에서 출국 신고를 하고 말레이시아 현지 가이드 이익주 씨와 작별 인사를 했다. 곧바로 페리호에 승선했다.

2층으로 된 선실은 자그마하고 의자와 의자 사이는 좁았다. 승객들의 탑승이 완료되자 출발(10:10), 선원이 생수와 카스텔라를 나누어 주었다. 중국의 개방 초기, 중국 여행 때 주던 것과 같은 모양의 음식물, 물은 마시고 카스텔라는 빈 자리에 놓아두었다.

말라카 해협을 빠져나가며 처음에는 팜나무며 고무나무가 자라는 섬들이 보이다가 차츰 수평선만 보였다. 말라카 해협의 물색은 비취색이다가 흑청색으로 바뀌었다. 파도는 없었다. 실내에서 최수철의 『침대』를 읽다가 보니 어느새 바닷물 색은 청색으로 바뀌었고 또 책에 빠져 있다가 보니 바닷물 색은 황토색으로 바뀌어 있었다.

인도네시아 두마이 항구

인도네시아의 수도는 자카르타(Jakarta), 공식 명칭은 인도네시아공화국(Republic of Indonesia)으로 불린다. 이 나라는 자바, 수마트라, 보르네오, 셀레베스 등 크고 작은 13,677개의 섬들로 이루어져 있다. 국토 면적은 190만 4,569km², 인구는 2억 4,545만 2,739명(2007년 기준)에 이른다고 한다.

('인도네시아', 한국민족문화대백과(http://encykorea.aks.ac.kr/), 최종검색일 : 2014.3.15)

인도네시아의 본래 국명은 '누산타라(Nusantara)'로 많은 섬들을 가진 나라라는 의미, '인도네시아' 역시 인도의 섬나라라는 의미로, 19세기 중엽, 영국의 J. R 로건이 붙인 이름이라고 한다.

인도네시아 국민 구성은 자바인, 순다인, 마두루인, 말레이인 등이고, 공식 언어는 인도네시아어이며 영어와 네델란드어로 사용되고 있다. 이들의 종교는 이슬람(87%)이 단연 우세하고 개신교, 가톨릭교, 힌두교, 불교가 그 뒤를 따른다. 특이한 사항은 크라카타우(크라카토아) 화산을 포함, 220여 개의 활화산이 있다는 것이다.

말라카에서 출항하여 2시간 반 만에 인도네시아의 두마이 항구에 도착했다 (12:45). 이쪽 지역 사람들이 모두 내린 후에야 우리들의 짐이 나왔다. 짐을 끌고 나가 하선장에 연결된 다리를 건너자 곧바로 출입국 사무소, 날씨는 찌는 듯이 무더웠다. 36~37℃를 오르내리는 더위에 작은 선풍기 하나가 대합실 천장에 달랑 하나 매달려 있었다.

Pinto Kedatangam Internatinal / Internatinal. Arrival Gate란 현판이 붙어

있었다.

입국 수속이 끝난 시간은 13시 30분.

게이트를 통과하자 인도네시아 현지 가이드 겸 사장 김영호 씨가 마중나왔다. 인도에서만 25년을 거주했다는 김 사장, 새벽부터 자카르타에서 버스를 몰고 두마이까지 달려왔다고 했다. 두마이에서 가장 큰 식당으로 가서 늦은 점심 식사를 하게 되었다. 이 식당은 '빠당 음식'점이어서 식성에 따라 골라 먹는 음식, 탄드리 치킨 맛이 나는 튀김닭 그리고 몇 가지 음식이 먹을 만했다.

몇 사람이 콜라를 주문했다. 콜라는 별도로 돈을 내야 한다기에 나는 주어진 물만 마셨다. 그러다 보니 음식을 다 먹고 나자 콜라가 반 병 이상 남은 것들이 있었다. 아깝다는 생각에 남은 콜라들을 한 병에 모아서 가지고 나왔다. 나오면서 보니 콜라값은 여행사에서 일괄 치루는 것 같았다. 차에 올라앉아 콜라값 아낀다고 마시고 싶어도 주문하지 않았던 것, 남들이 먹다 남은 콜라 아깝다고 병에 걷어 모아 가지고 나온 것, 그런 나 자신에게 혐오감이 불쑥 치밀었다. 나는 왜 거지처럼 이런 짓을 하고 있는가 하는 데서 오는 혐오감이었다.

두마이는 말레이시아와 인도네시아를 잇는 중간 기지, 유정油井과 정류精溜 공장이 있는 곳 특히 수마트라에서 원유를 공급받아 정제해서 수출하는, 인도네시아 제2의 유정지대라고 했다. 그러나 우리의 목적지는 두마이가 아니라 두마이를 거쳐서 페칸바루로 간다고 했다. 버스로 6시간 코스였다.

두마이를 출발했다(14:40). 아스팔트 포장길이었지만 버스는 요동을 쳤다.

페칸바루로 가는 차도 양편으로는 팜나무 농장, 고무나무 농장들이 이어지고 있었다. 팜나무 숲이 까마득히 먼 지평선까지 펼쳐져 있었다. 팜나무가 단단한 차력사처럼 보인다면 고무나무는 날씬한 여성의 이미지를 보여주고 있었다. 한두 시간 간격으로 버스는 멈추고 그동안 눈치껏 숲속으로 들어가 생리작용을 해결하기. 처음에는 우산을 챙겨들고 나가 적당한 장소를 찾지 못해 헤맸지만 이후에는 인근 주민의 화장실을 이용하고는 했다.

배를 타고 기다리고 출항하고 도착하고 또 기다리기를 세 시간, 그리고 또 장거리 버스 여행에 올랐다. 버스 안에서 잠시 졸다 보니 하늘에 둥실 떠오른 달, 차창을 통해 우리를 따라오는 달을 보았다.

페칸바루 가는 길

말라카에서 두마이 항까지
페리호로 세 시간

두마이에서 페칸바루로 가는 길
팜나무 농원과 고무나무 농원
지평선까지
팜나무 숲이 달리고
고무나무 숲이 달리고

평야지대 지나고 구릉지대

고개 들고 보니

휘영청 밝은 달덩이

천 년 전에도

달은 밝았고

바닷길 따라 가던 나그네

달빛에 젖고

눈물에 젖었으리라.

(2012. 2. 5, 19 : 05)

　　다시 한 시간 반쯤 지나자 페칸바루 지역으로 진입했다고 했다. 도시 중심가에 롯데마트가 들어와 있었다. 잠시 졸았나 본데 김영호 씨가 페칸바루 지역에서 가장 오래된 석유 펌프가 있는데 구경하겠느냐고 했다. 무조건 따라 내렸다. 낮에 김영호 씨는 수무르 미니아크를 지나게 될 것이며 이것은 오래된 우물이란 의미라고 이야기했었다. 잠결에 따라 내린 곳이 수무르 미니아크였다. 우리가 찾아간 펌프 옆에 마침 표식판이 있어 플래시를 터뜨리며 사진을 찍었다. 6D-55의 표식판. 미나스Minas 지역 최초의 유정 발견 지점. 1941년 3월의 일이고, 1943년 12월부터 800m 깊이에서 석유를 채유하기 시작했단다.

펌프와 달

낮은 구릉 위에서
줄 잇는 차량의 헤드라이트
지켜보는 석유펌프

목마를 닮았다.

땅속 깊은 곳으로부터
지구의 젖을
빨아올려 토해내던 펌프

휘영청 밝은 달밤이면
향수에 젖어
먼 하늘 바라보는
페칸바루 유정의 펌프
(2012. 2. 2, 19 : 35)

석유펌프와 달

340

땅속에서 석유를 퍼올렸다는, 지금은 석유공장이 다른 곳으로 가면서 기념품으로 남겨둔 석유펌프를 보면서 목마를 닮았다고 생각했다. 하늘의 달과 지상의 펌프를 수직으로 이어서 카메라에 담는데 내게 한 말인지 혼자 중얼거리는 것인지 "구도가 좋은데요", 한동헌 선생의 목소리가 머리 뒷꼭지로부터 들렸다.

한 구릉을 더 넘어서야 투명한 수정광을 연상시키는 수정 불기둥. 현재 시추 중인 시추대라고 했다. 캄캄하게 어두운 산 위 여기저기에 꽂혀 있는 석유 시추대들이 장관을 이루고 있었다.

호텔에 도착했다(21：00). 두마이에서 페칸바루까지 버스편으로 7시간 20분이 걸렸다.

Laberasa Hotel 622호에 배정받았다. 늦은 호텔 음식이 기상천외했다. 흰쌀밥에 불고기, 회초밥, 약밥, 오이 주스, 여러 고명과 함께 있는 국수류.

24시, 쓰러지기 직전의 피곤, 침대 속으로 다이빙했다.

2012. 2. 5, 일요일, 갬.

11 페칸바루-자카르타-반둥

3시 30분 기상.

피곤의 누적으로 시장에 팔러 온 병든 닭처럼 계속 꼬박꼬박 졸고 있다. 다행히 지난밤 저녁은 즐기며 먹을 수 있는 식단, 오늘은 또 어떤 음식을 먹을 수 있을까 하는 기대. 행복한 일정이다.

호텔 정원에 야트막한 그러나 규모가 큰 대형 연못을 만들고, 그 연못 안에 등신 대의 코끼리 가족 조각상이 있었다. 이른 아침에 호텔 정원으로 나가 코끼리 옆을 지나다가 살아있는 코끼리로 착각할 정도였다.

조반 후 국내선편 이용, 자카르타로 간다고 한다. 항공 소요시간은 1시간 40 분, 자카르타에서 국립박물관 방문 후 다시 버스편으로 반둥으로 간다고 한다. 공간 이동에 평생을 걸었던 옛날 사람들과 비교하면 거의 소리의 속도로 이동 하는 것이긴 하지만 이번 여행에서는 도시와 도시 사이 이동에 걸리는 시간이 너무 많다. 그러나 내가 선택한 여행 프로그램이니 주어진 시간 안에서 즐기는 방법을 찾아보자.

호텔 출발(07:25), 공항까지 20분 거리였다. 열대 지역에는 낙엽이 없다. 산에 부 식토도 없다. 스콜이 오면 일시에 씻겨져 내려가는 관계로 강이며 바다는 황토색 이다. 그러나 수질 오염 문제는 없다. 달리는 버스 안에서 김영호 선생이 설명하는 인도네시아의 자연환경에 대한 설명이었다. 어제 인도네시아 쪽으로 오면서 말라카 해협의 초록색 물, 흑청색, 청색의 물이 차츰 황토색으로 바뀌기에 궁금했었다.

페칸바루공항은 자그마했다. 짐을 부치는 데 시간이 걸렸다. 인도네시아 항공 기에 탑승, 앉고 보니 앞좌석과의 사이가 넓어 편했다. 비상구가 있는 곳이라 한 다. 비상시에 문을 열고 자리를 양보해 달라는 말인 모양인데 인도네시안 여승 무원이 와서 영어로 한참 설명한다. 짐작으로 알아듣고 고개 끄떡여준다. 승무 원의 웃음이 귀여웠다. 왼쪽에 서미숙 선생, 오른쪽에 정수일 교수가 앉으셨다.

코끼리가 있는 호텔 정원에서 이덕화 교수

9시 18분에 이륙했다.

늦은 밤에 왔다가
이른 아침에 떠나다.
어떤 일로 어떤 이야기 엮어지는지
알지 못한 채 떠나는 아침

비행기 탑승권을 손에 쥐고
인연의 실오라기 어찌 엮였기에
예서 하룻밤 묵고 가는가.

활주로를 질주하다 박차고 떠오르는
그랑데 인도네시아 GA173호

비행 내내 소설 『침대』를 읽었다. 정수일 교수도 내내 책을 읽고 계셨다.

자카르타

인도네시아의 수도 자카르타, 자카르타공항에 도착했다(10:47). 공항으로 나온 전용버스는 차 안에 화장실을 갖고 있고 마이크는 무선이었다. 자카르타에 있는 특급버스 3대 중 하나라고 하는데 화장실의 소독약 냄새로 머리가 아팠다. 마이크는 웅웅거리며 울려서 뒤쪽에서는 소리가 잘 들리지 않는다는 불평이 나왔다.

공항에서 시내로 들어가던 중 자카르타 연해에 배들이 둥실 떠있는 모습이 보였다. 절대부자絶對富者란 이야기를 들었다. 돈에 대한 개념을 모를 정도로 어마어마한 재산을 가진 사람을 절대부자라고 한다는데 인도네시아에서 절대부자는 대부분 중국인들, 이들은 언제라도 인도네시아가 위기에 처했을 때 탈출하기 위해서 바다에 배를 띄워두고 있다는 것이다. 오늘 우리가 가게 될 반둥은 패션의 도시, 반둥 출신 패션모델들이 많다고 한다.

스만기 로터리

자카르타는 동남아시아 제1의 대도시이고 '대大 자카르타 수도 특별지구'를 형성한다고 한다. 도시의 중심지대로 들어갔다. '스만기 로터리'에는 로터리를 가운데 두고 고층건물들이 둘러싸고 있었다. 여기서 '스만기'는 클로버를 의미하는 것인데, 스만기 로터리의 상공에서 내려다보면 건물에 둘러싸인 거리가 마치 네잎 클로버처럼 보여서 '스만기 로터리'란 이름을 갖게 되었다고 한다. 인도네시아를, 자카르타를 방문한 적이 있는지 여부는 '스만기 로터리'까지 진출했느냐 여부에 따라 자카르타 방문자의 자격을 준다고 하니 자카르타가 가장 자랑할 만한 지역인 듯했다.

인도네시아를 대표하는 인물의 동상들과 이름난 조각상들이 거리를 장식하고 있었다. 버스 투어로 스만기 로터리를 다 보았다고 할 수 있으며 자카르타 방문자의 자격을 받을 수 있을까마는, 참 높은 건물들이 많았다.

점심은 한국인 식당들이 몰려 있는 곳, 명동칼국수 집으로 갔다. 나는 순두부백반을 먹었다. 김치는 먹을 만했지만 순두부찌개는 별로였다. 점심을 먹는 동안 스콜이 쏟아졌고 물보라가 튕겨나가는 모습을 식당 유리창을 통해서 보았다. 한동헌 선생이 맥주 '빙땅'을 일행을 위해서 샀다. 빙땅은 별을 의미한다고 하는데 맥주 상표에 별 하나가 그려져 있었다.

국립박물관

식당에서 가까운 곳에 국립박물관 — 일명 코끼리 박물관이 있었다. 태국왕이 인도네시아에 선물해온 코끼리를 기념하여 앙증맞은 코끼리 조각상을 박물관 정원 앞에 세워놓았다.

국립박물관에 입장하지 못했다. 전에는 화요일이 휴관일이었는데 이번 달부터는 월요일이 휴관일, 오늘이었다.

독립광장, 독립기념관

1945년 인도네시아의 독립을 선언한 장소에 독립기념관을 설립하고, 주변을 독립광장으로 조성한 곳이다. 독립광장에는 얼핏 보면 침엽송인 듯하나 가까이 가보면 수종이 다른, 노란 꽃이 피어 있는 나무들이 공원을 채우고 있었다. 현지 가이드에게 꽃나무 이름을 물었으나 모른다고 했다. 가이드가 지나던 현지인에게 물었으나 그도 역시 모른다고 했다. 그러나 독립광장에 계획 식수한 것을 보면 무슨 의미가 있을 것 같다.

독립기념관까지 가기에는 시간이 걸린다고 그냥 원거리에서 보라고 했다. 독립기념관 건물 옥상으로부터 높이 137m에 이르는 탑이 있었다. 먼 곳에서도 백색의 키가 큰 탑은 마치 이집트의 오벨리스크처럼 보였다. 그 탑의 상단부에는 노란 불꽃모양의 조각이 있었다. 35kg의 순금으로 된 불꽃조각이라고 했다.

독립기념관 뒤로 돔과 미나렛이 보였다. 이 돔과 미나렛은 한 건물로 이어진 것으로 인도네시아 최대의 마스지드라고 했다. 그런가 하면 독립궁과 마스지드 사이 오른편으로는 성당의 첨탑이 보였다. 인도네시아가 다민족국가이고 다종교를 인정하는 국가임을 단적으

독립기념관 기념탑

로 보여주고 있는 곳이었다.

인도네시아의 수도 자카르타에 와서 스만기 로터리를 버스로 한 바퀴 돌고, 국립박물관은 바깥에서 보고 사진 한 장 찍고, 독립광장에서 원거리로 독립기념관의 기념탑을 배경으로 사진 한 장 찍고 떠나야 하는 시간, 어이가 없었다.

독립광장에서 버스에 올라 출발(14：40), 반둥으로 간다고 했다. 도시 한가운데의 교통은 잼 현상을 보이고 있었다. 이 혼잡한 교통 문제 해결을 위해서 하루에 두 번, 아침 7~10시까지, 오후 16~20시까지 Three-One 제도를 실행. 이것은 자동차 승용차의 경우 3인 이상이 타야 교통 혼란지대를 통과할 수 있도록 만든 제도라 한다. 이와 같은 제도 실시 이후 어느 정도 효과는 볼 수 있었지만 신종 아르바이트 직종이 생겼다고 한다. 곧 Three-One 제도 구간에서 그 시작과 끝 지점에서 승용차에 탑승해주는 사람들의 편도 보수가 1만 루피, 신종 아르바이트족은 왕복으로 승용차를 탈 경우 단시간 내에 2만 루피 벌이를 할 수 있다는 것, 이에 따라 경찰과 아르바이트족 사이에 쫓고 쫓기는 광경이 연출되기도 한다는 것이다. 그러나 밤 9시 이후가 되면 도시 중심가는 침묵의 도시, 어둠의 도시로 변한다고 한다.

달리는 버스 안에서 스콜이 지나가는 것을 보았다. 앞이 보이지 않도록 굵은 빗줄기가 쏟아지고, 고속도로의 차들은 서행을 시작했다. 하루에 한두 번 내린 강한 소낙비는 지상에 존재하는 모든 것들을 깨끗하게 씻어주고 있었다. 버스 안에서 졸거나 MP3로 음악을 들었다.

반둥

반둥으로 들어가는 진입로 부근을 통과(17:34), 스콜이 지나간 산악지대의 숲은 싱싱하고 푸르렀다. 계곡에는 다랑논이 줄렁줄렁 내려와 있고 벼들이 한참 연둣빛으로 자라고 있었다. 마침내 반둥 시내로 들어섰다. 인도네시아 4대 도시 가운데 하나, 인도네시아에서는 자바 섬이, 그 가운데서도 반둥의 인구밀도가 가장 조밀하다고 한다. 자바 섬의 인구는 600만 명. 반둥 거주민의 주요 수입원은 관광과 유통, 섬유사업 등이다.

그둥사떼

1955년 아시아·아프리카 정상회의가 열렸던 그둥사떼Gedung Sate로 갔다. '그둥'은 건물을, '사떼'는 꼬치 모양을 의미하는 것으로 꼬치 모양의 탑이 있는 건물이라는 의미이다. 1955년 이후 해마다 이곳에서 아시안 정상회담이 열리고 있고 2005년 반둥회의Bandung Conference는 50주년 기념행사를 열었다고 한다. 신문 혹은 TV에서 그둥사떼 건물을, 참석한 정상들이 인도네시아 전통복장 차림으로 기념사진을 찍은 것을 기억한다. 나도 그둥사떼 건물을 배경으로 인증사진을 찍었다.

끄락텔러 요리 실습

그둥사떼 앞 노상, 젊은 사내가 숯불을 피우고 둥글고 깊은 프라이팬에 야자열매 녹말과 설탕, 양념을 넣어 휘저어서 바닥이 어느 정도 누룽지가 되도록 했다.

그둥사떼

그리고 그 위에 달걀을 깨뜨려 넣고 대나무 수저로 휘저은 다음, 볶은 마늘가루, 황설탕, 소금, 카레 같은 것을 다시 넣고 휘저어 녹말 속으로 스며들게 했다. 그 다음에는 프라이팬을 불에 엎어 더 익힌 다음 누룽지가 된 내용물을 꺼내서 편 편한 판에 펼쳐 놓고 설탕을 끼얹어 도르르 말아 종이에 싸주었다. 그 조리된 음 식 이름이 *끄락텔러*Kerak Telor였다.

구경을 하고 있던 우리 팀에서 끄락텔러 두 개를 주문했다 상인이 야자 녹말 가루와 계란으로 누룽지를 만드는 동안 최원희 선생이 풍로에 대나무 부채로 바람을 넣어주었다. 마침내 만들어져 나온 누룽지, 내게는 익숙한 맛이었다. 춘 천 닭갈비집에서 만들어준 누룽지의 맛과 닮았다. 닭갈비집에서 만들어준, 닭갈 비에서 우러나온 닭고기 국물에 양념 넣고 밥을 볶아서 만들어준 누룽지가 훨

씬 맛이 있다고 생각했다.

우리들의 숙소인 호텔 그랜드 아쿠라Grand Aqula로 와서 저녁 식사, 호텔의 음식 맛이 좋았다. 낮에 한식당에서 이혜경 선생이 주문해서 사온 왕만두를 호텔에 와서 밥 삼아 먹었다. 맛있었다.

객실은 712호, 객실로 들어가 보니 객실 손님 환영용 열대과일 세 종류가 접시 위에, 랩에 싸인 채 놓여 있었다.

다고 언덕

반둥에서 야경으로 유명하다는 '다고 언덕'으로 갔다. 야경이 좋다기로 회원 모두가 기대에 차서 나갔으나……, 주로 주말에 자카르타 등지로부터 몰려온 젊은이들이 골목마다 상점 앞마다 모여서 악기를 연주하며 논다는 곳, 젊음의 광장과 같은 곳, 평일의 밤 다고 언덕은 어둡고 적막했다. 몇 군데 상점을 둘러보았으나 살 만한 물건이 없었다.

인도네시아의 커피가 유명하다기에 현지 가이드를 따라 호텔 인근 마트로 갔다. 인도네시아 자바커피 분쇄한 것으로 네 봉지를 샀다. 250g 네 봉지 값은 한국 돈으로 1만 원 미만이었다. 한국에서 원두커피 250g 한 봉지에 15,000원 이

상이었음을 생각한다면, 정말 저렴한 가격. 많이 사고 싶어도 먼 여행길 트렁크 안에 들어갈 양이 한정되어 있기에 그 정도로 만족해야 했다.

12 반둥-따식말라야-보로부두르-족자카르타

4시 30분에 기상했다. 짐을 꾸렸다. 그동안 계속 쓰고 다니던 베트남 모자를 호텔에 버리기로 했다. 호텔에서 출발(08:12)이 지연된 것은 한동헌 선생이 10분이나 지각을 했기 때문이다. 현지 가이드 김영호 씨 왈 점심은 반둥과 족자카르타 중간지대에 있는 순다주의 따식말라야에서 그 지역 특유의 순다 음식을 먹게 되리라고 했다. 반둥에서 따식말라야까지는 4시간, 여기에서 다시 4시간을 더 가야 족자카르타까지 가게 되리라고 했다.

지평선에서 떠오르는 햇살이 푸른 초원에 쏟아지는 것을 보며 생각에 잠겨 있는데 느닷 없이 이덕화 선생이 나서서 마이크를 잡더니 레크리에이션을 진행하기 시작했다. 여행 중의 감상을 말하거나, 노래를 하라고 했다. 초원에 부서져 내리는 햇살 앞에 한참 마음속 감동의 물결을 언어로 바꾸어나가고 있던 무렵이었다. 아직 9시도 되지 않은 시간이었다. 술도 마시지 않았고 목소리도 나오기 어려운 시간, 맨정신으로 노래를 불러야 한다는 것은 당혹스러운 일이었다.

그러나 이덕화 선생은 몽골 여행 중에 친교가 맺어진 전형석 강수찬 선생들

을 불러내서 〈돌아와요 부산항에〉, 〈허공〉, 〈사철가〉, 〈연분홍치마가 봄바람〉을
부르게 했다. 그러나 그분들도 결국 가사 가운데 몇 소절씩 기억이 나지 않아 불
발탄으로 끝나고 말았다. 호명된 다른 이들은 이야기만 하고 노래는 저녁시간
대로 연기했다. 부산 출신의 이덕화 선생, 김옥희 선생을 '김억희' 선생으로 부
르며 노래를 요구하자 '노래는 강요해서 될 일이 아니다'며 김옥희 선생은 완강
히 거절했다. 대구 출신의 서미숙 선생은 집안 내력에 '엄주가무'가 없다고 하여
잠시 어리둥절, '음주가무'의 대구식 발음이었다.

출발하고 한 시간쯤 뒤에 휴게소에 들러 잠시 휴식, 길은 평야지대로부터 서
서히 산악지대로 들어서고 있었다. 한 시간쯤 후에는 고산지대로 들어섰고 주
변에는 바나나나무, 팜나무가 무성했다. 붉은 기와지붕, 붉은 벽돌, 연변에 위치
한 초중등학생들은 교복 차림, 이 지역 학생의 교복 하의는 자주색이 많았다. 산
악지대의 계곡은 조랑논으로 개발되어 있었다.

산악지대로 깊숙이 들어가자, 산악지대임에도 불구하고 협궤선로가 지나고
있었다. 버스 두 대가 간신히 엇갈려 지날 수 있는 2차선 도로는 아스팔트임에
도 불구하고 요철이 심해서 버스는 출렁거렸다.

길가에는 벼를 베어서 널어 말리고 있었다. 땅콩도 말리고 있었다. 조랑논에
서는 모가 자라고 있는데 한쪽에서는 벼를 말리는 곳, 이 지역에서 3모작 또는
4모작이 이루어지고 있다고 했다.

팜나무와 야자수 농원 한가운데 있는 붉은 기와집의 모습은 산뜻했다. 마침내
11시 30분, 오늘 여정의 중간 지대인 산중마을, 서부 자바의 순다 주에 있는 따식말

라야에 도착했다. 식당 건물 전체가 댓잎과 열대식물로 엮어 맨 멋진 집이었다.

닭꼬치, 쇠고기 산적, 생선튀김, 옥수수전 같은 음식들이 나왔다. 음식들은 오랜 조리시간이 걸린 듯, 맛있었다. 마지막으로 나온 것은 순다 지역에서만 먹는 고유한 밥 ─ 메주종자를 넣어 만든 밥이었다. 메주 혹은 누룩 냄새가 났다.

현지 가이드 김영호 씨는 50세 안팎으로 보이는데 이야기를 듣다 보니 실제 나이는 63~64세, 탄탄한 체격, 카리스마 넘치는 어투, 이덕화 선생으로부터 들은 이야기는 사연이 깊더라고 했다. 묻지는 않았다. 타국 생활 20여 년이면, 사연 없는 사람이 어디 있겠는가 싶었다.

점심 식사 끝나고 식당 내 노래방에서 흘러나오는 이 지역 언어의 노래, 노래 소리 따라 가보니 김영호 씨가 반주에 맞추어 노래 부르고 있었다. 김영호 씨는 젊은 시절 트럼펫을 불었다고 한다. 육영수 여사 장례식장에서 인도네시아어로 진혼곡 일부를 불렀었노라고 젊은 시절 이야기를 슬쩍 비추었다.

따식말라야를 출발했다(12:35). 바깥은 열대의 기온, 버스 안은 한대 지역. 그러니 몸이 계속 아플 수밖에 없었다. 이쪽 자바 지역에서 TV는 삼성 제품이, 냉장고는 LG가 장악하고 있다고 했다. 쌀은 1kg에 한국 돈 1,000~1,100원. 낙원이었다. 한국에서 쌀 4kg에 25,000원 주고 샀으니 이곳 쌀값은 얼마나 싼 것인가.

달리는 버스 안에서 이덕화 선생은 '끈질기게' 다시 레크리에이션을 재개했다. 이덕화 선생에게 마이크를 전해 받은 강만길 교수는 젊은 시절에 있었던 후회스럽던 일들 세 가지를 말씀하셨고, 나는 내게 있어 후회스런 일은 몇 가지이고 어떤 것들이 있었나를 돌아보았다.

정수일 교수의 버스 안 강의가 시작되었다(15 : 10).

　　1617년 이수광은 『지봉유설』 권2에서 자바인에 대한 다음과 같이 기록을 남겼다.

　　　자바의 옛 이름은 사파(闍婆). 나라는 부유하고 땅은 넓으며 사람들이 조밀하기가
동양의 여러 번국 가운데서 으뜸이다.

　　　남자의 머리털은 헝클어지고 여자는 상투를 짠다. 남자는 반드시 허리에 칼을 차는
데, 칼이 매우 정교하고 예리하다. 형벌에는 태형이 없으며 죄의 경중을 불문하고 칼
로 베어 죽인다. 용기를 숭상하고 싸움을 좋아하며 얼굴빛은 거무칙칙하고 원숭이
머리에 맨발이다.

　　　음식을 먹는데 주저가 없으며 뱀, 개미, 벌레, 지렁이를 씹어 먹는다. 개와 함께 자
고 먹으면서도 더럽게 여기지 않는다. 수장(水葬), 화장(火葬), 견장(犬葬)이 있는데
사자(死者)의 소원에 따라 한 가지를 택한다.

　　　당사(唐史)에 의하면, 남만의 표국을 사리파라고도 부르는데 나라가 가장 부유해
서 왕의 거소가 바닥은 황금 벽돌을 깔고 지붕은 은기와로 덮었다고 하니 아마 그 나
라일 것이다.

① 인면(人面) 유리구슬의 전이

　　얼마 전에 KBS 방송에서 '인면 유리구슬'에 대한 특집 방송이 있었다. 런던 대학교
고고학연구소 선임연구원 제임스 랭턴 교수가 경주 미추왕릉 지구에서 발견된 인면

유리구슬 속에 숨겨진 고대 신라의 비밀을 추적하는 방송이었다.

랭턴 교수는 유리 연구가이다. 미추왕릉 지구에서 발굴된 목걸이의 중심 구슬인 유리구슬은 직경 1.8cm, 그 안에 사람 얼굴과 꽃과 새가 들어가 있었다. 이들에 대해 전에는 아리안인, 새는 백조 등으로 추정해 왔다.

그러나 랭턴 교수는 인도네시아 자바에 있는 고대 힌두교의 유적인 프롬바난 사원의 브라흐마 신상(神像)에서 실마리를 찾는다. 브라흐마 신의 이동 수단인 신성한 새 함사(hamsa)가 유리구슬 속, 새의 모습과 흡사했다.

랭턴 교수는 인도네시아의 족자카르타(Djokjakrta)에 있는 불교사찰에서도 인면 유리구슬을 발견했다. 그리고 유리구슬 속에 나온 새와 사람의 얼굴과 나무가 그 사찰의 법당 앞, 월장석 바닥에 그려진 부처의 일대기에 나온 얼굴과, 새와 나무가 일치하고 있음을 발견했다.

곧 유리구슬 속의 사람 얼굴은 부처의 얼굴이고 새는 해탈의 상징인 함사(hamsa)이며 나무는 미륵불을 상징하는 용화수(龍花樹)라는 것이다.

유리구슬은 신라에 속했던 남해 김해 지역의 고인돌 아래에서 발견되었다. 자바에서도 유리구슬은 고인돌 아래에서 발견되었다. 족자카르타에서는 10개 정도의 인면 유리구슬이 발견되었다. 남해 김해 지역에서 발견된 유리구슬은 베트남의 옥에오, 남인도에서 발견된 유리구슬과 흡사했다.

이들로 미루어 신라 인면 유리구슬의 이동경로는 '로마-남인도-옥에오-신라'로 이어진 것으로 추정한다.

② 벼농사 문화의 전이

벼는 고온다습한 지대인 인도, 아쌈, 중국, 아프리카 등에서 재배되며 벼의 발상지는 전 세계 110개국에 속한다. 벼의 종류는 크게 인도형(Indica type)·자바형(Javanica type)·일본형(Japonica type)으로 나뉜다. 인도형은 길고, 일본형은 짧고 찰지며 자바형은 혼합종이다.

일반적으로 벼의 역사는 7,000~8,000년 전, 그러나 한국의 벼 역사는 신석기 시대인 12,000년 이전부터로 보인다.

그 이유는 1998년 4월, 충청북도 옥산면 소로리 구석기 유적에서 볍씨 11톨과 유사볍씨 59톨이 출토 되었다. 이들은 방사선 탄소 연대 측정으로 13,000~16,000년 전이 나왔다.

이 볍씨들은 1999년 제4회 국제 벼 유전학술회의와 2003년 제5차 세계 고고학 대회에서 세계에서 가장 오래된 볍씨로 인정받았다.

이와 같은 것들을 보면 한국의 벼농사는 외부로부터 들어 왔다기보다는 오히려 외부로 확산되었을 가능성도 추정할 수 있다.

③ 고인돌(巨石) 문화

전 세계에 존재하는 거석은 약 5,500개, 그중 4,600~4,700기가 고인돌이고 한국에만 고인돌 4,500기가 있어 한국은 고인돌 문화, 고인돌 국가라 불릴 정도다.(한국민족문화대백과사전(http://encykorea.aks.ac.kr/)에 의하면 '총수량은 확실하지 않아 학자에 따라서 차이가 있지만, 대략 약 15,000~20,000여 기 정도'가 존재하는 것으로 기록—필자)

거석 문화의 전이도 연구도 문명교류의 한 연구가 될 것이다.

④ 거석 · 유리구슬 · 옹관

인도 수마트라 서북쪽에 있는 '빠담'족은 성씨가 없고(?) 성격은 급하나 음주가무를 즐기고 거칠다. '타밀어'는 고대 인도인들이 사용하던 언어로 한국어와 유사성을 갖고 있다. 한국어와 타밀어 사이의 유사성은 문법구조가 유사하고, 모음이 풍부하며, 유사단어가 있다는 것이다.

가야시대 김수로의 부인인 허왕후는 인도인이 아니라 남인도 타밀 지역 출신으로 추정된다.

⑤ 〈처용가〉의 처용

처용은 배를 타고 온 서역인이었다. 삼국사기 헌강왕 879년 5월, 왕이 순행할 때 4인의 정령이 나타나 춤추고 노래하고 하는데 모양새가 신기했다는 기록이 나온다. 삼국유사에서 언급하는 처용의 모양과 행동도 비슷하다.

강의가 끝났다(15:50). 결국 인류가 만든 문화와 문명은 서로가 서로에게 충격과 영향을 주어 갈등을 화해로, 새로운 문명의 물결을 생성한다는 것이 아니었을까. 벼농사의 경우 한국이 외국의 영향을 받은 것이 아니라 독자적으로 발전시켰거나 전파시켰다고 본다면, 그건 신나는 일이 될 것이다. 극동 아시아의 한 구석에서 영향을 받기만 하지 않고 영향력을 발휘하였으니까 말이다. 1930년대

소설 이태준의 「농군」, 안수길의 「벼 이야기」에서 만주 지역에 벼농사를 지으려던 조선인들의 눈물과 희생이 떠오른다.

그러나 고인돌 문화의 경우에는, 정 교수께서 밝혀주신 고인돌의 수치와 인터넷 자료와의 수치 차이가 너무 커서 어떤 것이 맞는지 모르겠다. 정 교수는 한국의 고인돌을 대개 4,500여 기로 보는 데 반해, 자료에서는 학자에 따라 다르지만 15,000~20,000여 기로 보고 있으니 말이다.

강의가 끝나고 버스 창밖을 내다보니 어느새 산악지대에서 벗어나 평야지대로 들어서고 있었다. 지방도로의 차도 옆으로 오리떼가 지나갔다. 가이드 김영호 씨가 주행 중 만나게 되는 오리, 닭, 고양이의 습성과 그에 따른 이 지역 교통문화에 대한 에피소드를 들려주었다.

오리를 만나면, 오리 머리가 향하는 반대쪽으로 핸들을 꺾으면 된다. 그러나 닭을 만나면 골치가 아프다. 어디로 뛸지 예측불허이다. 한 번은 닭 한 마리가 교통사고를 당했다. 닭 주인이 나타나 죽은 닭은 암탉이고 병아리 5마리를 품고 있다고 했다. 운전자는 한 마리 암탉값 외에 5마리의 닭값까지 지불해야 했다.

고양이를 만나면 운전사는 긴장한다. 만일 고양이가 교통사고를 당하면 운전자는 주변에서 허벅지 두께의 바나나나무를 잘라서 그것을 타이어 아래 놓고 그 위로 전후 세 번씩 차를 몰아야 한다. 그런 다음 바나나나무 잎에 고양이 시신을 싸서 매장해 주어야 한다. 고양이는 영물이라 그렇게 해주지 않으면 재앙을 받는다고 믿고 있기 때문이다. 이와 같은 고양이에 대한 경외사상은 모하메드가 고양이를 좋아했기 때문에 비롯된 것이라고 한다.

두리안 시식

두리안을 먹고 싶다는 말을 입에 달고 다니던 최원희 선생의 소원이 이루어졌다. 차도 연변 시장을 지나다가 두리안을 팔고 있는 것을 보았다. 버스는 곧 길가에 세워지고(17:30) 일군의 행동대원들이 두리안을 사러 파견되었다.

잠시 후 두리안의 속살을 비닐봉지에 담아 들고 버스에서 쉬고 있던 회원들에게 돌아온 최원희 선생, 내게도 한 쪽 집으라고 내밀었다. 이미 몇 차례에 걸쳐서 두리안의 고약한 냄새에 대한 예비지식은 갖고 있었지만, 대단한 냄새였다. 비닐봉지 안으로 손을 넣어 한 쪽을 꺼내서 입에 넣고 우물거렸다. 아이스크림과 카스텔라를 함께 넣고 휘저은 것 같은 맛이 혀 위에서 돌았다. 과일 중의 왕이라는 찬사를 들을 만했다. 그러나 오래도록 두리안 한 쪽을 잡았던 손에서 고약한 냄새가 났다.

족자카르타

마침내 족자카르타Yogyakarta, 혹은 Djokjakrta에 도착했다(20:49) 반둥에서 아침 8시 12분에 출발해서 열두 시간 반 만에 도착한 것이다. '대장금'이란 옥호를 가진 한식당으로 갔다. 한국 전통 가옥을 본따서 지었다고 하나 이도저도 아닌 이상한 건축양식의, 엄청난 규모의 식당이었다. 밤이라서 그렇지 '대장금'이 위치한 언덕 아래로 폭포수가 있다고 하던가. 벽에는 도마뱀들이 무늬처럼 납작하게 달라붙어 있었다.

김치와 샤부샤부로 식사.

족자카르타의 프라자 호텔 221호로 배정받았다.

거의 13시간에 이르는 버스 여행, 피곤해서 그대로 쓰러지고 말았다.

2012. 2. 7. 화요일, 갬.

13 족자카르타

족자카르타Djokjakrta의 새벽, 새들 우짖는 소리에 깨어 일어나다(04:00). 이슬람 사원에서 들려오는 코란 읽는 소리를 들으며 일어나 앉아 머리를 손질한다. 오늘은 술탄의 왕궁을 거쳐서 보로부두르 사원으로 갈 것이라고 했겠다. 여행 안내 자료집을 읽었다.

족자카르타는 현지인들의 발음을 따른 것이고 인도네시아어로는 욕야카르타 Yogyakarta — '평화의 마을'을 의미한다고 한다. 족자카르타는 중부 자바 섬에 위치해 있고 8세기에 미타람 왕국이 발흥, 그동안 약간의 문제가 있었지만 미타람 왕국이 오래 왕권을 쥐고 있었다.

그러나 16세기 후반, 네덜란드 동인도 회사의 견제로 국력이 약화되다가 1755년 네덜란드의 보호령 속으로 들어가면서 이 왕국은 족자카르타 왕국과 스라카르타 왕국으로 나뉘어졌다. 족자카르타의 초대 국왕은 헤멩쿠부워노 1세, 네덜란드 통치령 속에서 왕국은 존속했지만 인도네시아 건국 후 친親네덜란드 파였던 왕국은 망했다. 그러나 당시 족자카르타의 술탄 헤멩쿠부워노 9세는 인도네시아 독립에 협력한 공로로 이후 술탄 직위를 인정받았고 인도네시아의 요직에 올랐다. 헤멩쿠부워노 9세 사망 후, 그의 아들이 선출직 술탄에 출마하여 직접 선거로 술탄에 당선되었다고 한다.

호텔 출발(07:47), 김영호 씨가 현지인 가이드 '앤드로'를 소개했다. 독학으로 한국어를 공부한 입지적인 인물이었다. 키가 크고 비만한 몸집, 피부는 조금 가무스름했다. 목소리는 듣기 좋은 바리톤이었다. 한국에는 전혀 가보지 못했다는데 한국어를 곧잘 했다.

족자카르타 왕궁으로 가면서 족자카르타의 의미가 족자^{안전} + 카르타^{번영}, 곧 안전과 번영을 의미한다고 설명했다. 족자카르타의 역사에 대해서, 미타람 왕국과 술탄들에 대해서 설명을 하는 것 같은데, 왕국이며 사람의 이름들이 너무 생소해서, 또 그의 이야기 전달에서 음절이 계속 끊어지고 있어서 알아들을 수가 없었다. (앤드로는 정말 열심히 정성을 다해서 설명했다. 그러나 그것은 그냥 토막 난 음절의 연속이었다. 우리들이 알아듣지 못하면 반복해서 천천히 말해주는 데도, 정말 안타까웠다.)

족자카르타 크라톤 왕궁

족자카르타 술탄의 왕궁에 도착했다(08:15). 이곳의 술탄 지위는 세습제이고 현대화되면서 주지사를 선출하는데 족자카르타만은 술탄이 주지사를 하고 있다고 한다. 왕국 내에는 64그루의 벤자민나무가 있는데 이것은 모하메드가 64세에 사망했기 때문이라고 했다.

왕궁으로 들어가기 전, 입장권을 사는 동안 기다려야 했다. 이곳 현지 학생들의 탐방 팀, 수학여행 팀들이 궁정 앞마당을 그득 채우고 있었다. 그들은 우리 팀을 보더니 환호성을 질렀다. 그리고 순식간에 연세대생 최현규를 둘러쌌다. 현규의 늘씬한 체격, 선량한 표정을 보면서 히잡을 쓴 여학생들은 한류 원조로 보는 듯, 현규는 여학생들에게 포위되어 여학생들이 휴대폰으로 사진을 찍는 동안 꼼짝도 하지 못했다. 현규를 잡지 못한 여학생들은 우리 팀의 남성들을 향해서 모여들어 같이 사진을 찍었다. 한국에서 멀리 떨어진 인도네시아의 자바 섬 한 곳에서 보여주는 한류 열풍이었다.

왕궁 내에서는 모자를 벗어야 한다기에 땡볕 아래 모자를 벗었다.

'크라톤Kraton'은 고古왕국 시대8세기의 유물을 전시한 곳. 1928년부터 왕궁 건물은 기념관으로 사용되었다고 한다. 항아리 모양의 타악기가 있었다. 우리 백제의 고분에서 발견된 악기와 닮았다고 한다. 인도네시아와 한국과의 악기 교류 가능성이 있다는 것이 정수일 교수의 지적이셨다.

팔대왕八代王 삼괘 — 술탄 헤멩쿠부워노들이 거처하던 곳, 그들의 가계도家系圖

1 | 2
1 여학생들에게 포위된 최현규
2 인도네시아 전통악기

를 그린 그림, 딸은 잎으로 아들은 열매로 역대 술탄들의 자손, 아내들을 상징적으로 그린 그림을 보았다. 또 그들이 사용하던 물건들, 예식장들을 둘러보았다.

'타만사리Taman Sari'는 1792년에 지어진 궁전, 물의 궁전이었다. 유럽 스타일과 자바 스타일을 혼합한 양식이라고 한다. 술탄의 휴게실로 왕실용 수영장이었다. 술탄과 왕비의 수영장, 술탄은 다락방에서 후궁들의 수영장을 내려다보다가 마음에 드는 이를 침실로 불렀다 한다. 그의 다락방 침실은 실은 술탄의 관음증을 충족시켜주는 곳이었다. 다락방의 흰 회벽에는 점잖지 못한 낙서족들이 그들의 이름을 남겨놓고 있었다. 부끄럽게도 '독도는 우리 땅, from Korea'를 비롯해서 한국인들의 이름도 있었다.

왕궁을 나와서 보로부두르를 향해 출발했다(09:57). 보로부두르까지는 45km, 앤드로는 이 지역의 낮 기온이 30~33℃, 최고 40℃까지 오른다고 했다. 10~4월까지는 우기雨期, 우기에는 과일이 많다는 것, 이 지역에는 70%의 무슬림, 25% 천주교 기독교인, 5%의 힌두교 불교신자가 있으며 4~17세기에 불교 힌두교가 성행해서 힌두교와 불교 사원이 많다는 것을 알려주었다. 아침에는 듣기에 거북했던 앤드로의 한국어가 제법 귀에 익숙해지기 시작했다. 그는 이슬람의 'ISLAM'이 이슬람의 기도시간을 의미하는 문자들이 모여진 것임을 설명했다.

I(이삭, 4시) + S(수부, 8시) + L(루흐즈, 12시) + A(앗사르, 15시) + M(마크레브, 18시)

앤드로의 설명에 의하면 족자카르타의 이슬람은 이 지역 특성에 맞게 힌두교의 영향을 많이 받았다고 했다. 예를 들면 술탄과 그의 왕비 초상에 등장하는 용의 그림이 그것을 증명한다는 것이다.

보로부두르로 가는 버스 안에서 졸다가 멀리 연기가 피어오르는 산을 보았다. 활화산活火山이었다. 자바섬에 활화산인 해발 3,676m의 스메루산Semeru Mt.이 있다는 이야기는 들었다. 그런데 앤드로는 우리가 보고 있는 활화산의 높이가 3,410m라고 했다. 그렇다면 라웅산인가?

중국인 상가 지역을 지나고 중국의 불교사찰인 복안궁福安宮을 지나고 재래시장인 바자르를 지났다. 이곳에는 보로부두르를 건축할 때 몰려왔었던 석공들의 후예가 모여 살고 있는 그들의 집단 거주지가 있었다. 보로부두르는 8세기에 세워진 사찰, 석공의 후예들은 그들의 조상에게서 물려받은 석물을 다루는 재능으로 석공예품을 만들어 석공예품 상가를 이루고 있었다.

보로부두르

보로부두르Borobudur에 도착
했다(11 : 03). 관광상품 상인
들이 몰려들어왔다.

"'오라 두끄!'라고 하세요,
'안사요'라는 말이에요."

앤드로가 족자카르타 말
을 가르쳤다. 매표소로 들어
가자 관광객을 위해서 커피
와 생수가 무료로 제공되고
있었다. 잠시 감격했다. 그러
나, 외국인 관광객에게 얼마

나 비싼 입장권을 팔면 그러랴 싶었다. 체크무늬 같은 연속 무늬의 바틱 천이라
불리는 직사각형의 보자기가 나왔다. 남녀 공히 부처를 참배하기 위해서는 허
리에 둘러야 한다. 두르고 나면 치마를 입은 것 같다. 남성 회원들도 바틱 천을
두르자 분위기가 묘해졌다.

보로부두르 사원으로 가는 길, 잔디밭을 지나자 웅장한 석조 건물이 나타
났다. 캄보디아의 앙코르와트 사원이 연상되었다. 보로부두르 사원은 면적 약
12,000m², 높이 약 31.5m이며 2중의 기단基壇 위에 정사각형에 가까운 5층, 원형
으로 3층을 건조하여 모두 8층에 달하는 석조 사원이었다.

사원으로 들어가는 입구 부근, 나무 그늘에서 앤드로가 사원의 사면 벽에 모셔진 부처의 수인手印을 직접 시범으로 보여주면서 설명했다. 동서남북에 모셔진 부처들이 각기 다른 수인을 하고 있다고 했다. 수인에 따라 부처도 각기 다른 분이라는 것과, 부처의 수인 모두를 연결한 것이 발리 댄스의 춤동작이라는 이야기까지 했다.

사원으로 들어섰다. 기온은 33~ 35℃로 추정된다지만, 적도의 태양에 달구어진 거대한 석재石材의 사원은 열기를 확확 쏟아내고 있었다.

사각형의 기단 아래에는 돌을 깎아서 돋을새김을 한 인간들의 모습들이 엉켜 붙어서 살아 있는 듯했다. 단 위에는 투각한 종 모양의 석조 안에 부처들이 앉아 있었다. 부처들이 종을 하나씩 뒤집어쓰고 앉아 참선에 빠져 있는 듯한 모습이었다. 화산지대로 둘러싸인 평원, 자연의 위협이 얼마나 두려웠으면 부처께 귀의하고자 하는 열망이 돌을 쪼아서 부처를 빚고 부처들이 모여서 합동으로 기도하는 극락의 모습을 형상화한 것일까. 부처를 모신 투각의 종들이 모여 각자의 탑을 만들고 각각의 탑들이 모여 거대한 탑상을 만든 사원.

8세기에 건설된 사원은 누가 만들었는지는 모른다. 10세기 이후 권력의 향

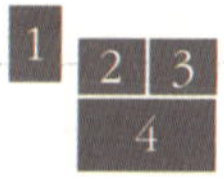

1 가이드 앤드로의 부처 수인 시범
2, 3 사원 경내의 종 모양의 석조들
4 종 속에 들어가 있는 불상

방이 서부 자바로 이동하면서 잊혀졌던 이 사원은 라플스^{Thomas Stamford Raffles,}

^{1781~1826}의 통치 시대였던 1814년, 유럽인에 의해 발굴되었다고 한다.

사원에서 나오다 보니 2006년 이 지역 활화산이었던 메라피 화산의 폭발로 600여 명이 사망했고, 화산의 진동과 화산재가 보로부두르 사원의 석조건물을 어떻게 흔들었고 그때 당시 화산재가 얼마나 쌓였었는지에 대한 사진 재료가 전시되고 있었다. 화산 폭발 당시 사원 유적지에 내린 화산재는 두께 1cm를 육박하고 있었다.

사원의 후문 쪽으로 이동했다. 회원들과 함께 걷다 보니 다른 이들은 모두 매표소에서부터 입었던 바틱천의 치마를 벗어서 반환했는데 나 혼자서만 입고 있었다. 당황한 내 모양이 딱해 보였던지 유원지의 행상꾼이 "No Problem, No Problem!" 하고 웃었다. 치마는 벗어서 가까운 관리소에 반환했다.

모두 모였는데 한동헌, 김옥희 선생이 보이지 않았다. 현지 가이드가 찾으러 가고, 안내 방송을 하고 해서 두 사람은 20분 늦게 도착했다.

보로부두르 사원 출발(12:40). 가까운 곳에 있는 몬도 사원을 둘러보았다. 마을 한가운데 뚝 떨어져 있는 작은 규모의 사원이었다. 몬도 사원 가까운 곳 식당에서 점심 식사, 오늘 보로부두르 사원에서 지각한 두 사람이 맥주를 샀다.

프람바난 사원으로 가는 길, 갈라산 지역에는 사원들이 많았다. 힌두 사원인 칼라산 사원은 그대로 통과, 힌두 사원인 프람바난 사원에는 15시 40분에 도착했다.

프람바난 사원 단지

프람바난 사원 단지Prambanan Temple의 사원들은 갸름한 잣송이들을 잘 괴어놓은
듯한 모습이었다.

2006년 5월 메라피 화산의 폭발로 손상이 심한 이 사원 단지의 복원을 위해
서 일본에서 무상 후원을 하고 있다고 한다. 그래서인지 사원으로 들어가기 위
한 대기실에는 일본어로 작성된 사적공원지도史蹟公園地圖가 비치되어 있었다.

잔디로 잘 조성된 공원단지 안으로 들어가자 사원의 거대 지구가 들어왔다.
중정中庭은 사방 222m의 정사각형, 그 위에 사방 110m의 내원內苑, 그리고 그 위
에 8개 잣송이 모양의 사원이 있었다. 사원을 잣송이 모양이라고 했지만 아랫변
은 사각형이고 이것이 위로 올라가면서 삼각뿔 형태를 갖추고 있었다.

프람바난 사원 단지에서 중심에 있는 시바 사원은 사방 34m의 정사각형을 바
탕으로 높이 47m의 탑모양(또는 불꽃 모양), 브라마 사원은 사방 20m의 바탕 위에
높이 37m의 탑모양을 갖추고 있었다.

시바 사원으로 들어가 보았다. 어둑했다. 아래쪽에 사람의 손을 타서 손때에
반들거리는 뿔을 가진 소가 있고 벽면 중앙에 시바신이 그리고 좌우에도 신상
이 있었다. 삼각뿔 바깥으로 삼각뿔을 에워싸고 왕관 모양의 탑들이 있었다. 외
벽을 장식한 다양한 조각들, 그 가운데도 생명수를 상징한다는 조각에 주목했
다. 생명수 위 양쪽으로는 새가, 아래 양쪽으로는 사람의 얼굴을 가진 새, 또 어
떤 생명수 아래에는 사람 대신 토끼나 산양이 조각되어 있었다.

시바 사원과 비슈느 사원만 들어가 보고 나왔다. 실내가 어둑해서 잘 보이지

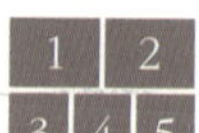

1 프람바난 사원 단지
2 프람바난 사원 조감도
3 시바 사원 외부
4 왕관 모양의 낮은 탑으로 둘러싸여 있다
5 시바 사원 내의 시바신

않았고, 또 인도 신화에 나오는 신들의 이름과 역할을 잘 모르고 있어서 사원 중
앙에 있는 이가 시바이고 또 비슈느일 것으로 짐작했을 뿐이다.

시간과 자연과 사람과

힘겨루기

천 년 세월

힘들었겠다.

사람이 만들었으되

사람의 한계를 넘어

사람과 신 사이를 잇는

소통의 매개자 되었으니.

돌을 깎아

신을 만들고

신의 신하들을 만들고

신의 반려동물을 만들고

신의 파수꾼을 만들고

이들을 위한 사당을 짓고도

담장을 두르던 것은

사람의 마음이 신의 마음과 다르지 않다는 믿음.

화산의 충격에

흔들리고 허물어지고

그나마 남아 있는 것들도

암수 이빨이 어긋나 비틀어지고 버그러졌다.

신을 만들고

신을 공경하고

신을 원망하던

사람의 자손들

믿고 의지할 수 있는 것은

사람들,

사람들뿐인가

그 어리석음과 치졸함에도 불구하고.

(2012. 2. 8, 16 : 30)

　　사원을 돌아보고 일행들을 기다리고 있는데 강상훈 대표가 싱가포르에서의
나의 일정에 대한 것을 물었다. 싱가포르에서 유별내와의 만남의 장소를 클락

키 점브 레스토랑으로 전하라고 했다.

사원을 출발, 저녁 식사를 하러 가면서 이번 우리 해양 실크로드 탐방 팀이 만든 기록들에 대한 이야기를 나누었다.

첫째, 말라카 항구 - 두마이 항구까지 최초로 24인 외국인 단체 여객선에 등선

둘째, 두마이 항구의 세관 사상, 24인의 외국인 단체 통관

셋째, 반둥 - 족자카르타까지 최초의 인도네시아 횡단 외국인 단체 탐방 팀

넷째, 스콜 중에 말레이 대학 외국인 단체 버스 방문

다섯째, 베트남의 벽촌 옥에오 외국인 단체 탐방

덧붙여서 우리가 단둥에서 족자카르타까지 사용한 전용버스는 인도네시아 대통령이 한 번, 부통령이 두 번 탑승했었던 인도네시아 자동차 공장 1호 제작품이라는 것이었다.

저녁은 어제 이용했던 한식당 '대장금'에서 했다. 내일 하루가 더 있다고는 하지만, 실질적으로 여행의 마지막 밤이었다. 각자 이야기들을 나누자고 했다. 모두 지난 여행에서의 감회에 대해 풀어 놓는데 나 역시 이번 여행에서 전에 없이 살가운 인정을 보여주었던 강 대표와 한동환 선생에 대한 이야기를 했다. 그리고 헤어지는 섭섭함에 대해 중언부언하기 싫어서 〈검은 장갑 긴 손〉을 노래하는 것으로 대신했다.

2012. 2. 8. 수요일.

14 족자카르타-싱가포르

3시 30분 기상.

짐들 꾸리고, 서둘렀다. 이틀 밤을 보낸 족자카르타의 프라자 호텔, 5시 40분에 출발했다. 이른 시간 출발이라 호텔에서 도시락을 하나씩 받아 왔다.

작별

처음 만나

함께 보낸 열닷새

낯익히는 동안

늘 편한 것만은 아니었지만

익숙해지자 작별이라 하네.

다시 만날 수 있다면 고맙고

영 만나지 못한다 해도

고마운 마음으로 인사를 나누네

잘들 가시게나

늘 건강하시게나.

(2012. 2. 29. 04 : 25)

족자카르타공항은 자그마했다. 대기실도 게이트도 하나였다. 대합실에는 사람들로 콩나물시루 같았다. 호텔에서 준 도시락은 햄샌드위치와 물 한 컵이었다. 물은 마시고 빵은 반만 먹고 버렸다.

수하물 센터로 가서 짐을 부치는데, 싱가포르서 남게 될 나를 제외하고 다른 이들의 짐은 서울로 직송한다고 하더니 항공사에서 거절, 싱가포르까지 짐을 부친다고 한다. 나로서는 다행이었다. 모두 가볍게 싱가포르 시내 관광에 나서는데 나 혼자 짐을 끌고 가거나 어디에 맡겨야 하는 것이 부담스러웠기 때문이다.

탑승 수속을 마치고(06:40) 기다리다가 탑승, 7시 50분에 이륙했다. 저가 항공이라 비행기 실내의 인테리어는 낡고 의자는 비좁았다. 물 한 컵도 주지 않았다. 물론 추워도 담요는 사야 한다고 했다. 기내식은 미리 주문한 사람들에게만 배부했다. 커피 한 잔을 사 마셨다.

싱가포르

9시 35분에 싱가포르 공항에 도착했다. 공항은 넓고 화려했다. 입국신고를 하고 짐을 찾으러 갔는데 13인의 짐이 오지 않았다. 나도 그중의 한 사람이었다. 강상훈 대표, 모처럼 저가 비행기 이용하다가 회원의 짐이 도중에 사라지자 긴장, 짐들은 싱가포르가 아닌 자카르타로 갔다고 한다. 제대로 짐이 나온 사람들, 그들의 짐을 공항 보관대에 맡기는데 그것도 일일이 접수를 하고 무게를 달고 15달러를 주었다고 한다.

우리들에게는 공항에서 10달러 정도의 점심을 먹으라고 했다. 공항 2층 어디

엔가 완탕 잘하는 좋은 집이 있다고 이혜경 교수가 안내했다. 그러나 가서 보니 앉을 자리가 없고 대신 다른 집으로 들어가는데 누군가 일식 우동집이 있더라고 했다. 갑자기 국수 먹고 싶은 생각에 나도 합류했다. 그러나 가서 보니 20달러 이상의 비싼 집, 결국 초과 식대는 각자 내기로 하고 밥을 시켰다. 맛은, 피곤해서인지 알 수 없었다.

싱가포르 공항으로 정수일 교수 제자라는 여성분이 마중 나왔다. 그분의 전화를 빌어서 유별내와 통화했다. 지난 저녁에도 유별내와 한 번 통화를 했었다. 유별내와의 만남의 장소는 공항 1청사 도착자 인포메이션 박스 앞으로 했다.

우리들은 모두 점심을 먹었지만, 강 대표는 굶은 상태, 얼굴에 피곤이 잔뜩 배어 있었다. 전철을 이용해서 24명이 시내까지 진출하기, 1일 사용하는 데이트 카드Date Card를 한 장씩 배부 받았다. 하루 시내 관광이 끝난 다음 다시 반환해야 하는 카드라고 했다. 출발지는 창기역, 가는 곳은 라플스 펠리스라고 하더니 시티홀까지 갔다.

24명이 함께 움직이는 싱가포르 시내 구경이었다. 지하도를 통해서 지상으로 올라갔다. 열대지방의 뜨거운 열기가 훅 하고 끼어 얹어졌다. 고층건물이 늘어선 거리였다. 앞 사람들을 따라서 걷다 보니 수정으로 만든 열대과실 두리안 모양으로 생긴 건물이 나왔다. 우리나라로 치면 예술의 전당과 같은 곳이라고 했다.

바닷가 쪽으로 일정한 간격을 두고 선 세 쌍둥이 건물 위로 길고 날씬한 함선 한 척이 올라가 있는 듯한 모습의 마리나베이 샌즈 호텔, 57층에 수영장이 있다고 한다. 그 뒤로 푸른 바다가 펼쳐지고 있었다. 마리나베이 샌즈 호텔은 한국의

마리나 베이 주변 건물들

쌍용건설에서 지었다. 배 한 척을 머리에 올려놓은 발상이 기발하기는 하지만 작년 일본에서 일어난 쓰나미 사건에서 지진과 해일로 밀려온 커다란 배가 일반주택의 지붕 위로 올라간 일이 있어서, 건축설계사는 미래를 예언하고 있는 것은 아닌가 하고 생각했다.

　마리나 베이를 에워싸고 초고층 아파트들이 숲을 이루고 있었다. 우리 팀이 모여서 마리나베이 샌즈 호텔과 머라이언 파크를 바라보고 있는 지점 뒤로는 커다란 물레방아 바퀴 같은 것이 보였다. 싱가포르를 조망할 수 있는 대형·관람차로 싱가포르 플라이어, 규모 면에서 세계 제1의 관람차라고 한다.

　인공의 아름다움, 석재와 철재, 시멘트 유리로 만들어진 건축물의 조화가 보여주는 아름다움은 대단했다. 카메라에 부지런히 마리나베이의 전경을 담고 있는데 디카에 문제가 생겼다. 햇빛이 강렬해서 카메라 조리개가 자동 조절을 하지 못했다. 화면은 환하다 못해 하얗게 나왔다. 강상훈 대표에게 카메라를 손봐

달라고 부탁했다. 그가 몇 번 작동하니까 정상 회복. 이혜경 선생이 회원들을 위해서 자기 돈으로 생수를 사서 나누어주었다. 번번이 얻어먹다 보니 고맙고도 미안했다. 돈을 버는 것은 기술이고 돈을 쓰는 것은 예술이라고 하던 말이 생각났다. 이혜경 선생은 예술적으로 돈을 쓰고 있었다.

다리를 건너서 머라이언 파크로 이동했다. 싱가포르의 마스코트인 머라이언상 주변을 돌면서 사진을 찍었다. 상체는 사자, 하체는 물고기 모양을 가진 백색 머라이언Merlion상, 머라이언이란 MER바다 + LION사자의 합성어, 바다사자를 뜻하는 상징적인 마스코트라고 한다. 마리온베이를 향해 물을 내뿜고 있는 머라이언은 제작된 지 올해로 40년, 40세가 되었고, 높이 9m, 무게 70톤이라 한다.

자유시간 동안 머라이언상 부근에서 사람 구경, 건축물 구경을 하다가 다리 아래로 들어갔다. 카페들이 자리잡고 있었다. 이덕화 선생이 같이 카페로 와서 커피를 사주었다.

"이렇게 하면 선생님 커피는 내가 완벽하게 해결했지요?"

생각해보니 그랬다. 보름에 가까운 호텔 룸메이트로, 이덕화 선생은 새벽이면 일어나 커피를 끓여 내게 나누어 주었다. 그리고 작별의 시

378

간이 가까워 오는 머라이언 파크의 시멘트 다리 아래 카페에서 또 커피를 사주었다. 역시 고맙고 미안하고 또 부끄러웠다. 내가 좀 더 빨리 일어나 커피를 주문하고 돈을 냈어야 했는데 그도 부지런한 사람이 먼저 하는 것이다.

모두 모여서 저녁 식사를 먹으러 간다고 했다. 싱가포르 이야기 나올 때마다 크라키의 게 요리 이야기를 들었던 판이라 기대가 컸다.

한 쪽에 물을, 한 쪽에 대형 건물들을 끼고 걸었다. 한 곳에서 청동의 동자童子들이 물속으로 연속해서 뛰어 들어가는 모습의 조각상이 있었다. 기막히게 생동감이 넘치는 청동의 동자들이었다. (후에 자료들을 찾아보니 데이비드 컬스타인의 '하동(河童)'이란다. 컬스타인은 이스라엘 출신의 조각가로 회화와 조각을 아우르는 예술가라고 했다.)

우리들이 저녁을 먹으러 들어간 곳은 물가에 가설무대처럼 차려놓은 해항촌해선주루海港村海鮮酒樓, 과연 어떤 요리가 나올까 기대했다. 강상훈 대표가 메뉴판을 보면서 주인과 의논하고 있었다. 그러나 나온 요리는 그냥 평범한 밥과 새우가 좀 있었다. 항구에서 싱싱한 생선을 먹으리라 기대했는데, 중국집의 볶음밥을 먹는 격이었다. "크락키 점브에서 저녁 먹을 것이니 싱가포르서 만나게 될 조카분 그리로 나오게 하세요" 하고 말하던

것이 불과 하루 전이었다. 아마도 경비 문제 때문이었겠지 하면서도 여행지에서의 마지막 식사인데 섭섭했다.

싱가포르로 오지 못하고 자카르타로 날아간 짐들이 뒤늦게 싱가포르 공항에 와 있다는 연락을 받았다. 이번 여행에 싱가포르까지 합쳐서 4개국 여행이라고 했지만 사실상 싱가포르 여행은 공항에서 전철로 시티 홀까지, 그리고 머라이언 파크에서 인증 사진 찍고 그것이 전부였다.

유별내에게 전화했더니(19:30) 회사에서 간단하게 저녁을 먹고 있노라고 했다. 공항 제1청사, 도착자들이 나오는 곳에서 만나자는 약속을 하고 공항으로 향했다.

공항에서 짐이 나오지 않은 사람들 대표자 4~5명에 끼어서 같이 움직였다. 2청사와 1청사 사이를 오가는 전철을 탔고, 1청사에서 내려 짐을 찾으러 가면서 부지런히 대합실에 있는 사람들 속에서 유별내를 찾기 시작, 마침내, 단발머리, 살구 색 시폰 블라우스 차림의 유별내가 책을 읽고 있는 모습을 보았다. 유별내의 모습은 어디에서나 금방 눈에 띄었다. 단정하고 세련된 모습이었다. 짐을 찾으러 함께 간 일행들에게 유별내를 소개했다. "조카분이 많이 닮으셨네요", 이건 강 대표의 말이었다.

짐을 찾아서, 무거운 짐은 유별내가 밀면서 공항 제2청사로 갔다. 그리고 기다리고 있던 20명 남짓한 일행들에게 다시 나의 조카라고 소개했다. 내가 싱가포르에 며칠 더 머문다는 사실을 처음 알게 된 다른 회원들이 부러움의 탄성을 질렀다. 떠나는 모습 모두 지켜보고 돌아오려고 했으나 갈 사람은 빨리 가야 한다고 내 등을 마구 밀었다. 싱가포르에서 항공기 출발시간은 23시 55분, 적어도 수하물 부치는 시간까지는 같이 있고 싶었으나 어쩌는 수 없이 유별내와 함께 공항을 떠날 수밖에 없었다.

유별내와 택시를 타고 동부 겔랑_{Geylang East} 지역에 있는 아파트까지 왔다. 외국인들이 주로 모여 산다는 아파트였다. 3층에 있는 유별내의 집은 한국식으로 치면 32~33평 크기, 월세 300만 원, 회사 동료와 함께 세들어 살고 있는 곳이었다. 에어컨을 틀어놓아도 땀이 났다. 집의 구조는 현관문을 열자 거실, 거실 양편으로 같은 크기의 방, 방에는 각각 욕실이 딸려 있다고 했다. 현관 바로 옆에 부엌과 작은 다용도실이 있었다.

유별내의 집에서 제일 먼저 한 것은 샤워실로 가서 미지근한 물로 머리부터 발끝까지 더위를 씻어내는 것이었다.

2012. 2. 9. 수요일, 갬.

15 싱가포르 1

잠결에 유별내가 소리 없이 침실을 빠져나가는 것을 느꼈으나 그냥 누워 있었다.

유별내의 침실, 침대는 킹사이즈, 집을 빌리면서 침대와 책상이 함께 주어진 것이라고 했다. 넓은 침대이기에 유별내와 부딪치지 않고 잘 수 있었다. 벽에는 붙박이장이 있었다. 창가로는 긴 테이블이 있고 컴퓨터, 컴퓨터 대형 모니터가 있었다. 테이블 옆으로 화장대가 있었다.

오늘은 좀 쉬고 싶었다. 그러나 유별내는 거실 식탁에 조반상을 차려놓고 아침을 먹으라고 재촉했다. 서둘러 세수하고 대충 얼굴을 매만진 뒤에 거실로 나갔다. 에어컨을 최강으로 틀어 놓았다는데도 동향의 거실은 무더웠다.

배추 포기김치, 오이소박이, 미역국, 도토리묵, 멸치볶음, 불고기, 흑미 찰밥으로 식탁은 호사스러웠다. 배추김치와 오이소박이, 모두 유별내가 직접 격식을 갖추어서 만든 것이고, 보기에도 좋고 맛도 좋았다. 도토리묵도 직접 쑨 것이었다. 묵이라기보다는 청포처럼 야들야들했다. 음식 솜씨가 뛰어났다. 오랜만에 배추 포기김치로 그동안 김치에 굶주렸던 입맛을 달랬다.

모처럼 싱가포르에 왔으니 구경을 하고 가야 한다며 서두르라고 했다. 유별내는 설거지를 마치자 식탁에 백지 한 장 꺼내놓고 여행안내서와 지도를 꺼내놓더니 오늘 가봐야 할 일정을 시간별, 공간별로 그려나갔다. 그리고 만일의 경우에 대비해서 수첩에 아파트 이름과 주소를, 비상금으로 싱가포르 달러를 주머니에 찔러주었다. 동부 겔랑 심스빌리지Geylang East Ave Simsvillage, 외국인들이 주로 산다고 했다. 지하철역과는 걸어서 5분 거리, 그러나 거리로 나서자 열기가 확확 치밀어 왔다. 그늘을 찾아서 걸었다.

파야레바Paya Lebar, 巴耶利峇 전철역에서 출발 30분 만에 싱가포르(경영)대학 지하철역에서 내렸다. 싱가포르 국립박물관부터 보기로 했다. 지하철역에서 지상에서 나가 대학 건물 내를 통과하고 길을 건너자 백색 국립박물관 건물이 나타났다.

싱가포르 국립박물관 National Museum of Singapole

싱가포르 Singapore, 新加坡 는 1819년 이후 영국의 식민지였고 1959년에 자치령이 되었으며 1963년 말레이 연방을 결성했으나 1965년 8월 9일 독립한 나라, 신생 공화국이다. 유별내는 혹시나 내가 박물관 구경을 하다가 실망하면 어쩌나하고 걱정을 했다. 고고학적 가치가 있는 오래된 유물들이 없다는 것이었다.

그러나 그것은 기우였다. 역사박물관, 생활박물관, 그리고 1800년대 이후 근대문화유적을 성실하게 채워놓고 있었다. 고대 유물이 없는 대신 극장식 관람실에서 싱가포르인의 14세기부터 현대에 이르기까지의 삶을 영상물로 제작해서 보여주었다.

영국 식민시대에 만들어진 영양회관 寧陽會館 이란 한자어가 들어간 대형 종, 1819년 영국과의 식민지 시대의 조약체결문안들이 전시되고 있었다. 그런가 하면 한 쪽 전람실에서는 세밀화를 통해서 1840년대 당시의 싱가포르의 전경을 보여주고 1842년 1월에 발간된 싱가포르 『자유신문』을 통해서 당시 사람들의 삶을 보여주고 있었다. 그리고 식민시대 싱가포르 제독들의 사진과 동상을 전시하고 있었다.

또 다른 방에서는 장례 도구인 상여를 전시하고 있었다. 한국의 상여와는 그 규모가 달랐다. 상여에는 수레바퀴가 달려있고 높이며 폭이 한국 상여의 2배 정도는 되는 듯, 목제 조각품은 섬세했다. 상여를 위아래로 뒤덮고 있는 비단은 붉고 화려했다.

영국의 식민지에서 흔히 있는 일이기는 하지만, 식민지 시대 사람들이 모여서

아편을 피우던 모습을 등신대형으로 만들어놓고 그들의 몽롱한 표정까지도 그대로 살려내고 있었다.

근대로 오면서 나의 눈을 끈 것은 1930년대 중국계 여학생들의 성적표였다. 수학, 대수, 지리, 역사, 영작문, 독서, 미술, 가정, 작문, 위생, 체육과 같은 과목들을 이수하고 있었다. 또 다른 것은 싱가포르가 한 때 일본의 식민지였을 무렵 구역별 식량 배급소의 간판과 쌀 배급표, 식용유 배급표 들이 전시되고 있었다.

생활박물관에서는 특히 1800년대부터 현대에 이르기까지 복장의 변천사를 볼 수 있는 옷들이 전시되고 있었다. 원피스 안에 페치코트를 넣어 치마 부분이 활짝 퍼지게 입던 시절이 한국에도 있었다. 1960년대, 학교에서 멋쟁이 여선생님들께서 입으셨던 그 복장을 싱가포르 박물관에서 보며 환호했다.

음식박물관에서 영상으로 본 국수장수가 장사하는 모습이 독특했다. 젊은 국수장수는 물지게 같이 생긴 지게에 국수를 갖고 주택가로 들어와서 두 개의 나

싱가포르 국립박물관

384

무 막대를 두드려 국수장수가 왔음을 소리로 알린다. 그러면 젊은 여성들이 이 층에서 대바구니를 줄에 달아 돈과 함께 아래로 내려 보낸다. 국수장수는 달려와 바구니의 내용물을 확인하고 그 안에 국수와 거스름돈을 담아 올려 보낸다. 말이 필요 없이 눈빛과 행동만으로 거래는 끝낸다. 어디 돈과 국수만 주고받았겠는가, 마음을 전하는 쪽지도 오고갔을 것이다.

박물관 구경에 2시간 반이 걸렸다. 현대 화가들의 작품, 현대 패션 디자이너들의 작품 등등 전시실에는 구경거리가 많았다.

박물관 바깥은 폭서였다. 그늘로 들어서 걸었고 택시를 기다렸다. 점심을 먹기 위해서는 차이나타운으로 가야 했다. 택시 잡기가 쉽지 않았다. 유별내가 콜택시를 부르는 것 같았다. 어렵게 택시를 타고 차이나타운에서 내렸다.

건물 앞에 내려진 차양막 아래로 걸었다. 한국에서 손님이 오면 모시고 가는 곳인 듯, 차이나타운에서 만두전문집으로 역사가 깊다는 음차Yum Cha, 飮茶 레스토랑으로 갔다. 손님들로 그득했다. 외국인들이 많았다. 차를 시키고, 메뉴판에 나와 있는 만두 사진을 보면서 다섯 종류의 만두를 시켰다. 만두만으로도 수십 가지를 상품화한 레스토랑이었다. 만두가 나오기 전에 땅콩이 나오기에 무심코 먹었더니 먹는 대로 모두 계산이 되는 것이라 했다. 만두는 맛있었다. 종류별로 소고기, 돼지고기, 해산물들이 들어가 있는 만두였다. 둘이서 다섯 접시를 시켜 먹다 보니 배가 불렀다.

다시 차이나타운을 둘러보았다. 1910년대에 지어진 2층 또는 3층 상가 건들의 전면 창들은 로마시대 건축양식을 본뜬 것들이 많았다. 싱가포르 건물의 특징은

1910년대부터 현대에 이르기까지 건물의 전면 창에 다양한 색채를 집어넣는 것 같았다. 가까운 곳에 힌두 사원이 있다기로 찾아갔다.

스리 마리암만 사원

스리 마리암만 사원Sri Mariamman Temple은 싱가포르에서 가장 오래된 힌두 사원, 1827년에 세워졌다. 초기 시절 이 사원은 인디안 이주민들에게 안식처와 같은 곳이었다고 한다. 사원을 둘러싼 높다란 외벽에는 전면 양쪽에 거대한 황금사자상, 그리고 일정한 간격을 두고 하얀 소白牛들이 쭈그리고 앉아 있는 모습, 입구의 현관 탑은 아래로부터 최상단까지

15~16m 정도 높이로 문 위쪽으로 6단을 이루고 각 단마다 진흙으로 빚어 채색한 힌두신상들이 빼곡하게 들어차 있었다.

스리 마리암만 사원의 내부도 화려했다. 장방형의 돔식 천장에는 선명한 색채

1,2 다양한 색채의 창문들
3 스리 마리암만 사원 정면

로 힌두신들이 살고 있는 곳을, 그리
고 관능적이고 아름다운 힌두신의 조
각들이 벽이며 천장 가까운 곳에 모
셔져 있었다. 바라만 보고 있어도 신
화 속으로 들어와 있는 듯한 느낌이
었다. 사원 본채 건물의 지붕 위에도,
건물 외벽에도 힌두신들과 하얀 소
들의 조각이 모셔져 있었다. 안내문
에 보니 사원의 현관 탑Entrance Tower은
1930년대 세워졌다고 한다.

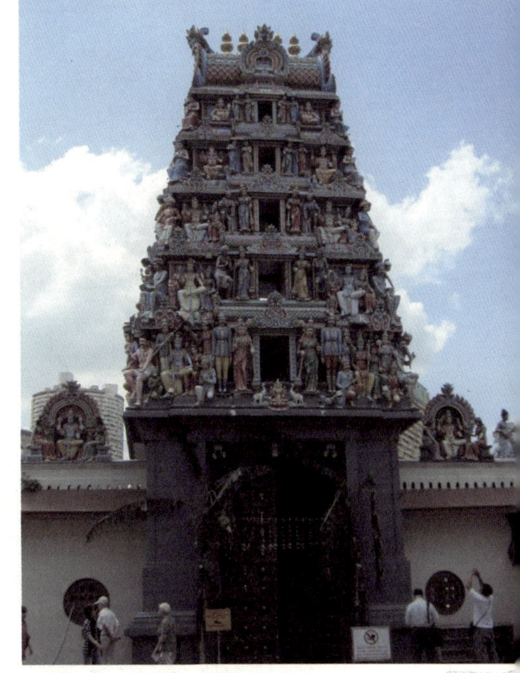

자마에 모스크

차이나타운의 타밀 무슬림들의 증언
에 의하면 이미 1826년대부터 자마에 모스크Masjid Jamae(Chulia) 또는 The Green Mosque
가 있었다고 한다. 그러나 현재의 연두색 건물이 완성된 것은 1930~1935년에 걸
쳐 건축된 것이다. 자마에 모스크는 인디아의 코로만달 연안에서 온 쿨리아 무슬
림 상인들이 지었다고 한다. 그래서 이 사원의 별칭은 쿨리아 마스지드이다. 이들
쿨리아 무슬림들남인디아의 콜라 왕국(Chola Kingdom)에서 온 인디안들은 대부분 클링 스트리
트에 정착한 무역상이나 환전상 같은 이들이었다. 한편 자마에 모스크를 그린 모스
크라고 부르는 것은 건물의 안팎의 주조색이 밝은 파스텔조의 연두색을 띠고 있

1 스리 마리암만 사원 측면
2 사원 내부
3 자마에 모스크

388

기 때문이다. 자마에 모스크 내부로 들
어갔을 때 모스크 전체가 안정감이 있
고 차분한 분위기를 띠우고 있었다.

불아사

차이니스 스트리트에 있는 불교 사원
불아사佛牙寺는 2003년경부터 설계를
시작하여 최근에 지어진 사찰로 부처
의 진신치아사리를 모시고 있는 곳이
다. 건물 외관은 붉은색을 주조로, 현판
의 글씨는 황금색이다. 대웅전은 벽이
며 천장은 물론, 세 분의 부처는 황금을
듬뿍 바르고 계신다. 신도들이 기부한
320kg의 황금으로 만든 사리탑에는 부

처의 치아사리를 모시고 있다는 곳, 불아사 스님의 옷도 황금색에 가깝다.

한참 불아사 대웅전 구경을 하다 보니 유별내가 보이지 않았다. 찾아보니 반
바지 차림의 유별내, 친절한 관리원에게 안내받아 나가서 커다란 보자기로 치
마처럼 하체를 가리고 있었다. 황금 일색의 실내장식에서 오는 묘한 거부반응
으로 그만 불아사를 나오려는데 관리원이 2층부터 5층까지 박물관으로 볼 만한
것이 많이 있으니 보고 가라고 친절히 소개했다.

별로 기대하지 않고 예의
상 올라갔는데, 자금이 풍부
한 사찰이라 여기저기서 가
져와 소장한 유물들이 아주
많았다. 그 가운데 내 눈길을
끈 것은 3층에 있는 당나라
때의 부처 좌상110x62x220cm,
그 표정이 보는 이의 마음을
평화롭게 해주시는 힘을 갖
고 계셨다.

동물원

국립공원 동물원 구경을 간다고 했다. 그런데는 전혀
관심이 없는데 유별내가 우기니 따라가야 했다. 성인 1
인당 58달러. 나의 국민학교 6학년 시절, 서울로 수학
여행 가서 창경원의 동물원 구경을 갔었던가. 그 이후
동물원 구경은 처음이다.

예상 외로 탐방객들이 많았다. 특히 유아나 어린이들을 동반한 탐방객이 많았
다. 동물원 안내 지도를 펼쳐보면서 열대수림이 우거진 숲길로 들어섰다. 처음
보는 열대의 아름다운 새들에 시선이 끌렸다가 열대식물에 시선이 끌렸다가,

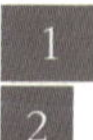

1 불아사 대웅전
2 불아사 박물관, 당나라 때의 부처

연신 카메라를 들이대니 그런 정도는 내일 식물원으로 가면 쌔고 쌨다고 한다.

호랑이 우리 앞, 철창살이 보이지 않았다. 살찐 호랑이, 흰 바탕에 세로 줄 무늬가 있는 인도산 호랑이가 숲에서 나와 통나무를 타고 왔다갔다 하고 있었다. 한 쪽에 호랑이 가족들 네댓 마리가 앉거나 서 있었다. 야생동물과 사람 사이에는 깊은 골을 파놓아서 호랑이가 건너올 수 없게 만들어놓고 있었다. 가장 자연스러운 상태에서 호랑이를 만나게 해주는 것이 이곳 동물원 측의 배려였다.

열대림 속에서 낮잠을 자고 있는 표범과 사자를 오랫동안 건너다보았다. 관람객의 시선과 관계없이 두 손 두 발을 함께 모두고 외로 누워서 잠든 밀림의 왕자들, 그러나 유인원이나 원숭이의 경우에는 관람객 보호 차원에서 철책을 세워놓고 있었다. 비단뱀은 그 아름다운 빛깔에도 불구하고 저주받은 아름다움일까 가까이 하고 싶지 않았다. 보아뱀과 같이 어마어마하게 큰 구렁이 우리 앞에서는 가급적 발걸음을 빨리했다. 껍질을 벗고 있는 이구아나, 엎드려 있는 대형 거북, 아니 거북에게는 그것이 차렷 자세일 것이지만, 모두 신기했다. 그들은 눈여겨 보지 않으면 바윗덩어리같이 보였다.

콜라 한 병 사고, 집에서 가져간 초코파이를 나누어 먹었다. 싱가포르 동물원에서 먹는 한국 초코파이 맛이 아주 좋았다. 정자각에 앉아서 쉬다가 다시 지도를 보면서 동물들을 찾아 나섰다. 한 쪽에서 요란한 음악소리와 사람소리가 들리기에 가보니 해양 동물원, 돌고래 쇼를 보여주고 있었다. 번잡한 곳을 피해 나와 보니 하마 우리, 땅 위에서는 둔하기 짝이 없는 하마가 유리 수조 안에서는 날렵하게 미끄러지듯 헤엄을 쳤다. 관람객들은 통나무 의자에 앉아서 숲에서

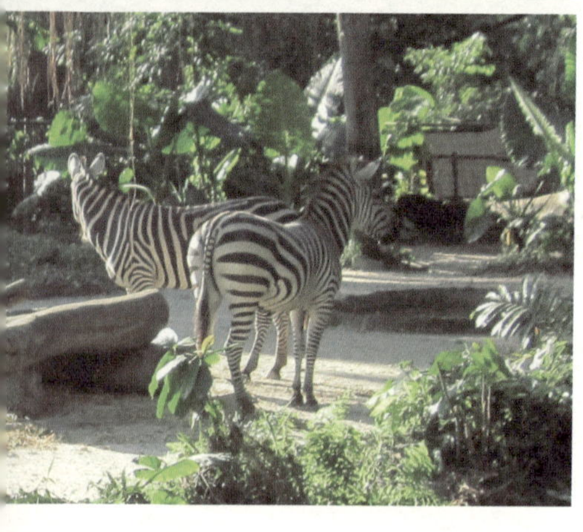

걸어 나오는 하마, 유리 수조 속에서 헤엄치는 하마를 보고 있었다. 젖을 먹고 있는 아기 캥거루, 키가 4~5m는 됨직한 기린 가족들, 날렵한 얼룩말 모두 사진이나 영화에서만 보았던 열대 지역의 동물들을 가까운 곳에서 보았다.

나이트 사파리를 해야 한다고, 그것이 환상적인 추억을 남겨줄 것이라고 했다. 저녁은 동물원내의 음식상가에서 들었다. 낮보다 더 많은 사람들이 나이트 사파리를 위해서 모여들고 있었다. 음식상가에는 사람들이 넘쳐났다. 자리를 하나 잡아놓고 내게 기다리라고 하더니 유별내는 과일 주스와 탄도리 치킨을 사가지고 왔다.

저녁 식사 후에 나이트 사파리에 참여하기 전에 나이트 쇼Creature of The Night Show가 있다고 서둘렀다. 작은 원형 극장에서 조련사들이 맹수를 불러놓고 재주를 보여주는 것이었다. 모두들 줄을

1 인도산 호랑이
2 캥거루 가족
3 얼룩말

서서 야외 원형극장으로 갔다. 사람들은 참 구경하기를 좋아하는 동물이라고 생
각했다. 물론 나도 그들 가운데 하나이지만.

나이트 사파리를 위해서는 또다시 30여 분 동안 줄을 서서 기다려야 했고 작은
전동차에 올라타야 했다. 조명을 잘한 동물원 여기저기에서 낮과는 다른 모습으
로 야생의 동물들이 어슬렁거리고 있었다. 분명 낮에 내가 걸었던 길 같은데 조
명 아래에서 달리다 보니 꿈속에서 헤매고 있는 듯했다. 너무 비현실적이라는
느낌은 그대로 잠속으로 빠지게 되고 옆에서 유별내가 '고모님 저것 보세요' 흔
들면 그제야 깨어나 밤에 새로운 활동을 하고 있는 맹수들을 보았다.

피곤한 하루였다. 그러나 보고 싶은 곳에서 마음껏 보고, 유별내에게 심술도
부리고 웃기도 하며 보낸 즐거운 하루였다.

2012. 2. 10, 금요일, 갬.

16 싱가포르 2

동향의 아파트에는 일찍 햇볕이 퍼붓기 시작했다. 새벽인데도 31℃, 한국 같으
면 열대야라고 잠을 설쳤을 그런 밤을 보냈다. 유별내는 보리차를 병에 담고, 나
는 간식용으로 초코파이를 준비해서 집을 출발했다(10:45). 집 근처 파야 레바르
역에서 지하철로 몇 정거장 가더니 노선을 바꾸어 탔다. 지하철 안은 추웠다. 젊

은 사람들은 스마트폰을 꺼내놓고 끊임없이 문자를 날리거나 엄지손가락을 작동시키고 있었다. 엄지족의 문제는 전 세계적인 추세였다. 이쪽 사람들은 모두 하르르한 멋진 옷들을 입고 있었는데 나 혼자 위아래 등산용 기능복을 입고 있었다. 어제 반바지 차림으로 불교 사찰에 들어갔다가 사찰에서 내준 보자기로 하반신을 가려야 했던 유별내, 오늘은 간편한 원피스 차림에 멋진 흰색 모자, 짙은 선글라스를 썼다.

지하철역에서 나와 지상으로 올라가자 아직 11시 무렵인데 헉헉거릴 만치 더웠다. 콜택시를 불러타고 보타닉 가든Botanic Gardern — 식물원으로 갔다.

식물원 싱가포르 보타닉 가든

안내서에 나온 식물원 관련 자료를 요약하면 다음과 같다.

싱가포르에서 국립 정원에 대한 계획은 1822년경부터 시작되었다. 당시 근대 싱가포르의 창안자이며 자연애호가였던 S. 라플스 경이 포트 캐닝(Fort Canning)에 최초의 식물 실험 정원을 열었던 것이다. 그러나 이 정원은 1829년에 폐쇄되었고 그로부터 30년 뒤 농·원예학회가 현재의 자리에 싱가포르 식물원의 토대를 마련했으며 곧이어 싱가포르 정부가 나서서 아름다운 녹색의 오아시스를 만들어가기 시작했다.

초기에 이 식물원은 싱가포르내에서 농업 개발을 위해 유용한 식물의 수집, 성장, 실험, 배포(전파) 등을 해왔다. 최초의 그리고 가장 중요한 성공은 1877년부터 파라 고무나무(Para Rubber)를 소개하고 실험하고, 사람들에게 널리 권한 것이다. 그 결과는 동남아시아 지역에 커다란 풍요를 가져왔다.

　1920년대부터 식물원에서는 난초의 배양 및 교배 프로그램을 시작했다. 현대에 이르러 이 식물원은 지속적인 원예적, 생태학적 관심과 소개를 통해 싱가포르를 성공적인 가든 시티로 만들어가고 있다.

　현재 63ha에 이르는 이 푸르른 정원 — 식물원에는 다양한 열대식물들이 자라고 있다. 이곳은 150년 이상의 역사를 가진 열대의 에덴동산인 것이다.

　식물원 초입에서는 넓은 잔디밭을 거쳐야 하는 관계로 그늘이 없었다. 넓은 잔디밭을 거쳐서 한동안 걷자 그제야 키 큰 나무들이 그늘을 드리우고 있었다. 높이 20~30m가 넘을 대나무 숲 사이를 걸었다. 열대우림 지역의 식물들을 식재한 곳에는, 비가 올 때에는 들어가지 말라는 경고문이 붙어 있을 정도로 식물들이 무성하게 자라고 있었다. 한 곳에 그냥 가만히 앉아만 있어도 좋은 곳이었다. 가다가 보니 어느 중년의 여성화가, 널빤지 다리 위에 앉아서 열대수들을 화폭에 담고 있었다.

　사람들은 왜 한 곳에 조용히 앉아 눈앞에 나타난 놀라운 광경들을 자세히 마음속에 담지 않고 무작정 앞으로 앞으로만 가려고 하는 것일까. 숲이 우거지고, 처음 보는 꽃나무들이 신기하고, 숲에서 피어오르는 향기가 좋아서 노래라도 부르고픈 심정이었다. 나무를 보지 못하고 그냥 숲속을 헤메었다. 덩굴식물들이 모여서 터널을 이룬 곳을 지나고, 부타 트리라고 불리던 대형 나무줄기 앞에서 사진을 찍었다. 식물원은 싱가포르인과 관광객에게 무료로 개방되고 있었다.

국립 난 박물관

식물원 내에 있는 국립 난 박물관National Orchard Gardern에서는 성인에게 5달러의 입장료를 받고 있었다. '싱가포르 국립 난 박물관'이란 표지판 앞에서 인증 사진을 찍었다. 한국에서 양란이라고 부르던 다양한 모양의, 다양한 색상의 난들이 표지판 앞을 오밀조밀하게 장식하고 있었다.

입구에서부터 화려한 난꽃이 사람을 어지럽게 했다. 자연과 인공이 결합하여 새로운 세상을 만들어 놓고 때때로 포토 존을 만들어 그곳에서 사진을 찍게 했다. 키가 큰 열대수와 파초 같은 중간 정도의 상록수들, 그들을 배경으로 양난이 보여주는 화려함의 극치가 그곳에 있었다. 세상이 이렇게 화려해도 되느냐고 묻고 싶었다.

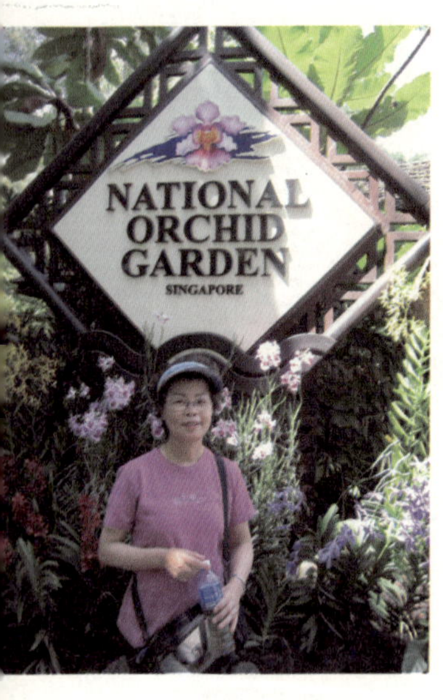

꽃과 나무와 계곡과 물과 인공 폭포와 분수가 처음부터 그곳에 그렇게 있었던 듯 자연스러웠다. 난 공원의 중심부에 잘 지은 대형 건물 하나, 열대지방이라 아무쪼록 시원하게 지워놓은 붉은 기와와 흰 벽, 목재와 시멘트를 적당히 조화시킨 건물이었다. 그곳에 국립 난 박물관을 소개하는 안내판이 있었다.

난 연구소의 프로그램은 1922년, 홀텀R. E. Holttum이 싱가포르로 오면서 시작되었고 사실상 새로운 난 품종의 개발된 것은 1929년이었다고 한다. 건물의 벽에는 그동안 국립 난 박물관에서 개발한 신품종 난

1 난 박물관 앞에서
2 국립 난 박물관 연구소

의 사진들이 부착되어 있었다. 1920년대의 사진 속의 건물과 현재 우리가 방문한 건물의 모습은 같았다.

건물 앞 정원에는 묘한 이미지를, 강인하나 슬퍼 보이는 이미지를 갖고 있는 한 그루의 나무가 있었다. 원줄기에서 네 갈래로 사선으로 뻗어나간 줄기, 그래도 댓잎 같은 푸른 잎사귀를 달고 있었다. 원줄기 부분에 무슨 팻말이 있었다. 가서 보니, 살아있는 생물체이니 제발 그 줄기에 글씨나 낙서를 하지 말아 달라는 호소문이었다. 네 갈래로 뻗어나가고 다시 거기에서 뻗어나간 줄기들에는 놀랍게도 빼곡하게 영자며 한자 심지어 한글 글씨들도 새겨져 있었다. 멀리서 나무를 보면서 처음 느낀 이미지는 나만의 주관적인 것이 아니었다. 나무가 강렬하게 호소하고 있었던 것이다. 더 이상 괴롭히지 말아 달라고. 사람들은 언제까지 자신들의 이름을 욕되게 하는 것일까.

한대 지역의 난들은 냉방장치가 된 유리 건물들 안에서 자라고 있었다. 우리가 일반적으로 동양란으로 부르는 것들이 그곳에 있었다. 한란, 풍란, 자생란 같은 것들이 보였다. 벤치에서 초코파이 하나를 유별내와 나누어 먹었다. 난공원을 나와서 택시 승차장으로 갔다. 그러나 30분 이상 기다려도 택시를 잡을 수 없었다. 다시 콜택시를 불렀다. 점심을 먹으러 클락키로 가기로 했다.(13:40)

클락키 점브 레스토랑

이틀 전, 해양실크 탐사대와 같이 지난 거리였다. 클락키^{Clarke Quay} 초입에서 인증사진 한 장 찍고 곧 바로 점브 레스토랑으로 갔다. 낮 시간 영업이 14시까지, 우리가 도착한 시간은 13시 55분이었다. 환영받을 수 없는 손님이었다. 마침 우리처럼 늦게 온 일본 여성 팀, 서양 남성 팀이 있어서 같이 하나의 원형 식탁에

1 인간의 치졸한 욕심 때문에 앓고 있는 나무
2 클락키 점브의 매콤한 게 요리

앉았다. 나는 대게 요리 전문점이라고 해서 점보 레스토랑일 것이라고 짐작했다. 그러나 점보가 아닌 점브珍寶, Jumb 레스토랑이었다. 요리를 하는 동안 시간이 걸린다기에 땅콩을 먹으며 기다렸다. 이 집의 주 메뉴는 대게 요리, 그 가운데도 우리나라 고추장 양념 비슷한 소스에 게찜을 한 것이 묘미라고 했다. 유별내에게 맥주 한 잔을 사달라고 부탁했다. 곧이어 운두가 낮은 양은 냄비 같은 곳에 게 요리가 나왔다. 우리가 사진을 찍다 보니 일본 팀도, 서양 팀도 모두 열심히 사진을 찍고 있었다.

달짝지근하면서도 매콤한 게 요리, 열심히 게살을 파내어 먹어댔다. 조그만 빵도 나왔다. 빵에 소스를 발라 먹었다. 점심 먹는 동안 바닷바람과 강바람이 마주쳐서 바람이 심하게 불었다. 식탁보 대신 덮은 커다란 종이가 바람에 휘날렸다. 두 사람이 열심히 먹었지만 게요리도 남고 밥도 남았다. 남은 요리는 싸달라고 해서 갖고 일어섰다.

조금 늦었지만 싱가포르의 유명한 클락키 점브의 게 요리에 맥주까지 한잔 걸쳤기에 거나해진 기분, 어디에고 가서 좀 쉬고 싶은데, 남들이 모르는 싱가포르의 문화유적 소개를 고모님에 대한 최대의 사명으로 알고 있는 유별내가 지도를 펼쳐보며 재촉이 심했다.

인도네시아 거리 구경을 해야 한다는 것이었다. 인도네시아 거리의 상가

건물들은 대개 2층, 아래는 점포이고 이층은 살림집인 듯했다. 얼마 가지 않아서 힌두 사원 하나가 나타났다.

스리 비라마칼리아만 사원 Sri Veeramakaliamam Temple

우리가 도착했을 때 이 사원의 문은 닫혀 있었다. 몇 명의 관광객들이 현관탑 Entrence Tower을 카메라에 담고 있었다. 마침 옆에 안내판이 있기에 대충 보니 다음과 같은 내용이었다.

이 사원은 시바신의 아내, 냉엄함의 화신인 칼리암만 신에게 바쳐진 사원이다. 스리 비라마칼리아만 사원은 싱가포르 안에서 칼리암만 여신에게 바쳐진 최초의 사원. 이 사원은 19세기 중반에서 후반까지 림메 킬른스(lime Kilns) 지역에 들어와 살던 타밀 노동자들이 1855년 이전에 지은 것으로 추정된다. 이 사찰은 초기에 림메 마을의 사찰로 불렸었다. 1908년에는 노동자들이 사찰의 경영을 인수받으면서 메인 홀과 사당을 짓고, 힌두교의 주요 신상들을 모시고, 인디아의 신상들을 모셔왔다.

1942년 싱가포르가 전쟁에 휘말리게 되었을

스리 비라마칼리아만 사원

때 이 사원은 기도의 장소는 물론이고 피난처 역할을 했다. 신자들은 외부에서 비처럼 쏟아지는 폭탄도 사찰의 안에 있으면 신들이 지켜줄 것이라고 믿고 있었다. 그들의 믿음은 옳았다. 놀랍게도 전쟁의 폐허로부터 사찰건물과 조각들은 그대로 보존된 것이다.

압둘 가푸르 모스크

가까운 곳에 이슬람 사원 압둘 가푸르 모스크Abdul Gaffoor Mosque가 있었다. 전체적으로 보아 백색, 황색, 녹색이 안정감 있게 배합된 건물이었다. 건물 양식은 남인도풍과 무어풍이 조합된 것이라고 한다.

들어가지는 못하고 바깥에서 사진만 찍었다. 1907년에 사이크 압둘 가푸르 빈 사이크 하이더Shaik Abdul Gaffoor Bin Shaik Hyder가 초기 모스크 자리에 지었으며 1910년에 완성되었다는 것, 1979년 국가지정 보호 건축물로 선정되었다는 표지판이 부착되어 있었다.

유별내의 재촉으로 다시 불교사찰을 찾아 나섰다. 관광 안내 지도를 보아 가며, 지나던 행인에게 물어보며 용산사를 찾아갔다.

용산사

오후 5시에 용산사龍山寺에 도착했다. 용산사는 비교적 자그마한 사찰이었다. 중국 사찰의 특징은 붉은 기둥, 붉은 지등을 달아 놓고 입구에 커다란 향로, 향을 무더기로 꽂고 기도를 하는 것. 1913년에 시작하여 1926년에 완성했다는 용산사의 특징은 중국 대륙의 남부 지역에서 본 건축양식을 닮고 있었다. 용마루와

추녀마루에 흙으로 빚은 아기자기한 조각들이 장식되어 있었다. 날개 달린 벌
거숭이들, 말을 탄 신선, 하늘을 향해 입을 벌린 용, 대웅보전에는 부처를 모시
고 있었다. 부처 뒤로 천수관음상도 있었다.

피곤했지만 한 군데 더 가보기로 했다. 용산사에서 걸어서 10분 거리였다.

스리 스리니바사 페루말 사원 Sri Srinivasa Perumal Temple

두 마리의 거대한 코끼리가 사원의 입구 양편에서 코를 높이 치켜들고 있는 힌
두 사원이었다. 사원의 외벽 바깥으로 여신상들과 남신상들이 아름다웠다. 엔트
런스 타워의 조각도 아름다웠지만 실내로 들어가자 천장의 꽃무늬 조각이 아름
다웠다. 메인 홀은 천장에 공을 들인 만큼 벽은 없었다. 대신 굵고 사각이 진 흰

기둥 위에 회색의 문양, 조각
들이 차분한 인상을 주었다.
안내 표지판을 찾아보았으
나 찾지 못했다.

하루의 탐방을 마치기로
했다. 유별내가 다니는 회사
를 먼 곳에서 보았다. 그리고
버스를 타고 두 정거장 더 가
서 내렸다. 그곳에 유별내가

코끼리가 보호하고 있는 사원

퇴근길에 들르고는 한다는 대형 마트가 있었다.

대형 마트 무스타파 ― 어마어마한 규모였다. 1층에서 3~4층까지 상품들이 진열되어 있었다. 사람들이 북적여서 이리 저리 서로 치면서 다닐 정도였다. 과일과 채소를 사러 갔다. 과일은 내가 먹고 싶어 하던 것들, 새콤달콤한 귤, 석류, 자몽, 바나나, 오디 등을 샀고, 싱가포르 초콜릿이 맛있다고 해서 선물용으로 다섯 박스를 샀다.

그러나 보따리 보따리를 들고 나오긴 했는데 택시를 잡기가 힘들었다. 결국 콜택시를 불렀는데 서로 연락이 잘 안 되어 오래 기다려야 했고 화가 난 별내가 쏘아부치자 운전사는 '쏘리 쏘리'를 연발했다.

저녁 식사는 과일 파티로 대신했다. 신나는 일은 아파트 가까운 곳에 발마사지 가게가 있다는 것, 마사지 가게로 가서 마사지 받는 동안 코를 골며 잠을 잤다.

2012. 2. 11, 토요일, 갬.

 **17 싱가포르 3**

잠결에 너무 더워서 침실문을 열고 거실로 나갔다. 거실의 창문을 열어젖히자 종려나무 잎을 흔들며 바람이 실내로 들어왔다. 온몸이 땀에 흠뻑 젖어 있었다. 뒤따라 일어난 유별내가 에어컨을 강하게 틀어주었다. 싱가포르의 2월은 더운 계절이 아니라고, 한창 더울 때엔 땀에 흠씬 젖어서 깨어난 새벽도 있었다고 유

별내는 웃으며 말했다.

지구의 어디에서고 사람들은 주어진 환경에 맞추어 스스로 익숙해질 수밖에 없다. 싱가포르에서 사흘 밤을 자면서 참으로 더운 곳에서 유별내가 잘도 적응하고 있구나 싶었다. 싱가포르보다 더 아래 지역에 있는 인도네시아에서 덥다고 깨어난 적이 없던 것을 생각하면, 호텔에서 알아서 알맞게 냉방 시스템을 작동시켜 주었던 모양이다.

성당에 가야 한다고 유별내가 서둘렀다. 지하철 타고 두세 정거장 가서 내렸다. 지상으로 올라가 큰길 하나를 건너자 오래된 성당 건물이 보였다. 한쪽으로 건물이 쏠려서 그쪽에는 받침목들을 세워 건물의 쏠림을 방지하고 있는 모습이 신기했다.

착한목자 성당 The Cathrdral of Good Sheperd

성당은 아주 크고 웅장한 건물이었다. 10시 미사에 모든 자리는 가득 채워져 있었다. 천장이 높고 성당 뒤편 이층에는 거대한 파이프 오르간이 있었다. 400~500명은 들어찬 듯한 성당이었다. 안내원이 앞에서 1/3 지점쯤에 앉혀주었다. 본래 싱가포르에 다양한 사람들이 모여 국가를 이루고 있다는 것은 알고 있었지만, 피부색과 외양이 각기 다른 다양한 인종들이 미사에 참석하고 있었다.

입당 송가 속에서 사제단이 뒤쪽으로부터 중앙통로를 따라 제단까지 행군하는데 무슨 기사도의 행렬처럼 20~30명은 됨직한 사람들이 복사의 제복을 입고 휘장과 문장이 들어간 표지판을 앞세우고 줄을 지어 천천히 걸었다. 미사를 집

도하는 신부님은 그들과 달리 키가 작
고 몸집도 작은 60대 안팎의 분이었다.

신부님이 마침내 제단에 올라서고,
미사를 집전하는 순간, 굵고 부드럽고
나지막한 음성이 성당 안을 단번에 장
악했다. 모든 성가와 미사 집전은 처음
부터 끝까지 영어로 진행되었다. 성경
과 기도서와 성가책이 모두 구비되어
있었다.

소망과 참회의 가슴으로 고개 숙여
함께 기도했다. 모든 미사는 영어로 진
행되었지만 나는 우리말로 하느님을 부
르고 이제부터 신앙생활 열심히 할 수

있도록 인도해 줍소사 하고 빌었다. 신부님은 열변을 토하시는데 참석자 가운
데 얼마나 많은 이들이 그분의 강론을 알아들을 수 있을까. 천장과 벽에 부착된
선풍기가 바쁘게 돌아가고, 수십 명 성가대원이 파이프 오르간에 맞추어 부르
는 성가가 웅장했다.

영성체 시간에 부르는 노래는 팝송 같이 경쾌했다. 마치 잔칫집에 초대받은 것
같은 명랑함에 눈이 마주치는 신자들은 눈웃음을 지었다. 영어로 진행되는 싱가
포르 착한목자 성당의 미사, 한국의 천주교회와는 달리 봉헌예물은 앞으로부터

뒤로, 매미채 같은 것을 든 사람들이 받으러 다녔다. 또 여성들은 미사보를 쓰지 않았다. 영성체를 하러 나갈 때도 신자들은 산책을 하듯 가벼운 발걸음으로 걸어 나갔다. 봉헌 예물 바칠 때 유별내가 싱가포르 달러로 10달러를, 또 특별 헌금한다고 하자 5달러를 더 주었다. 한국 돈으로 치면 15,000원을 내는 것이다.

미사보 이야기 — 미사에 참석할 때 여자가 머리 수건을 쓰는 것은, 여자에게 죄가 있기 때문에, 그래서 머리를 가려야 한다고, 어린 시절 주일학교 시간에 들었다. 이후, 성당에서 미사보를 쓰는 것에 대해 늘 거부감을 느끼고 있었다. 어른이 되어서, 또 중년이 되어서도 성당에서 미사보를 잘 쓰지 않자 한 번은 수녀님이 미사보를 선물로 주셨다. 그래도 잘 쓰지 않자 수녀님은 '미사 시간에는 제발 미사보 좀 쓰라'고 타일러 달라고 신부님께까지 부탁했었던 일이 있었다. 나는 가끔 미사보를 쓸 뿐, 거의 쓰지 않았다.

요한 바오로 2세 교황의 동상

싱가포르 착한목자 성당에서 미사보를 쓰지 않은 여성 신도들이 명랑한 표정으로 노래하고 영성체 모시고, 참 보기 좋았다.

미사가 끝나고 교회 건물을 돌아보았다. 1832년에 지어진 건물, 제단이 있는 쪽 건물 한 쪽 정원에는 요한 바오로 2세

406

1920~2005 교황께서 이곳을 다녀가신 20주년을 기념하고, 또 싱가포르 공화국과 로마교황청의 외교관계 수립 25주년을 기념하여 교황님께 봉헌된 교황님의 청동 입상이 서 있었다. 동상이 제막된 것이 2006년 11월 26일이니 요한 바오로 2세 교황님은 1986년 이 착한목자 성당을 다녀가신 것이다. 교황님의 동상 옆에서 인증 사진을 찍었다.

차임스 수도원과 차임스 교회 Caldwell House and Chijmes Chapel

착한목자 성당에서 나와 한 블록을 더 가자 예전에 차임스 수도원이었지만, 한때는 초등학교부터 고등학교 건물로 쓰이던, 그리고 지금은 쇼핑몰로 변한 건물이 있었다. 수도원 건물이 어떤 경로를 통해 학교로 또 쇼핑몰로 변신하게 되었는지는 알 수 없으되, 붉은 기와지붕의 시멘트 건물, 구획이 잘된 방들이 낭하를 따라 연속적으로 이어진 상가를 걸으며 기분이 이상했다. 수도원은 전체가 ㄷ자형이고 입구 부분을 보호하듯 커다란 교회당 건물이 있었다. 그러나 교회당 건물도 주말이나 명절에 임대를 하고 있다고 한다. 음악회나 강연회 같은 것이 교회당 건물 내에서 이루어진다고도 했다.

차임스 수도원, 지금은 쇼핑몰로 변한 건물이 차분한 인상을 준다면 차임스 교회는 백색 대리석으로 지어진, 옆에서 보면 커다란 함선艦船같이 생긴 교회였다. 교회 정면에 커다란 첨탑과 전후좌우로 작은 첨탑들을 거느린, 4~5층 높이의 교회건물, 용마루 위로 십자가들을 배치한 독특한 디자인의 건물, 아름다운 건축물로 싱가포르 국가지정 보호건물, 1855년부터 짓기 시작해서 1895년에 완성되었다고 하니 여간 공을 들인 건물이 아니다.

유별내를 데리고 교회 정문 앞으로 갔다. 한국 탈춤의 탈 같은 것을 쓴 젊은이들이 정문 계단 아래에 앉아 있고 교회 내부에서는 많은 사람이 모여 있었다. 교회 문을 밀고 들어갔더니 그곳에도 사람들이 웅성거리고 있었다. 물어보니 그리스 정교회 신자들이 모여서 미사를 드리고 있는 중이라고 했다. 마침 미사는 끝나가고 있었다.

교회 안쪽 문 옆에 서서 그리스 정교회의 미사 드리는 모습을 보았다. 붉은 옷과 운두가 높은 모자를 쓴 사제, 그를 받드는 역시 수염이 무성한 검은 사제복을 입은 노 사제들이 문쪽을 향해 나왔다. 가톨릭의 주교 복장을 한 사람도 나왔다. 유별내는 그 사람을 TV에서 본 적이 있다고 했다. 사제들이 앞서고 그 뒤로 신자들이 나왔다. 문 앞에서 커다란 빵 바구니를 든 사람이 나와서 달걀 반 토막 정도 크기의 카스텔라 조각을 나누어 주고 있었다. 사람들이 빵 조각을 받으면 붉은 사제복을 입은 신부님이 신자의 머리 위에 손을 얹어 축

1 차임스 교회의 정면
2 차임스 교회의 측면

성했다. 그러면 사람들은 웃으며 카스텔라를 먹었다. 처음엔 나도 교회 안으로 들어가 그 카스텔라를 얻어 먹어보려고 했다. 그러나 눈치를 보니, 그것은 그리스 정교회의 미사 전례였다. 가톨릭에서 행하는 영성체와 같은 것이었다.

그리스 정교회의 사제들과 신도들이 나누는 인사와 축복의 장면을 보면서, 마치 톨스토이 시대의 영화를 구경하고 있는 듯한 느낌이 들었다. 그리스 정교회, 러시아 정교회, 그들은 모두 동방교회에 속하니까 비슷한 모습이 아닐까. 그리스 정교회의 미사가 끝난 뒤 차임스 채플 안으로 들어가 보았다. 천장이 높고 천장에는 마치 불꽃놀이 할 때 불꽃이 퍼지는 듯한 모습을 간결한 선으로 나타낸 모습, 특히 스테인드글라스가 아름다웠다.

교회를 나오며 보니 건축물 문화유산으로 지정되고[1996], 건축디자인 상을 수상[1998]한 건축물이었다.

<table>
<tr><td>1</td><td>1 그리스 정교회의 사제. 붉은 옷차림</td></tr>
<tr><td>2</td><td>2 차임스 교회의 천장</td></tr>
</table>

라플스 호텔

차임스 교회에서 다시 길 하나를 건넌 곳에 라플스 호텔Raffles Hotel이 있었다.

라플스Thomas Stamford Raffles, 1781~1826는 영국령 동인도 행정관으로 싱가포르를 세웠다. 라플스는 영국의 극동 제국 건설에서 막대한 역할을 수행한 사람으로 알려져 있다. 말레이시아의 말라카 항구를 개발하고, 인도네시아 자바에서 동인도 부총독을 역임했으며 자바를 비롯해서 수백만 명의 동인도 제도 주민을 다스렸다고 한다. 라플스는 1819년 당시 네덜란드가 장악하고 있던 작은 어촌이었던 싱가포르 항에 상륙, 싱가포르를 영국 식민지로 삼고, 1822년 싱가포르의 행정부서를 개편, 나아가 네덜란드로 하여금 싱가포르에 관한 모든 권리를 포기하도록 했다고 한다.

싱가포르를 대영제국의 식민지로 만들었던, 세계적인 항구도시로 만들었던 라플스를 기념하기 위해 지은 라플스 호텔은 싱가포르 시의 한 블록 전체를 차지하고 있었다. 건물은 안팎이 모두 백색과 베이지색을 사용한, 단순하면서도 아름다웠다.

라플스 호텔 3층에 호텔의 역사를 보여주는 박물관이 있었다. 1880년부터 1900년대에 이른 모든 자료들 — 여행 안내서, 당시의 악기, 축음기, 밤 쇼무대에서 무희가 꼈었던 비단 장갑, 당시의 무대 의상들, 호텔에서 사용하던 주방 기기들이 전시되어 있었다. 엘리자베스 여왕, 찰리 차플린, 엘리자베스 테일러가 머물다 간 흔적들도 사진으로 전시하고 있었다. 어마어마한 규모의 호텔이었다. 싱가포르 최고의 호텔일 뿐 아니라 전 세계적인 체인망을 갖고 있는 호텔이라고 했다.

점심은 시티 홀에 있는 식당가에서 먹기로 했다. 사람들로 붐비는 곳에서 먼저 자리를 잡고 앉자 유별내가 줄을 서서 기다려 '말레이시아 볶음 국수'를 가져왔다. 해산물과 숙주나물, 달걀지단을 넣고 볶은 국수였다. 별내가 즐겨 먹는 국수라는데, 내게는 보통. 마침 일식당에서 야키소바를 팔고 있었다. 별내에게 야키소바를 사오게 했다. 예전 일본의 텐리나 오사카에서 먹던 맛과는 많이 달랐다.

마스지드 술탄

점심 식사 후 지도를 보며 찾아가는 아랍 스트리트의 마스지드 술탄Masjid Sultan, 이층의 상가 건들이 단정하게 늘어서 있는 곳에서 안쪽 깊숙한 곳에 마스지도 술탄의 황금빛 돔과 미나렛(첨탑)이 보였다. 상가 건 앞에는 종려나무가 가로수를 대신하고 있었다. 상가 건들은 식민시대에 지어진 것이지만 건물의 기둥 하나 하나, 창문의 문살까지도 모두 로마식 기둥과 문짝을 본딴 아름다운 건물이었다.

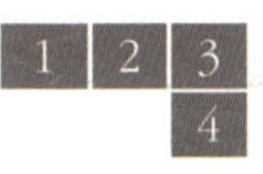

1 라플스 호텔 정문
2 라플스 호텔 내 회랑
3 마스지드 술탄
4 아랍 스트리트

마스지드 술탄은 베이지색을 주색으
로, 갈색으로 윤곽선을 두른 아름다운 건
물, 한참 예배 시간인 듯해서 들어갈 수가
없었다. 건축물에 부착된 안내판을 보니
1924년부터 1928년까지에 지어진 건물,
1820년대에 초기 건물이 있었지만 그 자
리에 이 건물을 다시 지었다고 한다. 1823
년 라플스는 마스지드를 짓는 데에 동인
도회사에서 30만 달러를 주겠으며 마스
지드에 대한 차용 기간을 999년으로 잡았
다고 한다. 그러나 라플스도 갔고 영국도
싱가포르에서 물러났다. 라플스와 마스지
드 사이의 계약은 하나의 전설이 되었다.

'마스지드 술탄' 방문을 끝으로 싱가포
르에서의 문화재 탐방에 막을 내렸다. 유
별내는 몇 군데 더 보여줄 의향이 있었지
만 내가 도무지 따라갈 수가 없었다. 빨리
집에 가서 쉬고 싶었고 그래야만 장거리

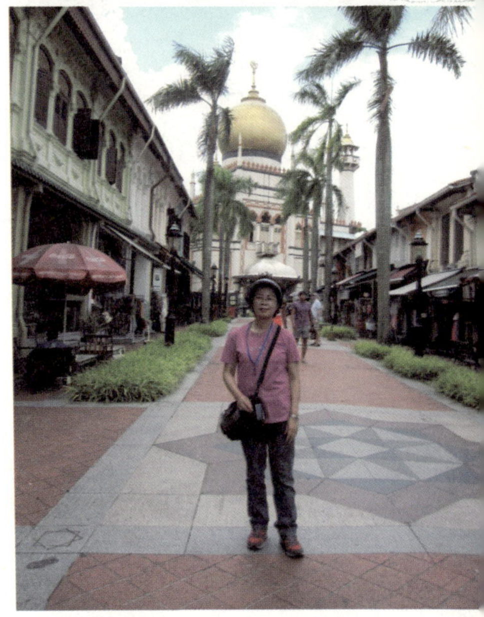

야간 비행에 지장이 없을 것 같았다. 집으로 돌아와 샤워부터 하고 저녁을 먹었
다. 저녁은 유별내가 만든, 이 지방 특산품인 잼을 바른 토스트, 과일을 한 접시

가득 차렸다. 싱가포르에서 보내는 마지막 저녁 식사는 향기롭고 맛있었다.

그리고 시간이 아직 많이 남았기로 다시 마사지 가게로 갔다. 이번에는 발마사지 겸 등타격 마사지를 받았다. 몸이 한결 개운했다.

싱가포르 공항

집에서 밤 9시 전에 택시로 출발, 유별내가 공항 아시아나 항공 수하물 부치는 곳까지 따라와서 수속 밟아주고, 마일리지까지 확인해주고 손 흔들며 아듀—.

싱가포르 공항 게이트 22에 가까운 곳 복도에 벽을 따라 승객용 의자가 준비되어 있었다. 의자에 앉아 책을 읽기 시작했다. 탑승 시간까지는 2시간 이상이나 남아 있었다. 심야 택시 잡기가 어려워 유별내를 빨리 보내고 나니 마음이 편했다. 그냥 어리게만 보아왔던 것이 어느새 성인이 되고, 외국에서 제 한 몫을 단단히 하고 살아가고 있는 것을 보니 대견하고 고마웠다.

핏줄

—유별내에게

싱가포르의 공항에서

손 흔들며 돌아서는 너

처음 만났을 때

백일 무렵의 아기였는데

지금은 인정받는 전문직 연구원

해외여행 중에 잠시 들른 곳

사흘 밤낮을 함께 보내고

추억 안고 나 떠나가네.

싱가포르에서 인천까지는 4,630km

마냥 더 먹이고 싶고

더 보여주고 싶고

더 주고 싶어서

고개 갸웃거리며 몸 재게 놀리던

조카님아

주어도 주어도 또 주고 싶은 것

핏줄이란 이런 것인가

잘 있거라, 건강해라.

나의 조카님아

(2012. 2. 12. 21 : 40)

비행기 출발이 지연되어 23시 55분에 탑승했다.

2012. 2. 12. 일요일. 갬.

18 싱가포르-인천공항-서울

비행기는 0시 29분에 이륙했다. 싱가포르에서 인천까지는 4,630km, 비행기 안은 대부분 한국인 승객이었다. 단체 여행객들이 왁자지껄했다. 비행기 안에서도 소설책을 읽었다. 피곤한데도 잠이 오지 않았다.

졸다가 깨어보니 인천 앞바다가 보였다. 비행기는 착륙을 위해 조심스레 몸을 낮추고 있었다

7시 3분, 인천공항에 착륙했다. 짐 찾은 뒤에 일단 화장실로 가서 여름옷을 벗고 겨울옷으로 갈아입었다. 싱가포르를 떠나던 때 기온이 27도, 인천공항에는 눈발이 날리고 영하 2도라 했다. 화장실의 거울 속에서 본 나의 얼굴, 20일 가까운 여행으로 초췌해 보였다. 그러나 가슴은 뿌듯했다. 여행의 기억이 내게 생명의 활력을 충전시켜준 것이다. 존재하는 모든 것에 감사.

2012. 2. 13, 월요일, 눈·흐림.